한국 공포 문학 단편선

돼지가면 놀이

한국 공포 문학 단편선

돼지가면 놀이

장은호 외 9인

황금가지

일러두기

이 책에 쓰인 본문 종이 E-light는 국내 기술로 개발된 최신 종이로, 기존에 쓰이던 모조지나 서적지보다 더욱 가볍고 안전하며 눈의 피로를 덜게끔 한 단계 품질을 높인 고급지입니다.

목차

돼지가면 놀이

유재중

파운테인 문화웹진의 前 필진이다. 현재 새 작품의 출간을 기다리는 중이다.
언젠가 휴고상을 받고 싶지만, 작가 생활을 가늘고 길게 하고 싶기도 하다.

X월 31일

총 한 달간의 조사 기간이었습니다. 의뢰인께서 보내주신 육성녹음파일을 문서화했습니다. 이해를 돕기 위해 육성파일 본문 중간에 조사과정과 날짜가 기입되어 있습니다. 조사결과를 알고 싶으시면 당장 맨 뒷장을 펼치셔도 됩니다. 하지만 저는 순차적으로 보실 것을 권고 드립니다.

이야기는 글로 전해지거나 입으로 전해지든 진실을 파고들고, 내적 의도를 전달합니다.

이 문서의 본질은 조사 보고서보다 이야기 해설에 가깝습니다. 설득력이 부족하다고 여기시면 마지막 조사결과를 보시면 이해하실 겁니다. 그리고 본문으로 넘어가기 전 이야기로 문제를 내겠습니다.

어느 공사장의 인부 셋이 작업이 끝난 뒤 집으로 귀가하지 않고, 공사장에서 밤늦게까지 술판을 벌였습니다. 인부들은 술 먹고 흥겹게 놀다가 어떤 여자가 창밖에서 자신들을 노려보고 있다는 걸 알게 됐습니다. 술김에 인부들은 그 여자에게 욕을 퍼붓고, 음식물을 던졌습니다. 그 여자는 말없이 사라졌습니다. 인부들은 술을 계속 마시다가 잠에 들었습니다. 인부들은 다음날 작업 기록용 카메라의 필름을 인화하다가 이상한 사실을 알게 됐습니다. 세 명이 가지런히 잠든 모습이 카메라에 찍혔기 때문입니다. 세 명 모두가 자는데 어떻게 사진에 세 명 전부가 들어가 있을까요? 도대체 누가 사진을 찍은 걸까요? 참고로 공사장은 아파트 신축공사로 인부들이 술 먹던 장소는 3층이었습니다. 그리고 그때는 90년대 말이어서 필름카메라를 사용하고 있었습니다. 절대 자동으로 찍힐 수 없었죠. 그리고 찍힌 각도는 세 명 모두를 위에서 내려다보는 위치였습니다. 답을 생각하면서 본문을 읽어주시기 바랍니다.

* * *

그래. 너도 벌써 이렇게 컸구나. 아니 빈말이다. 너와 내가 사이 안 좋은 건 부정하지 않으마. 네가 예상했던 대로 네가 소아마비를 앓은 후 네 다리 저는 모습에 못마땅했던 건 사실이다. 그 때문에 네 아비와 많이 싸웠지. 사실 후유증으로 네 성장이 더디고 멈춰버린 것도 큰 이유였어. 우리는 뼈대 있는 가문인데, 네 아비는 자식을 더 낳기를 거부했지. 네 문제로 너무 오래 싸운 우리는 오랜 세월동안 보지 않고 지냈다. 네 아비가 죽었을 때도 난 가지 않았지. 사람들은 나보고 독하다고 했지만 네 아비는 자식으로서

의무를 하지 않으면서도 내 재산을 탐냈어. 내 재산은 내 피와 살이야. 내가 허락하지 않고는 누구에게도 넘어갈 수 없어. 그리고 너 역시 내 재산을 물려받을 거라 기대하고 있다고 들었다. 부정하지 말거라. 난 다 알고 있어. 네 아비만큼 너 역시 밉지만 그래서 네가 어려울 때 한 번도 찾아가지 않고, 도와준 적도 없지만, 그래도 내 혈육이니 내 마지막을 지키도록 지시하기 위해 널 불렀다. 너에게 나쁜 일은 아니다. 내가 죽으면 내 재산은 다 네 것이 될 테니. 확실히 말해 주마. 내 상속자로 정하기 위해 널 불렀다. 단 한 가지 전제 조건이 있다. 그 누구에게도 말한 적이 없었던 일인데…… 네가 이 이야기를 들어줘야겠다. 죽기 전에 누군가에게는 꼭 한번 얘기하고 싶었다. 너도 내 나이 되면 알 거야. 인생은 하지 못한 일에 대한 후회와 얘기를 자주 못하고 침묵을 선택했던 어리석음에 자책뿐이다. 그때가…… 6·25가 막 끝난 때였지.

난 그 시절 강원도 전선에 있었단다. 휴전 날이 되기 전날 밤 12시 전까지 모든 포격과 사격을 가하라는 상부의 지시에 전선은 온 종일 포격소리로 진동했지. 낮부터 밤까지, 해가 져서 앞이 보이지 않을 만큼 깜깜해져도 북한군과 국군의 포격은 끊이지 않았다. 매캐한 화약 냄새와 총구에서 뿜어져 나오는 연기 때문에 코가 막히고 눈물이 줄줄 흘렀지. 그런데 밤 12시 되기 5분 전에 사격 중지 명령이 떨어졌어. 명령이 떨어져도 길게 늘어선 전선에 전달되기까지 시간이 걸렸는데, 그래도 밤 12시가 되자 모든 공격이 딱 중지됐어. 북한군 쪽도 마찬가지였지. 나와 전우들은 갑작스러운 침묵 속에서 전쟁이 끝났다는 상황을 곧바로 받아들이지 못했어. 하지만 잠시 후 어둠 속에서 어디선가 만세 소리가 들려오고, 모두 너나 할 것 없이 만세를 외쳤지.

다음날 학생 출신과 부상병에 한해 제대증이 발부됐어. 난 당시 대학교를 다니다가 기차를 타고 피난 중 징집됐기 때문에 나도 제대 대상이었지. 일부 전우들이 신분을 속여 하루라도 빨리 돌아가려 했는데, 그게 꼭 탓할 일은 아니었지. 늦거나 빠르거나 이제 모두 집에 돌아갈 수 있으니까. 강원도는 산세가 험해, 차량이 다니기 어려운 탓도 있었지만 차가 한 대라도 부족한 상황에 전역자에게 내줄 차가 있을 리 만무했어. 나와 대부분은 걸어서 강원도를 벗어나야 했다. 제대증과 함께 받은 감자 세 알을 주머니에 쑤셔 넣거나, 손에 들고 무작정 남쪽으로 걸었지. 지도도 없었고 근처에 민가도 없어서 내가 어디까지 갔는지 알 수 없었지. 감자 세 알을 아껴먹으며…… 그래. 네가 굶주림에 대해 뭘 아는지 모르겠다. 사지가 멀쩡하지는 못했지만 너는 굶주리지는 않았잖니? 네 아비도 그랬는데. 너희 둘 다 나를 한 번도 찾아오지 않았지. 됐다. 원망하려 얘기한 것은 아니니 이만 하자. 하지만 분명한 사실은 너희 부자가 살 수 있었던 것은 내 덕분이라는 게다.

어두워지자 난 더는 걷지 않고, 생각에 잠겼지. 서울은 어떻게 됐을까? 대학은 어떻게 됐을까? 내가 다니던 대학은 도중에 해방을 맞아 학교 운영이 한동안 중단됐지. 전쟁 발발 삼 개월 전 3월 달에 일제 때 이름을 버리고 새 이름으로 다시 학교를 열었어. 난 대학이 영영 사라져 버릴까봐 걱정이었단다. 일제 강점기를 겪은 내 부모들은 비록 똥지게를 짊어지고 다니던 무식자들이어도, 배워야 출세한다는 걸 알고 나를 대학까지 뒷바라지했다. 나 역시 대학이 유일하게 살아남을 수 있는 길이었지. 나는 거기서 끝날 수 없었어! 어떻게든 악을 쓰고 살아남아야 했지. 요즘 너희 젊은 것들은 밍숭하고 유해 빠졌지……

그때 어둠 속에서 불빛을 본 거야. 난 그곳을 향해 무작정 걸었어. 푸르스름한 새벽이 오자 난 그 불빛 끝에 종전과 함께 철거되는 미군 통신기지 작업등을 봤어. 잠시 후 트럭이 한 대 오더니 나 같은 한국 사람들을 내려다 놨어. 사람들에게 다가가 물으니 인근에 사는 여러 마을에서 뽑아온 일용자들이라 하더군. 내 사정을 말하고, 먹을 것만 주면 뭐든 하겠다고 했더니 나무 팔레트 치우는 일을 시켜주더라. 난 그때 이병연이라는 사람과 같이 일하게 됐지. 떠꺼머리총각으로 덩치가 제법 있고, 둔하고 미련하게 생긴 데 비해, 말재주가 제법 있고 눈치가 빨랐어. 그래 그때 그 놈을 만나지 않았더라면 내 인생은 어떻게 흘러갔을까? 그 놈의 말재주에 낯선 사람에 대한 경계심이 풀어지고, 나도 모르게 이 형이라 칭했지.

미군은 일당을 빵과 분유가루로 지급했어. 사발에 분유가루를 풀고 휘휘 저어 빵과 함께 꼭꼭 씹어 먹었지. 너희 부자는 나한테 고마워해도 모자랄 판에 나를 미워했어. 나 없었으면, 내가 그런 극기를 이겨내지 못했으면, 너 같이 다리 저는 병신이 어떻게 살아? 말이 심하다고? 모자라면 모자라고, 없으면 없는 거야. 내가 아닌 말했냐? 너 다리 저는 게 내 탓이야? 그만하자. 어허! 할아버지 얘기 안 끝났다. 이놈이 사람이 점잖게 얘기하니 우습게 보네! 너 아프다고 네 아비가 가정교육 안 시켜놔서 문제야. 원래 자식은 부모 그림자만 봐도 무서워해야 돼. 이제부터 점잖을 것 기대 마라!

일이 끝나서 모두 돌아갈 때가 되자 이병연이 그 놈이 나보고 같이 자기네 동네로 가서 자자는 거야. 나는 앞뒤 가리지 않고, 여기보다 남쪽이라는 것만 묻고 이병연을 따라 트럭에 올랐지. 그 때는 남쪽으로 조금이라도 내려가 경기도까지만 가도 서울로 갈 수 있을 거라 생각했지. 이병연의 동네는 펀치볼이라는 지역이었는데, 지금도 정확한 지리 명을 몰라. 당시 이병연은 그냥 펀치볼이라 했어. 나도 더는 묻지 않았지. 하룻밤 자고 떠날 예정이었으니까.

* * *

조사첨부.
X월 4일

제가 조사한 바로는 펀치볼이라는 지형명은 현재는 쓰이지 않습니다. 한국전쟁이 끝난 후 미군들은 한국 지형은 원어 그대로 발음하지 못하여 특징이나 전쟁 시 용도에 따라 임의로 이름을 붙였습니다. 펀치볼이라는 지형은 할아버님의 구술을 따라 휴전선 쪽을 조사해 보니 현재 위치는 강원도 해안면 부근으로 추측됩니다. 산에 둘러싸인 분지 지형이어서, 종군기자나 미군들이 쑥 들어간 펀치볼이라는 이름을 지었다고 합니다. 일제 강점기 때부터 내려온 토착민은 거의 없었고, 주로 전쟁 때 피난 왔거나 이주로 정착한 세대와 후손들이 터를 잡고 현재까지 살고 있습니다. 이병연이 펀치볼이라 말한 걸로 보아 그도 토착민은 아니고 피난민으로 추정됩니다. 향토 역사에 대해 알아보려 해도, 역사학자들이 흔히 말하는 심심한 곳으로 이름이 얽힌

소소한 전설 외에 특이하게 가치를 둘 점은 보이지 않고 있습니다. 지형 자체의 역사보다 북한과 관련된 반공 역사가 더 깊었습니다. 구술을 따라갈 수 있게, 구술에 등장한 미군기지가 정말 있었는지 확인하기 위해 주한 미군 역사를 연구하는 연구가들을 찾아갈 계획입니다.

* * *

미군 트럭은 어두워진 산길을 헤치며 한참을 달리다가 불빛이 드문드문 켜져 있는 마을이 보이면 사람들을 내려줬어. 내가 이병연에게 우리는 어디서 자냐고 물으니 조금만 더 가야 한다고 대답하더구나. 밤이야 다 똑같은 어둠이지만 유독 이병연이 있는 마을은 더욱더 새까맣고 아무것도 느껴지지 않았지, 심지어 소리마저 밤에 묻힌 듯했어. 트럭에서 내린 이병연은 냄새만으로도 추적할 수 있는 들짐승처럼 어둠 속으로 나를 이끌었단다. 초라한 민가 몇 채가 몰려 있는 작은 마을에 들어섰는데 마을 울타리가 희미하게 보이는 거야. 어찌 된 영문인가 주위를 둘러보니 마을 뒷산에 웬 고풍스러운 별장이 하나 세워져 있는데 거기서 밝은 전기 빛이 흩뿌려지고 있었지. 나는 이병연의 등을 찌르고 별장을 가리켰어. 이병연은 별장을 힐끗 보더니 인상을 찌푸리며 빠르게 고개를 돌렸지. 흡사 별장과 눈이라도 마주칠까 내려 까는 인상이었어. 별장이 무슨 살아있는 흉악한 괴물이라도 되는 듯. "이 형 무슨 일이오?" "말 말고 동생은 얌전히 따라와. 저건……" '저건'에서 줄어든 말이 뭘까? 무엇일 것 같냐? 너와 네 아버지같이 내가 벌어온 돈에 기생하면서 자란 놈들이 뭘 알겠냐마는. 너희 같이 순둥순둥하게 살아온 것들은 내 세대의 악과 극기를 몰라. 뭐냐고? 궁금하지? 그렇지? 왜 내가 뭘 어쨌다고 표정이 구겨지냐? 너도 네 아비와 똑같다? ……좋아. 아무튼 이병연이는 나를 자기네 집으로 데리고 갔다. 이조시대 말 때 썼던 짚으로 지붕을 엮고 광과 부뚜막, 거주할 수 있는 방 한 칸이 있는 작은 집이었지. 들어가더니 컴컴한 방을 뒤지다가 짜리몽땅한 초 한 토막을 집어 불을 붙였어. "기다려 봐. 내 동생이 밤마다 동네를 쏘다니는데 이 불을 보고 집에 들어 올 거야. 그때 감자를 구워줄게." "아니 이렇게 외진 동네인데 밤에 돌아다녀요?"라고 물으니 그놈이 입을 다물더라. 잠시 후 우물쭈물 거리며 사람은 많이 아프면 많이 변한다, 라고 말을 흐릿하게 맺더구나. 그런가 보다 하고 어색한 분위기에서 촛불만 멀거니 바라보고 있는데 문밖에서 비척비척 꼭 다리를 질질 끄는 듯한 발자국 소리가 들리지 뭐냐. 마치 축 늘어진 무언가를 억지로 끌고 오는 듯한 소리. 소리만 들으면 전쟁 때 대량전사자 처리할 때 들은 시체 끄는 소리가 연상되더라니까. 아직 북으로 못 올라간 빨갱이들이 남아 있나? 싶어 쪼그라들…… 아니 그놈들이다 싶으면 단숨에 때려잡으려고 마음 단단히 했지. 인마! 난 아직도 너 같은 야물지 못한 놈들 백 명은 때려잡을 수 있어! 아무 말 안 했다고? 너와 네 아비는 얼굴만 봐도 속이 훤히 들여다보여. 나는 맹수 중의 맹수인데, 네들은 왜 양이야?

아무튼 얘기를 계속 가자면 그때 이병연이 문을 벌컥 열고 "동생 왔어?"라고 하니, 어둠 속에서 촛불 빛 속으로 누군가 건너오는데 마치 그 모습이 지금 너 같더라. 흐리멍덩한 눈빛에 똑바로 서지 못한 불안한 몸짓하며…… 짓누르기라도 한 것처럼 푹! 고개를 숙이고. 뭐, 아니라고? 웃지 마라. 고개 숙이는 것만 빼면 너랑 판박이니까? 너 혹시 그때 그놈 아니냐? 허허허. 농담인데 열낼 필요 뭐가 있냐? 처음에 공손히 들을 걸 그랬지? 사람이 점잖게 나올 때 얌전히 들어야지. 됐다! 그만하자.

이병연이 나한테 자기 동생 현철이라며 나한테 소개시키더구나. 나는 꾸벅 목례했지만 현철이는 나를 보는지 마는 건지 방안으로 들어와 구석에 자리를 잡고 꼼짝도 않더라고. 이병연은 부뚜막으로 가서 광주리에 썩은 감자를 담아왔지. "땔감이 없어 불을 켤 수 없네. 동생, 그래도 허기는 피해야 하니 이대로 먹지." 나와 이병연, 현철은 광주리를 둘러 앉아 생감자를 으적으적 썹어 먹었단다. 그러다가 퍼뜩 아까 본 별장 생각이 떠오르는 거야. "그 별장에 찾아가 품이라도 팔아 불쏘시개라도 받아올 수 있지 않아요?" 그러자 이병연과 현철이 동시에 감자를 씹던 입을 멈추고 눈동자만 굴려 나를 쳐다봤어. 어두운 방안에서 네 개의 눈동자가 나를 겨냥하더니 조금도 미동 않는 거야. 불안해진 나는 "왜요? 왜요?" 라고 물으니 "동생은 아무 말도 말고 먹고 자게나." 라더군. 하지만 궁금한 건 참을 수 없잖아? 내가 그래도 대학물을 먹은 사람인데 이런 촌무지렁이들하고 같을 수 없잖아? 너도 대학 나왔다고 으스대지만 나 다녔을 때와 너 다녔을 때는 달라. 네 아비가 대학을 못 간 건! 공부를 못했기 때문이야. 넌 네 아비 말을 그대로 믿냐? 세상에 어느 아버지가 공부하겠다는 자식 가로막을까? 이런 식으로 삐딱하게 나가지 마라. 네 아비가 무슨 말을 네 머릿속에 심어줬는지 모르지만 곧이곧대로 믿지 마!

그래서 내가 호기롭게 '뭐가 무서운지는 모르지만 왜 저 별장을 두려워하는지 내 눈으로 직접 가서 보겠다'고 말했지. 가서 사람 있으면 끼니 거리라도 챙겨와 잠자리 챙겨준 이 형한테 답례로 주고, 귀신 있으면 황천에 보내주고 오겠다! 라며 큰 소리를 친 거야. "아니여. 동생 저기는 귀신보다 더 무서운 사람들이 있어." 이병연이가 덜덜 떨면서 일어선 내 발목을 잡았지. 그러고는 이야기를 들려주었지.

　　원래 이병연이는 여기서 대대로 살던 토박이였어. 전쟁 발발 후 피난도 가지 못했다더구나. 북괴 놈들한테 마을을 점령당하긴 했는데 분지지형이니 방어에는 적합해도 낙동강 전선으로 집중되는 공격 이동에는 맞지 않은 덕에 몇 명 완장 채운 빨갱이들만 남겨놓고 지나갔대. 빨갱이들도 작은 마을이어서 그런지 가난하고 뭐 건질 것이 없으니까 매일 마을 중앙에 사람들 모아놓고, 정신교육이며 사상교육이며 자아비판 이런 걸로 괴롭히다가, 미군이 인천으로 들어오자 마을을 버리고 다시 삼팔선 위로 도망쳤다더구나. 시간이 흘러 국군 1사단이 평양을 점령했다는 소식이 들어올 때쯤 그 별장으로 한 가족이 들어왔어. 경성에서 미술대학 교수였다는 남자와 스무 살 정도 되는 딸, 그리고 이제 막 열 살을 넘긴 것으로 보인 아들이었지. 원래 별장이 누구 것이었는지는, 마을 주민들도 기억이 가물가물했지만 당당하게 들어와 사니 그런가보다 하고 넘겼지. 별장 소유주였는지에 대한 궁금증보다 이 난리 통에 배운 사람이 빨갱이들한테 어떻게 살아남았을까, 그게 더 궁금했을 때였어. 별장 앞으로는 뒷산을 넘어 다른 마을로 넘어가는 산길이 있었지. 이병연이가 이웃마을에 품일이라도 알아보러 샛길을 지나가는데 교수 딸이 별장 대문으로 나와 말을 걸었다는 거야. "저기 품삯을 쌀로 드려도 될까요?" 전쟁 통에 쌀이 귀할 때였는데 당연히 되지. 이병연이는 으리으리한 저택 안으로 들어갔어. 일거리는 대단치 않았어. 낡은 가구와 무너진 담장 보수였지. 딸이 열어준 창고로 가 공구를 찾다가 물을 게 있어서 딸을 찾으니 안 보이는 거야. 이병연이는 조심스레 별장 현관을 열고 안으로 들어갔지. 그런데 거실에 교수와 딸이 있었어. 딸은 벌거벗고 소파 위에 서 있었고, 교수는 그런 모습을 화폭에 그리고 있었지. 이병연이는 벌거벗은 딸을 그리는 교수의 모습에 놀라 아무 말도 못하고 입만 뻐끔댔지. 교수는 이병연이를 등지고 그림에 몰두하고 있어서 보지 못했는데 딸은 이병연이를 본 거야. 입모양으로 조용히 '쉿' 하더니 "방해하지 말고 나가주세요."라고 조금도 놀라지 않고 태연히 말했어. 이병연이는 다시 나와 놀란 가슴 진정시키고 일에 집중했지. 일이 끝날 때쯤 딸이 나와 일이 끝난 걸 보고는 이병연이를 데려가더니 쌀 반 가마니를 내줬어. 딸과 얼굴 마주치기도 민망해서 발끝만 멀거니 바라보는 이병연에게 딸이 살포시 웃었어. "천륜이 중요하지만 사람은 욕심을 못 이기고 하고 싶은 일이 있는 거예요. 어디 가서 말하지 마세요. 아버지는 사람들 말에 민감해요. 말씀하시면 찾아가실 거예요." 이병연은 넙죽 인사만 하고 가마니를 들고 집으로 돌아왔지. 참 맞는 말이야. 아무리 하늘이 높다 하더라도 사람은 하늘도 이길 수 있어. 내가 그런 심정으로 맨손으로 살아왔다. 그러니 이만큼 떵떵거리며 살지. 네들 부자가 나를 싫어해도 내 돈은 그렇지 않잖아? 너무 솔직했나? 인상 구기려면 마음대로 구겨 봐라. 불리해지는 건 너니.

* * *

조사첨부
X월 7일

현재 강원도 해안면에 와 있습니다. 하지만 요즘 개발로 지형이 많이 변해 정확히 어디가 그때의 펀치볼이라 불리는 곳이었는지 찾기 힘듭니다. 부동산과 향토 연구가를 찾아갔는데 아무래도 보는 관점이 다르다보니 다른 의견을 가지고 있었습니다. 개중에는 소지역이 아닌 이곳 전부가 펀치볼이었다고 주장하는 연구가도 있었습니다. 부동산에 물어보니 일제 강점기 때부터 지금까지 이어진 건물은 없다고 합니다. 별장을 물어보자 그렇게 오래 세워진 별장은 존재하지 않는다고. 관광산업에 의존하고 있지만 아무래도 구경거리가 적고, 휴전선이 가까워 안보에 관련된 기념물만 있습니다. 지역이 지역인 만큼 건물 건축허가가 쉽게 나지 않습니다. 최근 세워진 별장이 20년 전에 세워졌다고 합니다. 현재 저희 조사팀원들이 서울에서 주한미군 연구가를 찾고 있습니다.

추신 : 향토연구가에 의하면 토박이들이 절대 펀치볼이라 이곳을 지칭하지 않는다고 합니다. 왜냐하면 해안면이라는 이름이 옛날에 이곳에 득실했던 뱀을 내쫓기 위해 만든 이름이어서(유래 전설이 있습니다.) 지금보다 보수적이고 전통적이었던 6·25 세대 사람들이 사용할

리가 없다고 합니다. 신뢰성 높은 설명이 있는데 미군이 사용하는 명칭을 당시 국군이나 한국 사람들이 거의 알아듣지 못했다고 합니다. 알아들을 수 있다면 당시로는 드물게 영어를 했다는 뜻입니다.

* * *

중공군 개입으로 1월 4일을 기점으로 국군이 후퇴하는 때였지. 북한 사람들도 빨갱이라면 치를 떨었기 때문에 너도나도 할 것 없이 남쪽으로 내려왔지. 펀치볼은 분지지형이어서 피난 물결의 행로 한가운데 위치하진 않았지만, 주변 마을과 시장들이 영향을 받아 식량을 구하기 힘들었어. 산지가 많아 화전으로 생계를 이어가던 마을 사람들은 전쟁으로 생필품이 늘 부족했고, 분지지형은 안개가 심하고 습도가 높아 농사에 적합하지 않았지. 외부에 의존해 마을을 유지했는데…… 이제 점점 죄어오기 시작한 거야. 그때 이병연은 마을에 돌던 소문을 들었대. 안갯속에서 웬 돼지가 울고 있기에 혹시 누가 돼지를 잡으려다가 놓친 줄 알고 헐레벌떡 뛰어갔더니 사람이었다는 소문 말이야. 글쎄 조그만 꼬마가 돼지가면을 쓰고 안갯속에서 꿀꿀 소리를 내고 있었다고. 어떤 사람은 꼬마가 돼지흉내를 내자 교수댁 딸이 홀연히 나타나 데려갔다는데, 전부 카더라 하는 소문일 뿐, 직접 본 것 같지는 않았다고. 이병연이 교수 가족 눈에 들어 어쩌다가 머슴 역할 하는 삼식이라는 동생에게 소문에 대해 물으려 삼식이 집 마루에서 기다리고 있었어. 이병연이가 갑자기 말을 끊고, 침묵하다가 "동생. 내 평생 그렇게 헐레벌떡 뛰어오는 건 처음 봤어."라며 현철이 눈치를 보더라. "삼식아. 뭔 일이여." "형님 비키소!" 하고는 삼식이가 자기 집 문을 벌컥 열고 들어가 바닥에 한 바가지 가득 토악질을 하는 거야. 이병연이 등을 두드려 주며 "인마 아무리 굶어도 이상한 건 먹지 말아야지!" 하니 "형님, 나 돼지고기 먹었소." "인마 좋은 걸 먹고 왜 토해?" 하니 더는 대답하지 않고 구역 질만 꺽꺽. 펀치볼은 원래 뱀이 가득 차서 뱀을 쫓으려 돼지를 길렀다는 전설이 있는 마을이야. 그래서 집집마다 돼지를 길렀는데, 빨갱이 놈들이 마을의 돼지를 모조리 잡아먹고 씨를 말렸지. 그런데 삼식이는 어디서 돼지고기를 먹었을까? 교수댁에서? 그 점잖은 사람들이 돼지나 키울 수 있을까? 이병연이 묻는 말에 삼식이는 대답하지 않고 드러누웠어. 원래 촌동네라는 게 그렇듯 소문은 삽시간에 온 마을을 돌았고, 먹을 것이 부족해 개와 고양이도 잡아먹고, 나무가구와 가죽 혁대마저 끓여 먹는 마을 사람들은 삼식이 상태보다 돼지고기를 어디서 났는지에 더 집중했지. 사람은 말이야, 굶주리거나 극한 상황에 몰리면 본성이 나와. 그게 사실 그 사람의 본 모습이야. 내가 악으로 깡으로 돈 벌고, 네들 먹여 살릴 때 수많은 사람들이 나를 손가락질 했지만 지금 나보다 잘 된 사람이 누가 있냐? 다 선비인 척, 점잖은 척하며 위선적으로 살았지. 그 사람들도 본성은 다 나와 똑같은 거야. 다만 아닌 척하는 거지.

　어쨌든 다시 이야기로 돌아와서, 이병연이는 딸의 일을 도와준 일도 있어서 본인이 직접 가서 돼지고기가 안 되면 양깃살이나 비계라도 얻어 볼까 하고 가려 했는데 다른 이가 나섰지. 마을에 단둘이 살던 형제가 있었는데 어린 동생이 배고파서 매일 징징대자 못 참고는 "사람이 같이 살아야지! 혼자만 맛있는 거 먹으면 뭔 재미야!" 일갈하고 기세등등하게 별장으로 향했어. 참 웃기지 않냐? 사람이 똑같이 사는 거 아냐. 달라. 아주 많이 달라. 네 아비나 다른 사람들 나한테 인생이 어쩌느니 도우며 살아야 한다고 마음 곱게 쓰라고 그렇게 부처님처럼 말을 했지만 결국은 다 내가 모은 재산에 아쉬운 소리 하더라. 나한테 아쉬운 소리했으면 도와줬을지도 몰라. 하지만 하나같이 돈! 돈! 돈! 그리고 여기서 얘기 듣는 너도 상속 때문이지? 그래. 부정 안 하겠다. 야 참 네 아비가 자식 하나 잘 길렀어. 뭐? 비꼬는 거 아니다. 이건 이렇다 저건 저렇다 그대로 말하는 게 어떻게 비꼬는 거냐? 난 독하게 마음먹었고, 거칠게 살았어도 마음은 항상 대로를 걷는 정도인이었어. 군자 대행로라는 말 알지? 그래. 그 별장으로 향한 형이 어떻게 됐느냐고? 그는 돌아오지 못했지. 하루, 이틀, 사흘이 지나도 말이야. 그리고 그 사이에 삼식이는 뭐든지 먹으면 토하고, 가끔씩 눈을 허옇게 뒤집고 발광을 해댄 거야. 정신이 나가 버린 것 같이 말이야. 도대체 돼지고기를 먹고 왜 저러는지 아무도 몰랐지. 이병연이 말고는 아무도 삼식이를 챙기지 않았더랬지. 사람들은 그저 오매불망 별장으로 간 사람이 손에 돼지고기를 들고 내려오길 기다렸던 거야. 참 사람들 알고 보면 다 개새끼들이야. 그렇지?

이 얘기를 듣고 있는 와중에, 구석에 있던 현철이라는 그 음침한 놈이 자기 손가락을 쪽쪽 빨아대는 거야. 나이 맞지 않게 웬 지랄인가 싶어 이병연에게 눈짓을 주니, 이병연은 말을 하다말고 현철이 손가락을 다 빨 때까지 그냥 쳐다만 보더구나. 나도 뭔 일인가 싶어 유심히 보니 그는 자기 손가락에 묻은 피를 빨고 있던 거야. 스스로 깨물어서 피가 나오자 하염없이 계속 빠는 거였지. 처음에 너 소아마비 후 걸음 연습 반복했던 것처럼 미련스럽고 한숨만 나오는 광경이었지. 그 놈 두 눈은 당장에라도 쏟아질 듯 부릅뜨고 있었어. 무서웠지. 난 인정할 때는 인정하는 사람이야. 무서웠어. "어허, 현철아 왜 그러니?" 하니 이병연이의 눈치를 보며 손가락 크게 쭈욱 빨고 자기 사타구니 사이에 쑤셔 넣었어. 이병연이는 헛기침을 하며 내 눈치를 살폈지. 나는 애써 태연을 가장했어.

* * *

조사첨부.
x월 15일

　해안면의 해는 원래 바다 '해(海)'자였는데, 전설에 의하면 수많은 뱀들이 마을을 뒤덮자 고승의 조언대로 뱀과 상극인 '해'를 돼지 '해(亥)'로 바꾸어 쓰고, 돼지를 기르니 뱀들이 사라졌다고 합니다.
　그리고 해안면에 펀치볼 마을이라는 곳을 찾았습니다. 향토연구가 중 한 분이 저에게 전화를 걸어, 인터뷰 시 미처 기억해내지 못했다며 알려왔습니다. 휴전선과 근접한 지역이라 군부대가 많이 들어서 있는데, 일종의 기념으로 전쟁 시 붙여진 이름을 마을 이름으로 삼은 것 같습니다. 아마 연구가들이 말한 것은 아주 오래된 토박이들이나 일제 강점기를 거쳐 온 세대들이 펀치볼이라 부르지 않는다, 라는 것 같습니다. 하지만 이 펀치볼 마을이 구술 중에 나왔다는 그 펀치볼인지는 확실하지 않습니다. 지금은 많이 개발되어 분지 내에 사람이 거주할 수 있는 반경이 넓어졌습니다. 위치가 일치하지 않을 가능성이 컸기에, 직접 찾아가보니 부근에 오래된 주택이 있었습니다. 지금은 개발로 많이 깎여 나갔지만 분명 야트막한 동산 정도의 높이였습니다. 부동산과 동사무소에 물어보니 일제 강점기 때 건물로 확인했습니다. 저번 조사는 많이 불확실했고 미숙했던 점을 인정합니다. 그 건물에 거주했던 사람에 대해 조사 중입니다. 그런데 구술에는 전역 후 걸어서 내려오다가 미군기지에 도달하셨다고 하셨고, 공사가 끝난 뒤 차로 한참을 달렸다고 하셨는데, 막상 이곳은 휴전선과 매우 근접한 위치에 있습니다. 당시에 숲이 더 울창해서 산에서 길이 더뎌졌을 가능성도 있었지만, 이곳 안보 기념관 큐레이터에게 물어보니 전쟁 때는 포격과 산불, 땔감 활용 등의 이유로 민둥산이었다고 했습니다. (6·25 때 이 근방에 얽힌 전투가 꽤 됐습니다.) 게다가 휴전선, DMZ로부터 1킬로미터에서 1.5킬로미터 거리밖에 되지 않는다는 정확한 정보를 들었습니다.

* * *

다시 이병연이가 얘기를 계속했지. 형이 돌아오지 않자, 당연히 동생은 애가 탔어. 동생은 이웃집에서 암죽을 얻어먹을 수 있겠지만 그것도 하루 이틀이지. 계속 그러면 눈치 보이고, 형이 없으니까 애가 주눅 들었겠지. 그래서 동생은 다짜고짜 별장으로 향했어. 사람들은 계속되는 굶주림 속에서 숨겨진 이기심이 드러나 자신과 관계없다면 누가 어찌 되든 신경 안 써서인지 동생의 행동을 말리는 이도, 가라고 부추기는 이도 없었어. 이병연 역시 마을 사람들의 행동을 따라 사태가 어떻게 흘러가나 입을 다물고 있었지. 소시민들의 삶이란 그런 거야. 세상이 변해가면 변해가는 대로 흘러가 줏대 없고, 주관 없는 우민들이야. 온 천지가 기아 상태라면 무슨 짓을 해서든지 먹을 걸 마련하거나, 그도 안 되면 고향을 떠났어야 하는데 그저 나무 아래 넋 놓고 앉아서 입 벌리고 열매 떨어지길 기다리는 그런 식이야. 사람은 마음만 먹으면 무엇이든 할 수 있어! 너 다리 전다고 취직 안 되니까 이상한 장애인 단체에서 일하더라? 거기 월급은 나오디? 다리 전다고 네가 미리 선 긋고…… 뭐? 나랏돈이 네 단체에 쓰인다고? 햐. 내 세금이 네 월급이네. 참 허튼 데 쓴다. 보람 같은 소리하지 마라! 네가 소아마비 막을 수 있어? 전신마비 막을 수 있어? 벙어리, 귀머거리 되는 거 막을 수 있어? 네가 그 단체에서 일하든 말든 계속 너 같은 '장애자'들은 계속 나올 거야. 그럼 그거 보람 있는 일이 아냐. 거기서 무슨 성취를 느낄 수 있어? 네가 아직도 인생을 잘 모르나 본데 할 수 있다고 마음먹으면 뭐든 할 수 있어. 괜히 다른 일 못 한다고 그런데 가서 일하지 마라. 내 재산을 상속 받으려면 당장 관둬! 사람이 무엇을 하고자 마음먹으면 하늘도 못 막고, 인간들이 정해놓은 선은 아무것도 아니야! 그래 계속 고집 부려 봐라…… 하던 얘기나 하자.

동생이 별장으로 올라간 후, 마을을 둘러싼 산줄기에서 안개가 내려와 온 마을을 뒤덮었어. 이병연은 삼식이 먹일 죽이라도 만들어주려고 밖으로 나갔지. 옥수수 알이나 강냉이라도 얻을까 싶어 이웃집을 여기저기 기웃거렸어. 안개는 유례없이 짙었고, 마을 사람들은 불안감에 갑자기 자신의 집을 두드리는 이병연이에게 비우호적으로 대했지. 나한테 얘기 해주는 이병연이는 마을 인심이 사나워졌었다고 탄식했어. 봐라. 사람은 위기가 있을 때 변해. 소시민들을 욕할 게 아니지만 욕할 게 없는 것도 아니야. 변하려면 확 변해야 돼. 나 같으면 오히려 이병연이에게 끼닛거리 없냐고 되물었을 거야. 그럼 다신 찾아오지 않겠지.

이병연은 안갯속에서 마을 곳곳을 전전하며 양식을 구하다가 어떤 집 앞에 섰어. 인기척 소리 내도 반응이 없자, 수수대로 만든 울타리 문 열고 안으로 들어갔지. 마루에 앉아 헛기침을 해보아도 안에서는 아무런 반응도 없었어. 이상하다 싶어 문에 귀를 대려다가 그제야 알았어. 여기가 별장에 간 형제의 집이라는 걸. 동생도 돌아오지 않은 거야. 떠난 지 이틀이나 지났는데. 이병연이는 인심도 각박하고 작은 소문에도 술렁이는 마을을 생각해서 조용히 삼식이가 있는 집으로 돌아갔어. 그 후 일주일이 지났지만 안개는 걷히지 않고, 낮이고 밤이고 마을을 감싸고 있었지. 너 어렸을 적에 소독차 봤지? 그 소독차처럼 뿌옇고 진한 안개가 일주일 내내 있는 거야. 마을 사람들은 안개가 심해 집안에만 꼼짝 않고 머물렀어. 하지만 이병연이는 가끔씩 나와 마을을 돌아봤지. 혹시나 형과 동생이 돌아오지 않을까? 그리고 이병연이는 계속 이렇게 있다가는 온 마을 사람이 굶어죽을 수 있으니 어떻게든 살 수 있는 대책을 구상 중이었어. 마을 어귀를 돌 때 누군가 산에서 내려오는 거야. 이병연이는 혹시나 별장에서 온 사람인가 싶어 다가갔더니 마을 사람 김 씨였어. 김 씨는 해방 전에 완장 좀 차서, 인민군 놈들이 마을을 점령할 때 친일파 숙청을 당할까봐 산으로 피신해 있었거든. 그래서 산에 나는 먹을 것을 꿰뚫고 있었어. 안개가 심하지만 처자식 먹여 살리려 산을 올라가니 누가 어설프게 나무에 도끼질을 하고 있었대. 누군가 보니 별장 교수댁 딸과 아들이었어. 딸이 가녀린 손으로 도끼를 잡고 나무에 도끼를 꽂았다가 놓쳐다가를 반복했고, 아직 어린 아들은 옆에서 멀거니 지켜보고 있었지. 김 씨가 다가가 아는 체를 하자 "가면을 만들어야 해서요. 저희 아버지가 가면을 조각하시고 싶어 해요. 도와주실 수 있나요?" 김 씨는 모두가 굶어가는 통에 조각이라 배운 사람들은 물만 먹고도 사나보다 신기하게 여겼지만 금세 일제 때 완장 찼던 통밥을 굴려, 마을이 굶어가고 있다고 과장을 해서 처자식의 굶는 사연을 구구하게 털어놨어. "저희를 도와주시면 돼지고기를 드릴게요." 김 씨는 돼지고기라는 말에 득달같이 도끼를 뺏어들어 나무에 흠을 내서 딸이 원하는 만큼의 목재를 떼어냈지. 완전히 나무를 무너뜨린 게 아니라 중간을 파낸 걸 거야. 일이 끝난 후, 딸은 김 씨를 데리고 별장으로 갔어. 이병연이처럼 별장 안에 들어오게 한 게 아니라 대문 앞에 세워뒀지. 잠시 후 딸이 광주리에 돼지고기를 수북이 담아 대문 앞에 나타났어. 김 씨는 자기보다 한참어린 여자에게 허리까지 꾸벅 숙여보이고는 신 나라 하며 마을로 돌아왔지. 얘기를 듣던 이병연이가 이상했대. 광주리에 담긴 고기는 아무리 봐도 돼지고기로 보이지 않았거든. 고기 빛깔이나 두께로 보아 전혀 다른 종류로 보였거든. 김 씨는 이병연이가 이상하게 고기를 쳐다보자 혹시 다른 마을 사람들에게 말할까봐 얼른 두 주먹 내어주며 조용히 해라 신신당부를 했지. 이병연이는 고기를 가지고 돌아와 잘게 잘라 죽에 넣었는데 왠지 그 고기가 먹기 싫었대. 그래서 삼식이한테만 죽을 떠먹였는데 여태까지 뭐든 먹으면 토하던 삼식이가 꿀떡꿀떡 죽을 넘기더니 한 그릇 더 달래. 이병연이는 신기하게 여겼지만 보살 피던 동생이 기운을 차리니까 바닥까지 긁어 싹 다 먹였어.

그 후 이틀쯤 지났을까? 마을에 소문이 쫙 퍼졌어. 소문보다 고기 굽는 냄새가 더 빨리 퍼졌지. 사람들의 닦달에 김 씨는 마지 못해 사연을 털어놓고, 고기는 얼마 받지 않았다고 엄살을 피웠 지. 일부 사람들이 주도적으로 마을을 돌며 사람들을 선동해 별 장으로 가서 음식 좀 얻어 보자 나섰어. 이병연이에게도 찾아왔 지. 이병연이는 자신이 고기 얻은 일이 사람들 귀에 들어가지 않 아 안심하면서 한참 독이 오른 사람들 눈에 튀지 않으려 무리에 합류했어. 한 떼의 사람들이 안개를 헤치며 산에 올랐어. 근데 이 병연이는 안개의 서늘한 기운이 뒷목 잡는 느낌을 받았어. 마치 이러면 안 된다는 듯이. 별장의 대문이 보이자 선동했던 사람들 이 냅다 문을 걸어차고 "보시오! 나오시오!" 하고 소리를 빽 질렀 어. 하지만 별장 안에서는 아무런 반응이 없었지. 사람들은 "이 보소! 혼자만 그리 먹을 거 쌓아놓은 거 다 아니 같이 좀 먹읍시 다!" "나와 봐! 배운 놈들이 더 해!" 라고 온갖 흉한 소리를 지어 냈지만 그런 무식한 놈들에게 휘둘리면 배운 사람이 아니지. 너 도 그래도 대학까지 나왔으니 그래 똥통학교지만 대학은 대학이 지. 절대 못 배운 사람들하고 거리를 두어라. 못 배운 것들은 못 배운 티가 나 돈을 아무리 많이 벌어도, 아무리 잘 생겨도 숨길 수 없어. 전에 나랑 같이 사업하던 놈이 있었는데, 아무리 봐도 사업할 그릇이 아니야. 나에게 형님, 형님하며 안기려 들기에 불 쌍해서 거둬줬다. 데리고 있다 보니 역시 못 배운 놈이었어. 한때 나한테 사업 배우다가 독립했는데 지금은 강남에 빌딩 세 채나 뭐? 아냐. 그놈 아냐. 그 깡통 찬 놈 아냐. 네가 모르는 다른 놈이 있어. 그놈 강남에서 아주 잘 나가. 아직도 날 보면 형님, 형님 해. 네가 나랑 어울리는 사람들을 어찌 잘 아냐? 너 내 뒷조사했냐? 사람들이 나를 피하는 게 아니라 내가 만나주지 않은 거야. 학은 홀로 있을 때 고고한 거다. 내가 뭘 어쨌다고 사람들이 나를 피하냐? 네 아비처럼 이상한 말을 하는구나. 걔도 세상을 삐뚤어지게 보고 함부로 남을 음해하니까 교통사고로 세상 빨리 떠났지. 이 새끼가 눈 희번덕거리는 거 보소? 시끄러워! 잔말 말고 내 말 들어. 너희 부자는 내 새끼지만 내 오점이기도 해. 어떻게 내 말 따라 인생사는 놈들이 한 놈도 없어! 너한테 그래도 내가 지금 은혜 베푸는 거야. 암만 가족 간이라도 아닌 것은 아니고 맞는 것은 맞는 거야. 고마워할 줄 알아야지……

이병연이 말하길 별장이 아무 반응을 안 보이며 침묵을 지키자 기괴한 느낌에 사람들이 패악질 부리기를 멈췄대. 이병연이가 느꼈던 안개의 서늘하고 음산한 기운이 사람들 뒷목을 잡는지 사람들이 점점 움츠러들었지. 누군가 "그만하고 돌아가죠. 설마 있는데 없는 척하겠어요?" 하자 사람들은 그 말이 자신들에 입에서 나온 말인 양 쉽게 순응하고 돌아갔지. 돌아가는 산길에 갑자기 안개가 쩍 하는 소리를 내더니 사람들 쪽으로 몰려드는 거야. 바람 한 점 없는데 안개가 다가서니 이병연이와 마을 사람들은 이게 무슨 영문인가 싶어 발길을 떼지 못했어. 그때 꿀꿀, 꿀꿀 돼지 울음소리가 산에 울려 퍼지는 거야. 사람들은 안개 속에서 돼지 울음소리, 하지만 명백히 사람이 흉내 내는 소리에 놀라 비명을 지르거나 기겁했지. 그때 한 사람이 아! 하는 소리와 함께 어던가를 가리켰는데 거기에 누군가 나무로 만든 돼지가면을 쓰고, 벌거벗은 알몸으로 산언덕을 뛰어넘어 마을 사람들에게 달려오고 있었어. 그 돼지가면이 여자인지 남자인지 안개 때문에 잘 보이지 않았으나, 거친 산속을 뛰어다니는데도 조금도 숨차지 않는지 쉬지 않고 꿀꿀 돼지 울음소리를 내었다는 거야. 마을 사람들은 그 정상적이지 못한 모습에 질겁하곤 고함과 비명을 지르며 구르다시피 산을 내려갔지. 이병연이가 말한 걸 들어봤는데 참 가관이었을 거야. 쪽수만 믿고 기세등등하게 찾아갔다가 허우적대며 산을 내려오는 모습이. 산에 내려온 마을 사람들은 땅을 굴러서 이마와 무릎 안 깨진 곳이 없었지. 돼지가면이 더는 쫓아오지 않는 게 느껴지자 친한 사람들끼리 안전을 확인하고 슬그머니 해산해 각자의 집으로 돌아갔어. 약속이라 한 듯 돼지가면에 대해 더는 입에 올리지 않고 말이야. 그 중 이병연이만은 그 돼지가면이 누구인지 알았지만 절대 입을 열지 않았어.

* * *

조사보고

x월 20일

구술과는 달리 그 당시 그렇게 큰 기아 사태가 일어난 적은 없었습니다. 전쟁 때는 굶주리기는 많이 굶주렸어도, 적십자와 미군을 포함한 다국적군 등 다양한 외부지원이 들어와 상황이 호전됐다고 합니다. 그리고 할아버지가 나오신 대학을 조사해 보니 일제 때 일본식 교육기관이었는데, 그 대학 교수 중 한 명이 자기 딸을 모델로 누드화를 그리다가 교단에서 쫓겨나 본토로 돌아갔다고 합니다. 단 미대가 아니라 건축과였습니다. 그 교수의 행적을 쫓아보니 개방적인 행동에 내지인과 식민지인을 가리지 않는 태도로 많은 존경과 사랑을 받았다고 합니다. 하지만 아무래도 교수의 누드화 사건은 옹호받기 힘들었죠. 일부 학생들이 지지를 보였지만 학교 측의 일방적인 해고로 일본 본토로 돌아가 미대 교단을 잡았다고 들었습니다. 할아버지께서는 건축과 학생이 아니셨지만 그때 이 일을 알고 계시리라 추측됩니다.

서울에 있는 조사 팀이 주한미군 연구가를 만났습니다. 우리가 통신기지에 대해 묻자 그곳에 격렬한 전투가 많아 미군이 지원했을 수도 있고, 전쟁이 끝나갈 무렵 휴전을 대비해 설치했을 가능성도 있다 했습니다. 중요한 것은 그때 강원도 해안면 쪽에 주둔한 미군기지 기록에 특이할 만한 사건이 기록되어 있었답니다. 워낙 특이해서 똑똑히 기억에 남는다고 했습니다. 극단적인 살인행위라는 기록입니다. 이 부분에 관해서는 미군 행정 역사에 대한 이해가 필요하다고 연구가가 설명했습니다. 서울에 있는 조사팀이 이 부분을 맡아 더 파고들기로 결정했습니다. 저도 펀치볼 마을에 있는 주택 소유자에 대한 조사를 마치고 서울 팀으로 합류할 예정입니다.

* * *

이병연이와 마을 사람들은 나무껍질을 벗겨 먹거나 쥐를 잡아 먹었지. 가끔씩 벌레가 보이면 맨손으로 그대로 입에 넣고 씹었어. 굶주림으로 인한 배의 고통보다 스산한 안개의 기운에 그런 계절이 아닌데도 불을 피웠어. 하지만 불도 땔감이 있어야 피우지. 굶주린 사람들이 무슨 수로 나무를 해서 불을 피워? 사람들이 하나, 둘 실종된 형제의 집으로 몰래 몰래 숨어들어 가 가재도구를 꺼내 부서서 자신의 집 땔감으로 활용했어. 이병연이도 그 집 울타리를 걷어다가 아궁이에 집어넣었지. 사람의 평소 모습은 얄팍해. 돈 앞에서는 울고불고, 짜고 난리를 치지. 난 참 많이 봤다. 내 앞에서 울지 않는 사람 못 봤다. 네 아비도 많이 울었어. 나는 누군가에게는 정직하고 선한 사람이지만. 맞아! 난 나만큼 착한 사람은 손에 꼽을 정도로밖에 못 봤다. 하지만 누군가에는 지옥에서 온 악마, 아니 그 이상이 될 수 있지. 나에게 어떻게 하느냐에 따라 사람들을 대우해 줬다. 네가 나한테 어떻게 하느냐에 따라 내가 천사가 될지 악마가 될지 결정되는 거야. 너한테만 얘기하는 건데 나한테 당했던 사람들은 아직도 내 그림자만 봐도 오들오들 떤단다. 허허. 이 놈 표정 보게. 그래 못 믿으면 나한테 한번 당해보면 돼. 너 같은 절름발이를 상대나 하겠냐마는. 그래! 그때 당시 그 외팔이 사채업자한테 벌벌 기고 무릎 꿇었던 적이 있지만 다 연극이었다! 너 그런 일만 정확히 기억하는구나? 어렸을 때인데? 네 아비가 주입식 교육이라도 시켰냐? 그때 그냥 우는 척했을 뿐이야! 시끄러! 입 다물고 그만해라! 나이도 어린 녀석이 꼬박꼬박.

이병연이 수숫대 울타리를 아궁이에 넣은 다음 날 안개가 걷혔어. 사람들은 간만에 보는 햇빛이 신기해 마을 여기저기서 모여 햇볕을 쬐며 앞으로의 일들에 대해 의논했지. 마을 사람들에게로 누군가 걸어왔어. 이병연이는 그때 일을 똑똑히 기억하고 있더구나. 아직 완전히 걷히지 않은 안개가 산의 숲으로 밀려가는 그 경계선에서 안개에서 나와 해가 반짝이는 마을로 들어서는 교수 딸의 모습을. 딸은 햇빛이 눈부시고 해로운 것처럼 약간 인상을 찌푸리고 마을 사람들에게 다가왔어. "저번에 혹시 저희 집을 찾아오셨는지요?" 마을 사람들은 선동에 넘어가 부린 패악질이 마음에 걸려 아무 말도 못 했지. "저희가 손님 대접에 허술했네요. 오늘 밤 아버지께서 마을 분들을 초청하신대요. 우리 집에 쌀과 고기, 술이 있으니 다 같이 오셔서 좋은 시간을 보냈으면 좋겠어요." 마을 사람들은 먹을 것을 준다는 말에 얼굴이 환하게 트여 딸에게 달려들어 연신 고맙다며 손을 잡았지. 딸은 수줍게 웃으며 다시 경계선을 넘어 숲의 안갯속으로 천천히 사라졌지. 그런데 사라지는 그 마지막 순간, 그녀가 잠깐 뒤돌아 이병연이 자신을 보았다는 거야. 이병연은 그게 착각인지 진짜인지 알 수 없으나 그녀가 입모양으로 '말하지 않아서 고마워요.' 라고 하더래. 아마도 그 누드모델 일을 말하는 거겠지. 이병연이는 '어떻게 알았을까?' 하고 온 몸에 소름이 쫙 끼쳤대. 이병연이 속마음과는 다르게 마을 사람들은 밤이 오길 기다렸겠지. 그래. 공짜라면 예나 지금이나. 소시민들이 다 그렇지. 내가 다른 사람과 다른 게 거지 근성이 없어서인가 보다. 그래. 내가 봐도 장하게 살아왔어. 너와 네 아비는…… 관두자. 다 내가 완벽하지 못한 탓이니.

* * *

조사보고
x월 21일

현지에서의 조사가 끝나 서울로 돌아갈 참입니다. 주택 소유자에 대해 조사해 봤습니다. 그 주택은 일제 강점기 말엽에 미국과 일본의 태평양 전쟁 때 군수물자 생산을 위해 강원도 탄광의 매장량을 조사하러 온 조사관의 사택이었습니다. 하지만 조사관이 머문 지 얼마 되지 않아 해방이 됐고, 조사관은 근처에서 스스로 할복해 목숨을 끊었습니다. 6·25 전쟁이 끝난 후 군부정권시절 고위 공무원의 주거지로 사용됐으나 문민정부 때부터 더는 사용되지 않고 있습니다. 현재는 그 누구의 소유도 아니고, 강원 도청에서는 매각을 원하지만 매매가치가 너무 낮아 방치되고 있습니다. 저는 현재 서울로 돌아갈 예정입니다.

추신 : 그 주택의 본래 모습은 실용성을 염두에 둔 투박한 모습이었습니다. 절대 고풍스럽지는 않았습니다. 하지만 시대가 일치하기에 끝까지 조사한 겁니다.

* * *

이병연이와 마을 사람들은 밤이 되자 서로 앞 다투어 별장으로 향했지. 며칠 전에 살기등등하게 찾아갔다가 꼴불견으로 도망친 일을 잊고 말이야. 참 인간이란 어리석어. 예나 지금이나 너나 그 사람들이나 다 그렇지. 그리고 내가 살아오는 동안 봤던 모든 인간들도. 자, 이병연이와 마을 사람들은 그 고풍스러운 별장으로 안으로 들어섰지. 우아한 샹들리에와 고급스러운 식탁. 마을 사람들은 신문에서나 본 그 길고 우아한 식탁에 둘러앉았어. 딸이 웃으며 새하얀 그릇에 불고기와 전, 고기볶음을 내왔지. 마지막으로 하얀 쌀밥을 쟁반에 담아오자 마을 사람들은 감격해서 눈물을 흘리는 사람들도 있었어. 너무 배고팠거든. 그런데 누군가 말한 거야. "아버님은 어디 계시나?" "아버님은 몸이 좋지 않으셔서 누워 계세요. 저한테 대신 손님 접대를 맡기셨어요. 죄송해요. 이따가 아버님이 일어나셔서 직접 인사드릴 거예요." 마을사람들은 말을 꺼낸 누군가에게 눈치를 주며 입을 다물게 했지. 이렇게 마음씨 좋은 이웃이 어디 있냐며. 역시 배운 사람은 다르다며. 근데 누군가는 또 입을 열었어. "여기 혹시 형제들이 찾아오지 않았나요? 처음에는 형, 다음에는 동생. 우리 마을에 살던 총각들인데." "예. 그 분들은 제 동생을 데리고 서울로 가셨어요. 제 동생이 아파서 서울에 있는 적십자 병원에 입원해야 했거든요. 가는 김에 서울에 자리 잡은 삼촌에게 연락해서 이 마을 사람 모두에게 나누어 줄 밀가루를 부탁했어요. 삼촌이 미군 부대장과 친해서 레이션이라는 전투식량과 밀가루를 구할 수 있대요." 형제들이 마을에 귀띔도 안 하고 바로 서울로 갔다? 어딘가 말도 안 되는 변명이지만 마을 사람들은 지금 주인이 접대하는 따뜻한 분위기를 깨기 싫었어. 누군가는 수긍하지 않았지만 일단 입을 다물었지. 그 이도 일단 모락모락 김이 나는 하얀 쌀밥을 먹고 싶었겠지. 딸이 주인 역할로 품위 있게 한술 뜨자 마을사람들은 게걸스럽게 음식에 달려들었어. 체면치레하지 않고 있는 대로 입에 쑤셔 넣었지. 이병연이는 고기를 입에 넣자 이상한 느낌을 받았어. 절대 돼지고기가 아니었거든. 고기마다 씹는 맛이 있는데 이건 아니었어. 마을 사람들도 그런 느낌을 받았는지 아닌지 이병연이 보기에는 닥치는 대로 먹기에만 급급했대. 이병연이는 이 고기 맛을 어디선가 맛본 적 있었다는 것을 떠올렸어. 하지만 이미 먹은 적 있고,

지금 배가 고픈데 따질 겨를 없이 마을 사람들을 쫓아 실컷 먹었어. 먹으면서 생각했지. 집에 놓고 온 삼식이도 데려올 걸 하고 말이야. 이때 나랑 얘기를 듣던 현철이 갑자기 "끼욧!" 하고 소리 지르더니 제자리에서 펄쩍 뛰는 거야. 나는 놀라 물러섰어. 이병연이 소리를 버럭 지르며 달래고 윽박지르자 삼식은 마지못해 눈알을 돌리다가 잠잠해졌지. 밖에 나가 놀고 싶다고 웅얼대는 아기 목소리를 냈는데 이병연은 못 들은 척하고 얘기를 계속했어.

허기가 어느 정도 가시고, 배가 빵빵해지자 마을 사람들은 농담을 건네며 꺼억 트림을 해댔지. 이병연은 어디서 맛 본 고기 맛인가 생각에 생각이 잠겼어. "아버지께서 좋은 술이 있다고 손님께 대접하라고 하셨어요." 딸은 말을 마치고, 어디론가 갔다가 목이 길쭉한 양주병을 들고 나타났어. 촌놈들은 생전 그런 술 먹어 본 적이 없으니 눈이 휘둥그레졌지. 특히 남자들이 좋아서 연신 실실 웃으며 농지거리를 날렸어. 딸은 나이에 맞지 않게, 잔잔히 웃으며 일일이 농담을 받아줬어. "저기요. 저 좀 도와주실래요?" 이병연을 그녀가 불렀어. 이병연은 왠지 모르게 딸의 범상치 않은 분위기에 긴장하고 있어서 화들짝 놀랐어. 딸은 그런 이병연의 반응을 다 알고 있다는 듯 부드럽게 웃으며 자신을 따라오라 했어. 딸은 이병연을 데리고, 위층으로 올라갔지. 그곳은 딸의 방이었어. 이병연은 척 보기에도 여자의 방에 자신을 왜 데려왔는지 알 수 없어 어리둥절했어. "여기서 제가 올 때까지 얌전히 기다려주세요. 그게 저를 도와주시는 거예요." 딸은 말을 마치고 방을 나갔어. 방문이 철컥거리는 소리를 냈는데 이병연이 다가가 문고리를 당겨보니 밖에서 잠그는 구조였어. 소리치고 두드려도 문은 열리지 않았어. 이병연은 갇혔다는 공포와 딸의 알 수 없는 행동과 분위기에 압박돼 계속 어떻게든 문을 열어보려 시도했지. 딸의 책상에서 고급 연필깎이로 문고리를 한참 내려쳐 부수고 있는데 문이 덜커덕 열렸어. 딸이 돌아온 거야. 자신의 방이 엉망이 됐는데도 딸의 차분한 모습에 흥분한 이병연은 왠지 모를 민망함을 느꼈어. "다 끝났어요. 이제 내려가시죠." 뭐가 끝이냐 묻는데도 딸은 말없이 나가는 길로 앞장섰어.

계단을 따라 내려가자 다시 식사를 한 방으로 돌아왔는데 식탁 위에는 마을 사람들이 마셨는지 반쯤 비어 있는 잔들이 주르르 놓여 있었어. 하지만 마을 사람들의 모습은 어디서도 찾을 수 없었대. 단지 원래 앉았던 의자에 마을 사람들이 입었던 옷들이 가지런히, 아주 가지런히 접혀 놓여 있었어. 이병연은 옷들이 단정히 놓인 걸 보고 딸의 손끝이 지나간 걸 추측하고 소름이 돋았어. "울 마을 사람들은 어디에 있어요?" 딸은 그제야 지나치게 안정된 분위기를 풀고 미소를 지었어. 마치 뭔가 매우 깔보는 느낌이었지만 절대 천박하지는 않았다고 했어. "저번에 비밀을 지킨 답례로 그냥 보내드릴게요. 더는 묻지 마세요." 딸은 현관 입구로 이병연을 인도했어. 이병연은 이게 아니다 싶어도 기괴한 상황에 일단 빠져나가는 게 급선무라 잠자코 딸을 쫓아갔어. 그때 현관 옆에 벌거벗은 누군가가 돼지가면을 쓰고 커다랗고 네모난 칼을 숫돌에 대고 벅벅 갈고 있었어. 이병연은 누군지 한눈에 알아봤어. 그때 마을 사람들을 꿀꿀거리며 쫓아온 돼지가면, 바로 이집의 주인인 교수였어. 이병연은 누드화를 그릴 때 교수를 본 적이 있어 돼지가면의 체형과 교수의 체형이 일치해 돼지가면이 누군지 예전부터 알았던 게지. 교수가 칼을 들고 몸을 벌떡 세웠어. "아버지 이 분은 그냥 보내드려요. 이미 먹을 건 충분해요. 아저씨, 사람은 욕망을 추구할 때가 가장 자유롭고 아름다워요. 그래서 하늘이 시기해서 천륜이다 뭐다 같은 금기를 만들었어요." 교수는 아무 말 없이 가만히 있다가 옆으로 비켜섰지. 이병연은 죽기보다 그 옆을 지나가기가 싫었지만, 딸이 앞장서자 뒤에 바싹 따라 붙어 종종걸음으로 마당까지 따라 나갔어. 그때 등 뒤에서 날카로운 꿀꿀 소리가 들렸어. 뒤돌아 보니 서울 갔다던 그녀의 동생 역시 돼지가면을 쓰고 벌거벗은 채 2층에서 뛰어내려 오고 있었어. 이병연은 당장이라도 뛰어 달아나고 싶었지만, 딸이 뒤돌아 야릇하게 웃자 굳어졌어. "어디 가서 절대 돼지가면 놀이에 대해 말하지 마세요. 입에서 내뱉으면 돼지가면놀이에서 빠져 나올 수 없어요. 저희 아버지는 예민하셔서 사람들 입에 오르내리면 바로 찾아가세요." 손을 내밀어 대문을 가리켰어. "자 여기까지 마중해 드릴게요." 이병연은 너무 놀라 무슨 소리인지 못 알아듣다가 정신을 차리고는 허겁지겁 마당을 가로지르는데! 마당 어디선가에서 돼지가면을 쓴 남자 둘이 짐승처럼 기어 나와 이병연의 발 앞을 막아섰어. 형제는 팔꿈치 이하로 팔이 없고, 무릎 이하로 발이 없어서 잘려나간 끝이 붕대로 꽁꽁 감싸져 있었대. 형제가 돼지가면 얼굴로 이병연을 올려다보며 "살려주세요! 살려주세요! 병연이 형! 살려줘요!"라고 외쳐댔어. 이병연은 형제가 자신의 발 끝을 잡고 늘어지자 고개를 돌려 딸을 봤지. 딸 옆에는 어느새 벌거벗은 교수와 아들이 나란히 서서 이병연을 말없이 응시하고 있었어. 교수와 아들의 가면에서 웃음 섞인 꿀꿀 소리가 새어나왔어. 딸이 희미하게 미소 짓자 그제야 이병연은 이 셋의 심중을 알았지. 이 셋은 이병연이 어떻게 나올지 기대하고 있었어.

과연 이병연은 형제를 구할까? 아닐까?

딸의 입이 점점 벌어지며 크게 웃음소리를 내자 고조된 긴장이 터져 버릴 것 같이 부풀어 올랐어. 이병연은 긴장을 이기지 못하고 새된 비명소리를 질렀어. 그리고 발밑에서 새끼돼지처럼 기는 형제들을 걷어 차버리고 대문을 향해 달렸어. 이병연이 말하더군. 그때 대문이 잠겨 있었으면 자신은 심장마비로 죽었을 거라고. 하지만 대문은 열려 있었고 이병연은 대문을 열자마자 산길을 내달렸지. 대문을 나설 때 딸의 목소리를 들었대. "워이. 따라가 봐. 잡으면 살려줄게." "살려주세요! 병연이 형!" "살려줘요!" "야이 개새끼야! 달리지 마!" 이병연이 뒤돌아보니 형제들이 팔꿈치와 무릎으로 달리며 있는 힘껏 쫓아오고 있었어. "제발! 형님! 살려주세요! 살려주세요!" "달리지 마! 살려줘! 형님!" 이병연은 모든 소리가 들려왔지만 멈출 수 없었어. 산비탈에 미끄러져 넘어지자 고개를 들으니 개처럼 내달리는 형제가 보였어. 돼지가면 뒤로 흐느낌과 울부짖음이 쉬지 않았지. 가면의 입으로 침이 걸쭉하게 늘어져 보였다고 했어. "형님 달리지 마세요! 살려주세요! 살려주세요! 도망가지 마세요!" 이병연은 다시 일어나 달리기 시작했어. 산 내리막길 끝 마을이 보이자 이병연은 몸을 날려 굴렀지. 데굴데굴 구를 때 고개가 산 위를 향할 때마다 달려드는 돼지가면이 보였지. 돼지가면은 도중에 멈춰 서서 무릎으로 몸을 세우고는 돼지처럼 꿀꿀 짖어댔어. "살려줘! 살려줘! 형님! 살려줘요! 돌아와요!" 끝까지 다 굴러 마을에 도달하자 이병연이 몸을 일으켜 다시 달릴 준비를 하는데 더 이상 소리가 들려오지 않는 거야. 뒤돌아보니 산 내리막길을 타고 오는 것처럼 서서히 안개가 내려오고 있었어. 돼지가면 형제는 어디에도 보이지도 들리지 않고 말이야. 이병연은 다 죽어가는 사람처럼 비척비척 걸어 삼식이가 있는 집에 돌아오자마자 마루에 고개를 박고 기절했지. 이게 이병연의 이야기의 끝이야.

* * *

조사보고
X월 25일

서울 조사팀과 합류했습니다. 미군이 남긴 극단적인 살인행위가 어떤 의미인지 알았습니다.

미군은 일본군과 동남아시아에서 전쟁을 벌이면서 일본군의 식인행위와 마주했습니다. 미군 내의 사기를 고려해 식인행위를 극단적인 살인이라는 단어로 바꾸어 기록했습니다. 아무래도 6·25 때 기록은 태평양 전쟁 때의 예를 따른 것 같습니다. 당시 해안면, 펀치볼 부근에서 일어난 극단적인 살인사건 기록은 한 건입니다. 희생자 앞 희생자 수 'few'가 어떻게 번역해도 '소수의', '적은'의 뜻입니다. 구술에 나온 마을 사람들 같은 다수라 보기 힘듭니다. 하지만 이 기록 외에 다른 기록은 없습니다.

* * *

이야기를 마친 이병연은 나와 눈을 마주쳤어. 이야기가 어땠는지 감상을 듣고 싶어 하기에 분위기를 바꿀 겸. "에이, 이 형, 오금 저리는 얘기 잘하네. 나 전쟁에서 못 볼 것 많이 본 사람이에요." 이병연의 표정은 시무룩해졌다가 활짝 펴졌어. 웃는 게 아닌 뭔가 씌웠다고 할까? 갑자기 강한 힘을 낼 때처럼. "동생. 나 별장에서 먹은 고기가 뭔지 알고 있어. 현철이한테 내가 죽 만들어줬다고 했잖아? 사실 나도 그 고기 먹었어. 그래서 먹자마자 무슨 고기인지 알았지. 그리고 현철이도 슥삭 잘 먹었잖아? 왜인지 알아? 그 고기가 맛있어. 그 고기는 사실 이야기를 들었으니 무슨 고기인지 짐작 가잖아? 먹으면 안 되는 건데 또 먹고 싶어. 못 먹을 걸 먹으면 변하나 봐. 옛날에 사람 피 맛 본 호랑이가 다시 산으로 돌아가지 않듯이 말이야. 그렇지 현철아? 현철아? 삼식아! 어째넌 네 이름 부르는데 대답 안 하니! 이제 컸으니 아명 떼고 어른 이름으로 불려야지. 너도 먹고 싶지?" 그때 현철이, 아니 삼식이가 벌떡 일어서더니 나한테 득달같이 달려들어 이마로 내 얼굴을 들이받았어. 난 그대로 기절했지. 얼마 후에 눈을 떴는데 아직 깜깜한 밤인 거야. 주위를 둘러보니 광 안이었어. 이병연은 아궁이 재로 자기 얼굴에 돼지 귀와 입을 그렸더라고. 내가 정신을 차린 걸 봤는데도 아랑곳하지 않고, 숫돌에 물을 부어 식칼을 북북 밀어 갈았어. "조금만 기다리고 있어. 형이 고기 구워줄게." 고개를 돌리니 내 뒤에서 삼식이가 얼굴을 나한테 내리깔고는 멀뚱멀뚱 쳐다보고 있더군. 손가락이 피가 나올 정도로 깨물고 피를 쭉쭉 빨다가 "이 놈 눈 떴어." 그러는 거야. "그려. 알아. 너도 돼지가면 그려. 꿀꿀." 삼식이도 광문을 열고 나가며 대답했어. "예, 형님. 꿀꿀." 이병연은 삼식이가 기특한지 돼지울음 소리 시원스럽다고 칭찬하고는 음을 달아 노래하듯이 꿀꿀댔어. "보시오. 이 형, 이러는 게 어떻소? 나 국군이오. 빨갱이들과 싸웠다고!" "그게 무슨 상관이야? 조국, 애국심 그런 것들이 무슨 거창한 거라고. 사람은 그런 거에 걸리지 않고, 거침없이 욕망을 쫓아야 해. 아무리 말려도 하고 싶은 일이라는 게 있어. 그렇지?" 그때 내 목숨이 경각에 달렸지만 그 말만은 동의하지 않을 수 없었어. 그래 아무리 세월이 지나도 그 말만은 잊히지 않아. 사실 백번 옳은 말이었지. 세상에 내가 중요하지 타인이 중요한 건 아니거든. 살 수만 있다면 뭐든지 해야. 너와 네 아비는 내 치마폭에서 살아서 몰라. 살 수만 있다면 무엇이든 저질러 버리는 극기를.

이병연이 칼을 다 갈고 내 앞에 섰지. 으스스하게 목소리를 깔고 "목을 딸까? 배를 딸까?" 그러고 있는데, 말을 마치자마자 광 밖에서 삼식이의 비명소리가 들려온 거야. 처음에 짐승 울음소리, 그것도 도살당하는 돼지 멱 소리와 비슷해서 삼식이인지 바로 알아듣지 못했지. 이병연의 얼굴에 그려진 돼지가 두려움으로 쭈그러들었어. 누군가 광안으로 거침없이 들어왔는데, 나무 돼지가면에 벌거벗은 알몸. 한눈에 누구인지 알아봤어. 바로 교수였어. 교수가 광안으로 들어오자 이병연은 사시나무처럼 벌벌 떨었어. 그때 난 알았어. 같은 것을 먹는 경험을 공유한 이 귀신들에게도 급이 있구나. 이병연 같은 놈은 평생 얻을 수 없는 박력과 위엄이 철철 넘쳤지. 나에게는 교수의 알몸이 용포로 둘러싸인 임금과도 같았어. 이병연이라는 하이에나 앞에 호랑이가 나타난 셈이야. 이병연이 울음과 변명이 섞인 몇몇의 잡소리를 흐느끼다가 괴성을 지르며 식칼을 번쩍 들어 올렸지. 하지만 교수의 투박한 네모난 칼이 먼저 이병연의 이마를 후려쳤어. 이병연은 이마 깊숙이 칼을 박고 옆으로 쓰러졌지. 교수는 칼을 뽑고는 묶여 있는 나를 내려다봤어. 칼로 나를 겨누었지. 그 모습이 흡사 권위 있는 지휘자의 손에서 움직이는 절대적인 지휘봉 같았어. "너. 네 입으로 어디 가서 돼지가면 놀이에 대해 말하면 반드시 내가 찾아가겠다. 만약에 내가 찾아가지 못해도 너는 돼지울음에서 벗어날 수 없다. 입에서 돼지가면 놀이란 말이 나오면 돼지처럼 울게 될 것이다." 나는 어찌 대답할지 몰라 혼란해하는 사이. 교수는 이병연의 식칼을 내 묶인 손 옆에 놓아주고는 광 밖으로 사라졌어. 그 후로 다시는 보지 못했지.

어디까지 이야기를 믿을지 모르지만 한 가지 명심해라. 절대 언제, 어디서든 돼지가면 놀이에 대해 말하지 마라. 내가 왜 이 일을 말했냐 하면 그때 겪었던 일은 내 삶에 큰 영향을 끼쳤기 때문이지. 말로 다 할 수 없어. 큰 영향. 지침, 일종의 따라야 할 절대적 방식 말이야. 인간은 언제 죽을지 몰라 그래서 항상 나를 위주로 거리낌 없이 내 욕구와 욕망을 실현하려 노력해야 돼. 그래. 난 그 일이 나를 각성시켜준 위대한 계시였다고 생각해. 그러니까 나는 지금 현재 부자고, 잘 살고 있지. 내 또래의 다른 놈들 봐. 폐지나 줍고 다녀. 내가 결국 옳았어. 야! 어디가! 이리 와 앉아. 마저 들어! 너도 나처럼 살아야 돼. 너는 극기가 없고, 근성도 없으니 심어주고 싶다. 그래야 내 재산을! 내가 뿌린 씨를 거둘 자격이 있어! 절대 하지 말아야 할 이야기였지만, 널 위해 한 거다. 이 내가! 바로 나! 라는 위인이! 그래도 우린 가족이니까! ……그 고기 맛이 어떤 고기 맛과 비슷하냐면……

※ 더는 텍스트화 할 구술이 없음.

* * *

조사보고
X월 31일

본문 들어가기 전 이야기의 답을 알려드리겠습니다. 답은 관련자입니다. 단순히 생각하면 세 사람이 잠들었을 때 누군가가 찍은 것 입니다. 이야기를 들으면 어떤 여자가 귀신이고, 귀신이 찍은 걸로 많은 사람들이 짐작하지만 이야기 중간에 등장한 귀신도 관련자입니다. 귀신일 수도 그냥 지나가다가 장난으로 찍은 동료일 수도 있습니다. 동료는 당연히 세 사람의 관련자입니다. 저는 90년대 후반 학비를 벌려 막노동을 하다가 이 괴담을 들었습니다. 실제 이야기의 정답은 밤늦게 현장을 정리하다가 장난친 동료였습니다. 하지만 사람들은 이렇게 생각하기보다 이야기 중간에 나왔던 귀신 존재에 더욱 주목합니다. 왜냐면 사람들은 시시한 진실보다 강렬하고 무서운 허구를 쫓아가기 때문입니다. 왜 이 이야기를 하냐면 할아버님의 이야기도 마찬가지이기 때문입니다. 해안면 펀치볼이라는 곳에서 일어난 극단적인 살인행위에 대한 정보는 사건에 연루된 관련자가 아니면 알 수 없습니다. 그럼 누가 몇 십 년 전에 은밀하게 일어난 살인행위에 대해 장소와 시대를 정확히 진술하겠습니까? 하지만 신빙성은 매우 적습니다. 구술의 근거를 쫓다가 저와 조사팀은 구술의 많은 디테일한 부분에 신뢰성이 떨어지는 걸 확인했습니다. 유감이지만 할아버님의 구술은 상당 부분이 거짓입니다. 이야기의 디테일한 부분은 거의 전부 할아버님에게서 나온 소스입니다. 특히 욕망에 대해 말하는 부분은 너무 노골적으로 할아버님께서 자신의 의도를 담으신 것 같습니다. 할아버님 안에서 나온 등장인물들은 할아버님의 인생관에 대해 옹호하고 있습니다. 거짓말하는 사람이 자신 주변이야기로 살을 덧붙이는 건 놀라운 일이 아닙니다. 그러나 이야기의 본질은 진실을 파헤치고 전달하는 것입니다. 왜 이런 거짓 구술을 할까? 상세히 지시하신 대로 절대 말하지 않고, 텍스트화한 구술을 정신과 전문의에게 보여 자문을 구했습니다. 견해는 다음과 같습니다.

기억은 재생적 상상력입니다. 과거의 상처는 시간이 지날수록 당시보다 더 커집니다. 과거의 상처를 메우려 상처보다 큰 허구를 만들어 냈다고 합니다. 일종의 방어기제로 본인 스스로도 진짜로 믿는 조작된 기억이거나, 무의식으로 현실적이지 않은 공포체험 이야기로 자신의 상처와 거리를 둔다고 했습니다. 상처받은 자가 상처에 대해 합리화시키거나 허구로 타인에게 이야기하는 것은 흔히 있는 일이라고 합니다. 저와 조사팀은 세상에 드러나지 않은 극단적인 살인행위에 할아버님이 어떤 식으로도 관여되어 있을 거라 추측합니다. 하지만 진실은 무엇인지, 어떠한 일이 발생했는지는 도무지 알 수 없습니다. 그러나 할아버님 구술의 마지막 부분대로 그 사건이 할아버님 인생에 큰 영향을 끼쳤습니다. 할아버님의 이야기에서 받아들일 부분은 이 부분이라고 생각됩니다. 나머지는 덮으시길 바랍니다. 아무도 알 수 없습니다.

* * *

보고서 평과 요청에 대한 답변.
x월 2일

왜인지 모르나 문의하신 정신병원을 찾았습니다. 요구하신 조건대로 악독하다는 단어를 쓸 정도로 지독한 감금시설입니다. 본래 가족 동의 2인 이상이면 가족을 정신병명으로 구금할 수 있으나 이곳은 돈만 주면 해당 조건을 조작해 주기도 하며, 정신병명이 아니어도 돈을 보고 감금해 주기도 합니다. 환자 대부분 늘 신경안정제에 중독돼, 깊은 수준의 사고와 행동을 보이지 못하며 탈출은 한 번도 일어난 적 없습니다. 원인불명의 사망사고도 자주 일어납니다. 왜 이곳을 원하시는지 이유를 알아도 되겠습니까?

* * *

to. 핀거튼 탐정 서울 지사 조사팀에게.

보고서 마지막 결론대로 저희 할아버지의 구술이 신뢰가 떨어지고 거짓말이라는 것에 동의합니다. 만약에 정말 사실 그대로 말씀하셨다면 오히려 제가 놀랐을 겁니다. 제 할아버지는 그런 분이 아니십니다. 늘 자신의 마음속에 자신만의 여과기를 가지고, 사실을 왜곡하고, 부풀리십니다. 저도 노골적인 할아버지의 인생관 가르침에 많이 불편했습니다. 대화의 90퍼센트는 입에서 나오는 단어보다 눈빛, 분위기, 자세, 목소리, 말투에 좌우됩니다. 구술 녹음으로 들으셔서 잘 모르겠지만 저는 할아버지 앞에서 이야기를 들을 때 본능적으로 자리에서 즉석으로 꾸며낸 이야기라는 인상을 받았습니다. 할아버지 식 억지 논리와 전개는 언제나 이런 방식이었습니다. 하지만 이번에는 진실입니다. 거의 전부 거짓이라는 조사와 전문가의 견해가 있었어도 저는 이번에는 진실이라고 여깁니다. 이야기의 날개와 부리가 가짜라도 몸통은 진짜입니다. 이제 제가 왜 고도의 감금시설을 원하는지 이유를 설명하겠습니다. 제가 이야기로 현 상황을 설명해 드리겠습니다. 모든 공포 이야기는 징조와 예고가 있다고 생각하시며 읽으시면 됩니다.

유명한 도시괴담 중 하나입니다. 어느 여자가 몇 년째 보아뱀을 기르며 같이 살고 있었는데, 며칠 전부터 보아뱀이 자신 옆에 몸을 길게 늘어뜨리며 눕기 시작했습니다. 여자는 뱀이 귀여움을 받으려 행동한다고 생각해 귀엽게 여겼는데, 어느 날 뱀의 시각은 열을 탐지하는 방식이라 사람을 알아보지 못한다는 사실을 알게 됐습니다. 즉 주인을 알아볼 수 없다는 얘기죠. 여자는 뱀 전문가에게 전화를 걸어 보아뱀이 자신 옆에 똬리를 틀지 않고 길게 늘어뜨리며 눕는다고 설명하며 이유를 물어봤습니다. 뱀 전문가는 다급한 목소리로 여자에게 당장 집에서 나가라고 했습니다. 이유는 뱀은 먹이를 소화시킬 수 있을지 가늠하기 위해 먹이 옆에 몸을 늘어뜨려 크기를 재기 때문입니다. 괴담에서 살아서 빠져나오려면 징조와 예고를 느끼고, 알려고 노력해야 합니다. 제가 감금하려는 사람은 예상하시는 대로 제 할아버지입니다. 이유는 보아뱀과 같은 목적으로 행동하시고 있기 때문입니다. 할아버지께서 강한 극기를 심어주시기 위해 저한테 얘기하셨다는 나름의 이유를 믿습니다. 그리고 극기를 유발시킨 공포체험도 믿습니다. 많은 부분이 진짜가 아니어도 아니 진짜인지 가짜인지 중요한 건 그것이 아닙니다. 주목하실 점은 딸과 교수가 돼지가면 놀이에 대해 말하지 말라 경고한 부분과 이병연이 돼지가면 놀이에 대해 말하고 돌변한 부분입니다. 여기까지가 징조와 예고였습니다. 그래서 절대 입 밖으로 얘기하지 말고, 텍스트로 보고하고, 교류하라 지시했습니다. 조사팀과 한 번도 만나지 않은 이유도 마찬가지입니다. 공포 이야기는 하지 않으려 해도 듣지 않으려 해도 절대 사람들 사이에서 사라지지 않습니다. 사람을 겁주는 공포 이야기의 근본은 저주라고 생각합니다. 이번 일로 확신을 얻었습니다. 돼지가면 놀이에 대해 말하지 마라. 이 금기는 예고이자 강한 저주였습니다. 지금 할아버지는 얼굴에 돼지가면을 그리고 꿀꿀대고 계십니다. 묶어놓기는 했으나 정상적이지 못한 몸으로 제가 앞으로 돌보기에는 무리가 있습니다. 하루빨리 입원시킬 겁니다. 그 동안의 노고에 감사드립니다. 한 번만 더 수고해 주시기 바랍니다.

숫자꿈

김재은

1983년 경북 김천 출생. 단국대학교 문예창작학과를 졸업했다.
어린이책 편집자이자 작가로 활동해 왔다. 현재 여러 가지 글을 구상중이다.

강은 꿈을 잘 꾸지 않는 사람이었다. 어쩌다 꾸는 꿈은 언제나 흑백이었다. 언제였던가, 강은 예술가들이 컬러 꿈을 많이 꾼다는 토막글을 읽고, 작게 고개를 끄덕였다. 그는 자신에게 예술의 재능이나 예술적 감성이 전혀 없다는 것을 은근히 자랑스럽게 여겼다. 예술이라는 말이 그에게는 허세, 변덕, 사치, 공상 같은, 그야말로 '개꿈 같은' 이미지를 떠올리게 했기 때문이다. 강은 자신이 현실적인 인간이기에 예술가들 같은 허황된 꿈은 꾸지 않는다고 자신했다.

강의 생활은 예술가와도, 예술과도 거리가 멀었다. 그는 27세에 한 중소기업의 평사원으로 입사해 48세가 된 지금까지 같은 회사의 인재개발과 과장으로 일하고 있었다. 그 사이 회사의 몸집은 커졌다. 일 년에 두세 번은 산더미 같은 이력서와 자기소개서를 살펴보아야 했고, 같은 수의 증명사진들을 확인해야 했다.

강의 인생에서 가장 다채로운 것이 있다면 이력서에 붙여 보내오는 증명사진들이었다. 비록 모두 비슷한 표정으로 찍어내기는 했지만, 머리가 짧은 사람이 있는가 하면 긴 사람도 있었고, 까만 정장을 입은 사람이 있으면 갈색이나 회색 정장을 입은 사람도 있었다. 간혹 지나치게 컬러풀한 옷을 입거나 머리를 노랗게 물들인 사람의 사진도 있었는데, 강은 그런 사진이 붙은 자기소개서나 이력서는 확인도 하지 않고 탈락시켰다. 색을 몸에 지닌 사람들은 색이 들어간 꿈을 꾼다는 소위 예술가들과 비슷한 느낌을 주기 때문이었다. 남다름이란 강에게 매력이 아니라 불쾌함으로 다가왔다. 남과 다르고자 하는 욕망 자체가 자신을 뽐내는 것이다. 강은 평범하고 현실적인 사람이야말로 조직에 무사히 적응하여 무난하게 사회의 일원이 되어 남에게 폐를 끼치지 않는 생활을 할 수 있다고 믿었다. 그 믿음에 논리적인 근거는 없었지만 어떤 사람들은 그 의견에 동의했다. 동의해 주는 사람이 있다는 것만으로도 강은 만족했다.

그에게 있어 가장 예술적인 활동은 일 년에 두세 번 영화를 보러 가는 것이었다. 한두 번은 아내와 단 둘이, 또 한 번은 아들도 함께였다. 아내와 함께 관람하는 영화는 두 남녀가 여행길에서 만나 사랑을 나누는 로맨스이기도, 묘령의 살인마가 가면을 쓰고 사람들을 죽이며 돌아다니는 스릴러이기도, 원한에 찬 귀신이 나타나 사람들을 공포에 빠트리는 심령물이기도 했다. 아내와 영화를 보는 날이면, 강도 나름대로 영화를 즐길 수 있었다. 가끔은 '저런 말도 안 되는 이야기가 어디 있어?'라는 생각을 하게 만드는 영화도 있었지만, 그는 금세 유쾌한 마음으로 의혹을 털어냈다. 어차피 지어낸 이야기이고, 아내와 자신은 그런 지어낸 이야기에 혹할 만한 나이가 아니었기 때문이다. 하지만 아들과 영화를 보는 날이면 강의 마음은 영 꺼림칙했다. 아들은 빗자루를 타고 날아다니며 마법을 쓰는 인물이 나오는 영화, 공룡이나 괴물, 요정이 등장하는 영화, 존재하지도 않는 나라에서의 전쟁이며 모험을 그린 영화를 좋아했다. 강의 아들뿐만 아니라, 강의 아들과 비슷한 나이, 혹은 조금 더 많거나 적어 보이는 아이들은 제각각 부모나 보호자의 손을 잡고 극장으로 몰려들었는데, 그 모습을 보는 강의 속은 영 불만스러웠다.

"그렇지 않아도 게임이니 만화니 말도 안 되는 소리에 푹 빠져 사는데 영화까지 그러면 아이들 생각이 허무맹랑해지지 않겠나? 그런데 너나 할 것 없이 아이들 손을 잡고 극장으로 데려와 그런 것을 보여주고 부모 노릇했다며 좋아하는 것이 유행이니 원. 어릴 때부터 그런 거나 보며 자라니까 요즘 어린 것들이 같지 않은 쇼맨십에 물들어서 어디서든 튀려고 안달복달하는 거야. 요즘 옛날보다 범죄가 많이 일어나는 이유가 뭔지 아나? 바로 그렇게 튀려는 놈들 때문이야. 사회적 룰을 지키면서 살면 피해자가 될 일도 없고 가해자가 될 일도 없는 게 세상이야. 억울하다고 징징거리는 놈들은 늘 모난 돌들이지."

"하지만 과장님도 결국 아드님 데려가신 것 아닙니까."

"애가 워낙에 보고 싶어 하니 별 수 있나. 마누라 혼자 데리고 가라고 하면 아버지 노릇 못한다고 성질을 부리니."

"상상력을 키워주는 게 중요하대잖아요. 어릴 때나 그런 걸 진짜라고 믿고 살죠. 우리도 어릴 때는 그런 거 많이 믿었잖아요?"

점심 식사 후, 회사 복도에 나란히 서 자판기 커피를 마시며, 자신의 말에 응대하는 이 대리에게 강은 속으로는 화를 냈다. 강이 보기에 허황된 것을 진짜라고 믿는 것은 비단 아이만이 아니라 이 대리 본인이었기 때문이다. 이 대리가 폐가 탐방 동호회와 카트 레이싱 클럽에 가입해 있다는 것, 심령사진이며 괴담을 스크랩해 인터넷에 올리는 취미가 있다는 것은 회사에서도 제법 알려진 사실이었다. 사람들이 그에 대한 것을 물으면 이 대리는 "재미있잖아요."라고 대답하며 웃었다. 강은 그 말에 수긍하는 사람들도 영 탐탁지 않았다. 언제부터 그저 재미있다는 이유만으로 쓸데없는 일에 우르르 달려드는 것이 존중받는 세상이 되었단 말인가? 재미있는 것, 허무맹랑한 것, 눈속임 같은 것에 불을 켜고 뛰어드는 것은 강에게 있어 어리석은 일이었다. 하지만 눈앞에 있는 인물에 대한 불만을 입 밖으로 꺼내는 것은 강이 좋아하는 일이 아니었다. 강은 속으로 이 대리가 언제고 그런 취미 때문에 봉변을 당하기를 바랐다.

"요즘 연쇄살인 사건 때문에 흉흉한 것 같아요. 아직 범인이 안 잡혔다던데."

둘의 이야기를 가만 듣고 있던 박이 화제를 돌렸다. 언론에서는 연일 최근 일어나고 있는 무차별 연쇄살인에 대해 보도하고 있었다. 소위 '퍽치기'가 벌이고 있는 것으로 여겨지는 이 살인 사건은, 여자는 물론 노인이나 술취한 남자까지도 범행 대상으로 삼는 것으로 유명했다. 하지만 강의 생각은 달랐다. 연쇄살인범은 무차별 살인자가 아니었다. 애초에 여자나 노인이 밤거리를 다니는 것부터가 문제다. 위험하다는 것을 알면서 술을 마시고 거리를 배회하는 것이 문제다. 다시 한 번 강조하건대, 모난 돌이 정을 맞는다. 남들이 터부로 여기는 행위를 굳이 멋이라고 여기며 행하지 않으면 위험에 처할 일도 없다는 것이 강의 생각이었다. 죽음의 위협을 쏙쏙 피해가는 주인공들이 나오는 영화는 그래서 유해했다. 그것을 본 아이들이 자신이 영화의 주인공과 같다고 생각하고, 자기 자신을 아무렇지 않게 위험에 노출시키는 것이 불쾌했다. 영화에 나오는 악역에 공감하여, 타인을 해하는 입장에 서는 것도 마찬가지였다. 허황된 것은 무엇이든 옳지 못한 것이었다.

하지만. 강은 커피를 홀짝이며 잠시 욱했던 마음을 진정시켰다. 강과는 관계없는 일이었다. 강은 어리석지 않았다. 강은 허황된 믿음과 터부의 재미에 마음을 빼앗기지 않았다. 그러므로 위험은 강을 침범할 수 없었다. 강은 피해자가 되지도, 가해자가 되지도 않을 것이었다. 그리고 그것이 세상 대부분의 올바른 사람들이 가는 길이었다.

강은 휴게실 의자에 놓여 있던 스포츠 신문을 들어 얼굴을 묻음으로써 살인마에 대한 지루한 대화에서 빠져나왔다. 펼쳐든 신문 아래쪽에는 금주의 로또 예상 번호가 있었다. 강은 여섯 개의 숫자를 입으로 조그맣게 외웠다. 갑자기 박 주임이 쑥 끼어들었다.

"뭐 보십니까? 로또 번호 고르세요?"

"로또는 무슨. 나는 그런 것 안 해."

"저는 가끔 합니다. 일주일간 희망을 얻을 수 있잖아요."

박 주임은 히히덕거렸다. 강은 헛기침을 하고 신문을 한 장 넘겼다.

즉, 강의 인생에서 공식적으로 가장 다채로운 요소는 증명사진이었으며, 가장 허구적인 행위는 영화를 보는 것이었다. 하지만 그에게도 은밀한 취미가 하나 있었는데, 일주일에 한 번씩 복권을 사는 것이었다. 요행에 기대를 걸어보는 이 '비현실적인' 취미가 자기 자신을 부정하는 것처럼 느껴져 강은 부끄러움을 느꼈고, 따라서 항상 남모르게 복권을 샀다. 강은 젊은 날부터 늘 주택복권만을 샀지만, 로또라는 스케일 큰 복권이 나온 뒤로는 늘 로또를 주마다 이삼천 원 어치씩 샀다. 몇 번인가 하위 등수에 당첨된 적도 있었다. 은행에서 팔만 몇 천 원인가를 받아 나온 날에는 세상의 채도가 달라 보여, 이것이 소위 예술적인 감흥인가 생각하기도 했다. 복권을 살 때만큼은 자신이 꿈을 잘 꾸지 않는 편이라는 것이 안타깝기도 했다. 강은 한번이라도 좋으니 돼지꿈이나 용꿈, 똥꿈, 대통령꿈 같은 '복권꿈'을 꾸어 보고 싶었다. 워낙 꿈을 잘 꾸지 않는 만큼, 어쩌다 그런 꿈을 한 번 꾸면 그 주의 복권 일등 당첨은 틀림없다는 생각이 들었기 때문이다.

"점심시간 끝나간다. 헛소리들은 그만하지. 살인마고 로또고 다 우리랑은 관계없는 일들 아닌가. 무난하게 살면 화도 피해가게 되어 있는 법이야. 다들 사무실로 들어가자고."

강은 짐짓 신문을 내팽개치며 이 대리와 박 주임을 향해 말했다. 이 대리와 박 주임은 종이컵을 던지고 머쓱한 표정으로 강의 뒤를 따랐다.

그날 밤, 실로 몇 년 만에 강은 꿈을 꾸었다. 강이 그토록 생생한 꿈을 꾼 것은 처음이었다. 강의 꿈속에는 희끄무레한, 얼굴이 보이지 않고, 남자인지 여자인지도 알 수 없는 한 인물이 서 있었다. 생기다 만 그림자처럼 흐릿했고, 목석처럼 서 있는 그것이 사람이라는 증거는 어디에도 없었지만, 강은 꿈속에서 그를 당연히 사람이라고 여기며 가까이 다가가고자 걸어갔다.

바로 앞에 선 다음에야 강은 그 인물의 흐릿한 얼굴에 숫자만이 또렷하게 쓰여 있음을 알았다. 모두 여섯 개의 숫자였다.

1, 4, 9, 13, 27, 33

"이게 뭡니까?" 강이 물었다. 인물은 대답하지 않았다. "이게 뭡니까?" 강이 다시 한 번 물었다. 인물에게서, 아니, 인물이 서 있는 근처 어딘가에서 아주 느릿느릿하고 낮은 소리가 들려왔다. 사람의 말소리인지 아닌지도 구분할 수 없었다. 게다가 미처 그 내용을 파악하기도 전에, 강은 그만 잠에서 깨어나고 말았다. '아이고, 하나도 못 들었는데.' 강은 눈도 뜨지 않은 채 실망스러운 기분으로 그런 생각을 했다.

하지만 실망스러운 기분은 곧 가셨다. 잠에서 깨어나 의식이 명확해지자, 강은 이 꿈에서 중요한 것이 듣지 못한 목소리가 아니라, 숫자라는 것을 깨닫게 되었다. 숫자 여섯 개가 나오는 꿈이라면 그 유명한 복권 당첨 꿈이 아닌가? 복권 꿈 중에서도, 당첨 숫자를 알려 준다는 가장 좋은 꿈임에 분명했다. 꿈에서 본 숫자는 기억에 생생히 남아 있었다. 강은 지난 하루를 되짚어 보았고, 점심시간에 로또 번호를 외웠던 것을 떠올렸다. 꿈은 그저 공상이 아니라 무의식이 가르쳐주는 미래라더니, 그 말이 아주 틀린 것은 아닐지도 모른다고 강은 생각했다.

회사에 가지 않는 토요일이었지만 강은 일부러 동네 명당 복권 판매소에 찾아가 복권을 샀다. 꿈에서 본 숫자 여섯 개를 체크했음은 물론이다. '1등 당첨 복권 판매소, 행운 팡팡! 행복 팡팡!' 요란한 글씨체의 피오피가 붙어 있는 판매소의 노파는 행운이나 행복과는 가장 거리가 먼 얼굴로 강에게 복권 영수증을 건넸다. 당첨 발표는 토요일 저녁이었으므로, 몇 시간을 기다려야 했다. 강은 좀이 쑤실 지경이었지만, 그래도 오늘이 월요일이나 화요일이 아니길 다행이라고 여겼다. 언제나 최악의 사태를 먼저 생각하는 강으로서는, 그 꿈이 개꿈일 가능성을 오기로라도 생각하지 않을수 없었다. 복권꿈은 무슨, 역시 꿈은 그냥 다 개꿈이지! 그렇게 중얼대며 복권 영수증을 꾸깃꾸깃 구겨 버리는 자기 자신을 상상하기를 백 번은 되풀이한 것 같았다. 그러나 그런 노력에도 불구하고, 마음속에서 풍선처럼 부풀어 오르는 기대감을 어쩔 수 없었다.

저녁 8시가 넘었다. 아내는 저녁 식사를 마친 다음, 드라마가 시작하기 전에 설거지를 마쳐야겠다며 부랴부랴 부엌으로 들어갔고, 아들은 컴퓨터 게임을 하느라 강의 행동에는 전혀 관심이 없었다. 강은 채널을 돌리는 척하며, 막 시작한 복권 추첨 프로그램에 주목했다. 남녀 한 쌍이 나와 시답잖은 농담을 하던 것도 잠시, 곧 숫자를 적은 공들이 기계에서 굴러 나오기 시작했다. 기계옆에 서 있던 여자가, 숫자를 적은 공을 들어 보였다. 부풀어 올랐던 강의 마음 속 풍선이 쭈그러드는 데는 긴 시간이 필요 없었다.

"오늘의 첫 번째 당첨 숫자는 12입니다."

꿈에서 본 여섯 숫자 중에 12는 없었다. 그래도 혹시 모르지. 아쉽지만 3등만 되어도 그것이 어디인가?

"두 번째 숫자는 5! 세 번째 숫자는 23입니다."

벌써 세 개나 빗나갔다. 강은 눈을 질끈 감았다. 우습게도 눈물이 날 것 같았기 때문이다. 오늘 하루 종일 만일에 대비해 상상해 온 비참한 자신의 모습은, 닥쳐온 현실에 비하면 훨씬 고상한 것이었다. 강은 자신이 눈물까지 흘릴 것이라고는 생각지 않았다. 그토록 미신이며 판타지, 허무맹랑함을 비웃어 왔는데, 고작 꿈 찌꺼기 하나에 놀아나 하루 내내 어린애처럼 들떠 있었다고 생각하니, 누구에게 알려진 것도 아님에도 부끄러워 참을 수가 없었다. 결국, 그날의 당첨 수에서 강이 꿈에서 본 여섯 숫자는 하나도 나오지 않았다.

월요일 아침, 강은 평소의 그로 돌아와 있었다. 일요일까지만 해도 우울하여 조금 풀이 죽어 있었지만, 복권에 당첨되지 않았다고 해서 비탄에 잠겨 있는 것은 우스운 일이었다. 만일 진짜 의미가 있는 꿈이었다면, 정신 똑바로 차리라는 교훈을 남기고 싶었음에 틀림없다. 숫자 꿈은 이미 강의 뇌리에서 떠나가고 있었다.

그러나 출근길에 강은 다시 그 꿈을 떠올리지 않을 수 없었다. 에스컬레이터를 오르고 있는 강의 눈에, 한 여자의 독특한 모습이 들어왔던 것이다. 그냥 얼핏 봐서는 갈색의 얇은 바바리코트를 입고 생머리를 길게 기른, 특이할 것 없는 차림새의 여자였다. 20대 중반 정도로 보이는 그녀는 무표정했지만 어딘가 우울감이 풍겼다. 월요일 출근길이라는 것을 생각하면 그 우울감도 이해 못할 것은 없었다. 다만 그녀의 이마가 시선을 끌었다. 이마 위에 숫자가 쓰여 있었던 것이다.

'4'

강은 꿈에 나왔던 여섯 숫자 중 4가 섞여 있었음을 기억해냈다. 기분이 좋지 않았다. 게다가 강 이외에는 아무도 그 여자에게 신경을 쓰는 것 같지 않았다. 아무리 남달리 튀는 것이 요즘 것들 사이에 유행이라지만 저건 또 무슨 짓인지. 강은 혀를 쯧쯧 차고, 여자를 바라보지 않기 위해 일부러 고개를 반대쪽으로 슬쩍 돌렸다.

플랫폼에 도착해 강은 전철이 오기를 기다리며 역 입구에서 들고 온 신문을 펼쳤다. 여자는 하필이면 강의 바로 옆 입구 지점에 섰다. 의식적으로 시선을 돌리기까지 했지만 어쩔 수 없이 신경이 쓰여, 강은 신문을 펼친 채로 이마에 4를 쓴 여자를 힐끔거렸다. 그때, 때르르르르 — 목젖을 울리는 듯한 신호음과 함께, 전철이 곧 도착할 것임을 알리는 방송이 들렸다. 멀리서 전철의 헤드라이트가 어른거렸다.

일은 순식간에 일어났다. 헤드라이트가 내뿜는 빛이 눈을 찌르며 전철이 모습을 드러내자, 찰나의 순간에 여자가 선로로 뛰어들었다. 고막을 찢는 굉음이 땅 속 역을 꽉 채웠다. 전철은 급정거를 시도했지만, 여자의 목숨을 지키기에는 너무 늦었다. 여자가 떨어진 장소를 순식간에 전철이 덮쳤다. 강은 채 신문을 덮지도 못했다. 사람들의 비명이 역사에 가득 찼다. 지하철이 멈춰 섰고, 역무원들이 달려왔다. 강은 확인하고 싶었다. 동시에 확인하고 싶지 않기도 했다. 강 옆에 서 있던 한 노부인이 탄식했다.

"어머어머, 죽었나 보네. 죽었나 봐."

강은 노부인의 말에 이끌려, 여자를 보고자 발돋움했다. 하지만 아무것도 보이지 않았다. 실제로 나는지 안 나는지도 모를, 피 비린내를 닮은 악취가 온통 강의 내부를 잠식했다. 강은 도망치 듯 역사를 나왔다. 와이셔츠 등판이 식은땀으로 척척해질 지경이 었다. 강은 역사 앞에 놓인 벤치에, 속이 가라앉기를 기다리며 잠 시 앉아 있었다.

결국은 택시를 타고 한 시간가량을 늦게 회사에 도착했는데, 입사한 지 반 년이 된 신입사원 김이 새파란 낯빛으로 뭔가를 열 심히 떠들고 있었다. 직원들 대부분이 김의 주변을 둘러싸고 심각 한 얼굴로 귀를 기울이고 있었다. 그렇지 않아도 불쾌했던 강은 그 모습이 무척 기분에 거슬렸다. 그는 책상에 내려놓으며 투덜거 렸다.

"업무 시간에 뭐하는 건가?"

"오셨어요, 과장님."

"희연 씨 출근길에 누가 자살했대요."

강은 그만 누그러졌다. 죽은 여자는 딱 김의 또래로 보였다. 그 런 것을 보아버렸으니, 충격이 이만저만이 아닐 터였다.

"희연 씨도 5호선인가? 나도 그 탓에 지각했는데."

"과장님도 계셨어요? 정말 무서워 죽는 줄 알았어요."

"그 여자 얼굴도 봤나? 이상하지 않았어?"

"저는 좀 멀리 있었어요."

"이마에 아무것도 없었어? 숫자 같은 거 말이야."

"숫자요? 저는 얼굴을 못 봐서요."

강이 무슨 말을 하는지 모르겠다는 느낌의, 천진하고 불안한 표정의 김을 보고 있자 아까와는 다른 피곤함이 몰려왔다. 무릎의 힘이 풀리는 것 같아 강은 서둘러 자리에 앉았다. 이러려고 그 꿈을 꿨나, 빌어먹을. 강은 고개를 절레절레 흔들었다. 액땜한 것으로 치고, 더 이상 그 꿈에 아무것도 관련시키고 싶지 않았다.

하지만 이상한 일은 거기서 끝나지 않았다. 그 뒤로도 강은 출퇴근길, 식당, 지하철처럼 사람들이 많은 곳에서 종종 이마에 숫자를 쓴 사람들을 발견했다. 4뿐만 아니었다. 그 숫자는 1이기도, 13이기도, 27이기도 했다. 가장 많이 보이는 숫자는 1이나 13이었고, 27이 그 다음이었다. 4는 그 여자 이후 보지 못했다. 33을 이마에 쓴 사람을 본 것도 딱 한 번뿐이었다. 아내와 함께 한 저녁 산책로에서였다. 김과의 대화 이후로, 다른 사람에게는 숫자에 대한 말을 하지 않던 강도 아내에게라면 괜찮을 거라고 생각하고 떠보듯이 물었다.

"저 사람 하고 다니는 것이 참 웃기지 않아?"

"뭐가? 티셔츠 색이 촌스럽긴 하네."

"얼굴도 이상하잖아."

"멀쩡한데 뭘. 그나저나 낯이 익은데. 어디서 봤더라?"

강은 더 이상 묻기를 포기했다. 아내의 눈에는 이마의 33이 보이지 않는 것이 분명했다. 의심의 여지없이, 숫자들은 모두 강이 꿈에서 보았던 숫자들이었다. 강은 점점 더 불안해졌다. 각각 다른 숫자들의 의미가 궁금했다. 또한, 이마에 숫자가 쓰인 사람들이 어떻게 되는지도 궁금했다. 4를 이마에 쓰고 있다가 자살한 여자를 생각해 보면, 그 숫자가 결코 좋은 의미일 것 같지는 않았다.

며칠 뒤였다. 강이 집에 돌아왔을 때 아내가 집에 없었다. 강의 아들은 엄마가 없는 틈을 타 평소보다 집중해서 컴퓨터 게임을 하고 있었다.

"엄마 어디 갔니?"

"민호네 집에요."

"왜?"

"몰라요."

손을 바삐 움직이며 고개도 돌리지 않고 대답하는 아들에게 강은 부아가 치밀어 목소리를 높여 꾸짖었다.

"너는 어째 볼 때마다 게임만 하고 있냐. 아버지가 왔으면 인사를 해야지! 게임만 하니 헛생각, 잡생각만 머리에 들어앉아서 올바른 인간이 못 되는 거야."

"아 갑자기 왜요. 게임하는 것도 공부예요. 현실에서랑 똑같이 많이 배운단 말이에요."

"그렇게 총을 쏴대며 사람을 죽이는 게 현실이란 말이냐?"

"게임이니까 그렇죠! 아, 아빠 때문에 죽었잖아요. 이번에는 내가 죽이려고 했는데 우리 길드가 계속 지네."

강은 투덜거리는 아들 뒤에서, 얼굴을 찡그리고 모니터를 넘어다보았다. 총을 들고 덤벼드는 아들의 적, 그리고 그들에게 덤벼드는 아들. 이런 게임에 빠져 현실과 환상을 구분 못하고 사람을 죽이려 드는 놈들도 반드시 있을 것이다. 강은 서로 이마에 숫자를 써 넣으려고 덤벼드는 인간 군상을 상상했다. 그런 것을 상상하는 자기 자신이 싫어, 강은 기분을 망치고 말았다.

자신에게만 숫자가 보인다는 것을 알게 된 뒤, 강은 몰래 정신과에도 다녀왔다. 하지만 의사는 일시적으로 신경이 예민해졌을 뿐이며 뇌 활동의 영향 때문에 그런 환각이 보일 수가 있다는 말과 함께 약을 처방해 주었을 뿐이다. 약은 강을 시도 때도 없이 졸게 만들었다. 강은 그런 흐리멍덩한 기분이 질색이었다. 무엇보다도 약을 먹는 중에도 사람들의 이마에서 숫자가 보이는 증세는 전혀 사라지지 않았기에 강은 약을 먹는 것도 곧 그만 두었다. 소파에 앉아 텔레비전 채널을 돌리고 있는데, 아내가 들어왔다.

"당신 퇴근했네."

"민호네 집 갔었다며?"

아내가 고개를 끄덕이더니, 서두르는 종종걸음으로 강의 곁에 와 앉았다.

"당신, 우리 예전에 봤던 여자 기억해? 당신이 하고 다니는 거 너무 웃기다고, 얼굴 이상하다고 했던 보라색 티셔츠 입은 여자 말이야. 같이 산책하다가. 내가 그때 어디서 본 것 같은데 기억이 안 난다 그랬잖아."

이마에 33이 쓰여 있던 그 여자를 강은 물론 기억하고 있었지만, 짐짓 아닌 척했다.

"모르겠어. 내가 언제 그런 걸 일일이 기억했나."

"하여튼, 그 여자가 민호 고모였더라고. 민호네 집 오가면서 어째 얼굴을 한 번 봤었던 것 같아. 어쩐지 낯이 익더라니. 글쎄, 근데 그 여자가 죽었다네."

"죽어? 왜?"

"그게 말이야."

아내가 갑자기 목소리를 낮추더니 강의 곁으로 바짝 다가왔다. 아들이 듣지 못하게 하려는 행동이었다.

"살해당했대. 집에 강도가 들어서."

강의 등에서 또다시 식은땀이 배어나오기 시작했다. 피하고 싶은 상상이 자꾸만 현실로 나타나고 있었다. 강은 부러 머리를 흔들었지만, 생각을 멈출 수 없었다.

'4는 자살이다. 33은 살해당하는 것이다. 그럼 나머지 숫자는?'

그 숫자는 바로 죽음을 알리는 숫자다. 강은 이제 그렇게밖에 생각할 수 없었다. 모든 사람의 이마에 숫자가 쓰여 있는 것이 아님을 생각했을 때, 평범한 자연사를 예고하는 것은 아닐 것이다. 그리고 아마도, 죽음이 가까워진 사람의 이마에만 숫자가 나타나는 것이리라. 한 번 시작하자, 생각은 고속도로를 달리기 시작했다.

어떻게 나한테 이런 일이 일어난단 말인가! 강은 입술을 깨물었다. 어떻게 해야 이 숫자들에서 벗어날 수 있을까? 귀신이 들리기라도 한 것일까? 굿이라도 하면 문제가 해결될까? 이마에 숫자가 나타난 사람들을 어떻게 대해야 할지도 알 수 없었다. 쫓아가며 당신은 조만간 죽을지도 모르니 각별히 조심하라는 조언이라도 해야 할 것인가? 하지만 그런 말을 누가 믿는단 말인가.

다음날부터 강은 사람들의 이마를 눈여겨보기 시작했다. 강은 교복을 입은 남자아이의 이마에 커다란 1이 쓰인 것을 보았다. 바쁜 출근길이었지만, 강은 도저히 그 아이를 내버려 둘 수가 없었다. 강은 남자아이의 뒤를 따라갔다. 남자아이는 강의 동네에서 지하철 열 정거장이 넘는 곳에 있는 중학교에 도착했고, 강은 소리를 지를 뻔했다. 이마에 1을 달고 다니는 것이 그 남자아이 하나가 아니었기 때문이다. 교문을 들어선 남자아이에게 어깨동무를 거는 다른 아이, 그리고 그 아이들이 합류한 또 다른 그룹의 아이들의 이마에도 1은 모두 똑같이 새겨져 있었다.

강의 손끝이 떨렸다. 그때, 운동장 한구석에 주차되어 있는 관광버스가 강의 눈에 들어왔다. 강은 결국 한 아이를 붙잡고 물어보지 않을 수 없었다.

"얘야, 오늘 학교에서 어디 가니?"

"오늘요? 1학년들 수련회 가는데요."

아이는 그렇게 말하고 냉큼 교문 안으로 들어갔다. 강은 아까 그 남자아이가 수련회에 가는 것이라고 확신했다. 수련회에 가서는 안 된다! 그 남자아이뿐만 아니라, 이마에 1이 쓰인 아이들 모두가 수련회에서 변을 당하게 될 것이다. 강은 학교 안으로 달려갔다. 아이들을 다시 찾는 것은 어렵지 않았다. 이마에 1이 쓰인 남자아이들은, 모두 한 곳에 모여 있었기 때문이다. 강은 쓰러질 것만 같았다. 강은 한 아이에게 물었다.

"얘들아, 너희 1학년이니?"

"그런데요."

"선생님 어디 계시니?"

한 아이가 손을 뻗어, 선 캡을 쓰고 한껏 여행 분위기를 내고 있는 한 남자를 가리켰다. 강은 그에게 다가갔다.

"선생님. 안녕하십니까."

"앗, 안녕하세요. 학부모십니까? 배웅 나오셨군요? 누구 아버님 되십니까. 불러 드릴까요?"

"아니요. 아닙니다. 아이는 안 봐도 됩니다. 선생님, 수련회를 꼭 오늘 가야만 합니까?"

"네? 아, 갑자기 집에 일이라도 생겼나요?"

"아니요. 그게 아니라, 오늘 수련회를 가서는 안 된다는 겁니다.

오늘 수련회를 가면 큰일이 생길 겁니다. 큰일이요."

"저기, 어느 학생 부친 되시나요?"

"그런 건 중요하지 않습니다. 오늘은 아무 데서도 가서는 안 됩니다! 오늘 수련회를 가면 후회하시게 될 겁니다. 선생님, 선 캡을 좀 벗어보시지 않겠습니까?"

선생의 이마는 선 캡에 가려져 보이지 않았다. 뿐만 아니라 그의 얼굴은 이미 강에 대한 의심과 불쾌감으로 뒤덮여, 강에게 협조할 생각은 없어 보였다.

"어느 학생 아버님 되십니까? 참가가 힘들다면 빼 드리겠습니다."

"저는…… 저는, 우리 아들은 이 학교가 아닙니다. 하지만."

"이 사람, 이거? 아이들 앞에서 험한 꼴 당하기 싫으면 썩 나가세요! 여행길 아침부터 흉흉하게."

"안 된다니까요! 안 됩니다! 얘들아, 수련회를 가서는 안 된다! 모두 집으로 돌아가거라!"

"이 사람이! 김 선생, 차 선생! 나 좀 도와줘요!"

강이 아이들이 모여 있는 곳으로 달려가려는데, 다른 곳에 있던 남자 두 사람이 달려와 강을 막았다. 아이들은 멀뚱멀뚱, 제법 재미를 느끼며 소동을 지켜보고 있는 듯했다.

"얼른 타. 출발한다!"

선생들이 외쳤고, 아이들은 우르르 버스 위로 올라탔다. 강이 아무리 가서는 안 된다고 외쳐도 아이들은 전혀 개의치 않는 눈치였다. 오히려 흥미로운 시선으로 강을 힐끔거릴 뿐. 강을 붙들고 있던 선생 중 한 사람이 험악한 인상으로 윽박질렀다.

"알 만한 분이 왜 이러십니까? 경찰에 신고 안 한 걸 다행으로 아세요!"

강은 털썩 주저앉고 말했다. 세 선생은 흩어져 버스에 올라탔다. 열 대 가량의 버스가, 흙먼지를 일으키며 운동장을 빠져나가기 시작했다. 강의 눈에는 그것이, 죽음을 향해 달려가는 영구차로밖에 보이지 않았다. 강은 한동안 일어서지 못했다. 수련회에 가지 않는 소년들이 그런 강을 전봇대 아래 취객을 보듯 지나쳤다.

서울시 모 중학교가 수련회를 가던 중, 학생들을 태운 버스 한 대가 도로에서 추락해 탑승자 대부분이 사망했다는 뉴스가 뜬 것은 그날 저녁이었다. 살아남은 아이들 중 혹시 강이 벌인 소동에 대해 이야기한 아이들이 있었을지도 모르나, 뉴스에서는 강에 대해서 조금도 언급하지 않았다. '1은 사고사다.' 강은 어딘가 맥이 빠져, 그런 결론을 내렸다.

정신을 차리고 보니, 세상은 놀라울 정도로 죽음으로 가득 차 있었다. 실로 죽음은 숫자만큼 흔한 것이었다. 강의 일과에서 가장 중요한 일은, 숫자가 이마에 적힌 사람을 쫓아다니거나 그들의 소식을 수소문하는 것이 되었다. 그러는 과정에서, 13은 병사이며 27은 돌연사라는 것을 알았다. 하지만 그때까지 한 번도 보지 못한 숫자가 있었는데, 그것은 바로 9였다. 아마도 9는 굉장히 희귀한 죽음의 방법을 예고하는 것임에 틀림없었다. 그리고 강은 9를 보기 전에는 이 악몽에서 벗어날 수 없을 거라는 예감이 자꾸만 드는 것이었다.

강은 약 20년을 한 회사에서 일했다. 이직이나 전직을 시도한 적도 없으며, 언제나 묵묵하고 성실하게 맡은 직무를 해내 비록 인기는 없었으나 신뢰는 높았다. 허무맹랑한 것, 자극적인 것, 근거 없는 것을 쫓는 세태를 혐오하는 그의 성미 역시, 주변 사람들이 모두 인정하는 그의 특성이었다. 그랬던 강이 회사 일도 내팽개치고 타인의 죽음을 예고하거나, 예방하기 위해 분주히 쫓아다니는 데는 큰 결심과 절박함이 필요했다. 그런데도 강의 새로운 직무에는 조금도 성과가 없었다. 강은 여러 가지 방법을 연구했다. 대뜸 "당신은 조만간 죽을 수 있으니 조심해야 합니다."라고 말했다가 얻어맞은 적도 있다. 낯선 중년의 남자가 말을 거는 것만으로도 젊은 여자들은 경계했다. 이마에 숫자가 쓰인 사람을 쫓아가 우편함에 경고 메시지를 써 넣어 보기도 했다. 하지만 누구 하나 그 메시지에 주의를 기울이는 것 같지 않았다. 지각과 결근이 늘어나자 회사에서도 강의 변화를 눈치 채기 시작했고, 결국 강은 퇴사 권고를 받았다. 강은 가타부타 변명하지도 않았다. 강은 아침이면 밖으로 나가, 깊은 절망 속으로, 이미 죽은 자에 불과한 산 자들의 세계로 뛰어들었다.

"당신 요즘 뭘 하고 다니는 거야?"

어느 날, 강이 금방이라도 쓰러질 듯 현관에 들어섰을 때, 아내는 장승처럼 버티고 서서 물었다.

"회사 그만두고 새 직장 구하는 걸로 알고 있었는데 맞아?"

"그럼."

강은 아내를 지나쳐 현관 안으로 들어가 소파에 주저앉았다. 온종일 이리저리 돌아다닌 탓에, 다리가 무척 피로했고 발에서는 고린내가 났다. 강은 자신에게서 나는 냄새가 변해가고 있다고 느꼈다. 지금 그의 발 냄새는 예전의 그의 발 냄새와는 달랐다. 이전에, 그의 발 냄새는 삶의 노고를 증명하는 것이었다. 그러나 지금 그의 콧속에는 온통 시체 냄새, 죽음의 냄새만이 맴돌았다. 아무런 냄새를 맡고 있지 않아도 그는 그 냄새를 느낄 수가 있었다. 내가 시체가 되어가고 있구나. 가끔 강은 섬뜩 놀라 거울을 바라보고는 했다. 하지만 강의 이마는 늘 허옇고 미끈했다.

"당신 요새 이상해. 이상해졌어. 그거 알아?"

"내가 뭘 어쨌다고 그래."

"정신이 빠진 것 같아. 당신 원래 안 그랬잖아. 당신 입으로 험한 세상에서 등쳐 먹히지 않으려면 정신 똑바로 차리고 살아야 한다고 그랬잖아. 당신 밖에서 뭘 하고 다니는 거야? 밖에서 당신 본 사람 있대. 내가 대체 요즘 무슨 소리 들으며 사는지 알아?"

강은 대답하지 않았다. 아내는 뭔가 더 말하고 싶은 듯했지만, 무슨 말을 해야 할지 모르는 것 같았다. 아내는 힘없이 어깨를 떨구고 방으로 들어갔다.

텔레비전을 틀자, 그 안은 여전히 떠들썩한 세계였다. 세상은 그대로다. 변한 것은 강뿐이다. 죽음도 삶도 변함없이 그 자리에 있다. 강은 다시 자신이 알고 있던 세계의 일원이 되고 싶었다. 강은 그토록 자신이 혐오하던 '비현실'의 영역에 자신이 이미 떨어져 버렸음을 자각하고 있었다. 그 영역은 강이 모르고 있던 세계였다.

왜 하필 내가 그 꿈을 꾸어야만 했을까. 복권 당첨을 바란 것마저도 과욕이었던 것일까? 나는 연예인들처럼, 혹은 영화나 만화의 초인들처럼 특별한 매력이나 능력을 가지고 싶다고 생각한 적도 없다. 나는 누구에게도 피해를 주지 않았고, 아무것도 잘못하지 않았다. 그런데 왜 하필 불행은 나를 선택했는가. 물론 악인만

이 불행을 맞이하거나 비극적인 죽음을 맞이하는 것은 아니다. 악인이든 선인이든 사람은 어차피 죽는다. 그런데 다른 사람이 죽든 말든, 도대체 나와 무슨 상관이란 말인가? 텔레비전 속의 연예인은 그런 강을 비웃기라도 하듯 소리 내어 웃었다. 강은 자신이 이토록 타인의 죽음에 매달리게 될 것이라고는 생각한 적 없었다. 그러나 숫자가 보이는 순간, 강은 홀린 듯이 숫자가 예언하는 죽음에 사로잡혀 버리고는 했다. 그것이 사신의 인력이요, 죽음의 힘이었다.

강은 외출을 하지 않게 되었다. 집에 있으면 숫자를 보지 않을 수 있었다. 아내는 이상하게도 그런 강을 책하지 않았다. 강이 풍기는 죽음의 냄새를 아내도 감지한 것인지도 몰랐다. 강 대신 아내가 집을 비우는 날이 늘었다. 그러다가 마트에서 일을 구했다며, 매일매일 밖으로 나가게 되었다. 그러던 아내가 어느 날 말했다.

"당신 혹시 나 모르게 교회나 절 다녀?"

"갑자기 웬 교회는."

"요즘 종교에 빠지는 사람들이 많대."

"왜 그런 이야기를 하는데."

"당신이 관심 있을까봐."

"관심 없어."

아내는 말없이 강을 바라보았다. 아내의 눈빛은 참으로 약하고 사랑스러운 것을 바라보듯 자애로우면서도, 참으로 혐오스러운 것을 바라보듯 흐리기도 하였다. 아내의 시선 앞에서 강은 파리가 된 기분이었다. 가볍게 한 번 탁 치면 찌부러져 죽는 파리. 약하고 가여운 생명이지만 병균을 옮기는 해충이기에 집안에 나타난 파리는 죽이지 않으면 안 된다. 강은 벌떡 일어나 거울을 들여다보았다. 강의 이마에는 아무 숫자도 나타나 있지 않았다.

그날, 또다시 강은 꿈을 꾸었다. 꿈에는 이전의 꿈에 나타난 것과 똑같은 그림자가 서서 느리게 흔들리고 있었다. 강은 그림자를 향해 달려갔다. 그러나 아무리 달려가도 도무지 그가 있는 곳에 다다를 수가 없었다. "나는 더 이상 그 숫자가 필요 없어요! 도로 가져가시오!" 강이 외치자 그는 무어라고 대답했지만, 그 인물의 목소리는 여전히 아주 낮은 곳에서 들리는 땅울림 같았다. 강의 몸도 흔들리기 시작했다. 누군가 자신을 흔들고 있었다.

"여보, 일어나, 여보. 왜 그래, 여보?"

아내였다. 아내가 강의 몸을 흔들고 있었다. 강은 한껏 걱정을 담은, 그러나 두려움을 띤 얼굴로 자신을 내려다보고 있는 아내의 얼굴을 마주 보았다.

"세상에, 식은땀. 아무래도 당신 요즘 몸이 허한가 봐."

"당신."

"응?"

강은 자신을 바라보는 아내의 얼굴에서 눈을 뗄 수 없었다. 아내의 이마에 숫자가 나타나 있었다. '33'. 살해당할 것을 예고하는 숫자였다. 강이 완전히 정신을 차린 것을 확인한 아내는, 화장대 앞에 앉아 립스틱을 발랐다. 적갈색의 립스틱과 이마 위의 새까만 33은, 아내를 조형품처럼 보이게 했다.

"당신, 어디 가?"

"마트 가야지. 승민이 곧 학교에서 올 텐데 점심 좀 챙겨 줘. 요즘 나 없다고 게임만 해대서 큰일이야. 당신이라도 한 마디 해봐. 내가 말하면 도통 듣지를 않아."

"안 가면 안 돼? 오늘 마트 하루 빠지면 안 돼?"

"왜? 갑자기는 못 빠져. 하루 이틀 일하고 말 것도 아닌데."

아내는 그리고 잠시 가만히 있더니 이어 말했다. 아주 나긋나긋한 말투였다.

"당신이 어서 다시 회사를 나가면 몰라도."

"금방 구할게. 일 구할게. 오늘 하루만. 오늘 하루면 돼."

"그 말 한두 번 해, 당신? 나 솔직히 요즘 당신이 집에 있어서 차라리 마음이 편해. 집에 들어앉기 전에 밖에서 뭘 하고 다녔는지 모르지만, 할 거면 다른 동네에서 했어야지. 웬 젊은 년 뒤꽁무니 쫓아다니다 싸대기 맞은 거, 길에서 죽치고 다니면서 수작 걸고 헛소리 하고 다닌 거, 내가 모를 줄 알아? 아무도 못 보고 못 들을 줄 알았어? 매일매일 그러고 다녔다며? 동네에 소문이 다 났어. 승민이 아빠가 미친 짓 하고 다닌다고. 사람이 백팔십도 변했다고. 나도 정말 민망해서 말 안 하려고 했지만."

"다 설명할게. 어쩔 수 없었어. 어쩔 수 없어서 그런 거야. 이렇게 빌게. 오늘 하루만 쉬어."

"그래, 당신. 원래 그런 사람 아닌 거 알아. 일시적인 거라고 나도 믿으려고 해. 마음의 정리가 필요해. 당분간 서로 건드리지 말고 지내자."

강의 아내가 일어서서 방문을 나갔다. 나일론 스타킹을 신은 발바닥에서는 소리도 나지 않았다. 강은 아내를 쫓았다. 오늘만이라도 무사히 넘어갈 수 있다면 숫자의 힘은 사라질지 모른다. 자살한 여자도, 수련회를 떠난 학생들도, 그와 만난 그 날에 모두 죽지 않았던가. 보라색 티셔츠를 입은 여자가 죽은 날까지는 모르겠지만, 그녀도 아마 그와 만난 그날 죽었을 것이다. 강은 확신했다. 아내를 오늘 보내지 않을 수 있다면, 아내의 죽음을 막을 수 있다면, 강은 처음으로 이 악몽에 감사할 생각이었다. 강은 본래 모든 상황에는 합리적인 근거와 이유가 있다고 믿으며 살아왔다. 만일 아내를 살리는 데 성공한다면, 강에게 주어진 이 저주는 사실 아내의 죽음을 막기 위해 내려진 축복이 될 것이었다. 오늘 이 죽음을 막을 수만 있다면, 강은 앞으로의 괴로움을 감수할 자신도 있었다.

"가지 말라니까."

"자꾸 왜 이래 애처럼?"

"가지 마. 오늘 하루만. 가면 죽어."

"당신 미쳤어? 제발 이러지 마. 나 정말, 정말 당신 믿고 싶어. 당신 정말 미친 사람처럼 이러지 마. 내가 부탁할게."

"가면 죽어. 죽는단 말이야. 누가 너 죽일 거야. 너 죽인다니까. 죽는다니까!"

"제발! 제발 이러지 마. 나 무섭단 말이야. 당신 진짜 이상해진 거 아니지?"

"미친 거 아니야. 당신이 날 믿어봐. 죽는다고. 오늘 가면 죽는다고!"

강은 아내의 팔을 붙잡으려고 했다. 자신의 진심을 믿어주길 바라며, 아내의 팔을 강하게 붙들고, 끌어안고, 눈을 마주치고, 말하려고 했다. 자신의 말을 믿어 달라고. 하지만 아내는 비명을

76

질렀다. 강의 손을 피했다. 어제와 같은 눈빛으로 강을 바라보았다. 아니, 어제보다도 훨씬 강렬한 혐오를 담고 있었다.

"만지지 마!"

"여보."

"가까이 오지 마! 이 미친 새끼!"

아내와 강은 마주 서서 한참을 노려보았다. 강도 이 이상 어찌해야 할지 몰랐다. 아내는 내려놓았던 토트백을 주워 들고, 손으로 흐트러진 머리를 몇 번 빗어 내리더니 현관으로 향했다. 강이 현관을 막아섰다.

"비켜."

"못 비켜."

"비키라고, 개새끼야! 내 인생이 너 때문에 이게 뭐야! 이따위로 내 인생을 말아먹어? 뭐? 죽는다고? 개자식아, 날 죽이는 건 너야! 너 때문에 죽겠다고! 짜증나서, 열이 터져서 죽겠다고!"

"정말 이럴 거야?"

"정말 이럴 거냐고? 내가 할 말이야. 내가 얼마나 참아야 돼? 언제까지 너 같은 미친놈을 참고 살아야 되니? 언제쯤 제정신 찾을 건데?"

"다 당신 생각해서 이러는 거야."

하, 아내가 실소했다. 아내는 강을 밀치기 위해 팔을 쑥 내밀었다. 강은 그 팔을 맞잡았다. 현관 문지방을 사이에 두고, 둘은 그렇게 말없이 힘을 겨루었다. 강은 아내가 이렇게 힘이 세었음을 처음 알았다. 강은 자신이 품고 있는 아내를 향한 사랑에 대해, 아내가 자신의 마음을 몰라주는 것에 대해, 아직도 아내의 이마에 강렬히 새겨져 있는 33에 대해, 세상에 내려앉은 모든 죽음에 대해, 빌어먹을 꿈에 대해 분노했다. 분노는 강을 더 크게 움직이게 했다. 뚜둑, 아내의 팔에서 둔탁한 소리가 났다. "아아악!" 아내의 입에서 비명이 터져 나왔다. 이제 아내의 눈은 시뻘겋게 달아올라, 그야말로 강을 죽일 기세였다. 아내의 이가 강의 목을 물었다. 이번에는 강의 입에서 비명이 터졌다. 강은 아내의 머리를 목에서 떼어내기 위해 아내의 머리를 붙잡고 흔들었다. 아내는 도둑을 문 개처럼, 신음을 흘리면서도 강의 목에서 떨어지지 않았다. 강의 손이 더듬더듬 아내의 머리에서 아내의 목으로 옮겨갔다. 강은 있는 힘껏 아내의 목을 붙들고 밀어내듯 졸랐다. 얼마나 시간이 흘렀을까? 끄으윽— 트림 같은 소리가 아내의 입술 사이로 새어나오더니, 아내의 이빨이 침을 잔뜩 바르며 강의 목에서 미끄러져 내렸다. 그 감각에, 강은 그만 소리를 지르며 아내를 밀쳐내고 말았다. 아내는 마루 위에 나동그라졌다.

강은 현관 문지방 위에 그저 서 있었다. 언제부터인지 모르겠으나, 강은 이미 소리를 내어 울고 있었다. 강은 곡성을 내며 아내에게 다가갔다. 쓰러진 아내의 얼굴을 두 손으로 감싸고 그녀의 이마를 보았다. 숫자 33은 사라지고 없었다. 강은 아내의 코 아래에 손을 대어 보기도 하고, 가슴에 귀를 대어 보기도 했다. 아무래도 아내는 죽고 만 것 같았다.

결국 아내는 살해당했다. 강에게 죽임 당하고 만 것이다. 숫자의 예고는 이루어지고 말았다. 피할 수 없었다. 만일 아내의 외출을 방해하지 않았다면, 애초에 강의 눈에 숫자가 보이지 않았다면 아내는 살았을 것인가? 강은 모든 경우의 수를 떠올려 보려고 하였으나 부질없는 짓이었다.

강은 비척비척 욕실 안으로 들어가, 불도 켜지 않고 손을 씻었다. 그리고 눈물 콧물로 뒤범벅 된 얼굴을 씻어냈다. 고개를 들자 그 앞에는 거울이 있었다. 어두운 욕실, 거실에서 비어져 들어오는 희미한 빛을 받아 강의 턱 끝에 맺힌 물방울들이 칼날처럼 예리하게 빛나고 있었다. 강은 자신의 이마에 쓰인 숫자를 보았다. 마침내 처음으로 맞이하는 숫자, 마지막 숫자인 9가 보였다. 강은 직감했다.

'9는 죽인 자의 숫자다.'

몸의 힘이 빠졌다. 순간 강은 퍼즐을 완성한 어린아이처럼 안도에 잠겼으나, 다시 이마의 9를 노려보았다. 숫자가 아직 사라지지 않았다. 아직.

'이번에는 내가 죽이려고 했는데.' 어린 아들의 목소리가 기억 속에서 되살아났다가, 꿈에서 들은 땅울림이 되었다. 강은 오랜 시간 동안 눈을 감았다가 떴다. 그 순간 거울 안에 비친 강은, 꿈 속에서 본 희미한 그림자, 그 이외에 다름 아니었다.

무당 아들

박해로

1976년생. 『한국스릴러문학 단편선』 2권에 「7월의 사람들」을, 『섬 그리고 좀비』에
「세상끝 고군분투의 기록」을, 『10개월 종말이 오다』에 「운수 나쁜 날」을 수록했다.
장편소설 『상문살: 피할 수 없는 죽음』이 현재 출간 예정이다.

1

"실무 수습은 잘 받았겠지?"

"네."

"지금부터는 실전이야. 장난 아니다."

"잘 알고 있습니다."

"초장부터 잘 쳐나가야 해. 저 놈들은 신규직원만 오면 요리조리 저울질을 해본다고. 좆 같은 놈이 들어왔구나 싶으면 지들도 조심하지. 하지만 만만한 물이라고 생각되면 그 신규는 퇴직할 때까지 개고생 길만 걸어야 해."

두 남자의 걸음이 구령에 발 맞춰가듯 착착 나아가는 사이 나이 든 남자의 사설은 이어졌다.

"방 18개에 별의 별 놈이 다 있다. 신문방송 크게 탄 애들도 있어. 건전지 잡아 펴서 문신 새길 줄도 알고 알약 캡슐 갖고도 흉기 만들 수 있어. 교도관 징계먹이는 데는 도가 텄지. 고소장으로 방을 채운 놈도 한둘이 아냐. 그러니까 규정 잘 숙지하고 원칙대로 근무해야 해."

전자 출입카드가 인식기에 밀착하자 삑 하는 소리가 컴컴한 주복도에 크게 울려 퍼진다. 비밀번호를 접수한 철문은 육중한 철커덕 윙 소리와 함께 가로로 입을 벌린다. 나이 든 남자는 여전히 수다를 쏟아놓으며 발걸음을 옮긴다. 2동, 3동, 4동이라고 적힌 가정집 대문만 한 사동(舍棟)입구들이 저만치서 천천히 등장한다.

"하지만 전체 비율로 따지자면 '문제수'는 얼마 안 돼. 나머지 대부분은 말을 잘 들어. 하루빨리 출소하고 싶어 하거든. 지내다 보면 차차 알게 되겠지만 크고 작게 곤란한 일 많이 당할 거야. 방귀 뀌다 보면 똥 나온다고 사소한 범치기가 큰 교정사고로 이어지는 경우는 흔해. 매사 주의하고 잘 지켜봐야 해."

"잘 알겠습니다."

"너무 떨거나 의기소침할 필요 없어. 재밌는 것도 많이 볼 테니까. 담당용 책상에 비상벨하고 전화기 있는 건 알지? 지들끼리 싸우거나 근무자한테 욕하고 대들면 녹음기 버튼 바로 눌러버려. 흥분해서 같이 욕하고 싸우면 안 돼. 술수에 말려들지 말 것. 그건 기본이야."

"네, 알겠습니다."

"CCTV 계속 돈다. 도둑놈 아닌 직원 감시용이지. 간부들 저거 자주 봐. 졸거나 딴짓 하지 말고 근무 잘 서."

"네. 주임님."

"그럼 나중에 보기로 하지 영맨."

그들이 발걸음을 멈춘 곳은 2사동의 앞이었다. 짧은 대답만을 하던 20대 초중반의 교도관만이 남고 수다를 퍼붓던 40대의 교도관은 손전등과 업무용 노트를 옆구리에 낀 채 3사동 쪽으로 걸어가다가 잠시 멈추었다.

"아 참. 처음 근무하니까 말인데." 그는 강의라도 하듯 손가락 하나를 세웠다. "사람도 그렇고 땅도 그렇고 물길도 그렇지만 건물들도 기(氣)가 센 경우가 있어. 내 생각엔 교도소야말로 대표적인 케이스라고 봐. 폐쇄되어 있고 제한적인 정보밖에 없는 비밀의 집이니까. 범죄를 저지른 사람들로만 가득한 비밀의 집. 음, 가끔 말이지." 영맨이라 불린 신규직원은 의아스런 눈길로 주임을 쳐다보았다. "밤에 근무하다보면 이상한 게 눈에 보일 때가 있어. 하도 이상해서 꿈인지 생신지 분간 못할 때가 많아. 그 때문에 간 떨어질 뻔하거나 오줌을 지르기도 하지. 하지만 헛 거라고 무시하면 돼. 분명 헛 거니까." 구체적인 설명은 무시한 채 그는 등을 돌렸다. "무시하면 되는 거야. 자, 진짜 간다."

그는 일 마치고 교대하는 시각에 다시 만날 것을 약속하고 자신의 근무지로 향했다. 신규직원은 잠시 사동 입구를 바라본다. 첫 출근이자 연수가 아닌 실전 야간근무의 첫 배치다. 무지막지한 재소자들을 직접 관리할 생각에 가슴은 떨려오고 저절로 긴장감이 엄습했다. 그의 담당 섹터인 제2사동엔 18개의 감방에 17명의 문제수들이 있다고 했다. 혼자서 이들을 담당해야만 한다.

그래, 먹고 사는 데 쉬운 게 뭐 있겠니. 그는 모자를 고쳐 쓰고 입구의 녹슨 자물쇠를 열쇠로 열었다. 서울이 고향인 23세의 청년 진영민은 경상북도 섭주군 다흥면에 위치한 섭주 교도소로 신규발령을 받고 2동 근무에 본격적으로 임하게 되었다. 그가 고향과 멀리 떨어진 곳을 자원한 데는 이유가 있었다. 그의 홀어머니는 신내림을 받은 무당이었다. 하지만 백발백중이란 간판과 달리 내리는 신령님 말씀마다 틀리기 일쑤여서 거센 비난을 받았고 굿판 도중 사람을 다치게 해 합의금을 물기까지 했다. 신령님도 포기하고 떠난 듯 나이가 들면서는 하는 일마다 실패를 거듭하더니 결국 하나뿐인 아들한테 칼을 들이대며 네게도 신기가 있으니 내림굿을 해야 한다며 을러댈 지경에 이르렀다. 그리하여 영민은 어머니와 의절했다. 과거를 지운 그는 아무도 모르는 곳에서 새출발을 하고 싶은 마음뿐이었다.

2

흐린 불빛 속의 2동은 아직 이 바닥 생활에 익숙지 않은 영민에게 심한 이질감을 안겨주었다. 섭주 교도소의 수용사동은 30미터가량의 긴 일자형 복도로 되어 있는데 이 복도는 세월의 흔적을 고스란히 느낄 수 있는 시커먼 시멘트 바닥이었다. 8월의 날씨에 걸맞잖게 복도는 차가운 기운으로 가득 찼고 어디선가 괴이한 고양이 울음이 들려왔다. 여름임을 알게 해 주는 건 왕성하게 불빛을 찾는 나방과 이름 모를 벌레들의 날갯짓뿐이었다. 벌레들은 복도 왼쪽의 구멍 뚫린 방충망 틈새로 들어온 것으로 짐작되었다. 그리고 복도의 오른편에는 자유의 몸인 벌레들과는 반대로 쇠창살이 쳐진 18개의 감방 안에 번호표를 단 사람들이 있었다. 창살은 녹이 슬었고 각 방마다 고루 개성을 갖춘 죄수들이 사회와 격리된 채 형기를 채우고 있는 중이었다.

사동의 중간 위치에 해당되는 9방 앞에는 담당근무자용 책상이 있었고 이 위에 인원 현황판과 전화기 그리고 비상벨 기기가 비치되어 있다. 영민이 들어오자마자 교대를 기다리던 전임근무자가 자리에서 일어났다. 계급이 9급 신임인 교도(矯導)보다 한 끗발 위인 8급의 교사(矯査) 안대섭이다. 선배들 말마따나 '재소자들과 티격태격하며 반 징역생활' 보내는 사이에 변했는지 원래 그런 건지 눈매가 아주 날카로워보였다.

"진영민 씨."

"예, 선배님."

영민은 크게 대답했다. 제복을 입어서인지 자기도 모르게 군대식으로 기합이 들어갔다.

"목소리 낮춰요. 곧 수용자 취침시간이니."

"아, 죄송합니다."

"그렇게 뻣뻣하게 굴지 않아도 됩니다. 차차 익숙해질 테니까."

"네……"

"여기 18방까지 있는 거 알죠?"

"네."

"30분에 한 번씩 순찰 돌아야 합니다. 근무일지 인수인계 난에다가 적어놨는데 17방에 185번 이호식이 심적으로 불안한 상태니까 자주 시찰하도록 하세요. 정신과 진료도 몇 번 받았고 또라이

기질이 있는 애예요."

그러더니 대답을 듣기도 전에 모자를 쓰고 나갈 채비를 했다. 영민은 근무에 관해 질문하고 싶었으나 그의 행동으로부터 건방지게 묻지 말고 그냥 스스로 깨우치라는 암시를 강하게 받았다. 그냥 하다보면 돼, 다 그렇게 하는 거야. 여긴 연수원이 아냐. 토론하는 무대가 아니고 피가 튀는 현장이지. 죽어봐야 저승 맛을 알아, 그러니 직접 해봐.

영민은 질문 대신 수고했다는 경례를 붙였다. 이 사람이 나가면 이제 2동에는 자기 혼자만 남는다. 17명의 죄수들하고. 그들은 살인, 연쇄방화, 시신유기 등 강력범죄를 저질러 전국 각지에서 중구금 교도소인 섭주 교도소까지 이감을 온 문제수들이다. 18개의 방 모두 튼튼하게 잠겨 있지만 그래도 긴장감은 남는다.

"그리고……" 안대섭이 말했다. "끝방인 18방 있잖아요…… 거긴 공방이에요. 공방이 뭔지 알아요?"

"빈 감방을 말하는 거 아닙니까?"

"그래요. 18방은 1년 째 손님을 안 받고 있어요. 그러니까 거기엔 형광등 켜지 말아요." 독사 같은 그의 눈이 반짝하고 빛났다. "뭐, 전기 많이 쓴다고 간부들이 잔소리 하니까. 켜지 말아요."

"예, 알겠습니다."

영민은 이 사람이 자기에게 조금은 겁을 준다고 생각했다.

"갈게요. 참, 인사 늦었네. 같은 직장 직원이 된 거 축하합니다."

간단한 악수가 끝나자마자 안대섭은 바로 걸어나갔다. 곧 자물쇠 잠그는 소리가 차갑게 울리고 그는 사라졌다. 이제 영민은 혼자였다. 시각은 밤 9시였다.

3

9시 30분이 되자 연속극과 뉴스를 방영하던 텔레비전은 꺼졌다. 재소자들은 양치질을 하고 일기를 쓰는 등 바깥사회와 다를바 없는 취침전의 행동들을 보이다가 이부자리를 폈다. 그들이 말을 걸까봐 긴장했던 영민은 맘 한편으로 안도감을 느꼈지만 곧새로운 전율을 느끼지 않을 수 없었다. 그것은 17명을 데리고 있는 혼자가 아니라 잠이 들어 아무것도 모르는 17명을 데리고 남은 진짜 '혼자'라는 사실이었다.

* * *

영민은 30분에 한 번씩 1방부터 18방까지 시찰했다. 생각보다안 자고 있는 사람들이 많았다. 가둬놓고 지켜보는 일이 교도관의 업무일진데 쇠창살을 지날 때마다 영민은 감방 안에서 그를노려보는 재소자들의 눈에서 달갑지 않은 빛을 보았다. 공을 세워보려고 무슨 꼼수를 부리나하는 경계와, 초짜 주제에 제복 입었다고 어깨 힘주고 다니는 꼴 봐라 하는 듯한 경멸이 반씩 섞인빛이었다. 그들 대부분은 영민에게 말을 걸지 않았다. 영민은 전과가 많은 능란한 재소자들일수록 신규직원을 경계한다는 말을연수원에서 들었다. 신임 시절에는 융통성보다는 규정으로 승부하는 시기라는 걸 잘 안다는 것이다.

11시가 넘자 한자나 영어공부를 하던 사람까지 누워 거의 모든 재소자들이 취침상태에 들게 되었다. 사동은 쥐죽은 듯 고요했고 코 고는 소리 빼고는 아무 소리도 들리지 않았다. 영민은 불이 꺼진 18방을 그대로 지나치면서 나머지 방만 인원 및 이상 유무를 계속 확인하면서 확실하게 근무의 첫걸음을 디뎠다. 그러는 사이 다리가 아프고 졸음이 왔다. 잠시 담당용 의자에 앉아 지친 다리를 쉴 때 온 사위는 절간 같은 침묵 속으로 빠져들었다.

그 때 따르르릉! 하고 전화벨이 울렸다. 깜짝 놀란 영민은 수화기를 들었다.

"근무 중 이상 없습니다. 2동 하층 교도 진영민입니다."

"수고한다. 나 배치주임이다. 보안과장님께서 지금 CCTV보고 있다. 앉지 말고 순찰 돌아라."

"아…… 네, 알겠습니다."

직원들을 각종 근무지에 배치시키고, 모든 7급 교위들의 우두머리이며, 수시로 교육사항을 전달할 권한을 가진 배치주임의 전화였다. 이 사람한테 잘 보여야 배치의 불이익을 당하지 않는다는 말은 충분히 들었었다.

이거야 원…… 내가 지켜보는 사람인데 나도 누가 지켜보고 있다니. 근무모를 쓴 영민은 서둘러 CCTV가 설치된 곳의 반대 방향으로 걸어갔다. 자신의 등이 CCTV에 잘 노출되기만을 바라면서. 대학에서 직장으로 본격적으로 물갈이를 한 첫 출발의 이 시기, 그는 인정받고 싶었고 크게 되고 싶었다. 소장에, 청장에, 법무부장관까지…… 감방이 14, 15, 16, 17방으로 넘어가면서 그의 꿈도 야무져갔다. 고진감래야 고진감래…… 그 순간 영민은 비명을 지를 뻔했다. 어두컴컴한 18방 창틀에서 번쩍거리는 두 눈이 자신을 쏘아보고 있었다. 증오와 경계심으로 노랗게 타오르는 눈이었다.

"헉!"

상대방도 영민의 숨소리에 놀랐던지 즉시 창틀에서 뛰어내려 사라졌다. 영민은 안도의 한숨을 내쉬었다.

'고양이잖아! 고양이였어……'

창문이 열려 있었나? 고양이가 어디로 들어왔지? 영민은 손을 올려 쇠창살 위의 벽면에 장착된 전등 스위치를 올렸다. 딱 소리와 함께 오랜 시간 꺼져 있던 18방이 지지지직거리며 밝아졌다. 점등은 신고식을 치르듯 텅 비어 있던 방을 신규담당자에게 소개했다.

"아앗!"

방 중간에 대롱대롱 흔들리는 게 있다! 크게 놀란 표정 가운데 뿌리까지 길게 튀어나온 혓바닥, 자주색으로 팽창된 얼굴, 사탕처럼 동그랗게 돌출된 눈, 허공에 떠다니는 발과 발톱까지도 자주색인 피부…… 그것은 천장의 밧줄에 목이 매달려 둥둥 떠다니는 남자였다. 비명 지를 틈도 없이, 허연 눈알이 움직거리더니 영민을 쏘아보았다.

영민은 황급히 책상으로 달려가 비상벨을 눌렀다. 바로 전화가 걸려왔다. 배치주임이었다.

"진영민 교도, 비상벨 눌렀나?"

"네! 여기 목매단 사람이 있습니다!"

"뭐야! 알았어!"

몇몇 방에서도 잠에서 깨어난 재소자들이 뭐야, 뭐 하며 수런 거렸다. 채 1분도 되지 않아 요란한 구둣발 소리와 함께 기동타격대가 도착했다.

* * *

"어디야?"

"18······ 18방입니다."

배치주임의 얼굴에 어이없다는 기색이 서려졌다.

"18방은 비었잖아."

쇠창살에 얼굴을 바짝 들이댄 재소자들은 재밌다는 듯 입을 열었다.

"아이고, 우리 신규 담당님께서 귀신을 봤는 모양이네."

"신규 담당님. 그 방에 귀신 나오는 거 몰라?"

"배치주임님, 날 18방으로 옮겨주소. 처녀귀신이면 내 그냥······"

"입 다물고 잠이나 자!"

배치주임이 야단을 치자 의미 없는 농담들은 쑥 기어들어갔다. 하지만 영민의 떨림은 기어들어갈 계제가 아니다.

"주임님. 아무것도 없습니다."

18방에서 돌아온 기동타격대원이 배치주임에게 보고했다.

"진영민. 날 따라와."

배치주임은 영민을 사동 밖의 관구실(해당 관할구역의 직원 사무실)로 데려갔다.

"그래 누가 목을 맸다고?"

"······"

"내가 묻잖나."

"불을 켜자 목을 맨 사람이 있었습니다."

"불은 왜 켰는데?"

"고양이가 있어서요."

"고양이?"

배치주임이 눈을 감다가 다시 떴다.

"대학 다니고 여학생들이나 만나다가 직장이라고 들어온 곳이 흉악범들만 우글대는 교도소다. 적응이 쉽진 않겠지. 처음부터 잘 하는 사람이 누가 있겠나? 자네뿐만 아니라 모든 교도관들이 한 번씩 겪는 일이야." 영민은 대꾸할 말이 떠오르지 않았다. "나도 교도 때 사동에서 졸다가 그런 걸 자주 겪었어. 잠결에 돌아보면 한 방에 취침하는 애들이 분명 넷이었는데 다음날 아침에는 세 명으로 되어 있다거나, 한밤중에 생판 처음 보는 재소자가 빈 방 에 들어앉아 빤히 날 노려보는 것따위 말이야. 알고 보니 그는 수 십 년 전에 그 방에서 죽은 사람이었고."

하지만 전 졸지 않았습니다, 이 말이 입술을 간질였다.

"이 일 하다보면 더 힘든 거 숱하다. 정신 바짝 차려라." 그는 담배를 꺼내 불을 붙였다. "귀신이 뭐 무섭다고? 먹고 사는 게 더 무서운데. 좀만 더 있어봐라, 저절로 알게 될 테니."

말을 마친 50대의 배치주임은 히죽 웃었다. 분위기에 위축된 영민은 한마디 변명도 못하고 다시 2동으로 돌아갈 수밖에 없었 다. 시각은 자정을 갓 넘긴 시각. 교대시간까지는 아직 조금 더 남 았다.

4

그는 또 순찰을 돌아야 했지만 18방은 쳐다보기도 싫어졌다. 어둠의 감방 한가운데 피부가 자주색으로 변한 시체가 꼿꼿이 서 있을 것 같았다. 대체 정체가 뭘까?

그대로 순찰을 멈추고 앉아 쉬고 싶었다. 하지만 사동 입구 위에 장착된 CCTV가 신규직원의 업무행태 일거수일투족을 감시한다는 생각에 그대로 있을 수도 없었다. 다시금 움직여야만 했다. 환각이라고 자위해도 공중에 떠 있던 남자의 부푼 얼굴과 튀어나온 눈알은 끝내 그를 괴롭혔다. 도착하지 않은 18방에선 벌써부터 재수없는 기운이 새어나오는 듯했다.

그 때 창살 새로 팔 하나가 쑥 튀어나오더니 영민의 팔목을 잡았다. 소스라치게 놀란 영민의 머리에서 모자가 떨어졌다.

"담당님, 잠깐만 뵙겠습니다." 팔의 주인공은 뺨에 오래된 칼자국이 있는 17방의 재소자였다. "저는 185번 이호식이라고 합니다. 드리고 싶은 말씀이 있습니다."

전임근무자 안대섭이 또라이 기질이 있고 심적으로 불안한 이호식을 잘 보라고 했던 기억이 떠올랐다.

"담당님, 18방에서 이상한 거 보지 않았나요?" 영민의 등에 서늘한 기운이 지나갔다. "귀신입니다."

"뭐라고요?"

"여기 자주 나타나는 귀신이죠. 그건 바로……"

"어이! 진영민!"

별안간 사동 앞에서 큰 소리를 내는 자가 있었다. 영민이 고개

를 돌리니 그 주인공은 배치주임보다 한 계급 위에 있는, 지도순
시를 하는 간부이자 특히 야간엔 소장을 대리하는 당직계장이었
다. 영민은 급히 달려가 차렷 자세를 취하고 경례를 붙였다. 표범
처럼 날카롭게 생긴 계장은 인사도 안 받고 걸어나갔다.

"계장이 순시를 돌 때 넌 뒤를 따르는 거야."

영민은 떨떠름한 심정으로 두 걸음쯤 뒤에서 계장을 수행했다.

17방을 지날 무렵 이호식은 누워 있었다. 당직계장이 멈추어
섰다.

"야, 185번. 자는 척하지 말고 일어나."

이호식은 눈을 가늘게 뜨더니 이불을 걷고 일어났다.

"심야에 욕보십니다 계장님."

"너 방 정리정돈 상태가 이게 뭐야?"

"아니, 계장님. 지금은 침구 깔아놓은 한밤중이 아닙니까?"

"어디서 말대꾸야? 너 징역 똑바로 살아. 조만간 17방 검방할
거야."

이호식은 긴장한 표정을 지은 채 입을 다물었다. 계장은 눈빛
을 번득이며 18방까지 걸어갔다. 영민도 뒤를 따랐다. 18방엔 아
무것도 없었고 아무 일도 일어나지 않았다. 모든 감방을 다 둘러
본 계장은 2동을 벗어난 후에야 영민을 불렀다.

"너 이리 와봐."

"네."

"아까 17방에서 뭐라고 그랬나? 185번 이호식이 말이야."

"아, 네. 18방에 있는 게 귀신이라고 했습니다."

"그런 허황된 소린 들을 가치도 없어. 하루 종일 교도관 코를

걸 생각밖에 안 하는 애니까. 걔가 자네 같은 초짜 다루는 건 식은 죽 먹기야."

"……"

"배치주임한테 들었는데 아깐 헛 걸 봤다면서? 헛 거 맞지?"

"네? 네, 그렇습니다……"

"그래. 이런데 처음 오면 원래 그래. 성장통이라고 생각해."

수고하란 말을 남기고 당직계장은 3동으로 걸어갔다. 영민은 생각에 잠겼다. 직원들 잠자고 근무 안 할까봐 정말 자주도 순시 오는군. 하지만 소득은 있었다. 자신이 본 건 상상에 불과하단 확신이 든 것이다. 계장과 함께 18방을 지났을 때 불 꺼진 방으로부터는 아무 일도 일어나지 않았다. 헛 걸 본 거야 괜찮아 교도소 첫 근무라 그런 거야. 그는 용기를 얻어 18방을 한 번 더 둘러보았다. 불 꺼진 감방은 조금 전처럼 적막에 싸여 있었다. 그 때 옆에서 조용히 읊조리는 목소리가 있었다.

"여기 직원들 믿지 마요. 모두 한패요."

17방 이호식의 몹시 기분 나쁜 저음이었다.

'신규 교도관 저울질하는 너 같은 또라이 말 안 믿어.'

영민은 침묵을 표면에 내세운 무시로 응수하고 그대로 지나쳤다.

5

불과 하루 동안 교도소에 있었을 뿐이지만 다음날 아침 퇴근하여 출입문을 나서니 바깥은 딴 세상으로 보였다. 하늘은 페인트처럼 맑았고 과일 냄새를 담은 농촌의 미풍이 가을을 재촉하듯 얼굴을 어루만졌다. 교도소는 사람 올 데가 못 된다는 말을 실감하는 순간이었다. 자신의 원룸으로 돌아온 영민은 쓰러지듯 누워 잠이 들었다. 몸살에 걸린 것처럼 온 몸이 쑤셨는데 특히 어깨가 지독히 아팠다.

"교도소 야간 근무가 이런 것이었나? 꼭 노가다 한 것처럼 아프군."

식사도 잊은 잠은 먹물처럼 깊고도 검었다. 그를 눈뜨게 한 것은 스마트폰의 알람 신호였다. 시각은 아침 7시.

"세상에! 20여 시간을 내리 잤다니!"

출근을 위해 일어나자 몸살기는 거짓말처럼 가셨다. 그는 어제 걸어둔 제복을 다시 쇼핑백에 넣고 서둘러 집을 뛰쳐나갔다.

* * *

낮의 접견 근무는 비교적 순탄하게 지나갔다. 섭주 교도소는 구치소처럼 미결수용자나 변호인을 찾아볼 수 없었고 지리적으로도 면 단위 산간벽지의 험준한 산중턱에 준공된 시설이라 면회객이 그리 많지 않았던 것이다. 하지만 야간 근무를 해야 하는 시간이 다가오자 영민의 마음은 무거워지기 시작했다.

심적 부담의 시간은 한 치의 에누리도 없이 흘러 어느덧 밤이 되고 영민은 태엽감은 인형처럼 또 2동으로 들어가야만 했다. 그러자 모든 현실적인 근심은 자취를 감추고 18방의 끔찍했던 기억만이 그를 괴롭히기 시작했다. 9시 30분경이 되자 텔레비전은 마지막 방송을 내보내고 웅성거리던 재소자들도 하나둘 잠자리로 들었다. 영민은 이 같은 적막이 무서웠다. 그런데 이상했다. 이호식이 있어야 할 17방이 텅 비어 있었던 것이다. 영민은 옆방의 재소자를 불러 이호식이 어디로 갔냐고 물었다.

"이호식이요? 그 자슥 독방에 끌려갔심다."

"독방에?"

16방 남자는 쉰 목소리로 킥킥거렸다.

"오전에 당직 계장님이 검방을 했다 아입니까. 호식이 그 새끼, 의료과에서 준 약을 안 처먹고 200알이나 도토리 맨치로 모아놨다 제대로 걸렸지요. 하하하……"

그 때 '팍!'하는 거센 소리가 터졌다. 청소실 벽에 있는 차단기가 내려가는 소리였다. 온 교도소가 어둠에 잠기고 방마다 거친 욕설들이 터져나왔다. 하지만 그건 잠시뿐이었다. 라디오의 볼륨을 낮추는 것처럼 욕설들은 서서히 잦아들었다. 영민은 급하게 책상으로 달려가 손전등을 잡았다. 스위치를 누르자마자 한 줄기 빛이 어둠을 갈랐다. 하지만 그 빛에 드러난 18개의 감방엔 단 한 명의 사람도 남아 있지 않았다! 게다가 온통 거미줄과 곰팡이 투성이였고 벽과 벽은 낙서와 그림 그리고 핏자국으로 가득했다.

미친 듯 손전등을 휘두르던 영민은 비상벨에도 손을 댔으나 전원이 차단된 벨은 작동되지 않았다. 전화기 역시 목이 졸린 신경처럼 신호음이 끊어진 지 오래였다. 그 순간, 수화기를 낚아채는 쭈글쭈글한 피부의 손이 있었다.

영민은 감방 바깥으로 나타난 사람의 얼굴을 본 순간 체면이고 뭐고 아랑곳없이 비명을 내질렀다. 두 번째 만남이었다. 이번엔 목에 밧줄을 걸고 있지 않았다. 얼굴이 자주색인 것만은 그대로였다. 45도 각도로 기운 턱에 혀가 가슴께까지 튀어나왔다. 오른 팔을 앞으로 세운 채 18방의 남자는 천천히 걸어왔다. 영민은 뒤로 물러나다가 책상에 허리를 부딪치고는 균형을 잃고 주저앉았다. 영민의 시선은 온통 남자의 오른팔에 집중되었다. 오래 물속에 잠긴 것처럼 썩어 부풀어 오른 손가락은 서두르지 않고 영민의 눈을 노렸다.

"가…… 가까이 오지 마……"

손톱이 길게길게 늘어났다. 공포에 질린 영민의 눈이 달걀 노른자만 해졌다. 바야흐로 꼬치 요리처럼 눈알이 꿰뚫릴 판이었다. 하지만 아니었다. 늘어난 손톱이 그를 지나쳐 닿은 곳은 벽에 걸린 교화용 달력일 뿐이었다.

"뭐야? 원하는 게 뭐야?"

영민이 외쳤다. 남자의 고개가 조금 움직였다.

"달라고? 달력을 달라고?"

세로로 움직이던 고개가 가로로 움직였다. 달력은 큰 거울만 한 종이 한 장에 1월부터 12월까지의 숫자가 빼곡히 적혀 있다. 남자의 긴 손가락이 4월에 닿았다. 그 순간 지진이라도 일어난 듯 남자의 모습이 흔들거렸다. 온 사물이 위아래로 흔들렸다. 하지만 건물은 끄떡도 없었다. 소음도 없었고 흙먼지가 떨어지지도 않았다. 괴상한 지진이었다. 흔들림 때문에 허우적거린 영민의 손과 남자의 손이 부딪쳤다. 무언가가 번쩍거리며 바닥에 떨어졌다. 영민은 사나이의 가슴팍에 새겨진 번호 444를 똑똑히 보았다. 재수 없는 번호군, 그도 여기에 있던 죄수였나…… 그도……

"야, 눈 떠."

"으응."

"눈 뜨라니까!"

뭔가 어렴풋한 형상이 보였다. 자주색이 아니었다. 하늘색 상의와 파란색 모자였다. 모자에는 황금 색깔의 테가 둘려져 있다. 계장 모자군, 영민은 무의식 상태로 중얼거렸다. 그 때 뭔가가 자신의 어깨를 심하게 잡아 흔들었다. 마침내 눈을 뜬 영민은 꿈과 현실의 접점에서 비현실적인 형상을 보았다. 파란색 모자를 쓴 저승사자. 17방 이호식을 징벌방으로 보내버렸다는 저승사자였다. 그제야 평상시와 다름이 없는 사동이 눈에 들어왔다. 코 고는 소리, 책장을 넘기는 소리. 모든 재소자들은 변함없이 자기의 방안에 앉거나 누워 있었다.

"근무 안 하고 졸 거야? 야! 진영민 교도!"

영민은 벌떡 일어나 거수경례를 올려붙였다.

"그…… 근무 중 이상 없습니다!"

"이상 없긴 뭐가 없어? 당장 경위서 써서 제출해!"

6

'저는 2011년 8월 18일 2동 하층 근무를 명받아 근무하던 중 잠시의 나태함으로 수용자 계호 업무를 잊고 수면을 취하는 우를 범하고 말았습니다……(중략) 차후에는 이런 일이 없을 것을 다

짐하오며 이 경위서를 제출합니다.'

한 번도 써본 적이 없어 선배들한테 물어 어렵게 완성한 경위서를 계장은 말 한마디 없이 가져갔다. 근무한 지 일주일도 안 되어 경위서라니. 영민은 짧은 한숨을 토해냈다.

자리로 돌아온 그는 기묘했던 꿈을 떠올렸다. 18방의 괴인 때문에 그런 꿈을 꾼 걸까? 영민은 자신이 미신 따위에 맘이 약해질 사람은 아니라고 믿었지만 생생한 꿈의 기억에 절로 신경이 쓰이는 것까진 막을 수 없었다. 그는 왜 달력을 가리켰을까? 영민은 꿈속에서 봤던 벽면으로 시선을 돌렸다.

'아니, 여긴 달력이 없잖아.'

군데군데 칠이 벗겨진 시멘트벽엔 파리채에 맞아죽은 벌레의 유혈 흔적뿐 아무것도 없었다. 신경과민을 의식한 영민은 뻐근한 목을 오른팔로 잡고 스트레칭을 했다. 목의 회전에 따라 시선도 움직였다. 그 순간 예리한 잔영이 그의 눈을 스쳐지나갔다. 날 서린 시선을 유지한 영민은 천천히 일어섰다.

'9방 안에 그 달력이 있다.'

담당용 책상 바로 앞 9방의 벽면에 꿈속의 달력이 그대로 부착되어 있다. 달력 아래 죄수는 세상 모르게 자고 있다. 천천히 시선을 돌리던 영민에게 또 한 번 예리한 칼날 같은 것이 눈을 자극한다. 10방에도 달력이 있다. 천천히 걸음을 옮기자 각 방에 하나씩 비치된 똑같은 달력이 귀신을 부르는 부적처럼 하나하나 눈에 들어왔다. 똑같은 흰 벽면에 똑같은 흰 종이. 어떤 방은 달력 둘레에 거미줄이 처져 있고 한 귀퉁이가 너덜너덜해진 상태다. 어두워도 똑똑히 보였다.

어둡다고? 흠칫 놀란 영민은 그제야 자신이 불 꺼진 18방 앞까지 걸어왔음을 알았다. 영민은 등을 돌려 저 멀리의 CCTV를 쳐다보았다. 귀신의 외눈 같은 CCTV는 미동도 없이 자신의 모든 행동을 감시하고 저장할 것만 같았다. 침을 삼킨 영민은 전등 스위치에 손을 올렸다. 두근두근 심장이 방망이질을 쳐댔다. 스위치는 켜지고 형광등은 지지직거리며 다시금 차갑고 공허한 18방을 밝혔다. 다행히 목 매단 남자는 등장하지 않았다. 열쇠로 조심스레 문을 땄을 때 바깥에선 우르릉거리며 천둥이 쳤다.

오랜 세월 동안 방치된 문은 끼이익 소리를 냈다. 영민은 조심스럽게 18방 안으로 들어갔다. 아무것도 없음에도 등줄기가 근질거렸다. 천장을 보기가 두려웠는데 뭔가 자신을 내려다보고 있을 것 같았기 때문이다. 그때 타닥타닥하면서 소나기가 시작되었다. 영민은 기세를 얻어가는 빗소리를 들으며 언제까지나 벽면에 부착된 달력만을 응시할 뿐이었다.

얼마 후 영민은 손가락과 손바닥을 이용해 달력의 이곳저곳을 두드리기도 하고 쓸어도 보았다. 하지만 온기 없는 시멘트벽은 아무것도 전달해 주지 않았다. 점점 폭우로 변해가는 소나기는 번개까지 몰고왔다. 창밖의 텅 빈 운동장 중앙에 뭔가 새하얀 것이 서서 이쪽을 보고 있다는 느낌이 드는 건 단순한 착각일까. 영민은 다급히 창문으로 시선을 돌렸지만 더 이상 치지 않는 번개는 운동장을 비춰주지 않았다. 갑작스러운 통증이 오른쪽 어깨를 내리눌러 생각을 흐리게 했다. 그러자 한시라도 빨리 18방에서 나가고 싶었다. 기분 나쁘고 재수 없는 곳이었다. 나가기 위해 복도

쪽으로 몸을 튼 순간 무언가 파파팍하면서 쏜살같이 지나간 걸 창살 틈으로 본 듯한 느낌이 들었다. 놀랄 새도 없이 송곳으로 후비는 듯한 통증이 왼쪽 어깨를 괴롭혔다. 영민이 짧은 신음과 함께 왼팔로 벽을 짚었을 때 손가락에 전해진 감촉은 특이한 구석이 있었다. 그 이질감이 전해진 곳은 4월이 표기된 달력의 상단 부분이었다. 그러자 놀랍게도 어깨의 통증이 감소되었다. 영민은 의혹에 찬 표정을 지우지 못한 채 4월의 단락을 손가락으로 두들겼다. 느낌이 틀렸다. 상단 왼쪽의 귀퉁이를 잡고 달력을 벗겨내리니 풀이 마른 종이는 쉽게 일어났다. 그의 눈이 휘둥그레졌다. 4월 부분의 시멘트벽에는 은밀한 뚜껑이 있었던 것이다. 쇠 젓가락 같은 도구로 교도관 몰래 만들어놓은 구멍임에 틀림없었다. 손가락으로 긁어 사각형의 뚜껑을 열어보니 비밀 공간을 채운 뭔가가 영민의 눈앞에 머리를 보이기 시작했다.

그것은 둘둘 말린 한 권의 공책이었다.

7

18방에서 나온 영민은 소리나지 않게 문을 닫았다. 그칠 줄 모르는 소나기는 거센 바람까지 더해져 열어놓은 창문으로 빗방울을 튕겼다. 복도는 습기가 차올랐고 벼락소리가 밤의 정적을 찢었다. 이 같은 북새통 사이에도 모두는 세상모르게 잠들었고 박제된 사슴 대가리 같은 CCTV만이 영민을 무감정하게 노려볼 뿐이었다. 왜 18방에 들어갔냐고 나중에 추궁하면 소나기가 올 듯하여 창문을 닫고자 들어갔다고 둘러댈 참이었다. 카메라를 의식한 영민은 일부러 양손바닥을 편 채 자신의 책상으로 걸어갔다. 한 대뿐인 CCTV는 렌즈를 향해 걸어오는 사람의 뒷모습까지 확인할 순 없었다. 담당용 의자에 앉은 영민은 세워놓은 인원현황판에 완전히 가려지도록 자신의 몸을 이동시켰다. 대형 레스토랑의 메뉴판만 하게 큰 현황판은 CCTV로부터 그를 확실하게 보호해주었다.

그제야 영민은 뒤춤에 감춰뒀던 일기장을 꺼냈다.

2009년 8월 12일 비

나는 살아오면서 일기 같은 건 써본 적도 없고 글 쓰는 거라면 뭐든지 다 싫어한 인간이다. 어릴 때부터 공부하라 소리가 제일 듣기 싫었고 책은 잠 안 올 때나 보는 수면제로만 알았다. 홀딱 벗은 여자들이 나오는 잡지는 예외였지만.

그러나 지금은 이 일기를 써야만 한다. 왜냐하면 나는 곧 죽어 없어질 것이기 때문이다. 내 이름은 김선국이라고 하지만 그건 별 의미가 없다. 여기서 나는 철저하게 444번으로 불리니까. 이 얼마나 재수없는 번호인가.

내가 갇혀 있는 이곳은 섭주 교도소 2하 18방이다. 몇 달 전 밤거리에서 여자 하나가 내 차를 보고 손을 흔들었다. 짧은 치마에 갈색으로 염색한 머리. 큰 키에 광이 나는 다리. 그 여자는 누구나 침을 흘릴 탱탱한 영계였다. 나는 몇 번 그래본 경험으로 차를 야산으로 몬 후, 실컷 재미를 보고는 목을 졸라 죽였다. 하지만 여자의 신용카드 때문에 10일 만에 형사들한테 붙잡혔고 취조를 받는 사이 과거의 사건들도 줄줄이 탄로 났다. 판사는 죄질이 극히 불량하다며 사형을 때렸다. 예상대로였다.

그래, 나는 죽어 마땅한 인간이다. 살 가치도 별로 없는 인간이다. 어릴 때부터 내 환경은 지랄 같았다. 환경이 날 이렇게 만든 것이다. 낙도 없는 인생을 살았으니 사형선고 따위로 그렇게 충격먹진 않았다. 하지만 지금 내가 벌벌 떠는 이유는 따로 있다. 그것은 아무도 모르는, 무시무시한 나만의 사형을 말하는 거다. 코앞에 바짝 다가오는 무섭고도 무서운 죽음, 서서히 피를 뽑아 말리는 진짜 사형이다.

내가 죽였던 년이 어제 또 찾아왔다. 벌써 세 번째다.

그 년은 새벽 2시만 되면 나타난다. 한 번도 어긴 적이 없다. 나는 요즘 이 시간이면 잠에서 깨는데 그 귀신 때문에 저절로 눈은 떠지고 항문에선 똥이 새어나온다.

분명 새벽 2시면 볼 수 있다. 그 년은 쇠창살 사이에 딱 멈춰서서 언제까지나 나를 노려본다. 죽을 때 입었던 짧은 원피스가 아닌 피 묻은 하얀 한복을 입고서. 하지만 이 정도는 약과다.

그 년은 목이 잘려 있다!

대가리가 없는 몸통이 쇠창살 사이로 요리조리 내 얼굴을 뜯어보는 것이다. 그것도 숨을 쉬면서! 얼굴이 없지만 난 안다. 분명, 내가 죽였던 년이다. 틀림없다. 그리고 왜 왔는지도 잘 안다.

어제는 소리까지 들었다. '히히힛'하는 웃음소리. 머리가 없으니까 목구멍에서 억지로 쥐어짜 나오는 '히히힛' 소리다!

겁에 질린 나는 사람 살려라 소리치면서 문을 걷어찼다. 담당 교도관을 불렀고 오지 않으면 자해라도 할 작정이었다. 졸다가 온 것 같은 담당은 짜증난다는 표정으로 왜 불렀냐 그랬고 나는 두 눈으로 직접 본 걸 얘기했다. 하지만 담당은 이게 무슨 꿈을 꾸고 소란이냐면서 야단을 쳤다. 겁에 질린 내가 흥분해서 욕을 하자 당장 징벌방으로 보내줄까 성깔을 부렸다. 그 때 다른 방에서도 '야, 18실. 여기 2동 너 혼자만 쓰는 줄 알아? 지금 몇 시야? 잠 좀 자자.' '운동시간에 너 눈깔 뽑아버린다 개새끼야' 하고 떠들어댔다. 그들은 내게 교도관보다 더 무섭다. 법도 규칙도 안 통하는 놈들이기 때문이다. 하지만 텔레비전도 사람도 아무것도 없는 무시무시한 징벌방에 들어가면, 그래서 그 귀신이 따라온다면 나는 단 1초도 견디지 못할 것이다. 그래서 소란피우지 않겠다고 빌고 그냥 18방에 있을 수밖에 없었다. 하지만 또 그 귀신이 나올까봐 한 잠도 자지 못했다.

2009년 8월 13일 흐림

하루 24시간을 뜬 눈으로 보내다. 머리카락 구멍에서 꾸역꾸역 솟아나는 땀이 내 얼굴을 뒤덮는다. 땀이 아닌 피다. 나는 서서히 죽어간다. 피가 말라서.

오전엔 계장 면담을 신청했다. 새벽 2시만 되면 목 없는 귀신이 나오니 조치를 취해 달라 사정했다. 계장은 뭔 헛소리냐며 쓸데없이 이상한 생각하지 말고 성경 공부라도 하라고 했다. 나는 못 믿겠으면 복도에 카메라를 설치하면 알 거 아니냐고 했지만 계장은 위에서 예산을 배정해 주지 않는데 뭔 CCTV냐며 어림도 없는 소리 말라고 한다. 그러더니 그거 좋은 생각이라며 이 기회에 대통령이나 법무부에 청원 편지를 내라면서 웃었다. 그러면 설치해 줄지 아냐면서. 계장은 재밌어 하는 눈치였지만 나는 다가올 밤이 겁났다. 이들은 아무것도 모른다. 자기 고통은 알아도 남의 고통은 모르고 있는 것이다. 잠을 못 잔 날이 나흘인지 닷새인지 모르겠다. 머리통이 빠개질 것 같다. 아버지 어머니가 어떻게 지내시는지 궁금하다. 이 분들과 영원히 이별해야 한다는 불길한 예감이 나를 미치게 한다. 현재 시각 새벽 1시 50분. 조금만 있으면 목 없는 귀신이 또 나타날 것이다. 난 어떡하면 좋지?

2009년 8월 14일 비

계장한테 또 부탁했다. 여러 사람들과 한 방에서 생활하는 취업수 사동으로 옮겨달라고. 시도 때도 없이 불러대니 계장은 기분이 안 좋은 것처럼 보였다. 계장은 수시로 싸움질과 기물파손을 해 혼거생활 부적격자로 찍힌 자네를 취업수 사동으로 옮겨주도록 위에서 허락할 것 같으냐면서 지금처럼 말 잘 듣는 생활을 지속하라고 했다. 그러면 월말 분류심사 평가 때 좋은 점수를 받아 혼거사동으로 갈 자격이 될 수 있다면서. 월말까진 아직 보름이나 남았다. 나의 지옥을 그가 알 리가 있을까.

어제였다. 두렵기만 한 새벽, 죽음의 시간 속에서 나는 깜빡 잠이 들었던 모양이다. 어지러운 꿈에 파묻힌 나를 깨우는 어떤 소리가 있었다. 툭, 툭, 툭 하는 소리 말이다. 소리는 살아있는 것처럼 내 몸도 두드렸다.

눈을 뜬 순간 죽어 있던 나의 머리카락은 잔털 하나까지도 위로 솟구쳤고 겁에 질린 내 눈알은 안쪽에서부터 찌릿찌릿한 게 바깥으로 튀어나가려고 용을 써댔다.

그 년이 또 쇠창살 틈으로 나를 빤히 보고 있었다. 있지도 않은 눈, 있지도 않은 대가리로. 방에는 돌멩이들이 어지럽게 널려 있었다. 내가 죽여 시체를 버렸던 산속에 있던 것과 똑같은 돌멩이가. 목 없는 귀신은 창살 밖에서 돌멩이를 던져 잠이 든 나를 기어이 깨운 것이다. 시각은 정확히 새벽 2시였다. 나는 소리쳤다. 사람 살려, 살려줘, 이 씨발 놈들아, 잘못 했어요, 개년아. 그러고는 화장실 변기에 얼굴을 처박고 부처님께 빌고 또 빌었다.

기동대가 달려왔을 때 이미 귀신은 사라진 뒤였다. 당연히 기동대는 귀신을 못 봤고, 나는 소란을 피운 죄로 수갑에 묶이는 신세가 되었다. 계장에게 무릎 꿇고 애원했다. 징벌 사동에 보내지 마십시오. 혼거사동으로 보내주십시오. 제발 살려주십시오. 저는 죽을지도 모릅니다…… 나는 진정 죄를 뉘우친다고도 했던 것 같고 계장더러 아버지라고도 불렀던 것 같다.

그러자 계장은 딱하다는 듯 수갑과 포승을 풀어주고는 앞으로 생활 잘 하겠다는 자술서를 쓰게 하고 날 풀어줬다. 나는 2동 18방으론 절대 못 돌아간다고 완강히 버텼지만 신약성서를 손에 쥐여준 계장은 모든 일엔 절차가 있는 법이라며 차분히 이거 읽고 기다리라고 했다. 등신 같은 예수쟁이…… 난 불교 믿는데……

모른다! 그들은 내가 죽였던 사람에 대해 모른다! 나의 귀신에 대해 모른다! 내가 죽었으니까 귀신은 나에 대해서만 원한을 품은 것이다! 그들은 당연히 모르고 내가 죽든 말든 그런 사정에 관심도 없다! 하지만 그 년은 오늘도 내일도 나만을 노리고 찾아올 것이다. 언제까지나……

2009년 8월 21일 비

거울 안에서 나를 쳐다보는 자는 내가 모르는 사람이다. 이것이 과연 나의 얼굴인가. 귀신한테 시달리고 죽음한테 쫓기는 얼굴은 이런 것인가. 내 죄가 그리도 용서받지 못할 것이었던가. 이름도 모르는 여자들, 피해자들한테 미안하다. 정말 미안하다. 아마 그 여자들도 내가 살인마로 돌변했을 때 나랑 비슷한 무서움을 느꼈을 테지. 용서해 줘요 아가씨, 제발 나를 용서해 줘요.

이제 내 스스로 목숨을 끊을게요, 여기서 끝내고 제발 더 이상은 나를 찾지 말아줘요.

10일 넘게 잠을 못 잤고 그것이 내 모든 정신을 흐리게 한다. 이젠 언제 어디서도 그 목 없는 귀신이 보인다. 운동시간에도 트랙을 도는 죄수들 사이로 휘날리는 소복이 보이고, 밥을 먹을 때도 배식을 하는 소지들 뒤로 목 없는 여자가 이쪽을 응시하면서 서 있다. 나는 도와주지 않는 부처님을 팽개치고 기독교 집회에도 참석했지만 연단의 목사 뒤편엔 언제까지나 나 하나만을 쳐다보고 있는 그 여자가 똑똑히 보여 기도에 집중이 안 된다. '원수를 사랑하라'고 떠드는 목사 눈엔 이 여자가 안 보이는가 보다.

끝내 나의 죄를 용서하지 않을 생각이구나. 그래, 그렇다면 나는 내 방식대로 사과해야지. 이젠 지쳤다. 목 없는 귀신은 이제 더 보기가 싫다. 그 여자가 뭘 원하는지 이제 분명히 알겠다.

이 일기를 끝내면 나는 줄을 꺼낼 것이다. 교도관 몰래 러닝셔츠를 꼬아서 튼튼한 밧줄을 만들었다. 실패하면 뒷감당을 할 자신이 없기에 반드시 한방에 골로 갈 생각이다. 지금 시각은 새벽 1시 30분. 담당교도관은 졸고 있겠지. 결행하기에 딱 좋은 시각이다. 낳아주신 아버지 어머니께 정말 죄송스럽다. 한 번도 효도다운 효도를 해보지 못하고 행패만 부렸다. 내가 왜 이 모양 이 꼴이 됐는지 한숨밖에 안 나온다. 이제 김선국이란 이름을 빼앗긴 나 444번은……

그 때 전화벨이 울렸다. 영민은 반사적으로 벌떡 일어났다. 얼마나 놀랐던지 수화기를 떨어트리기까지 했다.

"근무 중 이상 없습니다. 2동하 교도 진영민입니다."

"……"

"여보세요?"

"…………히히힛……"

"누…… 누굽니까? 여보세요!"

딸깍.

전화가 끊어졌다.

누구지! 대체 누가 이 따위 전화를 하는 거야!

흘러내린 땀으로 등줄기에는 지도 같은 얼룩이 생겼다. 폭탄 같은 천둥이 치면서 굉장한 바람이 몰아쳤다. 온 사동 복도 안으로 바람 방향을 탄 빗물이 쏟아져 들어오면서 가지런히 놓인 재소자들의 운동화가 삽시간에 젖었다. 홀린 표정의 영민은 의자를 박차고 일어나 서둘러 창문을 하나씩 닫아나갔다. 그 순간 발밑에 볼펜 같은 것이 밟혔다. 내려다본 영민의 얼굴이 공포로 굳어버렸다. 당직계장이 일으킨 지진 때문에 18방 남자의 손과 자신의 손이 부딪친 사실이 기억났다.

"세상에…… 꿈이 아니었잖아……"

8

퇴근 직전의 아침이었다. 밤새 내린 비는 그쳤다. 햇볕은 화창했고 다시 한여름으로 돌아간 듯 아침부터 매미 소리가 요란했다. 하지만 영민은 밥 먹을 생각도 씻을 생각도 잊었다. 가만히 있어도 위아래로 몸이 오들오들 떨렸다. 그는 근무할 때마다 같이 사동으로 걸어갔던 김오석 주임을 만났다.

"김 주임님. 정말로 귀신이 있습니다!"

김 주임은 코웃음 쳤다.

"영맨! 또 그 소리야? 그렇게 겁이 많아서 앞으로 근무 어떻게 하겠나?"

"CCTV를 보면 알 겁니다! 정말 이상한 게 나타났다니까요!"

"몰랐구나. 어제 갑자기 친 천둥번개가 중앙통제실을 때렸잖아. 그 바람에 CCTV 하나도 작동 안 되다가 좀 전에 다시 복구됐어."

"농담이 아닙니다. 이걸 보십시오!"

영민이 어젯밤 발로 밟고 주운 것을 내밀었다. 순간 김 주임의 눈썹이 보기에도 표시가 날 정도로 꿈틀거렸다.

"이게 뭔데?"

"그 남자의 손톱이에요. 18방의 남자요!"

"손톱이라고? 진정해, 진정하라고 이 사람아. 이걸 어디서 주웠어?"

"사동 복도에서요. 난 꿈인 줄 알았는데 꿈이 아니었어요."

"알았어, 잠깐 여기 기다려봐."

김 주임은 보안과 사무실 안으로 사라졌다. 잠시 후 다시 나온 그가 말했다.

"보안과장님한테 가 봐."

영민은 일이 심상찮게 돌아감을 깨달았다. 주임이 계장에게, 계장이 과장에게 전달해야 할 보고체계를 무시하고 일개 쫄다구더러 직접 대면을 요구하는 건 분명 좋은 일이 있어서가 아니다. 영민은 긴장을 감추지 못한 기색으로 과장실로 들어갔다.

"진영민 교도. 이걸 주웠다 그랬지? 그래, 자넨 이게 뭐라고 생각하나?"

"사람의 손톱입니다 과장님."

"손톱이라고?"

과장실에 있던 간부직원들은 의문에 싸인 눈길을 서로에게 교환했다. 손가락으로 이마 옆에 동그라미를 그리는 사람도 있었다. 이에 대조되는 영민의 눈은 긴장으로 시계추처럼 왔다갔다 했다. 보안과장이 천천히 입을 열었다.

"내 말 잘 듣게. 공채시험에 당당히 합격했는데 함부로 쫓아낼 수 없는 게 공무원 아닌가. 그게 바로 철저한 신분보장이지. 우리 조직도 그렇지만 다른 데서도 그걸 빙자해서 일 안하고 자리만 지키는 사람이 수두룩해."

그는 의자에 앉아 배 위에 손을 올리고 깍지를 꼈다. 영민은 계속 열중쉬어 자세였다.

"지금 2동의 재소자들은 자넬 요리조리 관찰만 할 단계지만 조금만 더 있어보라고. 탐색전 끝나면 바로 근접전이야. 각종 소송 건에 면담이니 진정이니 자넬 들볶아댈 거라고. 협박하고 폭력 쓰는 놈도 있어."

영민은 손톱에만 생각을 집중했다.

그 때 과장이 언성을 높였다.

"난 자네가 귀신이 보인다 어쩐다 또라이 짓을 해서 벌써부터 근무 편하게 하려고 편법을 쓰는 걸 묵과할 수 없네."

영민이 즉시 항변했다.

"과장님. 거기 손톱이 있지 않습니까?"

"이게 어디 손톱이야? 아크릴 조각이지."

"아크릴 조각이요? 그건……"

당직계장이 대신 대답했다.

"아크릴조각이 맞아 진 교도. 위탁 7공장에서 가림판 만들 때 쓰는 작업재료야. 누군가 사동으로 반입한 거지. 아크릴 조각도 잘 갈아대면 얼마든지 흉기가 될 수 있어. 자넨 보안장애물을 발견해서 교정사고를 예방한 거야. 내 월말 표창장 수상자로 자넬 추천하지."

"하지만…… 그건 손톱인데요……" 보안과장은 뜸을 들였다가 마지못한 듯 입을 열었다. "공무원이 되려면 신원을 확인하는 건 필수 코스네. 어디 아픈 데가 없는지 전과는 없는지. 자네 기록을 잠시 봤어. 그런데 자넨 귀울림 증상으로 병원진료를 다섯 번이나 받은 적이 있었군."

영민의 가슴 속에서 텅하는 충격이 있었다.

"그, 그렇습니다. 고막을 다쳤지요."

"고막? 아닌데. '상세불명의 귀울림 증상'이라고 기재되어 있었어."

"……"

"병원에 문의했지. 끝까지 진단서와 처방전을 공개 안 해 주더군. 하지만 우린 알아냈어. 자네가 간 병원은 '운수좋은날 이비인후과'고 거기서 처방해 준 약은 신경안정제였어. 항우울제라고 부르기도 하지. 그리고 자넨 그 약을 얻기 위해 다섯 번이나 진료를 받아 처방전을 끊었고."

"그건……"

"향정신 성분의 약품은 여기도 있어. 병동의 정신질환자 놈들과 마약사범들이 그 약을 얻으려고 의료과에서 온갖 행패와 쇼를 벌이지. 먹으면 뿅 가도록 기분이 좋아지니까. 다섯 번이나 먹었으니 모르진 않겠지?"

"그건…… 저의 어머니 때문에 식구들 모두가 아주 고생했던 시기였습니다!"

저절로 튀어나온 영민의 목소리가 급속도로 가늘어졌다.

"인정은 하는구먼. 그런 약에 한번 입 댄 자들은 자기 사정을 세상에서 가장 절박한 것으로 과장해 투약 사유를 정당화한다네. 혹시 지금도 그 약이 먹고 싶은 건 아닌가?"

"저는 정상입니다! 이제 그런 약도 먹지 않습니다……"

"자네 어머니 얘기가 나와서 말인데…… 무속인 아닌가?" 영민의 말문이 완전히 막혔다. 갑자기 그는 이 커다란 세상에서 아주 왜소하게 보였다. "아, 뭐 그냥 물어본 걸세. 어머니가 용하신분이면 자네한테도 그런 영향이 있지 않을까 해서 말이야."

영민이 과장을 노려보았다. 눈에 힘이 들어가니 눈물이 나올 것 같았다. 과장은 즉시 그 눈빛의 의미를 알고는 험한 시선을 말단 부하의 얼굴에 되쏘았다. 영민은 아래로 시선을 내리깔 수밖에 없었다.

"알았네. 그런 약은 환각을 유발할 수 있으니 끊는 게 좋아. 앞으로 귀신 얘기 따위로 두 번 다시 우리 얼굴에 먹칠을 하지 말도록. 이봐 진 교도, 자넨 아직 교도 시보(試補)야. 명심해, 시보는 정식 직원이 아니야. 자를 수도 있다는 거 모르진 않겠지? 업무 수행이 불가능할 정도로 정신상태가 안 좋은 직원이 있으면 내가 어떻게 해야 할 것 같나? 우리 같은 조직체계는 한 명만 튀어도 전체가 힘들어져. 다른 데서 탓을 찾지 말고 자기 자신부터 문제가 있는지 돌아보라고. 자, 나가봐."

비꼬고 찌르고 무시하길 즐기던 보안과장은 거기서 훈시를 그치고 모든 직원들을 내보내려 했다. 영민의 내면에 분노가 치밀어 올랐으나 자른다는 말만큼은 확실한 걸림돌로 작용했다. 그는 등에 짊어진 멍에가 있었고 고생해 왔던 만큼 펼쳐보고 싶은 미래가 있었다. 그런데 해고라니. 틀림없이 시보의 직책을 갖고 있는 몸이었으니 과장의 질책은 단순한 협박 이상이었다.

거기서 수그려야 한다는 진리를 영민은 스스로 깨달았다. 나도 법무가족의 일원이고 소속감으로 뭉친 사람이다, 잘하려고 하는데 상황은 계속 나를 이상하게 몰아간다, 내 정신 상태는 미궁에 빠진 사건을 해결해 반장한테 총애 받으려는 신참형사 같기만 한데 왜 이렇게 계속 찍히기만 하는 거냐, 내게 문제가 있고 지역적 특수성을 내가 이해 못하는 건지도 모른다, 언제나 실패만 했던 어머니, 그 어머니에 그 아들이면 절대 안 된다, 나는 여기서 크게 되어야 한다, 어디서든 잘 나가야 한다, 무당 아들로만 인식되면 곤란하다.

확장을 거듭하는 생각의 불길함에 다급해진 영민은 애원하는 듯한 목소리로 보안과장에게 말했다.

"저는 나름대로 잘하려고 노력했습니다 과장님. 죄송합니다, 앞으론 더 열심히 하겠습니다…… 네? 어머님요? 그렇습니다 무속인이 맞지요. 물론 제게도 어머님의 영향이 전혀 없는 건 아닙니다. 어젯밤 이상한 꿈을 꾸고 18방에서 이런 것도 발견했는데요."

그는 숨기려고 했던 것을 주머니에서 불쑥 끄집어내어 공물처럼 바치고야 말았다. 칭찬을 바라면서. 그런데 이변이 일어났다. 18방의 444가 남긴 일기장임을 안 순간, 거기 있던 직원들 몇몇의 입이 뭉크의 절규처럼 동그래진 것이다. 그 모습에 영민의 머릿속에선 갑작스러운 기상이변으로 어젯밤 모든 CCTV가 고장이라던 말이 번쩍거렸다.

'이 사람들 혹시 나의 18방 진입에 대해서 전혀 모르고 있었던 건 아닐까!'

뭔가 실수했다는 느낌이 영민의 온 전신을 에워쌌다.

9

퇴근을 해서도 떨림은 멈추지 않았다. 교도소 출입문을 벗어나자마자 쇳덩어리가 얹힌 듯 어깨의 통증은 시작되었다. 곧장 집으로 가 눈을 감았고 먹물 같은 잠은 또다시 그를 놔주지 않았다. 깨어났을 땐 다음날 아침이었다. 볼이 화끈거렸고 열까지 있었다. 거울을 보니 움푹 들어간 눈에 전반적인 인상이 퀭했다. 그는 지친 기색으로 옷장 아래에 놓여 있던 작은 상자를 열었다. 구급약통 대용의 상자에는 예전의 '그 약'도 고스란히 있었다. 힘들었던 과거의 상처, 현재의 정신 상태에 대한 의구심이 교차되면서 약을 털어 넣고 싶다는 욕망이 생겨났다. 하지만 영민은 자리를 박차고 나갔다.

섭주 교도소에 도착하기 직전, 예전처럼 귀에서 윙윙거리는 소리가 들렸다. 상세불명의 이명(耳鳴).

'정말 모든 원인은 나한테 있는 건지도 몰라.'

영민은 조만간 이비인후과가 아닌 정신과 진료를 받아야겠다고 생각했다. 자신이 목격한 18방의 남자도 분명 환각일 거라 믿으면서.

　　　　　　　　　　　* * *

　영민은 오늘 낮엔 접견근무라는 말을 분명 배치주임 휘하의 서무 근무자에게 들었었다. 하지만 게시된 배치표를 보니 자신의 근무는 '소방 훈련' 으로 바뀌어 있었다. 자칫 발생할 수 있는 화재에 대비한 훈련이 교정기관 안에서도 행해지고 있었던 것이다. 하지만 훈련장소가 께름칙했다. 요 며칠 이상한 일들이 비일비재했던 2동이었기 때문이다. 생각할 여유조차 주지 않으려는 듯 스피커에서 방송이 흘러나왔다.

　"금일 소방훈련 참가 직원 분들은 보안과 휴게실에 집합하여 주시기 바랍니다."

　방송이 떨어지자마자 20여 명의 교도관들이 휴게실로 모였다. 피로를 감추지 못한 영민도 선배들을 따라 들어갔다.

　보안과장이 들어오고 브리핑이 이어졌다. 화재진압의 시나리오에 대해서였다. 2동하에 무기징역을 비관한 재소자가 난동을 부리다가 화재를 일으킨다, 스피커 방송으로 상황이 터졌다는 정보가 떨어지면 기동타격대는 신속하게 난동을 제압한다, 화재복구반 중 A조는 2동하에 있는 17명의 재소자들을 질서정연하게 사동 바깥으로 대피시키고, B조는 급수펌프에 소방 호스를 연결시켜 진화작업을 시행한다, C조는 개인 소화기와 농업용 도구로 잔불을 제거하고, 이 사이 의료팀이 신속히 연기를 흡입한 환자를 구출해 들것으로 이송한다는 시나리오였다.

　그런데 이 날은 의료팀이 없었다. 간염예방접종 업무에 전원 투입되어 인력이 모자랐기 때문이다. 따라서 구조 부분은 최대한 실전에 가깝게 훈련한다는 기치 아래 가장 빠르게 대처한 한 명이 재소자를 업고 나오는 방식으로 대체되었다. 업는 역할을 배정받은 자가 영민이었고 그가 들어가야 할 장소는 18방이었다. 쓰러질 듯한 심정의 영민은 휴가라도 내고 여기서 도망치고 싶었다.

그로부터 5분도 지나지 않아 공습경보 같은 사이렌이 울렸다. 나이를 불문한 모든 직원들이 일사불란하게 2동쪽으로 뛰어갔다. 직장 소방훈련이 거의 군대식의 기동성을 펼쳐 보임에 영민은 혀를 내둘렀다. 처음 참여하는 그가 교도소 측의 빈번한 훈련 횟수를 알 턱이 없었다. 막 도달한 2동의 바깥쪽으로 이미 앞사람의 등에 손을 올린 재소자들이 줄지어 나오고 있었고 화재를 흉내낸 연막탄의 연기가 온 사동 주변으로 허옇게 피어올랐다. 급수 펌프에도 이미 소방 호스를 접합하는 작업이 완료되어 '분사!'라는 무전 지령이 떨어지자마자 세찬 물줄기가 하늘 높이 치솟았다.

"뭐해 진영민! 빨리 18방에 가서 환자를 업고 나와야지!"

당직계장이 소리쳤다. 영민은 생각할 여유도 없이 달렸다. 2동은 대낮인데도 컴컴했다. 훈련에 맞춰 전원차단기를 내린데다가 날씨마저 흐렸기 때문이다. 문득 그는 18방에 들어가면 안 된다는 불길한 예감에 휩싸였다. 하지만 들어갈 수밖에 없었다. CCTV로 훈련 상황을 조목조목 보고 있을 테니까. 인적 없음에 낯설고 악몽으로 낯익은 18방이 잡아먹듯 그를 받아들였다. 영민은 대충 사람을 업은 시늉을 한 뒤 감방 바깥으로 나오려 했다. 그 때 18방의 문이 저절로 움직이더니 육중한 소리를 내며 닫혔다. 사동과 바깥 운동장을 연결하는 출입문도 동시에 닫혔다.

"악!" 영민은 비명을 질렀다. 연막탄의 연기가 금세 사동 안까지 새어들어 와 온 시야를 뿌옇게 흐렸다. 차가운 공포가 전신을 잠식해 갔다. 나는 갇혔다! 아무도 없는 2동에 나 혼자만이 갇혔다! 안에서 절대로 열 수 없는 감방! 그것도 18방! 그나저나 이 방안에…… 나 말고 누가 있는 거 같잖아! 눈알을 돌리던 영민은 다급히 문을 두드렸다.

"문 열어요! 문! 아무도 없어요?"

영민의 주먹이 멍으로 시퍼렇게 변해 갔다. 하지만 공포라는 마취제는 아픔 따위 느낄 여유를 허락하지 않았다. 그때 인기척이 있었다. 연막탄 연기 사이로 어렴풋한 물체가 나타난 것이다. 영민은 그 사람의 관등성명을 부르려 했으나 연기 때문에 누군지 식별할 수 없었다. 창살 새로 손을 뻗어 휘젓자 연기는 조금씩 걷혔다. 하지만 모습을 드러낸 존재는 영민의 심장을 여지없이 죄어버리고 말았다.

그것은 일기장의 목 없는 여자였기 때문이다.

"사람 살려요! 여기…… 목 없는 귀신이 있어요!"

쇠창살 사이로 우뚝 선 여자는 444를 향해 그랬던 것처럼 있지도 않은 눈으로 영민을 노려보았다. 소복을 엉망진창으로 더럽힌 검붉은 피는 속을 메스껍게 했다. 쉭쉭 내는 숨소리에 공기는 목으로 새어나가고 가슴팍은 들썩거렸다. 영민은 반대쪽 창가로 달려가 쇠창살을 움켜쥐었지만 거기에도 그를 도와줄 사람은 없었다.

"살려줘! 사람 살려! 이 씨발놈들아!"

"……히히힛……."

영민의 처절한 포효가 멎고 고개가 돌아갔다. 뻥 뚫린 목 사이로 뭔가가 서서히 솟아올랐다. 웃음의 근원지는 그곳이었다. 영민은 기관차처럼 가쁜 숨을 몰아쉬었다. 머리카락이 보이기 시작했다. 영민의 입이 떡 벌어지고 침이 흘러내렸다. 머리칼 다음으로 커다랗게 뜬 눈이, 그 다음에 코와 입이 생겨났다. 영민은 억, 억 하는 짧은 신음을 토해내며 휘청 다리의 균형을 잃었다. 마침내 목 위로 완전히 올라오는 데 성공한 머리가 입을 열었다.

"하하하! 나요 나, 영민 씨."

하얀 소복 사이로 솟아오른 머리의 주인공은 바로 그의 선배 교도관 안대섭이었다.

10

"놀랐소 영민 씨?"

"선배님, 이게 어찌 된 겁니까?"

영민은 아직도 눈앞의 현실이 믿어지지 않았다.

"어찌되긴. 자네가 본 그대로지."

새로운 목소리가 등장했다. 아직 갇힌 상태인 영민은 붙잡은 쇠창살 틈새로 소리의 주인공을 쳐다보았다. 연륜과 노기가 섞인 목소리의 주인공은 예상대로 배치주임이었다. 영민은 50대의 배치주임과 20대의 안대섭이 나란히 선 모습을 보고 문득 두 사람이 닮았다고 생각했다.

"자네도 그 일기를 봤잖아? 444는 여기 있는 귀신을 보다가 서서히 미쳐간 거야. 그러다 결국 목을 매 자살한 거지. 바로 자네가 서 있는 자리에서."

"444에 대해 알고 있어요, 영민 씨는?"

"이 문이나 좀 열어주고 말씀하세요."

영민이 사정했다. 하지만 두 사람은 개의치 않는 눈치였다.

여자 소복(좌우로 열 수 있는 제조된 고무 마네킹이었다.)을 벗으며 안대섭이 설명했다.

"444 그 놈은 택시기사였어요. 5월 15일의 밤이었죠. 우린 분명히 기억해요. 그 날 놈은 아가씨 하나를 자신의 택시에 태웠어요. 스승의 날이라고 고교 은사한테 인사를 드리고 온, 꿈 많고 예뻤던 스무 살 여대생 말이죠. 동네가 달라 친구들과 헤어져 혼자 택시를 타게 된 그 날이 생애 최대의 끔찍한 날이 될 줄 이 아가씨, 어찌 알았겠어요? 정말 안타까운 노릇이죠."

바통을 받듯 배치주임이 말을 이었다.

"놈은 그 아가씨의 집으로 택시를 모는 척하다가 으슥한 야산으로 데려갔어. 아무 원한도 없는 여자한테 온갖 못된 짓을 하고는 그것도 모자라 죽이고 시신을 유기했지. 그 어린 것이 당했을 공포와 고통을 생각하면 지금도 치가 떨려!"

배치주임의 음성이 분노로 부들부들 떨렸다.

"놈의 여죄는 더 있었어요, 영민 씨. 자백한 대로 시신들은 꾸준히 나왔으니까. 놈은 연쇄살인마였어요. 피해자는 전부 힘없는 여자들. 놈은 경찰에 붙잡혔고 사형을 선고받았죠. 하지만 알다시

피 요즘 사형은 무기징역에 불과해요."

"선고만 때릴 줄 알지 집행은 하지 않으니까."

배치주임은 바닥에 침을 퉤 뱉었다.

이 때 한 사람의 발자국 소리가 또 추가되었다. 영민이 쇠창살 틈으로 째려보듯 간신히 확인해 보니, 그는 당직계장이었다. 영민은 문을 열어주지 않는 두 사람이 왠지 무서워져서 이들에게 아부라도 하듯 작게 말했다.

"저기 계장님께서 오시는데요."

그러나 목소리의 떨림마저 가라앉힐 순 없었다. 이 사람들 왜 아무 기색도 없고 날 풀어주지도 않는 거지.

두 사람의 옆으로 당도한 당직계장이 힘찬 목소리로 응수했다.

"가해자의 인권을 고려해도 피해자의 인권은 무시당하는 게 지금의 현실일세. 이 얼마나 좋은 세상인가."

"444는 여섯 여자를 죽였다고 자백했지만 더 있을 거요. 영민 씨, 틀림없어요."

"어이 진영민 교도. 당직인 나의 계획 아래 여기 우리 셋이 마네킹을 쓰고 공포의 연극을 벌여, 결국 놈을 죽음으로 몰고 갔지. 자넨 그걸 어찌 생각하나?"

"……."

"집행하지 않던 사형의 강제 집행으로 보나?"

"생각해 봐요, 영민 씨. 우린 444의 목에 밧줄을 걸기는커녕 손가락 하나 안 댔어요."

"오직 양심과 두려움이란 본성을 건드렸을 뿐이지."

"진짜 짐승을 다룰 땐 똑같은 짐승이 되어야 해. 자신의 행동에 죄책감이 없는 놈에게 법률과 논리가 무슨 소용이야?"

세 사람의 집중포화에 영민은 가까스로 입을 벌렸다.

"그런 거였군요…… 대체 왜…… 그런 짓을 하신 겁니까? 우린……"

"왜? 왜냐고!" 당직계장의 안색이 싹 변했다. 겁먹은 영민이 창살에서 손을 놓았다. "우린 뭐? 뭐? 대답해 봐!"

배치주임의 표정도 똑같이 굳어버렸다. 몰아세우는 통에 영민의 의사표현은 정확해질 수가 없었다.

"저희들은 버…… 법에 의거해 수용자를 교정교화하고…… 갱생시키는…… 게다가 사적인 형벌은 법의 정신에 어긋나는……"

"개소리 집어치워!"

안대섭이 주먹으로 쇠창살을 쳤다. 배치주임은 팔짱을 끼면서 고개를 갸웃거렸다.

"역시 진영민은 신규직원이라 원리원칙으로 똘똘 뭉쳐 있군그래. 자네 말이 틀린 건 아냐. 사실 우린 사적으로 개입되어 있거든. 기본서를 몇 번이나 통달한 신규직원이니 동해보복이란 말이 뭔진 알지? 그게 뭔지 설명해 보게. 자, 어서."

"동해보복(同害報復)은…… 눈에는 눈, 이에는 이. 가한 자에게 똑같이 되갚아주는 동일 필벌이 아닙니까?"

배치주임의 눈에 불꽃이 이는 듯했다.

"거꾸로 가는 세상이지만 자넨 훌륭하네 영맨. 그럼 내 하나 물어보지. 자네 애인이 성폭행당하고 잔혹하게 살해당했다 치지. 범인은 누군지 알아. 그러면 그걸 그냥 법의 심판에 맡길 수 있겠나?"

"그럴 수는 없지만…… 그래도."

"사회적인 통념상 법의 심판에 맡겨야 한다, 그거지? 남의 일이니까 그렇게 속편한 소릴 할 수 있는 거야. 하지만 피해자가 자신의 가족이나 더없이 소중한 사람이라면 그런 가식은 가면을 벗게 되고 본능만이 남아. 법의 심판이라는 게 한 사람의 상실과 돌이킬 수 없는 상처에 얼마만큼의 보상을 해 주나? 살점이 떨어지고 영혼이 찢어지는 아픔은 결코 측량할 수 있는 게 아냐. 반면에 법의 심판을 받은 놈들을 보게. 버젓이 살아가고 있지. 밥 먹고 똥 싸고 텔레비전 코미디 보면서 헤헤거리고 말이야."

허망한 눈길로 먼 곳을 쳐다보는 배치주임이 깊은 숨을 토해냈다.

"그 여대생의 이름은 안아랑이였어. 바로 내 딸이었지. 여기 있는 대섭이의 동생이자 당직계장님의 조카였고."

당직계장이 말을 이었다.

"나하고 내 동생 안창혁 배치주임은 원래부터 여기서 근무하고 있었는데, 어느 날 아랑이를 잃고 온 집안이 헤어날 수 없는 슬픔에 빠졌다. 그런데 뜻밖에도 범인 김선국이 서울에서 이리로 이감을 오게 된 거야. 섭주 교도소가 강력범들만 수용하는 중구금 교도소라서 가능한 일이었어. 나와 배치주임은 복수의 기회를 준 하느님께 감사의 기도를 올렸다네. 신학대학을 다니고 있던 대섭이에겐 마침 모집 중이던 교도관 특채시험을 강제로 보게 했어. 동생을 잃은 오빠가 복수의 기회를 마다할 이유가 없었지. 신이 아닌 인간이니까. 대섭이는 전국 1등의 성적을 거두었고 일부러 섭주 교도소로 지원한 걸세."

"눈에 안 띄게 거사를 행하려고 직장생활 아주 열심히 했어요."

안대섭이 계급장 붙은 어깨를 으쓱거렸다.

"영민이. 피워보지도 못하고 차디차게 꺼져버린 꿈을 자넨 이해할 수 있겠나?"

영민은 계장의 말에 해야 할 답변을 몰랐으나 그가 친근하게 건넨 영민이라는 호칭엔 마음이 놓이는 느낌이었다. 곧 18방의 문을 열어줄 것 같았으니까. 하지만 뭐라 답변하기도 전에 배치주임이 다시 언성을 높였다.

"놈이 짧은 치마나 입고 밤늦게 돌아다니는 여자들을 보고 세상 좆 같다고 생각했는지 어쨌는지는 몰라도 아랑이는 이 세상 누구보다 좋은 딸이었고 소중한 아이였어. 꿈으로 가득 찼던 젊은 인생이 그런 늑대 같은 놈 때문에 제대로 피어보지도 못하고 스러지고 말았어. 그 날 이후론 아랑이뿐만 아니라 우리들 전부 다 죽은 삶을 사는 거나 다름없었어. 왜 하필 우리 딸이었지? 응?"

배치주임의 말이 격앙을 띠자 계장은 그를 말렸다. 그는 천천히 바깥을 살폈다. 소방훈련이 끝나면 2동엔 다시 재소자들과 다른 직원들이 들어올 것이다.

"시간이 없어. 이보게 영민이, 내가 제안 하나 하지. 자네한텐 정말 귀신을 보는 능력이 있는 건지도 모르겠네. 그래서 이렇게 우리 사정을 다 알게 된 거 아닌가. 자, 오늘 알아낸 비밀을 가슴에 묻고 우리에게 협조할 텐가, 아니면 이 사실을 자꾸 떠벌려서 공무원 부적격자로 찍혀 여기서 쫓겨날 텐가?"

"……."

"나가서 떠들어보게. 증거가 있나? 자네 말을 믿어줄 사람은 아무도 없어. 우린 자네 정신 상태를 빌미로 얼마든지 자네에게 불이익을 가져다 줄 수 있어. 이 바닥은 자네가 생각한 것과 많이 틀려. 우리가 했던 일, 그건 참 정의라고 생각하지 않나? 범죄라고 생각해? 그렇게 생각한다면 자네 마음대로 하게. 어렵게 시작한 공직생활을 정신분열이란 불명예를 안고 포기할 건가, 이 취직난에? 앞으로 자네에겐 무한히 좋은 기회가 갈 걸세. 편한 사무실 근무와 진급심사의 이득, 훌륭한 근무 평점 추천 등 하나둘이 아니지."

"우리의 행동은 정당하오, 영민 씨. 444는 죽어 마땅한 놈이었소. 게다가 우리가 죽인 게 아니라 스스로의 양심이라는 그림자에게 목이 졸려 죽은 거란 말이요."

"지금 이 상황은 기록되지 않는다. 김오석 주임이 상황실에서 CCTV를 껐으니까. 그도 우리 편이야. 빨리 선택하게."

세 명이 몰아세웠다. 영민은 생각할 겨를조차 없었다. 어떤 선택을 해야 할지 분명했으니까. 그의 머리통을 가득 채운 건 한시바삐 18방에서 나가야 한다는 생각뿐이었다. 무서우니까. 지독하게 무서우니까. 그 말인즉슨, 갇혀 있는 18방 천장의 구석에 아까부터 거꾸로 매달린 채 자신을 죽 응시하는 자가 있다는 뜻이었다. 빗자루처럼 아래로 늘어뜨려진 머리털 위로 허옇게 뜬 눈은 끔찍했다. 거꾸로 보는 사람의 얼굴만큼 무서운 것이 이 세상에 또 있을까. 하물며 그 얼굴이 자주색 풍선처럼 부풀어 오른 상태라면 더욱더! 그 남자는 영민에게 못 박은 시선을 결코 거둘 생각이 없는 게 분명했다.

왜 내게 이런 불필요한 능력이 있는 거지…… 영민은 귀신이 보기 싫어 눈을 감았고 그 상태로 쇠창살을 붙잡고 흔들었다.

"협력하겠습니다! 누구한테도 말하지 않겠습니다! 그러니 제발 열어주십시오!"

"됐네! 이 친구 진심이야. 어서 문을 열어줘."

계장이 얼굴 가득 인자한 웃음을 띠고 안대섭을 재촉했다.

안대섭이 문을 따자마자 세 사람은 마음고생을 시킨 신규직원을 안아주고 감싸주기 위해 한꺼번에 18방 안으로 들어갔다. 김선국이 죽고 한 번도 들어가 본적이 없던 18방이었다. 당직계장이 영민의 등을 두드렸다.

"고생시켜 미안허이. 이제 자넨 진짜 우리 식구야."

영민은 부축하고 얼싸안는 세 사람의 손길을 느끼고 서서히 눈을 떴다. 창밖으로 스며든 밝은 빛이 따뜻했다. 거꾸로 처박혀 있던 귀신도 이젠 사라지고 없다.

"자, 나갑시다, 영민 씨. 이걸 치우고 훈련을 끝내야지."

"대섭아, 일단 마네킹부터 치워. 창고에 넣고 잠갔다가 밤에 옮겨라."

"그럴게요. 영민 씨, 나 좀 도와줄래요?"

하지만 영민은 새로운 공포에 부릅떠진 눈을 언제까지나 감을 줄 몰랐다. 그것은 어머니로부터 물려받은 귀신을 볼 수 있다는 능력에서 비롯된 것이었다. 안대섭의 양쪽 어깨 위로 퉁퉁 부어오른 자주색의 발이 보였는데 좀 더 위로 고개를 들어 올리니 연막탄으로 희미해진 영상 아래 444라는 숫자가 어렴풋이 보였던 것이다.

세 사람에겐 그 모습이 보이지 않는 모양이었다. 영민은 444의 복수전이 성공적으로 개시된 걸 분명히 알았다. 동해보복이라! 피는 피를 부르고 복수는 복수를 낳는다. 안대섭과 그 친인척은 들어오지 말아야 했던 저주받은 18방에 들어온 것이다. 영매 역할의 무당 아들이 있는 상황에서 말이다. 영민은 자신의 어깨에서 통증이 완전히 사라진 것을 깨달았다. 반면 안대섭은 그 순간부터 주먹으로 어깨를 치기 시작했다.

"아버지, 문 열다 담이 결렸나 봐요. 어깨가 왜 이리 아프지."

여관바리

김희선

1986년생. 한 페이지 단편소설에서 글쓰기에 맛들려 짧고 긴 글을 몇 편 썼다.
한국 토속신앙과 무속, 괴담에 대한 이야기를 쓰는 중이다.

그 여자와 만났던 날의 기억은 아직도 머릿속에 선명하게 남아 있다. 출장 차 대전을 방문했다가 다음날 옥천으로 가기 위해 대전 시외터미널 근처 여인숙에 묵었을 때니까 아마도 지금으로부터 약 2년 전, 장마철이어서 비가 억수처럼 쏟아지던 날이었다. 예년에 비해 장마가 길었던 때라 출장길에 아내가 챙겨준 우산을 쓰고 몇 번을 와도 낯선 거리를 헤맸다. 하룻밤 묵을 곳을 찾아 돌아다니느라 양복 바짓단은 비에 젖어 온통 흙탕물이었다. 파르르르 젖어 금세라도 꺼질 듯 깜빡이는 여인숙의 간판을 발견하고 물에 젖은 솜처럼 무거운 몸을 그 안으로 들여놓았을 때 나는 이미 기진맥진해 있었다. 어두컴컴한 현관 안쪽은 동굴처럼 좁고 퀴퀴했다. 인기척 하나 없는 현관 근처에 주먹만 하게 뚫린 조그만 미닫이창 앞에 서서 헛기침을 하자 드르륵 소리를 내며 창이 열렸다. 코 근처에 부스럼이 진 노파가 희끄무레한 것이 잔뜩 낀 얼굴로 나를 올려다보았다.

"하루 묵고 가려는데요. 방 있습니까?"

"없어, 방은 꽉 찼슈."

콰광, 밖에서 건물을 때려 부술 것 같은 뇌성벽력이 으르릉 울었다. 나는 손에 든 우산에서 물이 뚝뚝 떨어지는 것을 절망적인 기분으로 바라보며 다시 물었다.

"방 하나라도 어떻게 안 될까요? 바깥 날씨가 저모양이라……"

"쓸 만한 방은 다 나갔어. 쪽방으로 사글세 치는 방들이 많아 설람…… 오면서 터미널 근처에 공사하는 거 못 봤는겨?"

"……그런가요."

억수 같은 장대비가 문짝을 덜걱덜걱 붙들어 흔들었다. 저 빗속으로 다시 나가서 묵을 곳을 찾을 생각에 한숨이 절로 나왔다. 망할 비…… 머리를 북북 잡아 뜯으며 몸을 돌리는데 잔뜩 쉰 노파의 목소리가 나를 붙들었다.

"하룻밤만 묵고 새벽 일찍 나갈 셈이라면 어떻게 방 하나야 변통해 줄 수 있을 것도 같은디……"

"네? 될까요, 그렇게? 저는 내일 아침 첫차로 올라갈 거라서 그렇게만 해 주시면 감사하죠."

"으으음…… 기달려보게."

노파는 잠깐 내 얼굴을 꼼꼼히 살피더니 미닫이를 왈각 닫아 걸었다. 닫힌 창 너머에서 노파가 웅얼웅얼 뭐라고 중얼거리는 소리가 한참 이어지더니 위층에서 쿵쾅거리는 소리가 들려왔다. 우산 손잡이를 쥐고 꾸물거리는데 꽉 닫혔던 미닫이창이 열리고 노파가 눈짓을 했다.

"3만 원. 204호실이여."

지갑에서 돈을 세어 노파에게 건네주자 노파는 입술을 실룩이며 그것을 받고 낡은 키를 던지듯 내주었다. 204라고 쓰여 있었을 법한, 매직으로 그려진 그림에 가까운 숫자는 손때가 묻어 희미해져 있었다. 키를 손에 쥐고 멀뚱하니 노파를 바라보자 쇳소리 섞인 기침을 칼칼하니 내뱉으며 쪼글거리는 손가락으로 계단을 가리켰다.

"5시엔 나가야 혀. 5시, 잊지 말고."

"아, 네…… 감사합니다."

고개를 꾸벅 숙이고 돌아서는 등 뒤로 창이 드륵 소리를 내며 닫히다 잠깐 멈추었다. 노파의 목소리가 검은 복도를 타고 흐느적거리며 기어와 등 뒤에 달라붙었다.

"……거시기, 누가 와도 문 열어주지 말여."

"네?"

희미한 소리에 갸우뚱거리며 고개를 돌려 뒤를 바라보았지만 미닫이창은 이미 닫혀 있었다. 콰르릉, 지축을 울리는 천둥소리에 바르르 떠는 문 너머로 억센 빗줄기의 그림자만이 복도를 길게 가로질렀다.

204호는 계단을 한층 올라와 왼쪽으로 꺾으면 바로 보이는 방이었다. 혹시나 해서 손잡이를 잡아 비틀자 낡은 경첩이 삐꺼덕거리며 온몸을 비틀어 괴괴한 비명을 질렀다. 머쓱한 기분에 손잡이를 잡았던 손을 바지에 한번 스윽 문질러 닦은 후 키를 꽂아 돌렸다. 끼이익 소리와 함께 문이 열리고 습한 냄새가 코끝을 찔렀다. 나는 어깨를 한번 으쓱한 후 반쯤 열린 문 사이로 발을 들였다. 고요한 복도에 구두소리가 자기도 깜짝 놀랄 만큼 크게 울렸다. 문득 정체 불분명한 이상한 기분이 들었지만 그게 무엇인지는 알 수 없었다.

방에 들어와 형광등을 켜자 몇 번이고 힘겹게 깜박이다 간신히 불이 들어왔다. 한눈에 들어온 방의 풍경은 습기나 퀴퀴한 냄새에 비하면 그렇게 나쁘지는 않았다. 향수가 밀려올 것만 같은 누런 장판 곳곳에는 먼저 머물렀던 누군가가 담배꽁초를 떨군 자국들이 눅진한 흉터를 남기고 있었고 한편에 대충 접혀 있는 이불 위에는 누런 자국이(땀자국, 아니면 침자국일 것이다.) 지도처럼 그려져 있었다. 전형적인 싸구려 여관의 모습에 오히려 조금 안도한 나는 비에 젖어 질척대는 구두에서 발을 꺼냈다. 물이 찬 구두 안에서 혹사당한 발에서는 악취에 가까운 발냄새가 풍겼고 비닐장판 위에 한쪽 발을 올리자 젖은 양말 때문에 찔꺽대는 소리가 들렸다. 한숨이 절로 나왔다.

일단 씻고 옷을 갈아입어야겠다는 생각에 출장가방을 열고 아내가 챙겨준 옷가지를 꺼내들었다. 편한 티셔츠와 추리닝 바지를 한 손에 들고 화장실의 문을 열었을 때였다.

달각.

등골에 오소소 소름이 스쳤다. 나는 본능적인 두려움에 휩싸여 뒤를 돌아보았다. 무언가가 달각거리는 소리, 지나치게 가까운 거리에서 들려온 그 달각거리는 소리. 그러나 돌아본 등 뒤에는 내가 가지런히 벗어놓은 구두 한 켤레만이 비에 젖어 볼품없는 모양새로 놓여 있을 뿐이었다. 현관에 매달린 거울이, 우산을 썼음에도 젖어서 이마 이리저리 흘러내린 앞머리 밑의 경직된 눈빛을 고스란히 비춰내고 있었다.

"뭐야…… 아무것도 아니잖아."

일부러 큰 소리로 그렇게 말하고 나서야 나는 내가 누구 들으라고 말한 것인지 의문스러워졌다. 잘못 들을 수도 있지, 피곤해서 그래. 그렇게 스스로를 달래며 화장실 안으로 들어가 변기 뚜껑을 닫고 마른 옷가지를 올려놓았다. 화장실은 좁고 더러웠지만 씻을 만은 했다. 구석에 잔금이 간 유리에 비친 얼굴이 스스로 보기에도 안돼 보일 정도로 지쳐 있었다.

"다음부터 출장은 강 부장이 직접 가라고 해야지."

혼잣말로 구시렁대며 샤워기의 물을 틀어보았다. 온수를 기대하진 않았지만, 얼어붙을 정도로 차가운 냉수가 콸콸 쏟아지는 것에 조금 낙담하며 나는 축 달라붙은 셔츠의 단추를 풀었다.

이번 출장은 애초에 썩 내키는 일이 아니었다. 아내는 임신 중이었고, 출장에서 만나야 할 거래처들도 어느 곳 하나 호락호락한 상대가 없었다. 주말 정도는 회사 일에서 좀 해방되고 싶었지만…… 나는 고개를 절레절레 저었다. 요즘 같은 세상에 일자리 보전하고 있는 것만으로도 다행이지, 호강에 넘친 소리 하는구나. 나는 비누를 손에 쥐고 문질러 거품을 내며 잔뜩 불러온 배 때문에 허리에 손을 짚고 뒤뚱거리며 웃던 아내와 곧 태어날 아이를 생각했다. 결혼한 지 2년 만에 생긴 첫 아이였다. 애가 너무 차대서 힘들어 여보, 그렇게 말하며 울상을 짓는 아내의 얼굴에도 행복이 감돌았다. 나는 나도 모르게 빙긋 웃으며 얼굴에 비누칠을 했다.

달각.

이번에는 머리 위였다. 나는 온몸이 뻣뻣하게 굳는 것을 느꼈다. 차마 위를 올려다 볼 엄두가 나지 않았다. 허리를 굽혀 비누칠을 하던 자세 그대로 나는 실눈을 떠서 거울에 비친 나를 바라보았다. 눈 사이로 비눗물이 들어가 따끔거렸다.

"쥐…… 쥐일 거야."

낡은 여인숙이니까, 쥐가 천장을 돌아다니는 것임에 틀림없었다. 아까의 소리도 분명히 쥐였을 것이다. 나는 한참을 그러고 있다가 허리를 폈다. 비누 거품이 묻은 얼굴이 묘하게 일그러져 있었다.

"……신경과민이야."

샤워기의 물을 일부러 세게 틀고 샤워를 하는 내내 나는 방안 곳곳을 누비는 쥐에 대해 생각했다. 쥐가 천장을 돌아다니며 여기저기를 쏠다가 제풀에 미끄러져 넘어지는 상상까지 하고 나서야 나는 조금 웃을 수 있었다.

씻고 나와서 머리를 타월로 문지르다가 나는 내가 놓친 것을 떠올렸다. 아무리 날씨가 거지 같아도 맥주라도 좀 사올걸. 샤워 후의 맥주 한 모금이 그리워진 나는 혹시나 하고 냉장고를 열었다가 이내 닫아버렸다. 냉장고 안에는 요구르트 두 개만 예쁘게 놓여 있었다.

"죽겠구만……"

하루 종일 빗속에서 움직이고 깐깐한 거래처 사장을 접대한 후유증이 온몸에 나타나기 시작해 금세 노곤해졌다. 씻고 나오니 축축 늘어지는 바람에 벽에 등을 기대고 가만히 리모컨만 만지작거리고 있는데 갑자기 문밖에서 인기척이 들렸다.

덜컥 덜컥. 노곤하게 처져 있던 온몸의 신경이 갑자기 바짝 일어섰다. 손잡이가 움직이는 것을 노려보며 나는 몸을 일으켰다. 누군가, 다른 방의 손님이 술에라도 취해서 방을 잘못 찾은 거겠지. 그렇게 생각하며 문 근처로 다가가 손잡이를 꽉 쥐었다. 손잡이 너머로 상대의 악력이 느껴지다 이내 떨어져나갔다. 그리고 당혹스러운 목소리가 들려왔다.

"어머? 안에 누구 있어요?"

젊은 여자의 목소리였다. 당황한 듯한 목소리. 순식간에 기운이 쭉 빠진 나는 이유 모를 한숨을 내쉬며 그렇다고 대답했다.

"방을 잘못 찾으신 것 같은데……"

"어, 아니 204호 맞는데요……"

"네?"

나는 화장대 위의 키를 슬쩍 바라보았다.

"아…… 이 할망구가 진짜, 또 말도 안 하고 방을 막 줬어!"

문 너머의 여자는 그렇게 의미 모를 소리를 하더니 이내 또각거리며 계단을 내려갔다. 아래층에서 옥신각신하는 소리가 들리더니 미닫이창이 쾅하고 닫혔다. 나는 도대체 무슨 일인지 모를 사태에 어안이 벙벙한 채 눈만 깜빡이고 있을 뿐이었다.

"저, 제가 이 방 한 달 끊고 사는 사람인데요. 오늘 외박하는 줄 알고 여기 주인할머니가 방을 내줬나본데…… 죄송하지만 나가주셔야겠는데요."

문 앞을 서성이며 그렇게 말하는 여자의 목소리는 어딘지 모르게 초조했다. 비닐이 부스럭대는 소리, 그 안에서 찰캉대며 뭔가가 부딪히는 소리가 같이 들려왔다. 나는 문에 몸을 바싹 붙인 채로 대답했다.

"저는 그런 소리 못 들었는데요."

"아, 당황스러우실 거란 건 아는데…… 아 진짜 저 노망난 할망구가…… 그래도 어쨌든 제 방인데요."

"이렇게 나가라고 하시면 어쩝니까? 이 빗속에서 뭘 어쩌라고요."

"……하, 나 참 미치겠네…… 음. 일단 문 좀 열어보실래요?"

한참을 갈등하다 손잡이에 문을 가져가며 나는 문득 내가 뭔가를 잊고 있다는 생각이 들었다. 그러나 내가 잠시 멈칫거리는 사이에, 문 너머의 여자가 한숨을 푹 내쉬며 말했다.

"정 안 되면 같이 자야지요 뭐. 술 하세요?"

찰캉, 다시 한 번 들려온 그 마찰음은 캔과 캔이 부딪히는 소리 같았다. 갈증이 갑자기 목구멍을 타고 밀려들었고 나는 뭔가에 홀리듯 문을 열었다.

마르고 키가 큰 여자였다. 가슴 부분이 훤히 들여다보이는 짧은 원피스를 입고 있었는데 워낙 말라 색기라고는 없어보였다. 문이 열리자 척척 걸어들어와 앉은 그녀는 비닐봉지를 풀어헤치더니 맥주 캔을 꺼내들어 내게 밀었다. 딱히 위험해 보이지는 않았지만, 어쨌든 이 말도 안 되는 상황이 그저 당황스러워 나는 그녀가 권하는 맥주를 받아든 채로 그녀를 조심스레 훔쳐보았다. 그녀는 나와 거리를 두고 앉은 채 한숨을 내쉬다가 내 쪽으로 시선을 돌렸다. 빗속을 뚫고 왔다고는 생각할 수 없을 정도로 멀쩡한 모양새가 신경 쓰였다.

"전에도 한 번 이랬어요. 저 미친 노친네는 돈독이 올라서…… 진짜 빨리 여길 떠야지."

"음……"

"저도 억울하고 황당하다고요. 숙박비도 한 달 치 미리 넣었는데, 나갈 테니 달라고 해도 말도 안 들어요. 그렇다고 뭐 경찰 부르기도 좀 그렇고. 어쩌겠어요, 닥치고 버텨야지…… 어디서 오셨어요?"

나는 나도 모르게 무심코 서울…… 하고 대답하다가 흠칫 놀라 입을 다물었다. 생면부지의 남녀 둘이, 장대비가 내리는 한밤에 여인숙 방안에 거리를 두고 떨어져 앉아 밤을 지새야 하는 것만으로도 충분히 이상하고 남들 보기 우스운데 이런 상황에서 쓸데없는 호구조사는 피하고 싶었다. 나의 반응에 여자는 고개를 갸웃거리다가 제 무릎을 톡 치며 웃었다.

"아, 죄송해요. 전 윤양희라고 해요."

스스럼없이 내밀어진 양희의 손을 바라보며 짧게 갈등하던 나는 낮은 한숨을 내쉬었다.

"이건욱입니다."

"말 편히 하세요. 저보다 나이도 많으신 것 같은데."

"그래도……"

"뭐, 일이 좀 이상하게 꼬여서 서로 이렇게 황당해졌지만 옷깃만 스쳐도 인연이라고 안 그래요? 어차피 밤은 같이 보내야 하는데 이것저것 얘기라도 하죠, 뭐. 여긴 왜 오셨어요?"

따지고 보면 틀린 말은 아니고 황당하고 불쾌하기까지 하지만 별다른 도리가 있는 것도 아니라서 나는 나도 모르게 고개를 끄덕였다. 양희는 방긋 웃으며 맥주캔을 들었다.

"건배해요."

양희는 말이 많았다. 맥주 한 캔을 같이 마시는 동안에 나는 그녀가 경기도의 신도시 지역에서 고등학교를 졸업했고 일찍부터 공부에는 뜻이 없었으며 남성 편력이 화려했다는 사실과 일찌감치 가출해서 집을 뛰쳐나왔다는 것, 그래서 지금은 서대전역 근처의 룸살롱에서 일하고 있다는 것을 알게 되었다. 딱히 듣고 싶었던 것은 아니지만 수다스러운 여자의 생경한 인생 이야기를 들으며 술을 마시는 것은 이제까지의 내 일상 어디에도 존재하지 않던 부분이라 자못 흥미롭게 여겨지기도 했다. 양희가 파란만장하다면 파란만장할 자신의 인생사를 재담처럼 이야기하는 사이에 나는 어느새 동생 대하듯 편하게 그녀와 말을 섞는 자신을 발견하고 쑥스러워졌다. 양희는 자신이 일하던 룸살롱에서 손님 등쳐먹으려던 포주가 된통 당한 이야기를 하면서 깔깔거렸다.

"진짜 웃겼다니까요. 서로 술병 깨부수고 휘두르고 난리도 아니었죠. 나도 그 와중에 한 대 맞아서 여기…… 여기 보여요?"

불쑥 머리를 들이민 양희 때문에 나는 뒤로 슬쩍 물러났다. 샴푸냄새가 진하게 풍겼다. 그러나 양희는 아랑곳없이 자신의 이마 언저리를 헤쳐보이며 자꾸만 웃었다. 앞머리에 가려져 있던 부분이 드러나며 길게 찢긴 흉터가 뱀처럼 꿈틀거렸다. 순간 마음이 선뜩해졌다.

"······아팠겠다."

"아팠죠, 무지 아팠어요. 죽을 뻔했는데."

연신 방긋거리며 대답하는 양희의 얼굴이 낯설어서 나는 손에 든 맥주캔만 멋쩍게 주무르다 한마디 건네었다.

"그런 일 하면······ 역시 힘들지······?"

양희는 정떨어진다는 표정으로 손사래를 쳤다.

"말도 마요. 돈 아니었으면 내가 이 짓 왜 해요."

"그만 두고 싶지는······ 않아?"

"이건 벌어야죠. 내가 왜 투잡 뛰는데, 오빠도 참."

엄지와 검지로 동그라미를 그려 보이며 양희는 떫은 표정을 지었다.

"오빠 진짜 순진하시다. 막 룸살롱 가라오케 이런 데 가본 적 없어요?"

"아니······ 접대 때문에 가본 적이야 있지."

"흐응······"

거짓말, 그렇게 말하면서 묘한 얼굴로 목덜미 근처를 훑어보는 양희의 시선에 나는 목을 만지작거리던 손을 바라보았다. 왼손 네 번째 손가락에 얌전히 끼워진 반지가 금세라도 꺼질 듯이 깜박이는 여인숙 방의 형광등빛을 받아 반짝였다. 양희가 피식 웃었다.

"오빠 사모님은 행복하겠네."

"······"

딱히 대답할 말이 없어 입을 다물자 양희도 더 이상 말을 꺼내지 않았다. 갑작스럽게 찾아든 침묵이 어색해 뒷목 언저리를 만지작거리고 있을 때였다. 다시 그 소리가 들려왔다. 달각.

달각, 달각.

아까보다 조금 더 커진 소리에 나는 인상을 쓰며 천장을 올려다보았다. 저놈의 쥐새끼, 갑자기 이따위 방에 3만 원씩이나 냈다는 사실이 아깝게 느껴졌다. 혼자 제대로 쉬지도 못하고, 룸살롱 여자가 들이닥치는 바람에 잠도 못 자고 하룻밤을 보내게 생겼는데 거기에 3만 원이라니. 확 치고 오르는 짜증에 나는 날이 선 목소리로 내뱉듯이 양희에게 물었다.

"이 소리 들려? 아무리 낡았어도 그렇지 어떻게 쥐가 이렇게 마음대로 돌아다니냐는 말이야."

"……쥐요?"

"넌 이 소리 안 들려?"

달각달각달각, 짜증을 내는 나를 비웃듯 연이어 소리가 들려왔다. 나는 천장 언저리를 가리키며 양희를 쳐다보다가 오스스하니 소름이 돋아 그대로 굳어버리고 말았다. 양희의 얼굴은 감정 하나 없는 밀랍인형처럼 무표정했다.

"난 아무 소리도 안 들리는데."

거짓말.

달각달각달각달각.

"……잘까요?"

그렇게 말하고 갑자기 휙 몸을 돌려 누워버리는 양희의 깡마르고 창백한 목덜미에 소름이 돋아 있는 것을, 나는 알 수 있었다. 거짓말.

"너도 이 소리 들리는 거지?"

"오빠 귀가 이상한 거지."

"들리잖아, 그냥 쥐소리일 뿐이잖아……"

"……난 안 들려요."

고집불통처럼 그렇게 말하는 양희의 손이 덜덜 떨리고 있었다. 자신의 팔뚝 언저리를 붙든 채 꽉 끌어안은 양희의 손에는 어느새 파랗게 핏줄까지 돋아 있었다. 나는 갑자기 밀려드는 형언할 수 없는 두려움과 불길함에 무릎을 세워 그녀에게 기어가 양희의 어깨를 잡고 흔들었다.

"이 소리가 왜 안 들려, 들리잖아, 지금도……"

달각달각달각달각달각.

달각달각.

"……지금도."

말이 저절로 멈추었다. 자신의 양 손 안에 잡힌 양희의 어깨가 사시나무처럼 떨리고 있었다. 꽉 감긴 눈 안에서 차오른 것이 기어코 뺨 위로 주르륵 흘러 눈물이 된 순간 양희가 눈을 번쩍 떴다. 나른하게 처진 눈꼬리 안쪽에서 까맣게 빛나는 눈동자에 내가 비쳤다. 목 안쪽이 꽉 틀어 막힌 기분이었다. 양희는, 힘없이 팔을 들어 내 어깨를 끌어안았다. 마른 팔뚝 안쪽의 차가운 부분이 목덜미에 닿았다.

"오빠…… 저건 쥐가 아니에요……"

달각.

"저게 어떻게 쥐소리로 들려요……"

그 순간, 소리가 멈추었다. 양희는 내 품 안에서 여전히 떨고 있었다.

"오빠 얘기해 줄래요?"

까맣게 어둠을 뿌린 방 안에서 고래의 숨처럼 희뿌옇게 양희가 말을 틔워 올렸다. 좁은 방 안에서 그녀와 등을 지고 누워 잠을 청하던 나는 양희의 갑작스러운 말에 몸을 뒤척여 그녀를 바라보았다. 양희는 똑바로 누워 천장을 올려다보는 자세 그대로 아무 말이 없었다. 방금 말한 사람 어디 갔나 싶을 정도로 고요해서, 어둠 속에서도 반짝 빛나는 양희의 눈이 아니었다면 나는 그녀가 잠에 빠졌으며 내가 들은 것은 환청이라고 생각했을 것이다. 그러나 양희는 깨어 있었고, 이내 고개를 돌려 나를 바라보았다. 까만 눈과 정통으로 마주친 나는 헛기침을 하며 그녀 쪽으로 돌아누웠다.

"내 얘기…… 라고 해도 별 것 없는데."

"그래도."

"음."

촤르륵, 하고 머릿속에서 기억이 펼쳐졌다. 인생을 돌이킨다, 고까지 하면 너무 거창하겠지만 어쨌든 뭔가 내 삶의 한 꼭지라도 낯선 타인과 청하는 밤의 잠자리 머리맡에서 들려줄 수 있는 이야기가 있는지를 살펴보는 데는 제법 오랜 시간이 걸렸다. 끙끙대며 이야깃거리를 찾는 나를 고요하게 바라보며 양희는 참을성 있게 기다렸다. 아까의 수다스러웠던 그 여자와 지금 곁에 누워 나를 바라보는 여자가 도대체 같은 인물이 맞기나 한 건지, 지나치게 조용한 양희의 시선이 부담스러워 나는 대충 입에 걸리는 대로 이야기를 꺼내놓았다. 학교 다닐 때의 이야기, 첫사랑을 만난 것, 첫사랑과 결혼한 것, 회사에서 있었던 일, 가끔 취미생활로 모형배를 만든다는 것, 그리고…… 그리고.

"……재미없지?"

말하다가 내가 울적해졌다. 정말 심심한 인생을 살아왔구나, 나란 남자. 의기소침한 목소리로 묻는 내게 양희는 피식 웃으며 고개를 저어보였다.

"아니, 재밌어요. 신기하고, 또 신선하네."

"거짓말은……"

"거짓말 아닌데. 부럽다. 오빠는…… 돌아갈 데도 있고 그러네요."

말이 꽉 막혀서 체증처럼 얹혔다. 양희는 자신의 이마 근처를 만지작거렸다.

"나도 돌아가고 싶어요."

"집으로? ……돌아가면 되잖아. 아마 기다리고 계실 거야."

나를요? 설마, 그렇게 말하고 픽 웃던 양희가 갑자기 손을 뻗어 내 팔 언저리를 붙들었다. 손바닥이 놀랄 정도로 뜨거워 나는 그녀가 어디 아픈 것은 아닌가를 걱정했다. 감기라도 걸린 거라면…… 나도 모르게 내일 있을 옥천까지의 이동과 미팅을 생각하며 미간을 찌푸렸을 때였다. 양희가 나를 바라보며 웃었다.

"오빠, 내가 왜 가출했는지 말 안 해 줬죠?"

"……?"

"사실 가출 아냐. 쫓겨난 거예요."

그리고 양희는 꿈틀꿈틀 몸을 움직여 조금 내게로 다가왔다. 내 입에서 쏟아지는 숨이 그녀의 이마 언저리에 닿을 무렵, 양희는 고개를 들어 내 턱을 바라보며 말을 이었다.

"미자 때 임신한 줄 모르고 화장실에서 똥 싸다가 애를 낳았거든."

다시 한 번, 숨이 콱 막혔다. 체할 것만 같았다. 지나치게 가까워진 거리에 당황하며 그녀의 시선을 어떻게 피해야 좋을지 몰라 진땀을 흘리는 사이에 양희가 몸을 일으켜 누워 있는 내 위에 올라탔다. 묵직했다. 말라서 한없이 가벼울 것만 같았는데 위에서 느껴지는 압박감과 중량은 상상 이상이었다. 그녀의 밑에 깔린 허리 아래쪽이 모두 문드러질 것만 같았고 입에서는 헉, 하는 소리만 새어나왔다. 양희가 눈을 내리깐 채로 내 턱 언저리에 입술을 가져다 댔다. 차가웠다.

"더러운 갈보년, 나가 뒈지라고 그랬어. 엄마가. 아빠는 돌아버렸어. 내가 낳은 건 걸레조각처럼 얼기설기 똥이랑 섞여서 그대로 변기 속으로 빨려 들어갔어. 피투성이가 된 화장실에서, 엄마가 날 미친 듯이 팼어. 그래서 나왔어. 나왔는데 할 일이 없어서 여기저기 돌아다니면서 아무한테나 대주고 빨아주고…… 그랬어, 안 가본 데가 없었고 안 해본 게 없었어…… 그러다 여기에 와서, 여기서."

허리를 바이스에 넣고 조여 끊어내는 것만 같았다. 양희의 열린 입술 사이로 냉기가 서린 찬 숨이 새어나와 턱 아래쪽이 모두 얼어 붙는 듯했다. 시큼하고 역한 냄새가 갑자기 사방에서 풍겼다. 이 상황 모두가 거짓말 같았다. 나는 내 위에 올라탄 채 티셔츠 아래로 손을 밀어 넣는 양희의 이마를 노려보았다. 머리카락 사이로 흉터가 자꾸만 눈에 들어왔다.

"언제까지 이렇게 살아야 할지 몰랐어, 그래도 정말 좋은 사람을 만나서 이제 괜찮을 거라고 그랬는데, 꼭 오빠처럼 착하고 순한 사람이었는데. 도망가자고, 숨어버리자고. 근데 사장이 너무 나빴어, 벗어날 수가 없었어."

양희의 말들은 이제 주문 같았다. 당장이라도 그녀를 밀어내고 도망치고 싶었다. 그러나 손가락 하나도 움직일 수 없었던 나는 입술을 꽉 깨문 채 내 위에서 나를 더듬는 양희의 얼굴을 노려볼 뿐이었다. 양희는 내 가슴 언저리를 손가락으로 더듬으며 계속 중얼거렸다.

"두들겨 맞았어, 피투성이가 돼서, 손님 훔쳐가는 나쁜 새끼라고 그랬어, 내 눈 앞에서 그 사람을 마구 때렸어. 나도 맞았어. 사장이 병을 깨서, 나한테 들이대고 그랬어."

양희의 다른 손이 추리닝 바지 속으로 기어들어가 나의 허벅지 사이로 미끄러져 들어왔다. 신음이 흘러나왔다. 이 세상 것 같지 않은 차가움이 사타구니를 꽁꽁 얼렸다. 도저히 아까까지 그렇게 뜨거웠던 손이라고는 상상할 수조차 없었다. 그러나 그럼에도 불구하고…… "죽어도 도망 못 칠 거라고." 발기해 버린 성기를 손으로 붙든 채 위아래로 쓸어내리며 양희는 눈을 감았다. 얼음이 살갗에 달라붙은 것처럼 찰싹 붙어버린 손바닥 때문에 성기가 터져버릴 것만 같았다. 안 돼, 그러지 마, 애원하는 눈으로 양희를 바라보았지만 양희는 인상을 쓴 채 그대로 눈을 감고 내것을 주무를 뿐이었다. 입술이 벌어져 세모진 틈으로 그녀의 앞니가 얼핏 보였다.

"후려쳤어, 너무 아팠어, 머리가 불에 타는 것만 같았어…… 피 때문에 눈앞이 보이질 않았어, 피가 너무 많이 났는데, 그랬는데…… 아아……"

잠꼬대처럼 웅얼거리는 그 목소리에 정신이 혼미해지기 시작했다. 이건 미친 짓이야, 말도 안 되는 일이라고, 스스로에게 몇 번이나 윽박질렀지만 아래쪽은 이미 양희의 손길에 마음껏 흥분하고 있었다. 온몸에 소름이 돋았는데도 불구하고 취한 것처럼 팔다리가 흐물거리며 녹아내렸다. 양희는 느릿하게 자신이 입고 있던 짧은 원피스를 벗어던졌다. 말라빠진 엉덩이가 좌우로 몇 번 흔들리다 빳빳이 곧추세워진 성기 위로 내려앉았다. 아무런 예고도 없이, 갑작스럽게. 그제야 내 입에서 비명이 터져 나왔다. 양희가 고개를 한껏 쳐들었다. 입술이 파랗게 질려 있었다. 안쪽이 찢어져 피가 흐르는 것처럼 뜨거웠고 양희의 안이 뾰족한 이빨로 내 것을 물어뜯듯이 달려들었다. 조였다 풀어지는 안쪽의 움직임이 나를 기절할 것처럼 몰아세웠다. 그만, 그만…… 제발, 의지와는 상관없이 멋대로 사정해 버릴 것만 같은 쾌감이 공포처럼 휘몰아쳤다. 양희는 이제 거의 흐느낌에 가까운 소리로 중얼대고 있었다.

"허리띠를…… 허리띠를 풀어서 나를 막 때렸어…… 아파, 도망칠 거야…… 아파…… 너무 아파, 오빠…… 여기야, 여기까지 쫓아왔어, 묶었어, 도망치려고 긁었는데, 아팠는데……! 손톱, 내 손톱…… 아아, 살려줘……!"

마찰하는 부위가 쓰라릴 정도로 격하게, 양희가 허리를 움직였다. 나는 그녀의 목을 조르고 싶은 충동에 휩싸였다. 비현실적인 쾌감과 통증이 나를 지배했고, 나는 움직이지 않는 손을 억지로 뻗어 그녀의 늘어진 머리카락을 움켜쥐었다. 그때였다.

달각,

다시 그 소리였다.

달각달각달각,

달각달각달각달각달각달각달각달각달각,

달각달각.

방안이 무너질 것처럼 흔들렸다. 양희의 얼굴이 하얗게 질렸다. 내 위에 올라탄 채로 그녀는 벌벌 떨기 시작했다. 아아, 안 돼, 때리지 마세요, 신음을 내뱉으며 양희는 얼굴을 두 팔로 가렸다. 안 돼…… 아파요, 사장님, 엉덩이가 꽉 다물려 나를 조였고 나는 그녀의 머리카락을 움켜쥔 채 비명을 지르며 사정했다. 불꽃이 튀기는 동시에 바깥에서 비가 창문을 두들기는 소리가 현실감 있게 울려 퍼졌다.

내 위에 올라탄 그녀의 묵직한 느낌이 갑자기 사라졌다. 달각달각달각, 소리도 함께 사라졌다.

나는, 텅 빈 방안에 홀로 대자로 누워 멍한 눈으로 천장을 올려다보았다. 반쯤 벗겨진 추리닝 바지와 가슴께까지 말려 올라간 티셔츠 사이, 조금씩 나잇살이 붙기 시작한 배 언저리에 아직도 뜨끈한 나의 정액이 뿌려진 채 식어가고 있었다. 꿈처럼 희미한 것들이 눈가에 몰려와 눈을 덮었다. 숨이 막힐 것 같은 썩은내가 코끝에 달라붙었다. 꿈이었으면 좋겠다고 생각하면서도, 나는 한 가지는 확실히 알 수 있었다.

그랬다, 확실히 그건 쥐 소리는 아니었다.

한바탕 씻고 나와 결국 한숨도 자지 못하고 초조하게 옷을 갖춰 입고 기다리다가 터미널에 첫차가 들어오는 시간이 될 무렵, 그 방에서 뛰쳐나왔다. 어스름히 새벽동이 터오는 복도를 지나 계단을 내려가자 열린 현관문 사이로 비가 거의 그친 바깥의 풍경이 보였다. 나는 시퍼렇게 멍이 든 입술 주변을 손등으로 훔쳐내며 현관을 향해 후들거리는 다리를 부여잡고 걸었다. 미닫이창이 제멋대로 드르륵 열렸다.

"……그러게 내가 뭐랬슈. 소리 때문에 시끄러워서 잠을 못 잤는겨?"

노파가 희번덕거리는 눈으로 나를 한심스럽게 바라보았다. 나는 그 앞에 우뚝 서서 노파를 내려다보았다. 노파는 대답하지 않아도 알겠다는 듯 킬킬 웃으며 주름이 잔뜩 진 손을 내밀었다.

"여관바리가 왔다갔구먼."

"……여관바리요?"

"그래, 사내놈들이랑 오입질하는 것들. 그년은 아주 질이 나빠. 뒤지고 나서도 그 지랄이니 말 다했지 않여."

"……그건 대체 뭐였습니까?"

"말했잖여, 여관바리랑게. 그년 돈통 흔드는 소리여. 사장 놈한테 돈통 안 뺏기려고 지랄발광하는 소리, 나도 몇 번 들었지."

노파가 입술을 보기 싫게 비틀었다. 누렇게 썩어 끝부분이 까맣게 갈라진 이가 장아찌 같은 입술 사이로 메스꺼운 모습을 드러냈다.

"쌍년이 뒈질 데가 없어서 여서 뒈지고 말여. 물장사하면서 여관바리질까지 해서 뭔 돈을 그로코롬 악착같이 벌었는지 몰라도,

몸 파는 년들 돈주머니에 돈 차는 꼴 내 본 일이 없구먼. 돈 노리고 곰팡이 같은 놈들이 달라나 붙는 법이지. 하필이면 여기서 뒈져서, 사람 치는 바람에 재수가 옴이 붙었어. 그런데도 부끄러운 줄 모르고 구신이 돼서도 손님을 쳐받으러오는겨. 미친년이지."

"……"

"갸도 결국은 구신. 구신이여."

"……"

"그래서 내가 문 열어주지 말라고 그로코롬 얘기를 했는디, 말을 안 듣고 그러슈."

나는 한참 동안이나 노파를 바라보다가, 그녀의 쭈글한 손 위에 던지듯 키를 놓고 돌아서서 그 곳을 나왔다. 킬킬거리며 웃는 듯, 우는 듯한 목소리로 노파가 뒤에서 속살거렸다.

"집에 가거들랑 소금이나 뿌리시게."

온몸이 두들겨맞은 듯 욱씬거렸다. 나는 여관을 떠나 터미널에서 버스표를 끊고, 옥천으로 가는 버스에 올라 눈을 감고 간밤에 못 잔 잠을 마저 자려 차창에 이마를 기댔다. 소금이나 뿌리라고.

여관바리, 갸도 결국은 구신. 구신이여.

이를 까득 깨물었다. 양희가 핥았던 턱 주변은 얼음처럼 얼어붙어 감각이 없었다. 출발이요 — 꺽꺽거리며 그렇게 소리친 운전사가 시동을 거는 순간 버스가 투웅하고 몸을 떨었다. 간밤의 양희처럼, 버스가 사시나무 떨듯 떨려왔다. 나는 두 팔을 끌어안았다.

악몽을 그림자처럼 진 채 새벽의 어스름 사이로 버스가 달려갔다.

낚시터

정세호

《웹진 문장》의 '문장장르단편선'에「보고 있다」를,
『과학 액션 융합스토리 단편집 : 대전』에「지하실의 여신들」을 수록했다.
마음 가는 곳에 이야기도 따라오리라 믿으며 글을 쓰는 중이다.

1

2년 전 잘린 내 오른손 검지를 경대 위에서 발견한 시간은 금요일 아침 6시였다.

손가락은 아내의 화장품 사이에 정물처럼 놓여 있었다. 다른 사람의 물건을 보는 듯 낯선 기분이었지만, 어린 시절 불장난을 하다 첫째 마디와 둘째 마디 사이에 난 흉터 덕에 첫눈에 내 손가락임을 알아보았다. 아내가 먼저 일어나지 않아 다행이었다. 비명소리와 함께 아침을 맞이하기는 싫었으니까.

난 올해 서른넷의 오른손잡이 남자이며, 보안 솔루션 업체의 사업부 실장이다. 손가락이 잘렸다는 사실은 IT 직종의 30대 남자에겐 생각보다 큰 핸디캡이다. 그나마 의지(義指)만으로 일하기가 익숙해진 이후엔 좀 나아졌지만, 내 몸이 아닌 실리콘 덩어리를 부착할 때의 감촉은 몇 년이 지나도 긁기 힘든 곳에 생긴 부스럼처럼 거슬렸다. 겉으로는 아무렇지 않은 척했지만 항상 잃어버린 손가락이 아쉬웠다. 다용도실에 처박힌 낚시 도구들을 볼 때면 더했다.

튼실한 녀석이었다. 종은 모르겠지만 시커멓고 묵직해 보이는 고기를 사투 끝에 간신히 물가까지 끌고 와 뜰채로 뜨려고 했을 때, 어느 결인지 뜨끔한 아픔과 함께 주저앉고 말았다. 갑작스럽게 생긴 일이라 한동안 무슨 일인지조차 파악하지 못했다. 정신을 차렸을 때 검지는 이미 사라진 후였다. 그렇게 어떤 물고기인지도 모를 녀석에게 1년 전 뜯어 먹힌 내 손가락이, 경대 위에 놓여 있다.

아내의 향수병을 쓰러뜨릴 뻔하며 손가락을 집어 들었다. 이상하게도 이 비논리적인 상황에 대한 의문은 생기지 않았다. 나는 잠이 덜 깬 멍한 눈으로 내 오른손을 바라보았다. 둘째 마디 가운데서 잘려나간 손가락 마디는 뭉툭한 살덩어리처럼 보였다.

'붙을까?'

나도 모르게 중얼거리며, 당연히 그래야 한다는 듯 손가락을 잘린 곳에 가져다 붙였다. 순간 지독한 아픔이 척추를 타고 올라왔다. 참으려 했으나 결국 이빨 사이로 신음이 새어 나왔다.

"으윽."

등 뒤에서 이불이 부스스 움직이는 소리가 들렸다. 아내가 깨어난 듯했지만, 뒤돌아볼 겨를도 없이 손가락을 붙잡고 끙끙대야만 했다.

"오빠……?"

잠이 덜 깬 아내의 목소리였다. 2년 전 병원에서, 그녀는 왜 그 놈의 망할 낚시를 가서 손가락을 잘리고 오느냐며 울음 반 비난 반으로 악다구니를 썼다.

"왜 그래? 무슨 일이야."

"괜찮아. 별 거 아니야."

심해지는 통증 때문에 말하기가 힘들었다. 뭔가가 손가락 뿌리를 물어뜯었다. 수없이 난 이빨들이 잘린 손가락을 씹어 아문 상처를 다시 헤집는 감촉. 이 세상 것 같지 않은 아픔이었다.

"오빠, 어디 다쳤어?"

"아니…… 정말 괜찮아. 잠깐이면 돼. 억! 아, 젠장……."

"괜찮긴, 다친 거 맞잖아! 이리 보여줘 봐!"

아내가 이불을 박차고 다가왔다. 뿌리치려 했지만 걱정어린 아내의 손길은 집요했다.

"괜찮다니까! 신경 쓰지 않아도 돼…… 으으."

"글쎄 좀……."

살덩어리의 조직들이 엉기면서 붙어가는 모습을 아내가 봤는지는 모를 일이다. 손가락이 붙어 있는 부분에는 피가 흥건했다. 아내는 잠시 멍한 상태였다가 소리를 지르기 시작했고, 진정시키느라 꽤 오랜 시간을 소비해야 했다. 정말 소리를 지르고 싶은 사람은 나임에도 불구하고.

"말이 돼?"

"아니."

"잘 알고 있네! 솔직히 말해 봐. 어떻게 된 거야?"

"모르겠다니까."

"아침에 일어나 보니까 경대 위에 손가락이 있고, 갖다 대니 다시 붙어? 그 말을 믿으라고?"

예상한 상황이다. 누구나 이런 얘기를 들으면 똑같이 반응하겠지만, 나 역시 영문을 모르기는 마찬가지였다. 우리는 한동안 말싸움을 했다. 아내는 자신도 모르는 사이에 내가 어디선가 불법 이식수술 같은, 뭔가 뒤가 켕기는 짓을 하고 오지 않았나 의심스러운 모양이었다. 전날 밤에는 일찍 퇴근해 내내 함께였다가 잠이 들었으니 말이 안 되는 의심이었지만, 아내 딴에는 자신이 모르는 틈에 남편의 신체에 생긴 중요한 변화를 감지조차 못했다는 사실이 섭섭하기도 했을 터다.

논리적인 설명이 안 되는 점이 찝찝했지만 일단은 잃어버린 신체를 되찾았다는 사실 자체를 즐기기로 했다. 아내도 결국은 화를 내다가 지쳐 더 이상 따지지 않았다. 속으로야 무슨 생각을 할지 모를 일이지만.

2

산 속 소류지의 밤은 어둡다.

옅은 안개가 깔린 수면 위로 찌의 불빛이 깜박인다. 멍한 눈빛으로 이따금 흔들리는 수면을 따라 작게 춤추는 찌를 바라본다. 어떤 이유로 파문이 생기는지는 확실치 않다. 미끼를 물기엔 너무 작은 물고기들의 움직임이나 물속의 부유물 때문일까? 안개의 능선 끝은 구름 위로 멀리 떠오른 산자락을 연상케 한다.

어쩌면 뭔가가 물속에 웅크리고 앉아 일부러 찌를 건드려 볼지도 모를 일이다. 깊고 어두운 곳에서, 두껍게 퇴적된 권태를 머금은 손길로……

찌가 흔들린다.

크게 휘며 호선을 그리는 낚싯대를 붙잡고 당기자, 묵직한 물고기의 움직임이 손으로 전해져 온다. 처음 느껴보는 손맛에 아드레날린이 치솟는다.

놈은 사력을 다한다. 생명이 몸부림치는 진동이 낚싯대를 타고 팔을 저리게 한다.

한 번 크게 솟구치더니만 빠르게 가라앉는다. 몸이 앞으로 쏠린다. 다시 떠오르지 않고 내처 가라앉기만 한다. 기세가 심상치 않다. 몸의 무게 중심을 낮춘 후 릴을 풀었다가 다시 휘감는다. 다른 물고기 같으면 진작 지쳐 떨어졌을 시간이 지나고도 하강은 멈추질 않는다. 어느새 종아리쯤에 있던 수면이 허리까지 차올라 있다.

위기감을 느낀다. 더 이상 시간을 끌다간 놓칠지 모른다. 알고 있는 모든 기술을 총동원하여 싸움을 벌인다. 한 시간, 두 시간, 세 시간이 지나도 녀석은 지치지 않고, 호수 주변의 어둠과 수면의 안개는 더 짙어져 간다.

순간, 팽팽히 당겨진 낚싯줄 너머로 미세한 변화가 느껴진다. 드디어 힘이 빠지기 시작한 모양이다. 여유를 두지 않고 밀어붙이자, 곧 녀석이 보이기 시작한다. 포기한 듯 축 늘어진 놈에게 승자의 기쁨을 만끽하며 뜰채를 들고 다가간 순간, 수면이 용솟음치며 물속으로 엉덩방아를 찧는다. 얕은 물이지만 왜인지 쉽게 일어서기 힘들다. 늪에 빠진 기분이다.

그때, 검은 물속에서 뭔가가 솟아오른다. 심연이 입을 벌리고…… 깊은 목구멍 속에서 나를 향해 뻗어오는, 거대하고 길쭉한 손가락이 보인다.

공포에 몸을 뒤튼다. 비명은 물속에서 거품이 되어 눈앞을 어지럽힌다. 필사적으로 허우적거리다 손끝에 무언가 걸린다. 떨어뜨린 낚싯대. 차가운 금속 막대 아래로 강바닥의 흙이 만져진다. 바닥을 밀치며 수면 위로 솟아올라 신선한 공기를 들이마시지만, 심한 통증과 낯선 감각에 오른손을 보니 검지가 보이지 않는다. 손가락이 있던 자리에선 검붉은 피만이 흙과 뒤섞여 흘러내린다.

머리가 아프다.

간밤에 꾼, 옛 사건에 대한 꿈 때문도 있지만 손가락을 보고 던지는 사람들의 질문 공세도 골을 흔들긴 매한가지다. 없던 손가락을 붙이고 나타나면 회사 동료들이 이상하게 생각하지 않겠느냐는 아내의 조언에 병가를 썼지만, 역시 시침 뚝 떼고 그냥 출근하는 편이 낫았지 않았을까 싶다. 긴급한 수술이 생겼다고 둘러댄 게 화근이었는지, 내 손가락에 대한 소문은 이틀 만에 사내에 퍼졌다. 운 좋게 도너를 만나 손가락을 붙였다고 거짓말을 해볼까 했지만, 바보가 아닌 이상에야 손가락을 남에게서 이식 받았다는 말을 믿어 줄 사람은 없었다. 결국 정교하게 만들어진 신형 인조 손가락 시술을 했다는 소설 같은 해명으로 어영부영 때웠다. 다행히 주변 직장 동료의 가족들 중 손가락에 문제가 있는 사람은 없었는지, 병원이나 견적 등에 대해 자세히 물어오지는 않았다. 간혹 수술비가 비싸지 않았냐고 질문을 던지는 눈치 부족한 동료들이 있었지만, 아버지 친구 분 중 저명한 정형외과 의사 분이 계셔서 어찌어찌 싼 값에 수술했다고 둘러대 넘어갔다. 대부분 들은 후에도 의심스런 표정이라 꺼림칙하긴 했지만.

"어이, 박종권이! 좋은 부품 끼워 넣고서는 왜 죽상을 하고 있어?"

친한 동기이자 형인 경영지원실 강종철 실장이 파티션 너머로 고개를 내밀고선 말을 걸어왔다.

"아니, 뭐…… 그런 게 있어."

해보나 마나 한 변명이었으나 더 좋은 핑계는 떠오르지 않았다. 직장 생활 8년차에 그 정도 수완이 없지는 않았지만, 어쩐지 머리 한구석에 돌덩이가 들어간 듯 회전이 잘 되지 않았다.

"할 얘기 많아 보이는데 잠깐 옥상이나 갔다 오지? 급한 일 있어?"

"또 담배 피울 거면 안 가고."

"어허, 나만 피우나? 그 동안 아쉬웠을 거 아냐? 손가락 성능 테스트 겸 오래 쌓인 건 풀어줘야지."

"아, 이 형님 진짜. 금연자를 너무 대놓고 유혹하는데?"

"금연자는 어디 사는 아가씨 이름이냐? 잔소리 말고 올라와. 커피 살게."

담배를 끊은 시기는 손가락이 잘렸을 때보다 한 달 정도 먼저였다. 3주 넘게 참았을 무렵에는 일종의 오기가 생겨, 주위에 보는 눈이 없는 곳에서도 담배의 유혹을 이겨낼는지 스스로를 테스트해 보고 싶은 욕구가 생겼다. 열흘 후 낚시를 떠났고, 손가락이 잘렸다. 상처가 아물어가며 흡연 욕구는 기하급수적으로 불어났지만, 실리콘 손가락으로 담배를 피우기란 왠지 켕겼다. 왼손으로 피우거나 혼자 있을 때만 피워도 됐겠지만 심리적 반발감이 흡연 욕구보다 컸다. 내 딴에는 비싼 대가를 치르고 금연한 셈이다.

"담배는 됐고, 커피는 괜찮고. 설마 자판기 커피로 생색내진 않겠지."

"걱정도 팔자다."

"그럴 수밖에."

"재미있는 얘긴데."

형의 대답을 듣고 든 생각은 두 가지였다. 후회와 기대.

분명 내 얘기를 농담 비슷하게 들었으리라는 예측에서 나온 후회가 대부분이었고, 그럼에도 묘하게 담백한 반응이 약간의 기대를 품게 했다. 형이라면 이 말 같지 않은 이야기도 약간이나마 믿어 줄지 모른다는 기대.

"재미있게 정신 나간 얘기다, 야."

"아, 씨바. 믿고 말한 내가 잘못이지. 됐수. 내려가서 일이나 할래. 약 잘못 먹고 헛소리한 거니까 싹 잊어, 응?"

"어이, 어이. 스톱. 어떻게 생각할지 모르겠는데 나 지금 믿으려고 무지 애쓰는 중이야. 넌 인마, 아무리 내가 널 사랑한다지만 그런 얘길 대뜸 믿어 줄 거라고 기대한 거냐? 솔직히 지금도 농담

아닌가 싶거든? 삐진 척하고 나 놀리려는 것 같다고."

"사랑은 지랄, 놀리긴 뭘 놀려? 그냥 헛소리라니까! 됐으니까 그냥 넘어갑시다! 예?"

"아니, 아니. 너 눈빛 보니까 헛소린 아냐. 방금 말했잖아. 믿으려고 애쓰는 중이라고. 그리고 이전에 비슷한 얘길 본 적도 있고."

"뭐?"

예상치 못한 소릴 한다. 비슷한 얘기라니, 누가 이런 말 같지 않은 상황과 비슷한 경험을 했다는 걸까.

"누가 블로그에 올린 소설이었는데, 꽤 재밌어서 기억하고 있었거든. 근데 소설 말미에 추신을 보니까 경험담도 섞였다고 하더라. 워낙 황당한 이야기라 어느 부분이 경험담인지 궁금했는데……."

형이 들고만 있던 담배에 불을 붙이며 말했다.

"이제 대충 짐작이 가네."

퇴근 후, 집에서 형이 메신저로 링크해 준 블로그를 방문했다. 성실하게 운영되는 블로그는 아니었다. 낚시에 관한 인터넷 기사의 스크랩이나 소소한 단상 등을 적어놓은 포스팅 몇 개가 전부였다. 하지만 예의 소설은 놀라웠다. 주인공의 직업이나 세세한 배경 등은 달랐지만, 낚시터에서의 사건 이후, 집에서 잘린 손가락을 발견하는 등 내게 일어난 일들과 전개가 똑같았다. 소설은 주인공이 식탁 위에서 본 손가락을 잘린 자리에 붙이며 괴로워하는 장면에서 멈췄고, 말미에는 추신이 붙어 있었다.

– 갑자기 생각나서 끼적여 본 소설입니다. 일단은 여기서 멈춥니다. 조만간 이어서 써야 할 텐데 뒷부분 전개가 얼른 떠오르질 않네요

뒷부분이 있건 없건 지금까지의 내용만으로도 놀라웠다. 컴퓨터 앞에서 한참을 망설이다 글쓴이의 아이디를 누르고 메일을 보냈다.

　－글 잘 읽었습니다. 죄송합니다만 여쭤보고 싶은 게 있어서요. 이상하게 생각하실지 모르겠습니다만 모쪼록 답변해 주셨으면 감사하겠습니다. 경험담이 섞였다고 하셨는데, 부분적인 인용이 아닌 주요 사건 전체가 실제 있었던 일 아닌지요? 물고기에게 손가락을 뜯어 먹힌 일, 먹힌 손가락을 집에서 발견한 일, 다 진짜 사건 아니었나요?
　이런 질문을 드리는 이유는, 저도 같은 일을 경험했기 때문입니다. 예, 정신 나간 소리지요. 하지만 진짜입니다. 전 님께서 쓰신 소설과 같은 일을 경험했습니다. 하나만 대답해 주십시오. 이 소설은 대부분 실화에 바탕을 둔 이야기 아닌가요? 바쁘실 텐데 심란한 메일 보내드려 죄송합니다.

답변을 기다리진 않았다. 전송 버튼을 누르는 순간까지도 미친놈 취급받지나 않으면 다행이라고 생각했다. 하지만 답변은 예상외였다.

　－메일 잘 받았습니다. 말씀하신 대로 소설 내용은 허구가 아닙니다. 아마도 듣고 싶은 이야기가 많으실 거라 생각됩니다. 만약 원하신다면 직접 만나 말씀드릴 수도 있습니다. 메일이나 전화로 풀기엔 긴 이야기니까요. 괜찮은 시간과 장소 말씀주시면 날짜 맞춰 보겠습니다.

메일을 보낸 지 채 한 시간이 안 되어 답장이 왔다. 기다렸다는 듯한 답장도 그렇고, 부연설명도 없이 소설이 사실 그대로라고 인정하는 태도며 대뜸 만나자는 제안까지 왠지 께름칙했다. 그렇다고 아무 일 없는 듯 넘기기에는 오른손 검지의 감촉이 생생하다. 설명 불가능한 뭔가를 손에 매달아 놓은 채 평범한 척 살 자신은 없다. 잠시 키보드와 눈싸움을 하다 자판을 두드리기 시작했다.

3

소설을 쓴 사람의 이름은 장희문이었다. 메일로 이야기를 해보니 사는 곳도, 직장도 그리 멀지 않았다. 만나기로 마음먹으니 나머지는 빠르게 진행되었다. 처음 메일을 교환하고 일주일 후 나는 희문과 어느 호프집에서 마주앉았다.

"안녕하십니까. 장희문이라고 합니다."

"박종권입니다."

그는 약속 시간보다 일찍 호프집에 나와 있었다. 큰 덩치에 정장, 아래로 처진 가느다란 눈매가 시니컬한 인상을 주는 남자였지만 대화는 예상보다 불편하지 않았다. 직업은 샐러리맨으로, 서울에서 대학을 졸업하고 바로 취업해 무역회사에서 일한 지 3년 반 정도 되었다고 했다. 잠시 평범한 대화를 나눈 후, 희문은 대수롭지 않다는 듯 '경험담'에 대해 이야기하기 시작했다.

"거기, 많지는 않아도 아는 사람들은 있어요. 대놓고 얘기하지 않아서 그렇지."

"아는 사람들이요?"

"손가락 잘렸다 되찾은 사람들이 더 있단 말이죠."

희문은 내 빈 잔에 술을 따르며 말을 이어갔다.

"당사자들부터가 자신을 못 믿어요. 얘기를 안 하니 소문이 안 퍼지죠. 낚시터에서 귀신 봤다는 차원의 얘기가 아니니까. 대한민국에서 물고기한테 손가락 뜯어 먹혔다는 부분부터 황당한데, 다시 돌아와 붙기까지 했다니 말할 엄두나 나겠어요? 대충 얼버무리고 말죠."

보편적으로 통할 논리는 아니었지만 말이 안 되는 소리도 아니었다. 나 역시 얼버무렸으니까.

"그럼 희문 씨는 어떻게……"

"말씀 낮추세요. 앞으로 자주 뵙지 싶은데. 듣고 싶은 이야기도 더 있으실 거 같고요."

그는 나보다 세 살이 어렸다. 술잔을 주고받으며 이야기를 하는 동안, 만나기 전 느꼈던 막연한 긴장감과 거부감은 많이 사라진 상태였다.

"그럴까? 그럼 편하게 부를게. 그건 그렇고, 소설에는 경험담이 섞였다고 했는데…… 네 손가락도 다시 돌아온 거야?"

"솔직히 제 경험은 아니에요. 작은 아버지 이야기죠. 블로그에선 뒷부분을 어떻게 쓸지 모르겠다 했지만, 사실 쓸수록 기분이 안 좋아져서 잇기가 힘들어 관뒀죠."

소설이 게시된 시간은 석 달 전이었다. 석 달간 후속편이 올라오지 않았으니 이어쓰길 포기했으리라고 예상하긴 했다.

"작은아버지가 엄청난 낚시 광이셨죠. 거의 뭐, 미친 수준이었어요. 작은아버지 댁은 우리 집이랑 옛날부터 가까이 살아서 저도 종종 따라 나섰거든요. 딸만 둘인데, 사촌 누이들은 다들 낚시를 싫어했어요. 작은어머니도 그렇고."

"그래서 조우(釣友) 노릇을 해 준 건가."

"자주는 아니었지만 못 해도 한 달에 한 번 정도는 갔어요. 초등학생 되고 나서부터. 그러다가, 언제였더라. 중학생 때였는데, 명당을 찾았다 하시더라고요. 산 속 소류지인데 주변 경치도 끝내주고, 물도 좋고, 근처 마을 인심도 좋더래요. 거기 위치가 충남……"

"서산 쪽?"

"그렇죠."

역시나. 위치가 맞다.

낚시를 자주 다니는 사람들은 장거리 운전을 하다 낚시하기 좋은 둠벙이나 소류지 등을 우연히 발견하곤 한다. 지방을 지나가다 내비게이션에 보이거나 하면, 혹시나 명당 아닐까 싶어 잠시 들르지 않고는 못 배긴다. 그 곳 역시, 결혼하기 전 지방에 사는 친구를 만나러 갔다가 잘못 접어든 길에서 우연히 발견한 장소였다.

"소문이 안 돈 게, 아까 말씀 드린 이유도 있겠지만…… 그런 장소 다 발 품 팔아가며 어렵게 알아 가는 데잖아요. 정말 친한 사이 아니면 공유 안 해요, 꾼들이. 인터넷 못 쓰는 사람 없는 요즘도 그런데, 하물며 그 때야 오죽하겠어요? 아예 장소를 아는 사람 자체가 많지 않으니까 그런 해괴한 일이 벌어져도 퍼지질 않았죠."

"하긴, 찾기 쉬운 장소는 아니었지."

"처음에는 절 데려가려 하셨는데 그때가 시험기간이라 혼자

가셨어요. 다음날 새벽에 병원 응급실에서 연락이 왔죠. 손가락이 잘렸다고. 온 집안이 난리가 났어요."

그래, 난리가 났다. 아내와 어머니의 울음소리. 아버지의 한숨. 친구들과 직장 동료들의, 호기심과 동정이 뒤섞인 위로와 질문들. 신체 일부의 손실은 생각보다 훨씬 후폭풍이 컸다. 비록 손가락 하나뿐일지라도.

"그렇게 좋아하시던 낚신데 그만두셨죠. 가족들 성화도 성화였지만 작은아버지에게도 충격이 꽤 컸나 봐요. 그런데 뭐랄까…… 손가락을 잃었기 때문이라고만 보긴 이상한 구석이 있었죠."

"무슨?"

"뭔가를 봤다고 하셨어요. 그 소류지 안에, 물속에서."

그 날, 물속에서.

뭘 봤는지 정확히 기억나지 않는다. 손가락을 집어삼킨 물고기의 모습도, 물속에서 뭘 봤는지도.

꿈을 꿀 뿐이다.

"밑도 끝도 없이 봤다고만 하시는데, 평소엔 멀쩡하다가도 어째 그 얘기만 나오면 살짝 실성한 사람처럼 되어서는 제대로 말을 못하셨어요. 방언 비슷한 횡설수설을 늘어놓기도 하고요. 그러다 어느 날 갑자기 돌아가셨어요."

희문은 거기까지 이야기하고 소주를 한 잔 입에 털어 넣었다. 표정에 그늘이 지는 모습이 되새김질하기 힘든 이야기인 듯했다.

"돌아가시던 날은 반쯤 미친 상태였어요. 완전히 정신을 놓고서는, 딱 두 마디만 반복하다 눈을 뜬 채 가셨죠. 지금도 기억나는 게, 그 겁에 질린 눈, 허공으로 쳐든 양 팔 하며…… 평생 못

잊을 걸요."

"뭐라고 하셨는데?"

"물속에서, 괴물을 봤다고요."

괴물. 내가 본 그것은 괴물일까? 그렇게 표현할 수도 있겠지만, 조금 다르다. 좀 더 오래되고, 거대하며, 긴 시간을 떠도는…….

"형님, 형님!"

"어, 어……응?"

"괜찮으세요?"

"괜찮아. 아무 일 없어. 미안, 잠깐 넋을 놓았나 보네. 요즘 일이 많아서."

스스로도 놀랐다. 잠깐 꿈 꾼 내용을 생각했을 뿐인데 등에 식은땀이 흥건했다. 꿈 이야기를 할까 싶었지만, 그게 손가락과 직접적인 연관이 있는지, 아니면 내 신경쇠약 때문인지 정확치 않은 상태에서 듣는 사람이 심란해질 만한 이야기를 덧붙이고 싶지 않았다.

희문이 내 안색을 보고는 나중에 다시 만나자고 제안했다. 얼굴이 얼마나 창백했는지는 모르겠지만, 이마에 맺힌 땀방울만은 확실히 느껴졌다.

서로 명함을 교환하고 헤어지기 직전, 희문이 한 가지 제안을 했다. 짧은 한 마디였지만, 그 덕에 그날 밤은 계속 고민하며 뜬눈으로 새다시피 했다.

"형님, 거기 다시 가 보시는 게 어때요. 뭔가 알게 될지도 모르잖아요?"

4

조용하고 깨끗한 마을이었다.

주민들도 부담스러울 정도로 친절했고, 날씨도 좋아 즐거운 기분으로 끼니를 해결한 후 산 속 낚시터로 향했다.

"아, 말할 것도 없지. 여기서 내가 평생 살았는데 경치 하나는 질리질 않아. 고기도 잘 잡히고!"

마을 노인의 말에 기대감을 품고 들어간 터는 과연 절경이었다. 약간 흐린 날씨였고, 수면에는 낮게 깔린 안개가 꿈틀댔다. 이만한 장소를 우연히 발견하고 나면 아무에게나 알려 주기 싫어지는 법이다. 언젠가 가까운 사람들과 오기 위해 마음 한구석에 숨겨두게 된다.

"그런데 왜 혼자 가셨어요?"

"아내는 낚시를 안 좋아하고, 친구들하고는 자꾸 시간이 엇갈려. 근질근질하다가 못 참고 뛰쳐나왔지 뭐."

카 오디오에서는 80년대 락 밴드의 노래가 흘러나온다. 대화하기 나쁘지 않을 정도의 볼륨이다. 희문과는 여러 가지로 잘 맞았다. 그는 밴드 음악을 좋아했고, 나와 같은 정당을 지지했다. 사고 방식, 생활 패턴 등등 많은 점이 나와 비슷했다. 물론 낚시 취미도.

많이 망설였지만 결국 소류지에 가 보기로 했다. 내 결심을 들은 희문은 선뜻 같이 가겠다고 나섰다. 혼자 가기 꺼림칙하기도 했기에 며칠 전에 처음 만난 나를 선뜻 따라나서 주는 희문이 고마웠다.

주말이었지만 서산 방면으로 가는 도로는 그리 막히지 않았다.

4월의 따뜻한 바람이 약간 열어 둔 차창을 통해 들어와 머리를 쓸어냈다.

"형수님은 뭐라고 하세요?"

"말도 마. 낚시도구 꺼낼 생각은 언감생심 하지도 못했다. 그냥 고향 친구 아버님이 돌아가셔서, 일이나 이것저것 돕다가 내일 오겠다고 구라 좀 쳤어. 사촌동생도 낚시하는데, 직장이 우리 회사 근처에 있거든? 점심시간에 잠깐 나와서 도구 받아왔지. 동생 녀석이 재미있어 하더라. 마약 밀매하는 기분이라고."

"하하, 고생하셨네요."

"고생이야 사촌동생이 했지."

그런 일이 벌어진 곳으로 돌아가는데 신기할 정도로 긴장감이나 거북한 감정이 생기질 않는다. 말 그대로 주말 낚시를 가는 기분이다.

"미리 걱정해서 좋을 일 있나요? 기분 좋게 가보죠."

희문이 말했다. 처음 만났을 때처럼 시원하고 망설임이 없는 목소리에 나도 모르게 마음을 놓았고, 손가락과 물고기에 관한 건 까맣게 잊은 채 기분 좋게 잡담을 하며 충남 서산 방면을 향해 차를 몰았다.

물속은 어둡다.

눈을 뜨고 천천히 주위를 둘러보지만 아무것도 없다.

우주공간에 뜬 기분이다. 물속이 분명하지만 어째선지 숨을 쉴 수 있다. 수면으로부터 비쳐든 빛이 물속에 드리운 커튼 사이로 물방울이 올라간다. 냉기가 흐르는 푸른빛. 아마도 달빛 같다.

'꿈인가.'

깨기를 바라며 눈을 감았다가, 다시 뜬다.

얼굴이 보인다.

번들거리는 초록색 비늘.

검고 둥근 눈.

마른 땅의 균열처럼 지글거리며 갈라진 입매.

거대한 물고기를 닮은 얼굴이 시야를 가득 채우며 손을 뻗는다. 차갑고 길쭉한 손가락들이 뱀처럼 날 휘감는다. 소리를 지르지만 물거품만이 부글거린다. 그때, 누군가가 손을 내민다. 손을 붙잡고 고개를 올리자 희문이 보인다. 순간 안도하지만 몸은 계속 아래로 끌려가기만 한다. 어두운 데다 거품이 눈앞을 어지럽혀 희문이 잘 보이지 않는다.

갑자기 잡은 손아귀가 약해진다. 결사적으로 그의 팔을 부여잡지만 왜인지 해초 덩어리라도 된 마냥 물컹거리는 희문의 팔이 손가락 사이로 빠져 나간다. 결국 팔을 놓치자 몸이 빠르게 아래로 가라앉는다. 어둑한 수면 위, 그늘진 희문의 얼굴이 일렁인다. 가라앉아 가면서도 나는 그가 어떤 표정을 지었는지 궁금하다.

"형님, 형님."

희문이 나를 흔들어 깨웠다. 소리를 지르며 몸을 일으키자 놀란 희문이 덩달아 소리를 질렀다.

"아, 휴우…… 미안, 미안."

"또 안 좋은 꿈 꾸셨어요?"

"별 거 아니야. 미안, 많이 놀랐지."

"에이, 뭘요. 그냥 형님이 걱정되니까 그렇죠. 거의 다 왔어요. 도착하면 깨워드리려고 했는데 옆에서 보니까 주무시는 안색이 또 새파래서 불안해졌거든요."

"고맙다. 걱정할 거 없어. 괜찮아."

운전할 때 조는 일은 거의 없었다. 하지만 최근에는 잠을 충분히 자도 시간과 상황을 가리지 않고 졸음이 쏟아지는 일이 잦아져 고역이었다. 방금 전에도 갑자기 졸음이 와 희문에게 운전대를 맡기고 눈을 붙였다. 일할 때건, 운전할 때건 낮 시간에 오는 졸음은 그 자체만으로도 곤란했지만, 그때 잠이 들면 반드시 꿈을 꾸게 된다는 사실이 무서웠다. 이번에도 어김없이 악몽을 꾸었지만 희문의 등장이 평소와 달랐다.

잠이 덜 깬 눈으로 희문을 슬쩍 바라봤다. 꿈속에서 느꼈던 물컹한 감촉이 아직 생생하다. 물에서 막 건진 해초나 묵 덩어리를 연상케 하는 질감. 그의 굵직한 팔에서는 떠올리기 힘든 감촉이다. 왜 이따위 악몽에 그가 나왔을까 의아했지만, 꺼림칙한 기분을 떨쳐내기 위해서라도 더 생각하지 않기로 했다.

도착하면 답을 얻게 될까. 산 속 소류지, 손가락을 잘렸던 곳에서.

상념을 끝냈을 무렵 차는 소류지 근처 마을 어귀에 들어섰다.

"다 왔습니다."

"변한 게 없네."

"그러네요. 어떻게 이렇게 똑같지, 옛날이랑."

"와 봤다고 그랬던가?"

"아, 말씀을 안 드렸나 보네요. 삼촌 때문에 한동안 낚시는 말도 못 꺼냈는데, 머리 굵어지고 나서 가족들 몰래 한 번 왔었죠."

"별 일 없었고?"

"운이 좋았나 봐요."

마을의 경관은 달라진 데가 거의 없었다. 드문드문 키 낮은 집들이 자리한 시골 마을이다. 초입에는 제법 큰 축사가 있어, 소의 배설물 냄새가 차창을 넘어 들어왔다.

조금 더 들어가자 마을 입구 근처의 구멍가게가 보였다. 역시 옛날 그대로의 모습이었다. 산 속 낚시터에 대해 넉살 좋게 설명해 주시던 초로의 할아버지가 운영하는 가게다. 외지인들이 자주 드나드는 마을은 아니었지만, 낚시꾼들이 가끔 찾아오곤 하는지 간단한 낚시 용품을 같이 취급하던 기억이 났다. 구멍가게 앞은 작은 빈터였고, 맞은편으로 마을 회관 건물이 보였다.

빈터에 차를 세우고 구멍가게를 들러 보기로 했다. 약간의 식료품과 낚시도구가 필요하기도 했지만, 할아버지에게 묻고 싶은 것들이 있었다. 아무래도 안면이 있으니 다른 곳보다는 여기서 물어보는 편이 낫지 싶다. 철제 미닫이문을 열자마자 카랑카랑한 목소리가 들려왔다.

"어서 오슈— 어라, 오랜만에 보는 얼굴이구먼?"

"안녕하세요, 어르신. 저 기억하시겠어요?"

주인은 바뀌지 않았다. 밖에서 보기보다는 꽤 넓은 내부 풍경도 그대로였다.

"암, 기억하고말고. 그 때 좀 시끄러웠어야지! 그래 손은 좀 괜찮고?"

"불편하긴 해도 그럭저럭 지낼 만합니다."

"다행이네 그려. 다시 온 걸 보니까 운신에는 무리 없나 베."

"예, 그때 많이 신경 써주셔서 감사했습니다."

손가락을 잘린 날, 패닉 상태로 도구며 텐트도 다 버려둔 채 몸만 끌고 쫓기듯 마을에 내려왔었다. 핸드폰도 낚시터에 놓고 와, 막 문을 닫고 돌아가려던 구멍가게 노인의 도움을 받아 병원에 연락을 취했다.

"······옆에 분은 친구신가?"

"아는 동생입니다. 같이 낚시나 할 겸, 어르신 매상 올려 드리려고 같이 왔죠."

"예끼, 이 사람. 이런 점빵 매상이야 올라 봤자지, 뭐."

"안녕하세요, 장희문이라고 합니다. 처음 뵙겠습니다."

"반갑네. 나 윤 가라고 하이."

노인의 이름은 몰랐지만, 마을 주민들은 그를 윤 씨라고 불렀다. 바로 옆이 마을 회관이었으니 술을 즐기는 동네 노인들의 아지트 노릇을 하기는 좋을 자리였지만, 왜인지 그때나 지금이나 손님은 많지 않아 보였다.

"솔직히 또 볼 일 없겠다 싶었는데 다시 왔네 그려?"

"여기만 한 데도 찾기 힘들어서요. 다친 자리가 괜히 쑤시긴 합니다만, 조심하면 되겠죠."

"자네도 어지간하구먼."

"꾼이 어디 갑니까? 담배는 끊었지만 낚시는 안 되대요. 그래서 말입니다만······ 뭣 좀 여쭤 봐도 될까요?"

"뭔가?"

"혹시, 저 말고도 이전에 같은 사고를 당한 사람이 있습니까?"

대답은 바로 나오지 않았다. 이미 대답을 알고 하는 질문이라는 사실을 알아서일지도 모른다. 겉보기로는 그의 심중을 알아채기 힘들다. 이제 갓 노년에 접어든 남자의 얼굴에 쌓인 세월은 표정을 읽기 힘들게 만들었다.

"있었지."

의외로 선선한 대답이다. 당황한 기색 없이, 명료하게 말한다. 말하는 톤이나 표정이 묘하게 시골 노인네 같지 않은 인상을 준다.

"왜, 위험한 물고기가 있으니 조심하라고 미리 말해주지 않은 게 원망스러워 그려? 허긴 그럴 만도 하지."

"원망이라뇨. 그런 말씀 마세요."

"변명 같네만, 자주 있는 일은 아니야. 짧아야 1, 2년에 한 번 정도 되려나. 그 날은 내가 아주 기분이 좋았어. 뭣 땜에 그리 실실대고 다녔는지는 기억이 안 나지만, 좋은 기분에 노인네 주책이 발동해서 중요한 얘기를 잊었지 싶네. 내 사과하지."

"아닙니다. 그렇게까지 말씀하시니 제가 불편하네요. 감사하면 했지 원망은 안 합니다. 그저 여쭤보고 싶은 일이 있어서 그렇습니다. 혹시 아신다면, 좀 가르쳐 주시면 감사하겠습니다."

물론 석연치 않다. 사고를 당한 낚시꾼들 중 나처럼 초현실적인 경험을 한 이가 있다면, 여기까지 찾아와 뭔가 알아내려는 시도도 했을 터다. 그럼에도 내게 아무 말이 없었다면…….

"알겠네. 뭔 얘길 해 줄까?"

잠깐의 상념은 노인의 대답으로 깨졌다. 다시 생각을 추스르며 이야기를 시작했다. 단어를 고르기가 버겁다. 이야기가 이야기니까.

"잘린 손가락 말입니다만."

나는 멀쩡해진 손을 내보이며 내게 벌어진 일을 들려 줬다. 예상대로 그는 놀라지 않았다. 다 듣고 난 노인은 담배를 꺼내 물며 옛 이야기를 시작했다.

"소류지라고 하지만 저 못은 관에서 만든 게 아니여. 못 믿겠지만, 30년 전쯤 갑자기 생긴 거라네. 저긴 그냥 산이여, 동네 뒷산. 소류지 같은 건 예나 지금이나, 앞으로도 생길 예정 없어.

지금보다 좀 젊었을 적엔 외지에서 일하고 있었네만, 명절에 부모님을 뵈러 오니 어머니가 해괴한 일이 생겼다고 난리를 치시는 거라. 마을 청년 몇이랑 산 속에 들어가 보니 떡 하니 없던 못이 산골짝 한 가운데 자리를 잡고 앉았더만.

불길한 징조라고 사람들이 난리를 쳤지. 간밤 꿈에 조상님이 나타나셔서 뭐라고 했다느니, 어쨌다느니. 어르신들이 별별 소릴 다 하셨어. 급하게 서낭 만들어서 당제도 지내보고, 무당도 부르고 별 짓거리를 다 했지. 바깥에 알릴까 하는 얘기도 나왔네만, 외부 사람들 입에 오르내려 좋을 일 없다고, 말 않기로 합의를 봤지.

굿이니 뭐니 효험이 있었는지는 모르겠지만 험한 일은 안 생겼지. 있는 것만도 찜찜하긴 헌데 항상 눈에 띄지는 않으니까. 나중엔 마을 사람들 중에서도 슬쩍 가서 낚시 하는 양반들도 생기고, 그 새 얘기가 밖으로 나갔는지 낚시꾼들도 한둘씩 찾아오더라고. 말 나갔다고 싫어하는 사람들도 많았는데, 아무 일 없으니까 나중엔 그러려니 하고 살대? 사람이란 게 그런가 베. 그렇게 별 일 없이 지내나 싶었는데 어느 날은 낚시 하러 온 사람이 물고기한테 손가락을 뜯겼다는 거여.

아무도 안 믿었지. 대한민국 땅에 사람 손가락 뜯어먹는 물고기가 어딨나? 그것도 산 속 연못에서. 물론 보통 연못은 아니지만, 그래도 다들 안 믿었어. 근데 이 양반이 병원 가서 검사 받아보니까 정말 짐승한테 뜯긴 상처라는 결과가 나왔다 이거지. 그러고 나니까 없던 못이 생겼다느니, 사람 해코지하는 물고기가 있다느니 하면서 오늘은 어디 대학 연구소, 내일은 관청 조사팀 어쩌구 하는 양반들이 들락날락 아주 정신 사납게 했어. 근데 쑤시고 뒤져도 뭐가 찾아져야 말이지? 물고기를 봐도 사람 손 뜯어먹을 만큼 사나운 놈은 없고. 못이 갑자기 생긴 건 이상하지만 연구라고 해 봐도 딱히 설명할 거리가 안 나온 모양이여. 마을 평판 나빠진 것도 별로 없었다 하드라고. 물론 동네 분위기야 변했지만 외려 낚시꾼들 발걸음이 약간 잦아진 정도지. 잦아졌대도 워낙 외진 곳이라 일주일에 한두 명 될까?

그렇게 또 1년인가 지나니깐 어머니한테서 연락이 오대. 그 낚시꾼이 와서 자네랑 똑같은 걸 물어보고 다녔다는 거여. 잘렸던 손가락 다시 붙이고 와설랑은. 마을 사람들 죄다 붙잡고서 뭐 일러줄 게 없느냐고 들쑤셨다고 그래. 먹힌 손가락이 다시 와 붙었다면서. 그래 봐야 사람들이 뭘 아나? 나중엔 제풀에 지쳐 저녁때 못에 가서 하룻밤 묵었다가 다음 날 돌아갔다 하더라고.

다시 말하지만 이 마을 사람들도 못에 대해서 잘 몰라. 어느 날 없던 연못이 생겼고, 누군가 낚시를 하러 찾아왔다가 재수 없는 사람은 손가락 잘려 돌아가. 그리고는 다시 붙이고 오는 거여. 이상한 일이지. 동네 사람들이나 나나 무슨 영문인지야 다들 알고 싶지만 뭔 방도가 있어야지. 워낙 해괴한 일이니 무섭기도 허고.

괜히 동티날까 엄한 짓 말아야 한다는 게 노인네들 생각이었어.

　이제 뭐, 더 해 줄 말도 없구먼. 다른 양반들한테 물어 봐도 이 이상 얘기해 줄 사람은 없을 거여."

잠시 침묵이 흘렀다. 노인이 재떨이에 비벼 끈 꽁초를 보니 흡연 욕이 다시 일었다. 물고기에게 먹힌 손가락을 되찾은 일과 마을 근처 산자락에 없던 못이 떡 하니 생긴 일, 어느 쪽이 더 황당할까.

"그 다음에 온 사람들도 소득은 없었나요?"

"지금 자네한테 해 준 이야기랑 도낀개낀이지. 뻔한 이야기 듣고, 소류지에 머무르다 돌아가고."

"별다른 이야기는 없었고요? 거기서 뭔가를 봤다던가, 아니면……."

"없었어."

노인이 말했다.

"아무 얘기도 안 하고 그냥 갔지."

더 이상 단서를 얻기는 힘들어 보였다. 몇 마디 더 나누고, 먹을 것을 조금 산 후 구멍가게를 나왔다. 수상한 점이라면, 시야에서 사라질 때까지 유리 미닫이문을 통해 우리를 바라보던 노인의 시선뿐이었다.

대화를 마치고 나오니 무력감이 덮쳐왔다. 한 명의 말을 들었을 뿐인데도 왜인지 새로운 사실을 알아낼 수 있으리라는 기대감이 사라져 버렸다.

"뒤통수가 따갑던데요."

"나도 느껴지더라."

"이제 어떻게 하시겠어요?"

희문의 질문에 나는 호기로운 척하며 대답했다.

"입 닫는 건 확실해 보이는데, 다른 주민들한테 물어봐야 저 양반 말마따나 거기서 거기일 거야. 이런 작은 시골 마을 사람들이 단합해서 숨기는 정보를 외부인 한두 명 힘으로 캐내긴 무리야. 너무 가벼운 맘으로 왔지 싶다. 어설프게 뭘 더 하려다가 까딱하면 쫓겨날지도 몰라. 밤낚시나 하다 돌아가자고. 벌써 날도 어두워지는데, 해 떨어지기 전에 텐트는 쳐야지."

"아쉽지 않으시겠어요?"

"집집마다 다니면서 물어보기도 그렇잖아. 지금 할 만한 일이 없다. 나중에 좀 더 준비해서 다시 오는 게 좋겠어."

"그렇다면 어쩔 수 없죠."

"씁, 끊은 담배가 땡기는구만."

"한 대 드려요?"

"됐다, 낚시나 하자."

낚시터에서는 뭔가 보게 될지도 모르니까.

그렇게 생각했지만 희문에게는 말하지 않았다.

낚시터로 향하는 동안 내 얼굴을 기억하는 주민 몇 명을 더 만났다. 인사를 건네며 미련 섞인 질문을 던져 봤지만 역시나 만족할 만한 대답을 듣지는 못했다. 윤 노인의 그것처럼 우리의 뒤통수에 꽂히는 시선들만이 따라올 뿐이었다. 그 시선들에는 경계심과 권태, 왜인지는 몰라도 약간의 동정심이 섞여 있었다.

"경치 여전하네."

"꾼들 손 좀 타지 않았을까 했는데 똑같네요."

마을 뒤에 선 산자락 안으로 15분 정도 걸어가니 연못이 있다. 주위를 둘러 싼 언덕과 숲이 그리는 능선이 구불구불 물결치는 모습은 다시 봐도 신비롭다. 아직 해가 남아 있어 주위가 잘 보이니 눈이 더욱 시원했다. 잠시나마 이곳이 내 손가락을 앗아갔던 장소라는 사실도 잊을 정도였다.

텐트를 친 후 낚시장비를 꺼내어 펼쳤다. 준비를 마치고 오래 지나지 않아 해가 떨어졌다.

"역시 밤이 빠르네."

"산골짝이라 그런가 봐요."

보름달이 떴지만 구름이 끼어 어둡다. 낚싯대를 드리우고 앉아 희문과 대화를 나누고 있으려니, 어느새 물안개가 잔잔한 수면 위를 흐른다. 꿈속의 풍경이다.

산은 조용하다. 어느새 대화가 잦아들고 안갯속에 찌의 녹색 불빛만이 흐릿하게 빛난다. 시간은 10시를 조금 넘었다.

작게 파문이 인다. 찌가 흔들리며 빛이 떨린다. 낮에 많이 잤는데도 졸음이 온다. 숙면을 취하지 못해서일까. 계속 고개가 떨어진다. 희문에게 미안하다 말하고 텐트에 가서 누울까 싶었지만 그럴 새도 없이 잠에 빠지고 말았다. 잠들기 직전, 찌가 조금 더 크게 흔들렸다.

5

숲을 헤맨다.

안개 아래 수면은 어둡다. 숲 안으로 들어간다 생각했지만 물가가 이어진다. 언제부터 걷기 시작했는지 기억이 없다.

잠에서 깼다고 생각했다. 주위는 아직 어두웠고, 옆을 바라보니 희문이 앉았던 자리에는 빈 낚시의자와 낚싯대뿐이었다. 텐트에도 희문은 없었다. 몽롱한 정신으로 비틀대다, 어느 순간엔가 일어나 숲을 향했다.

소변을 보러 갔거나 볼일이 생겨 마을로 갔을지 모른다. 그 모든 가능성을 무시한 채 무작정 희문을 찾으려 하는 스스로의 행동이 의문스러웠다. 그럼에도 나는 망설임 없이 빽빽한 나무숲 사이로 걸음을 옮겼다.

어느샌가 주위가 밝아졌다. 해가 뜰 시간은 아니다. 달은 구름 안에 있다. 무엇 때문인지 숲에는 어두운 세피아 톤의 빛이 내려앉아 있다.

소리가 들린다.

사람의 목소리, 혹은 바람 소리 같기도 하다. 소리는 메아리처럼 여기저기서 들린다. 방향을 착각하지 않으려 애쓰면서 소리를 따른다. 앞길은 울창한 숲이고, 옆은 물가다. 어느 순간 물 위로 점점이 빛이 떠오른다. 반딧불은 아니다. 활주로의 지시등처럼 연못가를 따라 늘어선 찌들의 빛이다. 고요한 수면 위에 흔들리는 불빛들이 눈을 어지럽힌다.

마지막 소리에 이끌려 풀숲을 헤치고 나서니, 희문이 있다.

함께 낚시를 하던 연못가다. 찌의 불빛들도 어느샌가 사라졌다. 여전히 필터를 건 듯 대기를 채운 세피아 빛 공기를 제외하면 떠날 때와 같은 풍경이다.

희문은 텐트 옆, 풀숲 근처에 서 있다. 다가가려 하는데 두런거리는 대화 소리가 들린다. 자세히 보니 희문의 옆에 검은 실루엣이 보인다. 덩치 큰 희문과는 대조적인, 왜소한 남자다. 대화하는 목소리가 왠지 익숙하다.

그때, 구름에 가렸던 달이 고개를 내밀며 희문이 있던 자리에 달빛 한 줄기가 쏟아진다. 대화를 나누는 남자의 모습이 어두운 풀숲 사이로 떠오른다.

윤 씨 노인이다.

이상할 일은 아니다. 그의 집에서 멀리 떨어진 장소도 아니니 오랜만에 마을을 찾아 준 손님을 간밤에 방문했을지 모른다.

그런데 왜 다가가기가 두려울까.

이유 모를 불안이 몸을 휘감는다. 한 걸음 앞에 나락이 펼쳐진 기분이다. 이마를 타고 흐른 땀이 눈에 들어갔다. 쓰라리다.

세피아 빛 대기 위로 달빛이 푸른 장막을 드리운다. 누군가 일부러 조명을 켠 듯 밝아진 사위에 나도 모르게 주위를 둘러본다.

사람들이 있다.

숲의 나무와 덤불 사이로 낚시터를 빙 감싸듯 늘어선 인영들이 보인다. 입은 옷이나 얼굴은 자세히 보이지 않지만 분명 사람이다. 안 좋은 예감이 확신으로 바뀐다. 몸을 돌려 도망칠 길을 찾아봤지만 빈틈이 없다. 사람들이 점차 포위망을 좁힌다. 달려나가려 하면 어느새 퇴로를 가로막고 선다. 조직적인 포위망이다.

뒷걸음질을 치다 물가를 밟는다. 돌아보니 한층 짙어진 물안개를 뒤집어 쓴 호수가 펼쳐져 있다. 헤엄은 무리다. 수영은 배워본 적도 없다. 앞을 돌아보니 그림자들이 몇 걸음 앞까지 다가와 있다. 가까운데도 얼굴이 보이질 않는다. 포위망 저편에 여전히 이야기를 하며 선 희문과 윤 씨 노인이 보인다. 이쪽으로는 눈길조차 주지 않는다. 손을 들어 희문을 불렀다. 돌아보지 않는다. 검은 그림자들이 시야를 가로막으며 몰려온다. 다시 불러도 요지부동이다. 어느새 코앞에 다가온 그림자가 손을 뻗는다. 필사적으로 생각한다. 또 악몽을 꿨을 뿐이다. 낚시를 하다 잠이 들었고, 희문은 나를 깨우는 중이리라. 어쩌면 제법 날이 밝아졌을지도 모르겠다. 눈을 꾹 감고 잠이 깨기를 기다린다. 마지막 악몽이길 바라면서.

"형님."

희문의 목소리가 들리지만 잠은 깨지 않았다.

"……응?"

말하자마자 놀란다. 꿈이라기엔 내 목소리가 생생하다.

"일어나셨어요?"

눈을 뜨니 어느새 낚시 의자에 앉아 있다. 옆자리의 희문이 내 어깨를 붙잡고 나를 바라본다. 깬 걸까? 현실과 꿈의 경계가 어렴풋하다.

"많이 피곤하셨나 봐요."

"그러게. 머리가 멍해. 뭔가 희한한 광경을 봤는데 진짠지 가짠지도 모르겠고."

희문이 웃으며 말했다.

"꿈처럼 말이죠?"

"뭐?"

"이런 꿈, 자주 꾸셨죠? 낚시터, 물속, 거대한 손, 물고기 얼굴."

"네가 그걸 어떻게……."

그에게 꿈 이야기를 한 적은 없다. 뭔가 이상하다. 내 상태도, 희문도, 아까부터 묘하게 선명히 보이는 주위 풍경도. 방금 전 그의 목소리는 지금까지와 달랐다. 말투도 그랬지만 뭔지 모를 이질 감이 묻어났다.

그 이질감이 두렵다.

의자에 앉아 있던 희문이 일어섰다. 그의 큰 체구 때문에 자연스레 고개가 뒤로 꺾어진다. 그림자가 드리워져 잘 보이지 않는 희문의 얼굴 위로 눈동자만이 빛난다.

"잠 쫓을 이야기 좀 해드릴게요."

"너 괜찮아?"

"이보다 더 좋기도 힘들 걸요. 형님이 저한테 그런 질문을 하니까 좀 웃기네요."

"그, 그런가?"

바보 같은 웃음을 흘려 보지만 나는 물론이고 희문도 즐거워 보이지는 않는다. 내가 뭐라고 대답하건 신경 쓰지 않는다는 듯 희문은 말을 계속한다.

"솔직히 형님한테 거짓말을 이것저것 했어요. 내키진 않았는데 어쩔 수 없었어요. 하기 싫어도 해야 하는 일이란 게 있으니까. 뭐부터 얘기해야 되나. 일단 소설 말인데요, 그거 제 경험담 맞아요. 아, 물론 삼촌 경험담이기도 하고요."

이상한 기색이 더해 간다. 나오지 않는 말을 쥐어짜듯 겨우 뱉는다.

"……왜 거짓말을 했는데?"

찌가 위로 솟구쳤다가 가라앉는다. 안개 아래 어둠만이 남았
다. 희문은 대답 대신 이야기를 계속한다.

"작은아버지 돌아가신 경위도 달라요."

어디선가 쏴아, 하는 물소리가 들린다. 파도치는 소리와 비슷하
다. 바람은 불지 않는다.

"여기서 돌아가셨어요. 제가 죽였죠."

"그게 무슨……."

아랫배에 둔탁한 충격이 온다. 몸이 앞으로 크게 꺾인다.

안면 왼쪽에 다시 주먹이 날아온다. 두개골이 흔들리며 뇌를
뒤집어놓는다. 휘청대며 쓰러지려는 찰나, 희문이 내 멱살을 낚아
채어 일으켰다.

"왠지 알아요?"

희문의 손이 뒷덜미를 움켜잡는다. 갑작스런 폭력에 정신이 없
어 아무것도 보이지 않는다. 물속에 머리를 처박히기 전, 수면에
어렴풋이 비친 내 얼굴 이외에는.

거품이 부글거린다. 팔다리를 휘저어도 소용없다.

물속에서 꽉 감았던 눈을 뜨자 어둠이 입을 벌린다. 무릎께 정
도밖에 오지 않는 물가이지만 바닥이 보이지 않는다.

그 대신, 얼굴이 다가온다.

초록색 비늘.

검게 빛나는 물고기의 눈.

비늘로 덮인 손이 어둠을 뚫고 솟아오른다.

공포가 솟구쳐 오른다. 파직, 하며 스위치가 켜지듯 정신이 난다. 물 밖으로 나가야 한다. 팔다리에 좀 더 힘을 주고 몸부림을 치자 한층 세차게 내리누르는 희문의 손아귀가 느껴진다. 순간, 낚시 조끼 주머니 속 서바이벌 나이프가 떠올랐다. 힘을 뺀 척하며 나이프를 꺼내 스위치를 누르자 물살을 가르며 칼날이 펴진다.

아무것도 보이지 않는 물속에서, 왠지 거대한 손가락을 뒤덮은 비늘 하나하나의 색과 질감만은 또렷이 보인다. 검붉은 녹이 여기저기 낀, 오래된 청동 조각상의 초록빛.

나는 나이프로 뒷덜미를 찍어 누르는 희문의 손목을 그었다.

"으아아악!"

비명과 함께 몸이 자유로워진다. 물속에서 솟구쳐 올라 숨을 들이 마신다. 왼편으로 손목을 붙잡고 소리를 질러대며 얕은 물가 쪽으로 주춤주춤 물러서는 희문이 보인다. 칼날은 그의 손목을 깊이 헤집고 지나갔다. 비싸게 주고 산 다마스커스 강 재질의 나이프다.

이렇게 써먹을지는 예상하지 못했지만.

"시발, 칼질을 하고 지랄이야!"

"야, 장희문!"

기습에 성공했지만 아직 부족하다. 물을 헤치고 다가가 다시 칼을 내지르자 칼날을 타고 살덩이가 베이는 감촉이 전해진다.

희문이 소리를 지르며 넘어진다. 어디를 찔렀는지는 몰라도 효과가 좋다. 지금 끝장을 내야…….

내가 지금 뭐라고 했지?

칼을 겨눴던 팔이 축 늘어진다. 방금 나의 행동, 떠올린 생각들이 스스로가 아닌 남이 한 것만 같다.

"쌩! 하하하! 형님! 제법 하시잖아요?"

"너, 너……."

"어두운 데서 대충 찌른 것 치고는, 아, 아야야…… 괜찮았어요. 아, 씨발. 졸라 아프네!"

"왜 이러는 거야, 엉? 무슨 짓이냔 말이야!"

"무슨 짓? 여기까지 제 발로 와 놓고 뭔 소리야? 안 보여? 당신 골통 옆에! 안 보이냐고!"

어느새 안개가 더 짙어졌다. 뿌연 시야 너머로 금 간 자국처럼 가지를 뻗은 나무들.

그리고 거대한 머리.

"으윽."

소리도 없이, 연못 한가운데 그것이 있다.

악몽 속에서, 방금 전 물속에서 나에게 손을 뻗은 무언가가 나를 주시한다. 초록색 비늘이 번들대는 머리와 공허한 눈. 균열처럼 갈라진 입을 채운 이빨들.

다리에 힘이 풀린다.

"어때, 이제 감이 와요?"

"아, 으아아……."

"치매가 오셨나. 왜 옹알이를 해요?"

희문이 정신 나간 듯 웃는다. 도망가야 한다. 아직 주저앉은 희문을 뒤로 하고 뛰쳐나갔다.

그때 누군가가 앞을 가로막았다. 꿈에서 본, 시커먼 그림자다. 역시 꿈이 아니었다. 방향을 바꿔 달아나려 하지만 소용없다. 낚시터를 포위한 그림자들이 몸을 웅크린 채 다가온다. 포위망이 빈터로 다가오며 그림자가 걷힌다. 검은 전투복과 워커, 장갑, 손에 든 총과 헬멧에 부탁된 야시경이 드러난다. 군인들이다.

"다, 당신들 뭐요? 군인?"

대답 없이 총을 겨눈 채 다가오다 멈춘다. 군인들의 출현에 안도감보다는 의아함을 느낀다. 누군가 신고한 걸까. 이 혼란스런 상황을 그들이 해결해 줄지 모른다는 기대감이 생기지만 좋지 않은 예감 역시 가시지 않는다. 겨눈 총 끝에 서린 무감정함이 낚시터에 쏟아지는 달빛 사이로 서늘하리만치 잘 보이기 때문이다.

일단 들고 있던 칼을 내려놓았다. 흉기를 든 채로는 될 이야기도 안 된다.

"저 사람이 날 죽이려 했습니다. 체포하려면 해요! 다 설명할······"

"애쓰시네."

돌아보니 희문이 일어나는 중이다. 비틀대는지 철벅이는 소리가 나더니만 이내 꼿꼿이 선다.

"더 말해봐야 소용없어요."

"오지 마! 저기요, 저 새끼가 날 죽이려 했다니까요? 체포해요. 빨리!"

"답답하시네."

희문이 언제 비틀댔냐는 듯 성큼성큼 걸어 나온다. 희문의 뒤, 물안개 너머로 여전히 괴물의 실루엣이 일렁인다. 앞에는 최신 장비로 온몸을 감싼 군인들. 뒤에는 희문과 괴물이 있다. 여기는 어디일까. 꿈과 현실의 틈에서 허우적대는 느낌이다.

빈틈을 노려 뛰려 해봐도 군인들이 총을 겨누며 퇴로를 막는다. 불합리하다. 당신들이 총을 겨눠야 할 대상은 나를 죽이려 든 희문과 저 괴물이 아닌가.

무전기가 치직거리는 소리가 난다. 오른쪽에 선 군인 중 한 명이 응답한다. 감정이 실리지 않은 건조한 목소리다.

"구역 HQ에서 감마6에게 상황보고 요청."

"감마6 리더. 전환 영역 내부에서 제의 진행 중. 봉쇄 이상무."

제의? 영문 모를 단어가 튀어나왔다.

이들의 정체가 뭘까. 평범한 군인들은 아닌 듯하다. 악몽에서 깼다고 생각했지만 등 뒤엔 여전히 살인마와 괴물이 있다.

"도와달랄 데다가 도와달래야지."

희문이 어느새 물 밖으로 나와 텐트를 뒤적이더니만 담배를 들고 나와 입에 문다. 달빛 속에 연기가 퍼진다.

"제가 왜 작은아버지를 죽였냐 하면, 먼저 절 죽이려고 해서 그래요."

뭐라고 대꾸하고 싶지만 입안에서 맴돌기만 할 뿐 말이 되어 나오지 않는다.

"대학교 갓 입학하고 첫 여름방학 때 친구랑 여기 왔어요. 그때 손가락을 잃었다 다시 찾았죠. 책장 위에 놓여 있대요? 정해진 수순이었던 거죠."

"정해진…… 수순?"

"우린 물고기예요. 미끼를 문 물고기."

"저 괴물 얘기냐?"

"말조심해요. 신더러 괴물이라니."

신. 단순하면서도 현실감 없는 단음절의 단어가 이상하리만치 생생한 질감으로 뇌리에 박힌다.

"우리 얘기에 별 관심은 없으시겠지만 면전에서 단어는 가려 쓰는 편이 낫겠죠?"

"그러니까, 무슨, 말이냐고오오!"

분노가 치솟는다. 저렇게 뭔가 안다는 듯 빙빙 돌려 말하는 화법은 질색이다.

내려놓은 칼을 다시 주워든다. 왜인지 등 뒤의 총을 든 무리들이 공격할지 모른다는 걱정 따윈 들지 않는다. 희문에 대한 분노만이 머릿속에 가득하다.

달려들어 칼을 휘둘렀지만 이번에는 희문도 쉽게 당하지 않았다. 허공을 베었다 싶더니 가슴팍에 주먹이 꽂힌다. 넘어진 나를 희문이 짐짝 들듯 들어 올려 호수에 던진다. 물속으로 처박힌 순간, 격렬한 통증에 비명이 터진다. 바닥의 뾰족한 돌이 왼쪽 어깨에 박혀 근육을 찢어 놓았다. 가까스로 정신을 잃지 않고 몸만 겨우 일으킨다.

"성급하시네요. 가만 있으면 어련히 얘기 안 할까."

희문은 내가 일어설 때까지 공격하지 않고 한 발짝 물러서 말했다. 질지도 모른다는 생각은 아예 안 하는 듯하다.

"저 분은 신이고, 실력 좋은 낚시꾼이에요. 생활력 하나는 끝내 줘요. 제물도 자체 조달하시고, 제사도 제물끼리 알아서들 지내도록 하니까."

"무슨 개소리야!"

주먹이 코뼈를 강타한다. 다행히 쓰러지지는 않았다.

"신이라니까. 설명이 더 필요해? 나도, 저기 총 든 형씨들도 호구조사 들어가진 않았어. 그냥 신이야, 졸라 대단한 신. 신한테는 제물이 필요하고. 근데 직접 돌아다니지는 않아. 가오 떨어지잖아? 그래서 낚시를 해. 사람들을 부르고, 괜찮은 식사거리다 싶으면 손가락을 뺏어. 찜하는 거지. 말하자면 우린 미끼를 문 거야. 배가 고파지면 손가락을 돌려줘. 이건 인장이야. 제물로서의 인장. 인장이 붙은 제물은 알아서 여기 돌아오게 돼 있어. 그게 이분의 뜻이니까. 손가락을 붙인 다음부터 우린 우리가 아니게 되는 거라고!

나도 꿈을 꿨어. 언제부턴지 정확히 기억은 안 나. 손가락 다시 붙이고 1년? 잠만 자면 저분께서 나와. 첨엔 별난 악몽이려니 했는데 점점 현실이랑 구분이 안 가. 죽겠더라고! 그때 작은아버지네 하고는 사이가 꽤 멀어진 상태였는데, 이 따위 이야기를 들어줄 사람이 그 양반밖에 더 있나? 연락을 해서 만나보니까 아니나 다를까 손가락이 그대로야. 거기다 비슷한 악몽을 꾼 지 몇 달 됐다고 하더만. 어떻게든 하려면 여기 돌아와서 내막을 알아봐야 한다고 결론을 냈지. 하지만 마을 사람들 전부 토씨 하나 안 빼고 똑같은 얘기만 해.

혹시나 소류지에 와보면 단서가 생길까 싶어 캠핑을 했지. 근데 갑자기 안개 잔뜩 끼고, 공기도 이상해지더니 작은아버지가 날 죽이려 드는 거야! 아픈 거 알겠는데, 좀만 참고 둘러봐. 이상하지? 여기가 마을 뒷산으로 보여? 아냐. 여긴 거기가 아냐. 여기 있는 우리도 우리가 아냐. 아까 갑자기 엄청 열 받았지? 날 죽이고 싶지 않았어? 나도 지금 장난 아니야. 당신 모가지를 당장 비틀어버리고 싶은데, 지켜야 할 규정이라는 게 있거든. 가능한 인수인계는 양쪽 다 살아있을 때 해야 된다더라고, 저 아저씨들이!"

말을 마치자마자 다시 공격이 날아온다. 피하거나 막으면서 버텨내지만 버겁다. 휘두르는 칼이 연방 허공을 가른다. 주먹과 발을 날리며 희문이 계속 떠들어댄다. 흐릿해지는 정신을 필사적으로 붙잡으며 공격을 받아내는 와중에도 그의 목소리만은 뚜렷이 들린다.

"우린 제물인 동시에 제사장이야. 우리끼리 죽고 죽이는 게 제사라고! 작은아버지는 알았어. 이미 몇 놈 죽이고 난 후였고, 다음 제물을 만나니 어이쿠, 조카였다 이거지. 근데 조카고 지랄이고가 작은아버지한테는 별로 중요한 게 아니었어. 왜냐, 그게 신이 내린 운명이니까."

"왜…… 나지?"

바보 같은 질문이다. 이미 답을 아는 공허한 질문. 역시나 희문은 비웃었다.

"미친 새끼야. 넌 낚시 하면서 물고기한테 왜 낚는지 설명해 가며 낚았냐? 병신아!"

쇳덩어리 같은 발길질이 왼쪽 다리에 꽂힌다. 곧이어 날아온 오른 주먹을 바닥에 뒹굴며 아슬아슬하게 피한다. 어디서 샘솟는지 모를 분노를 연료 삼아 온전한 오른팔로 휘두른 칼이 허공을 갈랐다. 희문의 움직임을 둔하게 해보고자 더 깊은 곳으로 피했지만 몇 걸음 못 가 따라잡혀 어퍼컷을 맞으며 칼을 놓쳤다. 둔중한 충격에 정신이 아득해진다.

희문에게 먹살을 붙들린 채 종아리까지 차는 물가로 끌려나왔다. 저항하고 싶지만 몸이 움직이지 않는다. 희문은 욕지거리를 내뱉으며 얼굴에 몇 대 더 주먹질을 하고는 선 채로 멱살을 놓았다. 푹 가라앉았다가 낙엽 뜨듯 물 위에 둥둥 떠오른다. 몸의 질량이 다 사라진 기분이다.

"그래도 제법 애먹이셨어."

희문이 날 내버려둔 채 비척비척 물가로 걸어가더니 벗어둔 재킷에서 담배를 꺼내 피워 문다.

나름대로의 승리 퍼포먼스일지 모르겠다.

"나도…… 하나 주라."

"뭐?"

"하나만…… 달라고. 죽는 마당에…… 그 정도도 못 해 주냐?"

"가지가지 하시네. 말보로 레드 괜찮겠수?"

"멘솔만 피우는데…… 한번 피워보지, 뭐."

희문이 담배를 하나 꺼내어 내밀었다. 받을 수 없다.

"손가락 하나 까닥 못 하겠다…… 미안하지만 좀 물려줄래?"

"요구사항 참 많다, 쌍."

욕을 내뱉으면서도 희문은 옆에 쭈그리고 앉아 담배를 물려주고, 불을 붙이기 위해 몸을 더 수그렸다.

물론, 담배를 피울 생각은 없다. 힘들게 끊었으니까.

나는 방금 전 왼쪽 어깨에서 뽑아 낸 돌덩이를 희문의 왼쪽 눈에 박아 넣었다.

정면 대결로 이기기 힘들다는 사실은 잘 알았다. 슬쩍 보기에도 운동을 오래 한 티가 나는 희문을 이기려면 방심하게 만든 후

가까이서 한 방에 죽여야만 했다. 왼쪽 어깨에 송곳 같은 돌덩어리가 꽂힌 상태로 싸우다 혼절하는 대신 머리를 굴려 방법을 떠올린 스스로가 신기하다. 어쩌면 여기까지가 신이 희문에게 허락한 시간의 끝이었을지 모른다. 슬슬 이 힘 좋은 '제물'의 맛이 궁금해졌을지도.

물가에서 다시 무전이 들린다.

"상황 종료. 대상 01을 신규 특별 관리 요원으로 전환 배치 요망."

쓰러진 희문을 내려다본다. 머리가 차갑다. 싸울 때 끓어오르던 분노는 거짓말처럼 사라지고 없다. 약간의 당혹감과 살아남았다는 안도감, 신을 마주하고 있다는 두려움만이 남았다.

신이 허기를 느낄 때, 제물에겐 '인장'이 찍히고 앞선 제사에서 살아남은 '제사장'을 찾아간다. 그들은 꿈을 꾸고, 만나서, 돌아온 후, 서로의 피로써 다음 제물을 결정하는 제사를 올린다. 생면부지의 타인이라도 결국에는 함께 신 앞에 선다. 신은 자신의 권능으로써 제사를 향한 인과를 제물들에게 부여한다. 언젠가 나에게도 같은 운명이 찾아오리라.

아무래도 상관없다. 지금은 그저, 집에 돌아가 아내를 만나고 싶다.

안개가 더 짙어져 장막처럼 수면을 뒤덮었지만 신의 거대한 실루엣은 가려지지 않는다.

신은 조용히 처소 근처에 몰려든 제물과 인간들을 바라본다. 그에게 이 정도의 기다림은 찰나에 지나지 않는 모양이다. 어쩌면, 지금의 망설임조차 제사의 일부분일지 모른다.

선택의 여지는 없다. 바로 실행할 용기가 없을 뿐이다.

희문이 약하게 떤다. 아직 죽지 않았다. 잔물결이 퍼진다.

승자는 곧 제사장이다. 죽여서 임무를 완수해야 한다. 거짓말을 하고 집을 나서던 아침, 걱정스러운 표정으로 배웅하던 아내의 얼굴이 먼 과거처럼 아득하다.

눈에 꽂힌 돌을 뽑는다. 망설임에 비해 행동은 빨랐다. 희문의 몸이 덜컹, 하며 흔들린다. 잔물결 사이로 세찬 파동이 불협화음처럼 섞인다. 뽑아낸 돌을 반대쪽 눈에 꽂아 넣는다. 돌 끝이 눈을 지나 뇌를 파괴한다.

제사가 끝났음을 알리듯 따뜻한 피가 눈구멍에서 흘러나온다.

물결이 멎자 화답하듯 반대편에서 큰 파도가 다가온다.

수중도시의 열주(列柱)를 연상시키는 청동 빛 손가락들이 솟아오른다. 신이 제물을 요구하듯 손바닥을 내민다.

두려움과 경외감에 휩싸여 신을 바라보다 희문의 시체를 못 가운데로 끌고 간다. 가슴께까지 차는 곳에 이르자 희문의 시체가 저절로 신을 향한다.

안개 너머 어렴풋이 희문을 향해 뻗어나가는 손가락들이 보인다.

공포가 엄습한다. 여기 1초도 더 머무르고 싶지 않다. 나는 그대로 몸을 돌려 뒤도 안 보고 도망쳤다. 군인들은 언제 없어졌는지 보이지 않는다. 등 뒤에서 신의 포효가 들려왔다. 한 번도 들어본 적 없는, 깊고, 어두운 울림이다…….

나는 산에서 마을로 이어지는 길의 초입에서 탈진해 쓰러졌다.

6

눈을 뜬다. 어디선가 냉기 섞인 흙냄새가 흘러들어와 코를 간지럽힌다. 카메라가 초점을 맞출 때처럼 탁하던 시야가 서서히 선명해진다. 낡은 시골집의 방이다. 나는 방 한 쪽에 펴진 이불에 누워 있다.

"정신 들어?"

익숙한 목소리다. 돌아보니 윤 노인이 옆에 앉아 나를 내려다본다.

"당신 누굽니까?"

"성질 급한 친구구면."

여전히 표정을 읽기 힘들다.

내가 무슨 수를 쓰건 그가 말하고자 하는 바 이외의 이야기는 듣지 못하리라.

"세상을 지탱하는 기반이란 게, 생각보다 빈약해." 노인이 주머니에서 담뱃갑을 꺼내며 말했다. "지키고 관리할 사람이 필요하지. 저 양반도 그렇고 상식은 밥 말아 먹은 것들이 생각보다 많은 편이라. 뭐, 그런 일하는 사람이라고 해 두세."

"정부 기관입니까?"

"민간 조직이야. 일단은."

"여긴 어디죠?"

"격리 구역이지."

노인이 담배를 꺼내 물며 나에게도 한 개비를 내민다. 고개를 가로젓자 내민 담배를 다시 집어넣는다.

"저래 골치 아픈 양반은 세상 사람들 눈에서 적당히 떨어뜨려 놔야 되거든."

"지금 몇 십니까."

"새벽 3시."

낚시터에 들어가고 10시간 정도 지났다. 10년은 지난 기분이다.

"난 어떻게 됩니까."

"앞날이야 자네가 가장 잘 알 텐데. 아, 우리? 챙겨주면 챙겨 줬지, 해코지는 안 할 테니 걱정 말아."

"환자 앞에서 담배 피는 사람이 말하니 못 믿겠네요."

"환자? 움직여 보고 얘기해."

그러고 보니 몸이 무겁지 않다. 희문에게 두들겨 맞아 뼈가 두 세 군데는 나갔었지만 아픈 기색이 없다. 내 몸이 아닌 듯한 기분 에 여기저기 더듬어 봐도 멀쩡하다.

"그것도 신의 권능이겠지. 안 그래? 제물이 싱싱해야지."

"……희문이도 이랬습니까?"

"영화처럼 다치자마자 낫지는 않던데."

이제는 내 몸조차 내 것이 아닌 모양이다.

집에 가고 싶다는 생각만이 머리를 채웠다.

"돌아가겠습니다."

자리에서 일어났다. 산에서 내려올 때는 천근 같던 몸이 당장 마라톤을 나가도 될 정도로 가볍다.

낯선 상쾌함이다.

"안 좋은 생각은 마." 일어선 내 등 뒤로 윤 노인이 말했다. "쉽 게 죽지도 않겠지만 죽게 내버려 두지도 않는다."

"명령하지 마쇼."

"지금은 자네도 우리 쪽 사람이야. 현장 진행 인원쯤으로 생각해 두게. 월급도 나가. 아마 지금 연봉보단 많을 걸."

고개를 돌려 노인을 본다. 노인은 내 눈빛을 유들유들한 미소로 받아낸다.

"최대한 버텨 봐. 저 신인지 뭔지에 대해선 계속 연구 중이니까. 이쪽은 썩어나가는 게 돈이고, 사람이거든."

"그럼 당신 하나쯤 죽여도 별 문제 없겠네."

"힘들 텐데."

노인이 이를 드러내고 웃는다. 잠시 그를 보다가 일어나서 문을 열었다. 노인이 내 뒤통수에 대고 말했다.

"사람을 낚다니, 신 주제에 취미 한 번 더러워. 그렇지?"

"당신만큼이나."

"자네 물건들은 차에 실어 놨어. 어두우니 조심해 가시고. 나중에 연락하지."

방을 나오는 내 등 뒤로 노인의 카랑카랑한 웃음소리가 따라왔다.

차는 운전석에 키가 꽂힌 채 슈퍼에서 멀리 떨어지지 않은 마을 초입에 서 있었다. 마을 군데군데 불 켜진 집들이 보인다. 창문에서 새어나오는 불빛들이 한밤의 숲 속을 배회하는 산짐승 무리의 눈을 연상시킨다. 눈들은 나를 주시한다. 내가 무슨 짓을 저질렀고, 앞으로 뭘 할지 다 안다는 듯이.

떨리는 손을 진정시키려 애쓰며 문을 열고 시동을 건다. 헤드라이트를 켜자 어두운 비포장도로가 창백하게 떠오른다.

심장이 뛴다. 온몸의 피가 가슴과 머리에 몰려 날뛰는 듯한 기분에 액셀에 올려놓은 발에 힘이 들어간다. 엔진의 굉음과 함께 속도가 오른다. 희문을 죽였다는 죄책감. 살아남았다는 안도감. 감당하기 힘든 운명에 붙잡혔다는 공포. 무엇으로도 지금의 격정을 설명하기 힘들다.

웃음이 새어나온다. 커지는 웃음소리를 삼키지 않고 내버려 둔다.

그래, 받아들이자. 신도, 인간도 내가 제물이길 바란다면 기꺼이 역할을 수행하겠다. 제물은 짐승이니, 짐승이 되어 할 바를 다하겠다. 하지만 쉽게 죽지는 않으리라.

차창을 연다. 밤의 소리들이 나의 웃음과 뒤섞여 울려 퍼진다.

며느리의 관문

장은호

공포문학 작가집단 매드클럽 작가. 《파우스트》에 「순결한 칼」, 「한국공포문학단편선 시리즈」에
「하등인간」, 「캠코더」, 「노랗게 물든 기억」, 「첫출근」, 「고치」를, 『오늘의 장르문학』에 「생존자」를,
소설집 『십이야』에 「첫출근」을 수록하였다. 《네이버 오늘의 문학》에 「생존자」, 「수면증후군」을
게재하였고, 「미스터리 노블 시리즈」에 「수곡리 321번지」를 수록하였다.
이 외에 이북 「폭력자판기」외 다수를 수록했으며, 현재 강남미 성형외과 피부과 대표원장으로
근무중이며, 그룹 '가내수공업'의 멤버로도 활동 중이다.

은해는 숨을 뱉으며 운전석 창문을 내렸다. 긴 생머리가 바람에 날려 하늘거렸다. 은미는 언니의 새하얀 팔목을 바라보다 자신의 까무잡잡한 손등을 원망스레 쓸어내렸다.

"언니, 그 집 되게 크다며?"

"응, 한 번 들어가 봤어. 아버님은 못 뵀는데, 굉장히 엄하시데."

"무섭겠다. 그런데 언니, 회장님을 아버님이라 자연스럽게 부르네?"

은해는 부끄러운 표정을 감추려 가슴을 핸들에 붙인 채 창밖을 살폈다. 담장은 육중한 몸뚱이를 바닥에 묻은 채 골목을 따라 끝없이 이어졌다. 정오를 바라보는 가을 햇살이 빗각으로 날아와 담장의 허리를 잘랐다.

"언니, 왜 그렇게 쫄고 그래?"

"모르겠어. 그냥 그렇게 되네."

"왜 형주 오빠는 자기도 없는데, 집으로 초대한데? 아무리 오빠네 아버지가 언니를 보고 싶어 한다 해도 그렇지……."

은미는 입술을 삐죽이 내밀며 무릎을 끌어당겼다.

"오빠가 외국 출장인데 어떻게 해? 그리고 아버님이 보고 싶어 하시는데, 안 갈 수 없잖아."

"좀 늦추지 그랬어? 언니 바쁘다 그러고."

"돌아오자마자, 결혼 준비로 바쁠 거야. 늦추긴 뭘 늦추니?"

"어이구, 언니! 결혼하니까 좋지? 그래서 바쁜 나까지 데리고 온 거야? 나 잡지사에 가봐야 한단 말이야."

"금방 얘기하고 나올 거야. 그리고 너도 같이 간다고 얘기했으니까, 어색할 거 없어."

"누가 어색하데? 왜 죄 없는 나를 끌어 들이냐고."

은해는 오른쪽 골목으로 차를 돌렸다. 오르막길이 시작되고 담장의 높이가 아득해졌다. 오래된 성벽처럼 굵직한 덩굴이 담장을 기어 내려왔다.

"좀, 같이 가주면 안 돼?"

"알았어. 알았다고. 그런데 회장님만 계신 거야? 그 큰집에?"

"어? 응……."

"무섭겠다. 형주 오빠는 외아들 맞지? 그럼 언니는 삼명그룹의 유일한 며느리가 되는 거네. 좋겠다."

"별로……. 부담 가."

은해는 몰랐다. 형주의 훤칠한 키와 파운데이션을 바른 듯한 피부에서 귀티가 풍겼지만, 이렇게 대단한 집안사람일 줄은 몰랐다. 1년을 사귀고 형주가 프러포즈한 날, 형주는 품 안의 은해에게 자신은 삼명그룹 사람이라고 속삭였다. 은해는 단지, 뉴스에 자주 나오는 회사가 형주의 입에서 나온 게 신기할 따름이었다. 그냥 오빠가 평범한 사람이었으면 좋겠어, 형주의 하얀 어깨에 매달려 했던 말은 진심이었다.

"히야……. 언니가 이제 여기 사는 거야?"

"아마."

"좋겠다. 그런데 좀 무섭기도 하겠다. 집 되게 클 것 아니야."

새까만 외제차가 은해의 밴을 지나치며 햇살을 반사했다. 은미는 눈을 찡그리면서도 우와, 하며 입을 벌렸다.

"그런데, 언니. 내가 같이 가면 더 어색하지 않을까? 회장님이랑 단 둘이 얘기하는 게 좋잖아. 뭐, 일하는 사람들이야 당연히 몇 두고 있을 테지만……. 이거 정말, 집 대단히 큰 거 아냐? 사진 찍어서 잡지에 실어야겠다. 아, 언니 사진도 넣어야지. 삼명그룹 며느리, 시아버지와의 첫 만남. 괜찮지?"

은미는 은해의 어깨를 툭 쳤다.

"됐어. 사고나 치지 마."

벽돌 촘촘한 담장이 은해의 동공에서 미세하게 떨렸다. 담장에 붙여 차를 세우고 달아오른 볼을 식히려 한쪽 손바닥을 뺨에 댔다.

"여기야? 정말?"

은미는 앞 유리창에 얼굴을 붙이고 담장의 높이를 가늠했다. 5층 높이 정도 될까? 탄성이 절로 튀어 나왔다.

"언니, 이렇게 큰 집에서 회장님이랑 단 둘이 얘기하는 거야?

와, 대단하다."

은해는 시동을 끄고 숨을 한 번 내쉰 뒤, 말했다.

"어머님도 계신데……."

"뭐? 어머님 돌아가셨다 그랬잖아."

관상목으로 둘러싸인 벽돌 길을 지그시 밟으며 은해는 아무 말도 하지 않았다. 은미는 대답 듣기를 포기하고 집 구경에 여념이 없었다. 깍은 돌로 둘러싸인 연못은 쑥색 덩굴이 넘어 들어가 발을 담갔다. 비틀 듯이 올라간 나무줄기에선 금방이라도 비명이 튀어나올 것 같은 긴장감이 느껴졌다. 그 뒤로 솟아 오른 아름드리나무는, 정원을 벗어나려는 듯 담장 위로 줄기를 뻗었다. 은미는 고개를 들어 나무 높이를 가늠하다 은해를 따라 총총 달려 현관문 앞에 섰다.

육중해 보이는 현관 문 앞에 노인이 둘을 반겼다.

"아가씨 오셨네요. 옆에 계신 미인은 동생인가요?"

"네, 얘는 은미라고 해요. 은미야, 인사해. 집사님이셔."

허허, 노인은 눈가의 실주름을 깊게 그리며 들어오라 손짓했다. 은미는 꾸벅 인사하고 운동화를 벗었다. 은해가 벗은 구두 옆에 가지런히 놓은 후, 약간 떨어져 둘의 뒤를 걸었다.

노인은 고개를 살짝 돌린 채 말했다.

"응접실에서 선생님이 기다리고 계십니다."

'선생님? 회장님을 선생님이라 부르는 건가?'

은미는 은해를 따라잡아 눈짓을 보냈으나 별 반응이 없었다. 치, 한마디 뱉고는 암갈색의 복도 벽을 따라 시선을 이동했다. 높은 천장에 간헐적으로 매달린 금빛 샹들리에가 은미의 눈동자 속에 아른거렸다.

복도 벽에 붙박이 장식장 앞에 은해는 걸음을 멈췄다. 노인은 어깨를 나란히 하며 은해의 시선을 따라갔다.

"이게 사모님입니다. 그리고 이게 회장님의 아버님, 어머님. 삼명그룹은 회장님의 아버님이 일으켰죠. 저는 그때, 운전기사 겸 비서로 일했습니다. 지금은 집사로 일하고 있고요. 그리고……"

은해는 형주의 어머니 사진을 빤히 쳐다보았다. 인공적인 미소가 짙은 립스틱 사이에 걸려 있었다. 커다란 진주귀걸이와 목걸이, 위로 말아 올린 80년대 머리스타일에서 귀부인의 향기가 물씬 풍겼다.

"사모님은, 암으로 돌아가셨죠. 이제 거의 십 년도 더 되어갑니다."

"언니, 아까 한 말……"

은해는 동생의 말허리를 잘랐다.

"선생님이 기다리신다고 하셨죠?"

노인은 슬쩍 웃고 앞장서 걸었다. 은미는 콧등을 긁적이며 사진을 들여다보았다. 나보다 예쁘네, 입술을 삐죽이 내민 채 둘의 뒤를 따라 살금살금 걸었다.

"여기가 응접실입니다."

영화에서 봄직한 기다란 테이블이 방 한가운데 놓여 있었다. 테이블 끝에 피둥피둥 살찐 남자가 기름진 미소로 은해를 반겼다. 노인은 의자를 당겨 은해를 앉게 했다.

"안녕하세요. 선생님. 말씀 많이 들었습니다."

"은해 씨라고 했죠? 형주가 사진 보여줬습니다. 실물이 훨씬 예쁘네요."

이거 어떻게 돌아가는 거야?

은미는 문을 나가는 노인을 힐끔 본 뒤, 의자를 빼 앉았다. 남자의 시선을 살피며 인사한 후 의자를 당겨 자세를 고쳤다.

"동생 맞죠? 잡지사에서 일한다고 했나요?"

"네."

은해는 은미의 손등에 자신의 손바닥을 살짝 포겠다.

"이 분은 형주 오빠 집안의 주치의 선생님이셔. 회장님의 후배시래."

아, 은미는 고개를 반쯤 입을 벌린 채 끄덕였다. 은해는 남자 쪽으로 고개를 돌리며 자근자근한 목소리로 말했다.

"선생님도 사진보다 실물이 훨씬 멋지세요."

남자는 한쪽 볼에 송송 새어나온 땀을 쓸어내리며 웃었다.

"보톡스랑 이것저것 좀 했습니다, 허허. 동기 중에 피부과 하는 놈이 있는데, 끌고 가더니 놓아주더라고요. 나중에 은해 씨랑, 은미 씨도 같이 가죠. 이제 내가 두 분도 삼명그룹 사람인데, 제가 책임져야죠."

은미는 토끼눈을 뜨고 활짝 웃으며, 남자 쪽으로 몸을 기울였다.

"정말이죠? 신난다. 요즘 가뜩이나 눈주름 때문에 고민했는데."

"선생님, 아버님은 어디 계세요? 형주 오빠가 그냥, 집에 가보라고 해서 준비도 잘 못했네요."

남자의 시선이 둘 사이를 오갔다.

"숨 좀 돌리세요. 뭐, 급할 것도 없는데요. 회장님은 아랫방에서 링거 맞고 계십니다."

"어디, 아프신가요?"

"아니에요. 그냥 영양제 맞으시는 거예요. 은해 씨 처음 봐서 회장님도 떨렸는지, 안정제도 한 알 달랍디다."

허허, 남자는 먼 쪽 팔걸이로 몸을 기울이며 웃었다. 은해와 은미의 웃음이 뒤따랐다. 그 사이 아주머니 한 명이 들어와 오렌지 주스를 놓았다. 일하는 사람이겠지, 은미는 아주머니의 깊게 파인 팔자주름을 보며 생각했다.

남자는 목주름에 고인 땀을 손수건을 닦아낸 뒤 주스를 들이켰다. 남자의 하얀 와이셔츠의 젖은 겨드랑이를 보며 은미는 뜨악한 표정을 지었다.

"선생님. 형주 오빠가 말을 자세히 안 해 줘서요. 집에 가서 어머님 뵙고 오라는데 무슨 말일까요?"

주스를 내려놓은 남자는 수읍 하고 입술가의 잔해를 빨아마셨다.

"아, 사모님 말씀이시군요. 여기 지하에 위패를 모셔놓았거든요. 거기에 인사하고 오라는 뜻이에요. 조금 있다가 같이 내려갔다 올 겁니다."

주스 바닥을 보던 시선이 은미를 살짝 스쳐 지나갔다.

"어이쿠, 시간이 이렇게 됐네. 은해 씨 같이 회장님 뵈러 가죠. 그리고 은미 씨는……."

"저는 괜찮아요."

"집 구경 좀 하고 계세요. 곳곳에 재밌는 것들이 많을 겁니다.

집사님!"

남자는 노인을 부르며 손뼉을 한 번 쳤다. 문 바로 뒤에 대기하고 있었는지 말 끝나기 무섭게 남자 옆으로 다가와 섰다.

"은미 씨 데리고 집 구경 좀 시켜주세요. 그리고……."

남자는 시계를 다시 쳐다보았다.

"시간이 좀 걸릴지도 모르니까, 아로마 방 있죠? 거기서 몸 좀 쉬게 해 주세요. 기자 생활이 쉬운 게 아닐 텐데."

남자가 은미를 보며 살짝 고개를 끄덕였다. 은미는 언니의 눈치를 살피다 노인의 옆에 섰다.

"은해 씬 이쪽으로 오세요."

남자는 은미와 집사가 시선에서 사라진 다음, 힘겹게 일어섰다. 그는 응접실 구석 벽에 손을 올렸다. 숨겨져 있던 문이 열리며 새로운 복도가 나타났다.

"이리 와요."

은해는 조심스럽게 복도에 발을 올렸다. 사슴 흉상들이 양쪽 벽에서 눈깔을 번뜩였다.

"여기는……."

"내실입니다. 지하실로 이어지는 곳이죠. 가족들도 함부로 드나들지 못하는 곳이에요."

"지금, 회장님을 만나러 가는 건가요?"

남자는 멈칫 하며 허리를 굽혔다. 무릎에 손을 얹어 몸무게를 지탱한 채 손수건으로 목주름의 땀을 닦아냈다. 희미한 쌕쌕거림이 숨결에 묻어 나왔다.

"죄송합니다. 요즘 몸이 좀 안 좋아서……. 아, 그리고……."

남자는 약간의 뜸을 들인 후 말했다.

"회장님은……. 여기 안 계십니다."

은미는 노인을 따라 위층으로 올라갔다. 수많은 액자가 복도를 장식하고 있었다. 바닥을 닦던 아주머니가 일어서더니 노인에게 고개를 숙였다.

"오늘은 각별히 신경 좀 써주세요."

아주머니는 네, 작게 말한 뒤 다시 바닥에 엎드렸다. 노인은 아주머니를 지나쳐 걷다 비너스의 얼굴 조각이 달린 문을 당겼다. 은미는 방으로 들어가며 우와, 우와 하고 참새처럼 놀랐다. 커다란 창으로 스며들어온 햇살이 호화스러운 욕실에 닿았다. 바닥에 박힌 커다란 욕조에는 빨간 꽃잎이 한가로이 떠다녔다. 벽을 둘러싼 엔틱 가구들은 자랑스럽게 몸뚱이를 반짝였다. 음악처럼 흘러드는 장미향에 취해 은미는 잠시 딴 세상에 온 듯 몽롱함을 느꼈다.

"편하게 즐기시고, 끝나시면 인터폰으로 말하시면 됩니다."

"네? 저는 그냥……."

"회장님이 부탁하신 거니까, 부담 갖지 마시고요."

노인은 살짝 미소를 머금은 채 방을 나갔다.

그냥 언니를 따라 온 것인데, 이래도 되나……. 그것도 언니 사돈집인데…….

금빛 테가 둘린 커다란 거울에 자신의 모습이 비치고 있었다. 거울 속의 자신에게 말했다.

"그래, 회장님의 호의데 받아들여야지. 내가 언제 이런 곳에서 목욕을 해보겠어?"

자랑할 요량으로 카메라에 방을 담을 뒤, 욕탕을 살짝 두른 커튼 안으로 들어갔다.

"회장님이 안 계시다니요?"

"음……. 회장님은 지금 안성 공장 부지를 둘러보러 가셨습니다. 아시죠? 그쪽에 새로 공장 짓는 거."

"네, 형주 오빠한테 얼핏 들었어요."

남자는 가슴 사이 고랑에 묻었던 손을 내렸다.

"이제야 진정이 되는군요. 걸으며 얘기합시다."

"그럼, 저는 누굴 만나러 가는 거죠?"

"그것보다 먼저, 삼명그룹에 대해서는 잘 아세요?"

"그냥 신문에 나온 것 조금요. 잘은 몰라요."

"삼명그룹은 여러 분야에 손을 뻗치고 있습니다. 회장님의 아버지 때부터 물류 부분을 중점적으로 했지만, 그것 말고도 바이오산업에도 신경을 많이 쓰셨죠. 그래서 삼명 바이오라는 연구소를 대덕 단지에 자리 잡게 만들었습니다. 결국 대단한 연구 성과를 이뤄냈죠. 그것을 발표할 즈음에 회장님의 아버지가 뇌출혈을 일으킨 거고요. 그 후 기술은 사장되었습니다. 그럴 수밖에 없는 상황이었거든요. 그 기술이란 것이……."

남자는 복도 중간에 멈춰 숨겨진 문고리를 잡아 당겼다. 조그만 방이 나타났고 한 쪽 벽에 엘리베이터 입구가 보였다.

"어떤 액체에 대한 겁니다. 그, 영화에서 나오는 것 있죠? 공기 대신 액체를 사용하는 거 있잖아요? 「어비스」라는 영화에도 나오는데."

"본 적 있어요."

"그럼 이해가 쉽겠군요. 삼명 바이오는 그런 액체에 대해 연구했어요. 그러다 개발한 액체에서 세포의 사망이 무한대로 지연된다는 것을 알게 되었죠. 세포에는 자신의 죽음을 만들어내는 디엔에이가 있는데, 그 부분을 액체가 변화시키는 거죠."

남자는 버튼을 툭 눌렀다. 윙, 소리와 함께 바닥의 울림이 발바닥으로 전해졌다.

"더 연구가 필요한 분야였어요. 메커니즘도 완전히 밝혀지진 않았거든요. 연구 목적은 그냥 액체 산소에 관한 것이었는데, 뜻밖에 일이 벌어진 거니까요. 큰 회장님은 성과에 열광하셨죠. 그래서 밤낮을 가리지 않고 연구실에 들락거리셨습니다. 그 자신이 연구원이 된 것처럼요. 그게 무리였던 거예요. 결국 쓰러지셨고요. 자, 들어가세요."

엘리베이터 벽은 녹슬어 누런 빛을 띠고 있었다. 은해는 엘리베이터로 들어가며 핸드폰을 슬쩍 살폈다. 안테나 표시가 뜨지 않았다. 문이 닫히고 엘리베이터는 천천히 하강했다.

"그 분의 부인도 그 즈음에 돌아가셨고요. 어쨌든, 액체를 사용할 때가 온 거죠."

'액체를 사용한다고? 도대체 무슨 얘기를 하는 거야?'

정체불명의 깊은 동굴로 들어가는 느낌이었다.

"그래서……."

땡, 갈라지는 문 사이로 음산하면서도 폐쇄적인 느낌의 복도가 나타났다.

"우선 내리세요. 가면서 말씀드리겠습니다."

한쪽에 의료기구들이 머리에 먼지를 뒤집어 쓴 채 침묵하고 있었다. 수영장 옆을 지나는 것처럼 공기가 습했다.

은해는 엘리베이터의 닫힌 문을 돌아보았다. 불길한 예감이 일었다.

"액체를……. 큰 회장님이 사용하셨습니다. 큰 회장님 유언이었죠. 뭐, 유언이라 하기도 뭣하지만요."

남자는 입을 벌린 채, 소리 없이 웃었다.

"유언에……. 아니, 그건 방에 가서 말씀드리겠습니다."

지하라 그런지 발바닥이 차가웠다. 은해는 한쪽 발바닥을 다른 쪽 발등에 올렸다.

"어서 오세요. 다 왔습니다."

남자는 복도 끝의 문을 열었다. 밀도 짙은 어둠이 웅크리고 있었다. 남자는 어둠에 몸을 밀착시키며 손을 더듬어 스위치를 찾았다. 찰칵, 소리와 함께 형광등이 빛을 뱉어냈다.

은해는 반 발자국 물러섰다.

"이게……."

은해의 표정을 살피던 남자는 흐뭇한 듯 가슴을 폈다.

"말하자면, 거대한 수족관이죠."

3층 높이 정도는 될 법한 커다란 방이었다. 한쪽 면을 차지한 유리벽은 압도적인 크기였다. 그 너머 반투명한 액체가 생명체처럼 일렁이고 있었다. 물빛은 심해처럼 검었다.

"삼명 바이오의 기술이라고 할 수 있습니다. 개발된 지 몇 십 년이 지났지만, 지금도 이 기술을 따라갈 곳이 없죠. 정말 대단하지 않습니까? 들어오세요."

은해는 한 걸음 들어선 후, 숨을 토해냈다. 나가고 싶다고 말하려 했다. 순간 유리벽 중간 부분에 검은 얼룩이 눈이 들어왔다.

"안에는……. 혹시……."

"큰 회장님이 있습니다."

남자는 또 하나의 스위치를 올렸다. 수족관 바닥이 빛을 뱉어내자 유리벽에 붙은 검은 형체가 모습을 드러냈다. 미라 같은 나체의 노인이 튀어나온 동공에 은해를 담고 있었다.

"큰 회장님이십니다."

남자는 수족관 안쪽의 노인을 향해 고개를 숙였다. 은해도 덩달아 인사했다. 큰 회장은 얼굴을 갸우뚱 하더니, 물 안쪽으로 녹는 듯 사라졌다.

"놀라지 마십시오. 이 안에는, 큰 회장님 사모님과 회장님 부인도 계십니다."

"오빠의 어머니요?"

"그렇습니다. 암 말기 선고를 받은 다음 날, 액체 속으로 들어갔죠. 다행히, 지금도 살아계십니다. 그리고 도련님의 동생이 있다는 얘기는 들으셨습니까?"

은해는 어리둥절한 표정으로 고개를 저었다.

"어릴 때, 교통사고로 사망했죠. 뭐, 죽기 직전에 액체로 넣긴 했습니다. 하지만 정신이 완전히 돌아오진 못했습니다. 머릴 다쳤거든요. 지금은 물속에서 여섯 살 그대로 기어 다니고 있습니다. 들어가면, 다리에 매달릴 테니 너무 놀라지 마세요."

잠시 정적이 흘렀다.

"들어……. 가다뇨?"

"큰 회장님 유언입니다. 며느리가 들어오면 액체로 들어와 만남의 시간을 가져야 한다고요. 생전에 유머감각이 풍부한 분이셨죠. 그래서……."

순간 남자는 가슴살을 부여잡고 얼굴을 찡그렸다.

"아, 괜찮습니다. 잠을 잘 못 잤더니, 근육이 결려서 그렇습니다."

"불편하신 것 같은데요."

은해가 부축하려 하자 남자는 괜찮다며 허리를 폈다.

"사모님도, 그러니까 형주의 어머님도, 결혼 전에 액체로 들어갔습니다. 십 분 정도 만남의 시간을 갖고 나왔죠. 결국 죽기 전에 다시 들어가게 되었지만요."

은해는 허벅지를 문질렀다.

"그러면……. 안쪽에는."

불빛에 닿은 액체는 녹색으로 빛났지만, 깊은 쪽은 안개에 가린 듯 검고 뿌옜다.

"네 명이 살고 있습니다. 제 생각에는 몇 십 년 더 사실 것 같습니다. 저분들의 생활은 우리와는 좀 다릅니다. 우선 대화가 불가능하죠. 물속에서는 말을 못 하잖아요. 그래서 서로 몸을 더듬는 것으로 대화를 대신합니다. 은해 씨도 안으로 들어가면 말을 못하게 되는데, 굳이 말하지 않아도 괜찮아요. 그냥 마주보고 서 있기만 하면 할 일 다 한 겁니다. 그러면 며느리의 자격이 주어지는 거지요."

"저분들은……. 평소엔 뭘 하시나요?"

"우선 빛을 싫어하십니다. 어둠 속에서 멍하니 걸어 다니는 것을 좋아하죠. 회장님이 안쪽에 키보드를 설치하셨는데, 별로 사용은 안 하십니다. 그냥 누워서 시간을 보내거나, 기어 다니거나 걸어 다니거나 하는 거죠. 액체에 의해서 뇌의 일부가 영향을 받은 것 같은데, 자세한 건 아직 모릅니다."

은해는 남자를 빤히 쳐다보았다.

"하하, 걱정 마십시오. 몇 분 들어가 있다고 해서 별 영향이 있는 건 아닙니다. 그렇다면 이렇게 들어가라 권하지도 못하죠."

남자는 손가락으로 방 옆에 달린 작은 문을 가리켰다.

"저곳이 탈의실입니다. 옷 갈아입고 나오세요. 탈의실에 샤워실도 있으니까, 들어갔다 오시면 몸도 씻을 수 있고요."

은해가 머뭇거리자, 어깨에 손을 올렸다.

"은해 씨 걱정 마세요. 제가 지켜보고 있을 겁니다. 그리고 큰 회장님과 사모님들, 다 좋은 분이십니다. 좋은 만남이 될 거예요. 도련님, 어머님도, 얼마나 며느리가 보고 싶으시겠습니까?"

"별……. 문제는 없겠죠?"

어느새 은해는 정성들여 칠한 립스틱을 삼키고 있었다.

"당연히 없습니다. 사모님을 뵙고 나오면 도련님도 기뻐할 겁니다."

은해는 머뭇거리다 탈의실 문 앞에 멈춰 섰다.

"아 참, 별 것 아닌데……. 액체 안에 이십 분 이상 있으면 안 됩니다. 그렇게 되면 폐 세포에 변형이 일어나서 대기의 산소를 흡수하지 못하게 되죠. 제가 시간을 살피고 나오게 해드릴 테니까, 걱정 마세요. 어서, 옷 갈아입고 나오세요. 걱정 마시라니까요. 이십 분은 꽤 긴 시간이에요."

남자는 구석의 의자에 엉덩이를 묻고 작은 테이블에 팔꿈치를 걸쳤다. 은해는 고개를 끄덕인 뒤, 탈의실 안으로 들어갔다.

은미는 가운으로 갈아입은 다음에도 선뜻 물속으로 들어가지 못하고 있었다. 무릎 위로 살짝 넘친 물기를 따라 장미 잎이 살결에 붙어 향기를 뿜었다. 따뜻한 기운이 온 몸으로 퍼져 나가는 듯한 나른함에 스르륵 눈이 감겼다. 어디선가 흘러나오는 음악에 맞춰 고개를 끄덕였다.

핸드백의 울림에 눈을 떴다.

수건으로 대충 정강이를 닦아내고 핸드폰을 꺼내 들었다.

"언니, 왜?"

"은미야……. 여기…… 들리니?"

잡음이 심하게 섞였다.

"잘 안 들려. 내가 다시 걸까?"

"올 수…… 무서워…… 여기는……."

"뭐라고, 언니?"

전화가 끊겼다. 은해의 번호를 누르고 핸드폰을 귀에 댔다. 신호가 없었다. 다시 번호를 눌렀다. 역시 마찬가지였다.

'뭐, 급한 일이면 다시 전화 걸겠지.'

은미는 가운을 벗어 던지고, 욕탕의 굴곡을 따라 미끄러져 내려갔다.

"여보세요? 여보세요?"

은해는 입술을 깨물며 핸드폰을 내렸다. 가운을 원망스럽게 쳐다보다 한숨을 푹 내쉬었다. 그래, 오빠가 하란 것이나 마찬가지니까. 은미가 곁에 있어주면 조금 안심이 되련만. 의사 선생님은 별로 못 미더웠다.

저고리를 벗어 옷장에 개어 넣고 치마의 지퍼를 내렸다. 가운으로 몸을 감싼 후, 속옷을 벗어 내렸다. 가운의 매듭을 조인 후 다시 핸드폰을 살폈다. 한 칸의 안테나가 불안하게 점등했다. 통화 버튼을 눌렀으나, 통화 구역이 아니란 메시지만 냉정히 흘러나왔다.

탈의실 문을 열고 나가자, 잠깐 사이 졸고 있던 남자가 움찔하며 일어섰다.

"이쪽으로 오십시오."

남자는 수조의 오른쪽 끝, 철문이 달린 곳으로 은해를 이끌었다. 철문 앞에 선 남자는 은해를 보며 살 속에 박힌 눈을 치켜떴다. 왼 손을 철문에 달린 동그란 핸들에 걸친 채 말했다.

"이게 입구입니다. 좀 무섭게 생겼죠? 그냥 물에 들어가는 것과는 조금 다릅니다. 문 안에는 두 명이 겨우 설 수 있는 좁은 공간이 있습니다. 제가 문을 닫고 스위치를 누르면, 그 안에 액체가 찰 겁니다. 아주 잠깐 동안 괴로울 건데 걱정할 필요는 없죠. 금방 지나갈 테니까요. 액체가 폐를 가득 채우면 그 다음엔 아주 편안해집니다. 횡격막을 힘들여 움직이지 않아도 산소 교환이 일어나거든요. 은해 씨는 몸에 힘을 쭉 빼고 그냥 받아들이기만 하면 됩니다. 제가 다음 스위치를 누르면, 안쪽 문이 열립니다. 수조와 연결되는 문이죠. 수조로 천천히 걸어 나가세요. 손을 저으면서 나아가면 좀 더 쉽겠죠. 여기까지는 쉽죠?"

은해가 고개를 끄덕이자, 남자는 이어 말했다.

"수조 안이 조금 어둡지만, 큰 회장님과 사모님들을 보긴 힘들지 않을 겁니다. 대화는 불가능하니까, 서로 쳐다보기만 하겠죠? 몸을 더듬을지도 모르지만 당황하진 마십시오. 그냥 저분들의 대화 방법이라 생각하면 됩니다. 도련님의 동생이 다리를 잡을지도 모릅니다. 그렇다고 깨물진 않으니까, 걱정 마시고요. 그리고……."

"나오는 것은……."

남자는 자신이 앉아 있던 의자를 가리켰다. 테이블 위의 탁상 시계 하나가 뻘건 점을 모아 숫자를 표현하고 있었다.

"저기 타이머가 있습니다. 정확히 십 분이 지나면, 제가 수조 벽을 두드릴 겁니다. 액체는 울림을 잘 전달하니까, 쿵쿵 거리는 소리를 잘 들을 수 있을 거예요. 참고로, 십 분은 꽤 긴 시간입니다. 수조 깊은 쪽을 구경하고 나오기에 충분할 겁니다."

"꼭……. 해야만 하나요?"

남자는 발작적인 웃음을 터뜨리고, 흘러나온 침을 손가락으로 닦아냈다.

"무서운 것 다 이해합니다. 하지만 저분들도 사람이에요. 그리고 제가 있는데 뭐가 걱정이십니까? 은해 씨는 삼명그룹의 신데렐라가 되는 겁니다. 저는 죽을 때까지 은해 씨의 건강을 책임져야 하고요. 자, 안으로 들어가십시오."

큰 회장의 추한 모습이 은해의 뇌리를 스쳤다. 동굴 깊은 곳에서 올라온 새로운 인종처럼 이질적인 느낌. 액체에 절어 늘어진 주름과 금방이라도 벗겨질 듯한 시퍼런 피부에서, 호의적인 느낌은 찾을 수 없었다.

이 속에…… 들어가도 될까?

은해는 철문의 틈 사이에서 멈칫했다. 소독약 비슷한 냄새가 후각을 뒤덮었다.

"걱정 마세요. 금방 끝납니다. 큰 회장님의 유언이니까, 집안의 큰 행사라고 생각하세요. 십 분도 유언으로 말씀하셨습니다. 한 시간이 아닌 게 얼마나 다행입니까."

"괜찮겠죠?"

"당연하죠."

은해가 안으로 들어가 돌아서자, 남자는 철문을 닫아 잠갔다. 문에 달린 핸들을 돌리자 틈에 달린 고무가 서로 밀착되며 찢어지는 소리를 냈다.

은해의 하얀 다리는 눈에 띄게 떨리고 있었다.

콰르르, 벽이 울리더니 액체가 쏟아져 들어왔다.

"나가게 해 줘요!"

미친 듯이 철문을 두드리며 목이 터져라 소리쳤다. 액체는 빠르게 차올랐다. 찬기가 무릎을 지나, 허벅지를 삼켰다. 다급하게 튀어나온 입김이 동그란 유리창을 흐렸다.

"아저씨! 살려줘요!"

액체는 허리를 적셨다. 시큼한 냄새는 후각을 마비시켰다. 창으로 남자의 얼굴이 보였다. 미소를 지으며 괜찮다는 입모양을 만들었다. 은해는 절박한 표정을 풀지 못한 채 비명을 발했다. 남자는 같은 미소로 일관하며 새어나오는 비명을 못들은 척했다.

액체가 목구멍으로 흘러들기 시작했다.

컥컥. 기침으로 액체를 뱉어내기엔 역부족이었다. 남자의 얼굴이 출렁거렸다. 눈을 감고 숨을 참으려 했다. 죽는다는 생각을 하자, 힘이 탁 풀렸다. 폐를 향해 액체가 쏟아져 들어오기 시작했다. 물을 삼킨 위장이 부풀어 오르는 듯했다.

감전 같은 고통이 두어 번 몸뚱이를 치고 지나갔다.

눈을 떴다. 남자의 둥근 얼굴이 하늘거렸다. 남자는 엄지손가락을 얼굴 앞으로 들어 올리며 웃고 있었다. 은해는 눈을 깜빡거리며 자신의 손에 초점을 고정했다. 분명히 액체 속이었다.

'살았다……'

눈물이 흘러 나와 액체와 섞였다.

남자는 손가락으로 수족관 쪽을 가리켰다. 은해는 고개를 돌려 또 하나의 문을 바라보았다. 수족관과 연결된 문은 천천히 열리고 있었다. 곧, 은해가 잠긴 방과 수족관이 하나로 연결되었다.

수족관 안으로 미끄러지듯 들어간 후 멈춰 주위를 살폈다. 왼쪽으로 남자의 모습이 보였다. 남자는 깊은 쪽으로 들어가 보라며 손짓을 했다. 원망 섞인 표정으로 고개를 끄덕인 뒤 발걸음을 옮겼다.

'두 걸음 정도 옮겼을까?'

정강이를 조이는 압력에 움찔하며 입을 벌렸다. 소리는 나오지 않았다. 다리에 뭔가 매달린 것이 보였다. 몸집으로 봐선 어린 아이 같은데, 올려다보는 얼굴은 큰 회장처럼 무르고 주름졌다. 다리를 당겨 올려 아이의 손을 벗어났다. 아이는 발밑에서 구르는 듯하더니, 한쪽으로 사라졌다. 놀란 심장이 액체를 울렸다. 고막은 심장의 박동소리를 정확하게 받아냈다.

한 걸음의 용기도 나오지 않았다. 우두커니 선 채 수조 깊은 쪽을 보고 있었다. 그림자가 짙어지나 했더니, 다가오는 형체가 드러났다. 큰 회장과 그의 부인인 듯했다. 부인은 머리카락이 없는 두피까지 주름이 침범해 온통 쭈글쭈글했다. 늘어진 가슴이 미세하게 출렁거렸다. 은해는 허리를 숙여 인사를 했다. 부인은 은해의 얼굴을 어루만지더니, 목과 어깨를 더듬기 시작했다. 큰 회장은 어느새 옆으로 다가와 등과 허리를 만졌다. 은해는 소름이 돋아 몸을 움츠리며 뒤로 물러섰다. 큰 회장과 부인은 서슴지 않고 다가왔다. 은해는 그들의 동공이 제 기능을 상실했을 거라 생각했다. 흰자위까지 검게 물들어 있었다.

더듬는 행위가 시작되자, 다시 뒤로 물러섰다. 벽에 닿았다고 생각했는데, 사람이었다. 손이 앞으로 나와 자신의 가슴과 배를 쓰다듬었다. 은해는 소리 없는 비명을 지르며 돌아섰다. 흐물거리는 안면 피부 주위로 머리카락이 해초처럼 퍼져 나가고 있었다. 분명 형주의 어머니였다.

세 명이 에워싸고 더듬는 행위가 계속되었다. 은해는 그들을 밀어내려 발버둥 치며 손을 뻗었다. 어느새 형주의 동생은 다리를 깨물고 있었다. 이빨을 대신한 잇몸의 미끈거림이 발목을 지났다. 은해는 다리를 들어 아이의 등 부분을 밟았다. 아이는 날카로운 소리를 물속으로 뱉어냈다. 그러자 다른 세 명도 합창하듯 소리를 뿜어댔다. 돌고래의 비명을 닮은 소리는 은해의 뇌를 날카롭게 쪼아대는 것 같았다.

'나가야 해!'

은해는 한 명을 밀치고 생긴 공간으로 몸을 뺐다. 누군가 다리를 잡아끌었다. 은해가 바닥에 쓰러지자 더듬는 행위가 다시 시작되었다. 발버둥치며 일어섰고 유리벽을 향해 손을 저으며 걸었다. 그들의 손이 어깻죽지를 스쳤다.

유리벽 앞에 선 은해는 힘없이 무릎을 꿇었다.

남자는 자신의 가슴을 부여잡고 쓰러져 있었다. 의자 위의 시계는 삼 분이 지났음을 알리고 있었다. '안 돼!' 무성영화 속의 비명처럼 공허한 울림뿐이었다.

뒤쪽에서 흘러나온 손들이 은해의 살덩이를 비틀어 어루만지기 시작했다.

은미는 머리를 뒤로 젖혀 쇄골을 드러낸 채 수다를 떠는 중이었다. 뭔가 뇌리를 스친 듯 눈동자가 가늘어졌다. 나중에 다시 걸게, 하며 전화를 끊었다. 의뭉스런 눈빛이 핸드폰 액정에 꽂혔다.

결심한 듯 몸을 일으켰다. 피부에 막을 형성하던 액체가 방울져 꽃잎과 함께 떨어졌다. 탕 밖으로 몸을 옮기며 흘러내리는 물방울을 수건으로 훔쳤다.

'아무래도 이상해.'

자신은 전화가 잘 되는데 언니의 전화기는 먹통이라는 점. 게다가 목소리에 느껴지던 절박함.

'분명, 무슨 일이 있는 거야.'

옷을 주워 입고 복도로 나왔다. 바닥을 닦던 아주머니는 보이지 않았다. 복도를 지나 계단 아래로 내달렸다. 두 계단 남겨 놓고 멈춰 서 핸드폰을 들었다. 언니의 번호를 누르자 전화를 받을 수 없다는 메시지만 연신 흘러나왔다.

"언니!"

집이 떠나가라 외쳤다. 대답은 없자, 두 번 더 외쳤다.

"무슨 일이에요?"

응접실 쪽에서 아주머니가 한 손에 걸레를 들고 은미를 올려다보았다.

"우리 언니, 어디 있어요?"

"네?"

"형주 오빠랑 결혼하기로 되어 있는 우리 언니 말이에요! 어디 있어요?"

다급한 목소리에 아주머니는 얼이 빠진 듯, 할 말을 찾지 못하고 있었다.

은미는 남은 계단을 뛰어 내려가 주춤거리는 아주머니의 어깨를 붙잡았다. 그 바람에 아주머니의 손에 든 걸레가 바닥에 떨어지며 철퍽, 소리를 질렀다.

"혹시, 여기……. 지하실 같은 것 있어요? 전화 안 터지는 데 있잖아요!"

"지하실이요? 있긴 한데……."

"어디에요?"

"거기에 우린 못 들어가요. 들어가면 혼나요. 절대로 들어가지 말라고……."

어깨를 흔들자, 희미한 신음이 새어나왔다.

"어디로 가야 돼요? 어디로 가냐니까!"

아주머니는 놀람과 두려움이 섞인 목소리로 지하실로 통하는 길을 알려주었다.

은미가 어깨를 놓자 아주머니는 풀썩 주저앉아 버렸다. 은미는 응접실 쪽으로 내달렸다.

"구석에 숨겨진 문. 어딨어? 어디야?"

다급히 중얼거리며 벽을 더듬었다. 벽장과 그림들 사이, 아무것도 없는 구석 벽. 은미의 손가락 끝이 비밀스럽게 들어가 있는 손잡이를 느꼈다. 잡아 당기자 사슴 흉상이 걸린 복도가 나타났다.

"그리고, 엘리베이터."

흉상 밑을 달려 복도 중간쯤에 멈춰 섰다. 역시 엘리베이터로 통하는 방은, 벽처럼 숨겨져 있었다. 문고리 역시 벽지 색으로 되어 있어 눈으로 분간하기 힘들었다.

엘리베이터의 버튼을 누른 다음 핸드폰을 들었다. 안테나가 뜨지 않았다.

언니도 이곳을 지난 게 분명해.

은미는 발을 구르다 열린 문으로 뛰어 들어갔다. 하강하던 엘리베이터는 지하에 멈춰 자신의 배를 갈랐다. 그 사이로 은미가 뛰어 나오며 외쳤다. 침침한 복도를 지나면서도 절박한 외침은 멈추지 않았다.

"언니! 어디 있어?"

열린 방문 앞에 선 은미는 손에 식은땀을 움켜쥐었다.

커다란 방, 쓰러져 있는 사람. 한 눈에 살쪘 의사임을 알 수 있었다. 마지막으로 시선을 잡은 것은 건너편의 유리벽이었다. 정체불명의 액체가 뭉글거리고 있었다.

"이게, 뭐지?"

은미는 얼굴을 쓸어내렸다.

"언니, 나 왔어!"

탈의실이란 팻말이 달린 문이 주먹 하나 정도 틈을 보였다. 은미는 문을 거칠게 잡아 젖히며 안쪽으로 뛰어 들었다. 옷장 틈으로 은해의 검은 정장 치마가 삐죽이 자락을 내비치고 있었다.

어디 간 거야?

큰 길 한가운데 갇힌 아이처럼 벌어진 아랫입술이 부르르 떨렸다. 눈물이 빠르게 볼을 타고 흘렀다.

왜 전화를 받자마자 내려와 보지 않았을까?

훌쩍, 흐르는 콧물을 삼키며 탈의실 문을 지났다. 천정을 향해 동공을 고정한 남자에겐 대답을 기대할 수 없을 것 같았다. 수족관으로 시선을 돌리자 거품들의 출렁임이 눈에 들어왔다. 은미는 유리벽에 손을 얹고 안쪽을 살폈다. 천정의 불빛은 얼마 못 가 액체에 녹아들었다. 물빛이 뿌옇게 흐려 1미터 앞도 분간할 수 없었다.

눈 옆의 시야를 손바닥으로 가리며 안을 들여다보는데, 순간 사람의 모습이 떠올랐다. 은미는 놀라 뒷걸음질 치다, 다시 유리벽에 다가갔다.

"언니!"

언니는 일그러진 표정으로 유리벽을 두드렸다. 꺼내달라는 침묵의 외침이 새어나왔다. 뒤로 나타난 시퍼런 손들이 은해의 몸을 감아 끌어 당겼다. 곧, 뿌연 물속으로 언니의 모습이 사라졌다.

은미는 한 걸음 물러서다 다리가 풀려 주저앉았다.

이게…… . 무슨…… .

"도…… 도와주세요!"

주위를 둘러보았다. 쓰러져 있는 남자, 의자 위에 시계. 시계는 18분 40초를 넘어가고 있었다. 타이머가 돌아가고 있는 모양이었다.

"도와주세요!"

은미는 달려가 의자를 집어 들었다. 의자는 약해 보였지만 다른 수가 없었다. 조금 뒤로 물러선 뒤 내달리며 의자를 유리벽에 던졌다. 쿵. 커다란 울림은 유리벽에 약간의 기스를 남겼을 뿐이다. 다시 집어 들고 던졌다. 팅겨 나온 의자는 몇 바퀴 굴러 남자 옆에 널브러졌다.

"언니……. 언니, 어떡해."

은미의 시선이 허우적거렸다. 철문을 발견하자마자 달라붙어 그 앞에 붙은 핸들을 움켜잡았다. 꿈쩍도 하지 않는 핸들 위로 뜨겁고 거친 호흡이 지났다.

"우리 언니, 우리 언니 살려주세요!"

은미는 철문에 기대 비스듬히 주저앉았다.

발소리가 복도 쪽에서 울렸다. 집사 노인이 경호원으로 보이는 남자 둘과 함께 모습을 드러냈다. 노인은 석고상 같은 표정으로 쓰러진 남자에게 시선을 꽂았다.

"할아버지! 도와주세요! 우리 언니가 안에 있어요!"

노인은 남자를 살피는 듯하더니, 은미를 지나쳐 유리벽 앞에 섰다. 은해의 발버둥치는 모습이 잠시 나타났다 사라졌다. 노인은 타이머를 들었다.

휴, 고민 짙은 한숨이 입주름을 지났다.

"뭐하는 거예요! 언니가 저 안에 있다니까요!"

노인의 눈동자가 애처로운 빛을 띠었다.

"늦었어요. 은해 씨는 다신 나오지 못할 겁니다."

"네?"

"동생 분 이름이…… 은미라 그랬나요?"

"우리 언니, 꺼내달라니까요!"

불쾌한 정적이 이어졌다. 노인은 눈썹의 간격을 좁혔다.

"은미 씨, 탈의실로 들어가십시오. 보지 말아야 할 것을 봤습니다. 큰 회장님은 이럴 때를 대비해서, 비밀을 알게 된 외부인도 수족관 속으로 넣어 달라 하셨습니다. 그래야 외롭지 않을 것 같다고 말씀하셨죠. 자, 탈의실로 들어가 가운으로 갈아입으십시오."

노인의 뒤에 서 있던 경호원 두 명이 슬며시 곤봉을 들어 올렸다.

"그냥 순순히 제 말을 따르는 게 좋을 겁니다."

은미는 다리에 힘을 주었다. 비틀거리는 그녀를 노인이 부축해 일으켰다. 경호원 한 명이 탈의실 문을 활짝 열어젖혔다. 은미는 사람들의 표정을 살폈다. 구원의 빛은 보이지 않았다. 노인의 손이 은미를 재촉하고 있었다. 은미는 겨우 몇 걸음 걸어 탈의실 입구를 지났다.

"천천히 갈아입어요."

닫히는 문 사이로 노인의 목소리가 새어들었다.

그들의 시선에서 벗어나자 은미는 바닥에 주저앉아 버렸다. 눈물과 콧물이 엉켜 입술에 달라붙었다.

"언니……, 나……, 나……, 어떻게 해……. 나, 여기…… 왜 데려왔어? 왜? 무서워, 언니……."

바닥을 더듬던 손이 핸드폰을 쥐어 들었다.

한 칸의 안테나 표시가, 위태로이 깜빡였다.

헤븐

우명희

부산 출생. 「한국공포문학단편선 시리즈」에 「들개」, 「담쟁이 집」, 「불귀」, 「늪」 등을
수록하였다. 2009 환상문학웹진 『거울 중단편선』에 「사라진 아내」를 수록하였고,
「미스터리 노블 시리즈」에 「나락」, 「파라다이스」를 수록하였다.
《네이버 오늘의 문학》에 「종점」을 게재했다.

석태는 기도실을 나왔다. 욕실로 가서 몸을 씻고 단정하게 머리를 빗었다. 준비해둔, 깨끗한 옷으로 갈아입고 거울 앞에 섰다. 처음 본 사람을 마주할 때처럼 거울에 비친 자신의 얼굴을 구석구석 관찰했다. 살빛은 한층 밝아졌고 눈빛은 생기에 차 있었다. 곧장 두 아들이 잠든 방으로 가서 침대에 걸터앉았다. 아이들이 걷어차 낸 홑이불이 침대 끝자락에 돌돌 말려 있었다. 이부자락을 끌어와 덮어준 뒤 자는 모습을 지켜보았다. 석태는 무언가에 대답하듯 고개를 끄덕거리며 큰 아들, 지호의 이마에 손을 올렸다. 이마에 멈춰 있던 손은 낮은 콧등을 지나, 살짝 벌어진 입술로 옮겨졌다. 뜨뜻한 입김이 손바닥에 전해졌다. 잠시 숨을 고르고 빈약한 아래턱을 쓸어내듯 만졌다.

"이제 가자."

한 줌밖에 되지 않는 아들, 지호의 목에 손을 가져갔다. 지호는 피부에 와 닿는 수상한 느낌 때문에 몸을 뒤척이며 뭐라고 툴툴거렸다. 석태는 나지막이 자장가를 불렀다. 한 소절 한 소절, 정성을 다해 노래를 부르며 두 손으로 아들의 목을 감싼 뒤 꾹 눌렀다.

두 아들의 시신을 검은 비닐로 둘둘 말았다. 나일론 밧줄로 사지를 옭아매고 풀릴 염려가 있는지 머리에서 발끝까지 꼼꼼하게 확인했다. 포장도, 매듭도 모두 완벽했다. 그제야 어깨가 빠지기라도 한 듯, 두 팔이 축 늘어졌다.

우르르 콰앙—

번개가 마른하늘을 찢어발겼다. 전등불이 깜빡거렸고 몇 차례 꺼지고 켜지길 반복하더니 완전하게 꺼졌다. 석태는 불이 다시 켜지길 기다렸지만 돌아온 것은 아찔한 섬광뿐이었다.

나직한 발소리가 부엌에서 거실로, 2층 아이들의 방으로 이어졌다. 문이 열렸고 촛불을 든 순애가 석태를 불렀다.

"여보. 정전이……"

순애는 어두컴컴한 바닥에 놓인 길쭉한 검은 비닐을 보자 얼굴이 새파래졌다. 석태는 아내의 그런 표정이 못마땅한 듯 퉁명스럽게 말했다.

"왜 그리 놀라?"

순애가 작은 소리로 말했다.

"하영이도?"

"아직."

석태가 자리에서 일어나 막내아이가 잠든 방으로 걸어갔다. 순애는 그 뒤를 따르면서 조심스럽게 말했다.

"여보. 저 아이들부터 먼저 보내주죠. 일이 어떻게 될지도 모르고."

석태가 걸음을 멈추고 뒤돌아섰다.

"일이 어떻게 되다니, 그게 무슨 말이야?"

"밖에 비가 저렇게 내리는데 저수지에 갈 수나 있겠어요? 나중에 한꺼번에 처리하려면 당신 혼자 힘들잖아요."

석태는 빗속을 뚫고 창고로 달려갔다. 우비를 챙겨 입고 랜턴이 부착된 모자를 썼다. 두 아들의 시체를 수레에 싣고 곧장 저수지로 향했다. 저수지로 가는 길은 두 갈래로, 차가 다니는 비포장도로와 좁은 숲길이 있다. 저수지는 수위가 깊고 산새가 험한데다 근방에는 인가가 없어 숲길을 이용하는 사람은 극히 드물었다.

숲길로 들어서자마자 랜턴 스위치를 켰다. 곧은 불빛이 어둠을 갈랐다. 비바람을 헤치며 묵묵히 수레를 끌었다. 수레는 돌부리에 덜컹거리면서도 거침없이 나아갔다. 저수지에 거의 다다랐을 때쯤, 자동차 한 대가 헤드라이트를 켠 채 경사진 바위벽 위, 비포장도로에 정차해 있었다. 랜턴을 끄고 잠시 동태를 살폈다가 움직임이 없자 다시 수레를 끌었다. 비릿한 물 냄새가 풍겨올 때쯤 속도를 줄였다. 미리 봐둔 자리를 찾아야 했다. 랜턴을 켜고 주변을 두리번거렸다. 움직이는 거라고는 수초처럼 몸을 흔드는 벚나무와 버드나무뿐이었다.

석태는 새벽 1시가 조금 지나서야 집으로 돌아왔다. 랜턴을 켜고 부엌으로 가서 냉수를 벌컥벌컥 마셨다. 물을 마시고 나자, 허기를 느꼈다. 냉장고에는 먹을 것이 하나도 남아 있지 않았다. 쓰레기통을 뒤졌다. 핫케이크 반 토막이 잔반 아래에 구겨져 있었다. 잔반을 털어낸 뒤, 푹 젖은 케이크를 입에 넣고 2층으로 올라갔다.

순애는 딸아이 옆에 누워 있었다. 눈을 감고 있지만 자는 것은 아니었다. 석태는 괜히 신경질이 났고 처음으로 이 계획의 불공평성을 의심했다.

아내는 아무것도 한 게 없다. 그저 자신의 희생으로 얻어낸 천국행 열차에 안전하게 승차하는 것뿐이니까.

"일어나. 갈 채비해야지."

두 사람은 기도실에서 기도를 올린 뒤 집을 나왔다. 순애는 딸아이를 품에 안고 남편의 뒤를 따라, 빗속을 걸었다. 울퉁불퉁한 비포장도로를 걷던 발길은 어느새 질퍽한 숲길을 걷고 있었다. 물비린내가 풍길 때쯤, 앞서 가던 석태가 걸음을 멈추고 말없이 두 팔을 벌렸다. '하영이 이리 줘.' 순애는 포대기를 바짝 끌어안았다. 석태는 포대기를 빼앗았다. 그리고 잠시 생각에 빠졌다. 순서를 달리 할 필요가 있었다.

"당신 먼저 보내줄게."

석태는 포대기를 나무 아래 내려놓고 비닐로 덮었다. 순애는 겁은 잔뜩 집어먹은 표정으로 한걸음 뒤로 슬그머니 물러났다. 석태는 어이가 없었다. 순애는 누구보다도 믿음이 강한 여자였다. 지독한 믿음은 신도들에게조차 외면을 받았고 그로 인해 개척교회로 눈을 돌렸다. 버려진 농가에 교회를 세우고 전도에 열을 올렸지만 그마저도 녹록하지 않았다. 생활고에 시달리면서도 믿음이 없는 무지한 인간들을 위해 기도했고 모두가 구원받길 소망했다. 그러나 돌아온 것은 불신과 경멸, 신을 향한 모독이었다. 순애는 믿음이 없는 자를 경멸했고 신의 품으로 가게 해달라고 거의 매일 통곡했다.

"천국에 가고 싶어 했잖아. 뭐가 문제야?"

석태가 다그치자 순애가 울음을 터뜨렸다.

"무서워……"

"뭐가 무섭다는 거야?"

"……죽는 거."

순애는 들릴 듯 말 듯, 작은 소리로 말하더니 별안간 석태의 우비자락을 잡고 늘어졌다.

"여보, 나, 살고 싶어."

석태는 죽음 앞에서 비굴해진 아내를 보자 배신감과 살의를 동시에 느꼈다.

밧줄을 꽉 움켜쥐었다. 더 이상 찍소리도 못하게 목을 비틀어버리고 싶었다.

"지호, 지훈이는 어쩌고?"

"신이 용서할 거야. 당신이 한 짓을 용서할 거라고."

"내가 한 짓?"

석태의 눈이 희번덕거렸다. 순애가 재빨리 말을 바꿨다.

"내 말은…… 당신 덕분에 우리 아이들이 천국에 갔다고. 당신은 우리 가족의 구원자야. 그렇지만……"

석태는 더 들어볼 것도 없다는 듯 천천히 뒤돌아서서 짙은 어둠을 응시했다. 아무것도 보이지 않았고 보려고 애쓰지도 않았다. 묵묵히 신의 계시를 기다렸다. 비바람에 우비자락이 펄럭거리는 소리가 점점 멀어져갔다. 멀어져, 멀어져 거의 사라졌을 때쯤 낯익은 목소리가 들려왔다.

"*아빠!*"

석태의 두 눈이 휘둥그레졌다.

"지, 지호니?"

"*아빠, 나 여기 있어!*"

가슴이 벅차올라 입도 벙긋할 수 없었다.

물위로 떨어진 잉크방울이 사방으로 퍼지듯 지호의 모습이 순식간에 드러났다. 눈부신 황금빛 날개를 펄럭이며 짙은 어둠에 둥둥 떠 있었다. 날갯짓을 할 때마다 금빛 깃털이 떨어져 나와, 완벽한 곡선을 그리며 석태의 어깨 위로 사뿐히 내려앉았다. 꿈에서만 보았던 천사의 모습과 똑같았다. 석태는 아, 하고 탄성 내지르며 어깨 위로 떨어진 깃털 하나를 냉큼 집어, 보란 듯이 흔들었다.

"이거 보여? 이거 보이냐고!"

순애는 눈가의 빗물을 손등으로 허겁지겁 닦아냈다. 눈을 크게 뜨고 남편의 손가락을 뚫어지게 쳐다보았지만 아무것도 보이지 않았다. '안 보여…….' 순애는 천천히 고개를 저었다. 석태는 끙, 하고 신음했다가 아랫입술을 꾹 깨물었다. 죽음을 두려워한 나머지 믿음과 신념이 흔들린 탓이라며 순애를 꾸짖었다.

"우리는 가야 돼!"

석태는 순애의 어깨를 붙잡았고 흔들었다. 순애는 참을 수 없다는 듯, 두 눈을 치켜뜨고 소리를 질렀다.

"난 지호가 안 보인다고! 안 보이는데 어쩌란 말이야!"

석태는 주먹으로 순애의 얼굴을 호되게 후려쳤다. 널브러진 순애의 몸뚱이 위로 올라타, 웅덩이에 반쯤 처박힌 얼굴에 주먹을 휘둘렀다.

"망할 년! 천국이 눈앞에 있는데 이제 와서 딴소리야!"

석태는 아내와 딸아이의 시체를 한데 묶어 비닐로 꽁꽁 싸맨 뒤 나일론 밧줄로 목과 가슴 언저리, 다리와 발목을 차례로 칭칭 감았다. 시체를 돌덩어리에 감아둔 사슬에 엮고 주먹만 한 자물쇠를 채웠다. 거룻배에 시체를 옮긴 뒤 남은 쇠사슬과 밧줄을 가지고 배에 올라탔다. 랜턴을 켜고 천천히 노를 저었다. 멀고도 험한 여정이 곧 끝난다는 사실에 노를 젓는 두 팔에 힘이 넘쳐났다.

두 아들을 수장한 위치를 찾아냈을 때쯤, 어깨너머로 바스락거리는 소리가 들려왔다. 노를 젓다 말고 뒤돌아보았다. 굵은 빗줄기가 검은 비닐을 때리고 있었다.

투투툭 투투툭

석태는 허리를 곧추세우고 다시 둥글게 노를 저었다. 또 들린다. 슬그머니 뒤를 돌아보았다. 검은 비닐이 사지가 잘린 벌레처럼 꿈틀거렸다. 죽음을 거부하는 순애를 짓뭉개버리고 싶은 충동을 느꼈다. 노를 쳐들고 꿈틀대는 검은 비닐로 내리쳤다.

퍽.

'아앙……마아아……'

몸을 비틀고, 울부짖는 것은 순애가 아니라, 돌배기 딸이었다. 석태는 깜짝 놀라 숨을 멈췄지만 놀란 가슴을 진정시키는 데에 5초도 걸리지 않았다. 살려고 발버둥치는 돌배기 딸에게 불같은 분노를 느꼈다. 망할 년들. 호흡을 가다듬고 다시 노를 그러쥐었다. 이번에는 틀림없이 끝장을 내겠다는 각오로 하늘 높이 노를 쳐들고 힘껏 내리쳤다.

픽.

노 자루는 두 동강이 났고, 노깃은 검은 비닐에 깊게 꽂혔다. 다시 노 자루를 쥔 손을 번쩍 쳐들었을 때 거룻배가 좌우로 넘실거렸다. 후, 하고 숨만 내뱉어도 배가 뒤집힐 것 같았다. 부서진 노 자루를 내팽개치고 재빨리 바닥에 엎드렸다. 요동치던 선체가 잠잠해졌다. 조심스럽게 상체를 세워 무릎을 꿇고 앉았다. 시체에 꽂힌 노 자루를 잡아 뺀 뒤, 휙 던졌다.

"이제 거의 다 됐어. 다 됐다고."

석태는 자신의 두 다리를 8자로 꽉 묶고 시체에 감아둔 사슬과 한데 엮은 뒤, 자물쇠를 채웠다.

준비는 모두 끝났다.

호주머니에서 소주 팩과 비닐봉지를 꺼냈다. 미리 가루로 빻아 놓은 수면제를 입에 털어 넣고 소주를 쭉 들이켰다. 목구멍이 활활 타올랐다. 소주 한 팩을 모두 마시고 나자, 격렬한 취기가 몰려들었다. 시야가 흐려지고 입안이 바짝바짝 마르고 물비린내에 속이 울렁거렸다. 욕지기를 참지 못하고 아내의 시체 위에 토해버렸다.

'얼른, 죽어버리자.'

석태는 그렇게 중얼거리면서도 숨 막히는 고통을 참지 못해, 입안에 손가락을 쑤셔 넣고 시큼한 약물을 게워냈다.

'소주는 마시지 말아야 했어. 빌어먹을 여편네!'

순애를 발로 찼다. 굵은 쇠사슬이 다리를 감고 있단 사실을 까맣게 잊은 채 한 번 더 걷어찼다. 거룻배가 휘청거리다가 한쪽으로 기울었다. 석태는 중심을 잃고 물속으로 곤두박질쳤다. 묵직한 검은 비닐이 덩달아 수면 아래로 빨려 들어갔고 커다란 돌덩이가 뒤따라갔다. 석태는 수면 위로 고개를 내밀려고 필사적으로 팔을 저었다.

공포를 느꼈다. 순애가 말한 죽음의 공포를.

* * *

횡성 휴게소 도착하면 전화해.

운전 조심하고. 강 효주

미라는 저녁 8시가 넘어서야 작업실을 빠져나왔다. 대형마트에 들러 레드와인 두 병을 사고 나니, 영동고속도로 신갈분기점에 진입했을 때에는 밤 10시가 가까워져 있었다. 내비게이션의 안내에 따라 원주 방면으로 차를 몰았다. 라디오를 켰다.

"'우리를 죄에서 구하시려' 들으시겠습니다. 자, 오늘 방송, 여기서 마치겠습니다. 아멘."

미라는 고개를 갸웃거렸다.

차에서 마지막으로 라디오를 들은 건 전날 오후 5시경, 「오후의 발견」이라는 프로그램이었다. 특정 주파수만 고집하거나, 특별히 청취하는 프로그램이 있는 것은 아니지만 채널은 늘 91.9MHz

에서 맞춰놓고 바꾸는 일은 없었다.

'소름끼치게 웬 기독교 방송?'

무신론자인 미라는 개척교회 목사로부터 삽화 의뢰를 받은, 3년 전의 일이 떠올랐다. 어린이를 대상으로 한 성경동화책이었는데 메일로 보내온 원고와 15점의 스케치가 담긴 파일을 살펴본 후 목사의 의뢰를 거절했다. 대가도 만족스럽고 일주일만 매달리면 끝낼 수 있을 만큼 비교적 쉬운 작업이었지만 어린이 도서라기에는 내용도, 삽화도 소름이 쭉 끼칠 정도로 잔혹했다. 어린이들에게 유해하다는 이유로 목사의 의뢰를 거절했지만 그는 몇 차례 메일을 더 보내와, 내용은 수정이 불가능하나 그림은 삽화가의 도안에 따른다는 조건을 내걸었다. 게다가 선입금에, 웃돈을 얹어 주겠다며 교회를 방문해 달라고 재차 요구했다. 마음은 바뀌지 않았다.

주파수를 91.9MHz로 바꿨다. 「성시경의 음악도시」 오프닝 음악이 흘렀다. 라디오 진행자는 소양강 댐 인근 야산에서 발생한 산사태 사고 소식을 전했다. 13명의 희생자들의 명복을 비는 가운데 브라이언 애덤스의 「헤븐」이 흘러나왔다. 미라는 시속 100킬로로 달리며 멜로디에 맞춰 흥얼거리다가 문득, 3년 전 이맘때 비슷한 참사가 있었던 것을 기억해냈다. 소양강댐 인근 야산에서 발생한 산사태로 인해 펜션 두 채가 매몰되었고 희생자의 다수가 초등학교 과학체험 자원봉사를 떠났던 대학생들이라 더욱 안타까웠던 사고였다. 기묘한 건 그 사고 때도 희생자가 13명이었다. 확률로 따지자면 제로에 가까운 오싹한 일치였다.

1부가 끝나고 광고방송이 나올 때 횡성 휴게소를 가리키는 이
정표가 나타났다. 휴게소를 5킬로 앞둔 지점에서 속도를 늦췄다.
그때, 어디서 나타났는지 크림색 푸조 한대가 미끄러지듯 미라의
차를 추월하더니 순식간에 짙은 어둠 속으로 사라졌다. 백미러를
통해 후방을 살폈다. 4차선 도로에는 느리게 달리는 미라의 승용
차밖에 없었다. 상행선도 마찬가지였다. 그때까지만 해도 특별히
이상한 느낌을 받지 않았지만 10분을 달렸는데도 휴게소가 나타
나지 않자 길을 잘못 들어선 건 아닌지 조바심이 났다. 내비게이
션을 살폈다. 화면에는 미라의 차가 횡성 휴게소를 이미 지나쳐온
것으로 표시되어 있었다.

강경으로 진입한 뒤 얼마가지 않아 고원으로 이동했다. 내비게
이션의 안내에 따라 좌회전 신호를 넣고 두레면 21길로 접어들었
을 때쯤, 사위가 몰라보게 깜깜해지더니 바람 한 점 일지 않던 날
씨도 갑작스럽게 사나워졌다. 잿빛 구름 사이로 번갯불이 번쩍거
렸고 이내 굵은 빗줄기가 차창을 거칠게 두드렸다. 라디오는 전파
방해를 받은 것처럼 지지직거렸고 내비게이션 화면은 가로로 일
그러졌다. 라디오를 끄고 내비게이션 전원을 껐다가 다시 켰다. 먹
통이다. 갓길로 차를 세우고 효주에게 전화를 했다. 두 차례 신호
음이 울리더니 뚝 끊기고 통화권이탈 표시가 떴다. 전화기를 들고
밖으로 나왔다. 비를 흠뻑 맞으며 통화를 시도했지만 이번에는 신
호조차 가지 않았다.

눈에 보이는 거라곤 사방을 에워싼 검푸른 산과 좁다란 비포
장도로, 물결처럼 요동치는 음산한 나무뿐이었다. 지나치는 차량
도, 행인도, 가시덤불로 이어진 갓길에는 가로등도 없었다. 도로를

따라 가다보면 효주의 별장이 발견될 거라 믿고 침착하게 차를 몰았다. 얼마 가지 않아 도로의 폭이 점점 더 좁아지더니 산행금지 구역임을 알리는 푯말이 앞을 가로막았다. 차량통행이 불가한 지역이었다. 도로가 좁아 유턴도 할 수 없는 상황이었다. 날이 밝을 때까지 기다리든지 차를 두고 걸어가든지 길을 따라 차를 후진시키는 방법뿐이었다. 날이 밝기를 기다리려면 족히 대여섯 시간은 버텨야 하고 폭우 속을 헤치고 별장까지 찾아간다는 것은 아예 꿈도 꾸지 않았다. 한참을 멍하게 앉아 있다가 될 대로 되라는 심정으로 후진기어를 작동시켰다. 내리치는 빗물 때문에 사이드 미러와 후방 와이퍼는 무용지물이었다. 상체를 돌린 채 후방 유리창을 주시하면서 천천히 차를 몰았다. 핸들을 쥔 손에 땀이 배었고 차가 덜컹거릴 때마다 심장이 오그라들었다. 그렇게 50미터를 후진을 하는 데만 25분을 소비했다. 다행히 도로 폭은 점차 넓어졌고 빗줄기도 약해졌다. 속도를 올렸다. 그때, 후미등 불빛 끝자락에 검은 동체가 보였다. 가만히 들여다보니 검은 우비를 입은 남자였다. 도움을 청하려고 속력을 올렸다. 후진하던 차가 중심을 잃고 지그재그로 움직였다. 차를 세우고 창문을 열었다.

"여기요. 뭐 물어볼 게 있는데요."

우비를 입은 남자는 고함소리가 안 들리는지 등을 보인 채 계속 걸어갔다. 경적을 울렸다. 반응이 없었다. 미라는 속이 바짝 타들어갔다. 차에서 내려 쫓아가려다가 문득 이상한 생각이 들었다. 막다른 산행금지 구역에서부터 후방을 주시하며 운전했지만 길을 지나치는 사람은 보지 못했다. 그렇다고 샛길이 있는 것도 아니었다. 폭우가 치는 새벽, 음침한 도로에 불쑥 나타난 그가 왠지

께름칙했다. 속도를 유지하면서 남자를 주시했다. 점점 가까워지
다가도 멀어지는 요상한 느낌마저 들었다. 그때, 저절로 라디오가
켜지며 어린이들의 신들린 합창이 터져 나왔다.

"천국에 들어가는 길은 예수님뿐이지요.
황금 집으로 가는 길도 예수님뿐이지요.
다른 길은, 다른 길은, 다른 길은 없어요. 아멘."

미라는 저도 모르게 비명을 내지르며 때리다시피 라디오 전원
을 껐다. 칼로 자른 듯 오싹한 정적이 흘렀다. 라디오 주파수가 왜
자꾸만 기독교 방송에 맞춰지는지 이해할 수 없었다. 아차 하고
후방을 살폈을 때 우비를 입은 남자는 사라지고 없었다. 하릴없
이 차를 출발시켰다. 30여 미터를 후진하자 차가 진입하기에 충분
한 도로가 나타났다. 남자가 저 길로 들어갔다면 갑자기 사라진
이유가 설명되었다. 효주의 별장이 이 근처 어딘가에 있다는 확신
이 섰다. 미라는 그쪽으로 차를 몰았다.

곧고 평평하던 길은 얼마가지 않아 울퉁불퉁한 내리막으로 변
하더니 다시 굽이굽이 올라갔다. 굽은 길을 따라가다 보니 예상
대로 2층짜리 전원주택이 자그맣게 보였다. 별장을 찾았다는 기
쁨도 잠시, 별안간 차바퀴가 굉음을 내며 헛돌기 시작했다. 가속
장치를 힘껏 밟아보았지만 바퀴는 제자리를 돌뿐 꼼짝도 하지 않
았다. 몇 번을 시도했지만 결과는 똑같았다. 시동을 끄고 별장까
지의 거리를 가늠해 보았다. 어림잡아 200미터는 걸어가야 할 것
같았다. 뒷좌석에 던져둔 우산을 챙겼다. 가방을 어깨에 메고 선

물용 와인을 품에 안았다. 차문을 열자 빗물이 들이쳤다.

쏴아아아—

예상보다 비바람이 거셌다. 우산을 얼굴 가까이 바짝 붙이고 두 손으로 우산대를 꽉 붙잡았다.

'오지 말았어야 했어. 생리통이 도졌다고 핑계를 댔어야 했는데.'

이제와 후회해 봐야 소용없었다. 그때 뭔가가 순식간에 미라 옆을 스치고 지나갔다. 빛처럼 빨랐고 깃털처럼 가벼운 것이었다. 무엇인지 확인하려고 우산을 옆으로 살짝 치웠다. 보이는 거라곤 어둠뿐이었다. 서둘러 한걸음 내딛자 비바람을 견디지 못한 우산이 홀렁 뒤집히며 손에서 미끄러져 날아갔다. 우산을 잡으려다 넘어져 돌부리에 무릎을 찧었고 비명을 내지르기도 전에 빗물이 고인 웅덩이로 엎어져 구정물을 옴팡 뒤집어썼다. 불로 지진 것처럼 무르팍이 아렸지만 아픈 것은 둘째 치고 화가 나서 미칠 것만 같았다. 울음을 터뜨리며 손에 잡힌 돌멩이를 분풀이 하듯 내던졌다. 그런다고 분이 풀릴 리 없고 불평을 늘어놓으며 주저앉아 있기에는 너무 추웠다. 선물가방을 챙겨 낑낑거리며 자리에서 일어났다. 손으로 얼굴을 쓸어내리고 앞을 보았다. 온천지가 암흑이었다. 어디서 걸어왔고 어디로 가야 할지 분간이 가지 않았다. 천천히 뒤돌아섰다. 불에 그은 듯한 새카만 목조 건물이 눈앞에 성큼 다가와 있었다.

별장은 나지막한 언덕 위에 우뚝 서 있었다. 허허벌판이라던 효주의 말과 달리 별장 주변에는 플라타너스 나무가 작은 숲을 이루고 있었다. 지금쯤 별장에는 효주를 비롯해 족히 다섯 사람이 머물고 있을 터인데 주변에는 주차된 차도 없고 불이 켜진 곳이라곤 2층 방, 단 한 곳뿐이었다. 그 불빛마저도 취침 등처럼 희미했다.

노크를 했다. 응답이 없었다. 조금 더 크게 문을 두드렸다. 혹시나 하는 마음에 손잡이를 비트니 문이 스르르 열렸다.

"선배? 저 왔어요."

대답을 기다렸지만 아무도 나와 보지 않았다. 현관에 선물가방을 내려놓고 신발을 벗었다. 가방에서 스마트폰을 꺼내 효주에게 전화를 했다. 여전히 불통이었다. 스마트 폰에 내장된 플래시라이트를 켜고 전등 스위치를 찾았다. 현관 벽면에 스위치 두 개가 부착돼 있었다. 스위치 두 개를 동시에 눌렀지만 똑딱거리는 소리만 날뿐 불은 켜지지 않았다. 천천히 앞으로 걸어가면서 플래시라이트로 실내를 비췄다. 불 꺼진 실내는 오랫동안 방치된 빈집처럼 휑했지만 알게 모르게 음식 냄새와 촛불이 타는 냄새가 배어 있었다. 거실을 쭉 둘러보았다. 가구라고는 구닥다리 3인용 소파와 흔들의자 그리고 깨끗이 치워진 나무 탁자가 전부였다. 장식품이나 전자제품 같은 것도 없었다. 바닥재는 나무무늬목 비닐장판, 벽은 격자모양의 싸구려 종이벽지였고 벽면은 총알세례를 받은 것처럼 못질 흔적이 가득했다. 바닥은 벨기에산 붉은 카펫으로, 벽면은 파벽돌 실크벽지로 시공했다던 효주의 말과는 완전 딴판이었다.

플래시라이트로 2층을 비췄다. 방문 세 개가 나란히 보였고 모두 닫혀 있었다. 2층으로 올라가 보기로 했다. 서너 칸 올라서자 발끝에 뭔가 닿았다. 손바닥만 한 자동차 장난감이었다. 미라는 장난감 자동차를 집어 들었다.

'선배의 별장에 왜 이런 게 있지?'

그런 생각을 하는 순간, 날씨 탓인지 기분 탓인지 무더운 공기가 갑작스레 서늘해졌다. 무심코 뒤를 돌아보았다가 자지러지게 놀랐다. 휑한 거실 한복판에 누군가 서 있었다. 플래시라이트를 계단 아래로 비췄다. 검은 우비를 입은 남자였다. 모자까지 푹 뒤집어쓴 탓에 공포영화에서나 등장하는 무시무시한 악당처럼 보였다. 우비자락에서 빗물이 똑똑 떨어졌고 그 아래로 손바닥 크기만큼 빗물이 고여 있었다. 꽤 오랜 시간 그 자리에서 서서 자신을 지켜보고 있었다는 걸 깨닫는 순간, 간담이 서늘해졌다.

미라는 플래시라이트를 슬그머니 내리고 검은 우비를 입은 남자에게 물었다.

"여기가…… 강 효주 씨 댁 아닌가요?"

"아닙니다."

남자는 짧게 대답한 뒤 현관으로 뚜벅뚜벅 걸어가 수납장에서 석유 랜턴 두 개를 꺼내 소파로 가서 앉았다. 몇 차례 덜그럭거리는 소리가 났다. 미라는 난간에 몸은 붙이다시피 기대어, 천천히 내려왔다. 탁, 하고 라이터 켜는 소리가 났고 곧이어 석유랜턴 두 개가 실내를 밝혔다. 남자는 랜턴 하나를 들고 계단 쪽으로 걸어와 시선을 바닥에 둔 채 말했다.

"집을 잘못 찾은 것 같습니다."

"정말 죄송합니다. 저 혹시, 이 근처에 별장이 또 있나요?"

남자는 잠시 생각에 빠졌다가 마을로 가는 길을 알려주었다. 그러나 그가 알려준 곳은 효주의 별장과는 동떨어진 장소였다. 설명을 마친 남자의 시선이 2층으로 향했다. 미라의 시선도 자연스럽게 그곳으로 옮겨졌다. 30대 후반의 여자가 촛불을 들고 방을 나오고 있었다. 얼굴은 눈사람처럼 하얗고 동글동글하고 시커먼 머리카락은 자다가 일어난 사람처럼 부스스했다. 특징이라고는 그것밖에 없었다.

여자는 미라가 있는 것도 모르고 남자에게 말을 건넸다.

"끝났어요?"

남자는 미라를 의식하면서 크게 헛기침을 했다. 여자의 시선이 더듬더듬 거실로 옮겨졌다가 계단 아래 서 있는 미라를 발견하고 귀신이라도 본 것처럼 깜짝 놀랐다.

"저 여자 누구예요?"

남자는 집을 잘못 찾아온 손님이라고 대답했다. 그의 아내는 믿지 못하겠다는 듯 고개를 저으며 안절부절못했다. 과민반응을 보이는 여자 때문에 미라는 당황스러웠다. 미라는 고맙다는 말을 남기고 그 집을 나왔다.

으르르 콰앙

별장을 나오자마자 비바람에 맞으며 차를 세워둔 곳으로 달려갔다. 그런데 어찌 된 영문인지 차는 제자리에 없었다. 미치고 환장할 노릇이었다. 주차해둔 곳을 착각한 것 같아 굽잇길을 따라 두 번이나 오르락내리락 했지만 차는 발견되지 않았다. 꿈을 꾸기라도 하듯 정신이 멍했다. 미라는 부부의 집으로 발길을 돌렸다.

대문을 다섯 번이나 두드렸을 때야, 남자가 문을 열어주었다. 그는 대문이 열리자마자 현관에 두고 왔던 와인가방을 내밀었다.

미라는 다짜고짜 도로가에 세워둔 차가 사라졌다고 말했다.

"그래서요?"

남자는 표정하나 바꾸지 않고 대꾸했다.

"혹시 차가 있으면 좀 태워 주시……"

"우리는 차가 없습니다."

"전화라도 쓸 수 있을까요?"

"불통입니다."

"핸드폰이라도?"

"없습니다."

남자는 도와줄 마음이 없어보였다. 미라는 부탁을 하면서도 이가 갈렸지만 이대로 포기할 수는 없어 비가 그칠 때까지 머물게 해달라고 부탁했다. 남자는 입을 굳게 다문 채 부처처럼 길게 찢어진 눈으로 미라를 위아래로 찬찬히 훑어보았다.

"들어오세요."

그가 길을 터주었다. 뒤에 서 있던 그의 아내가 혼잣말로 뭐라고 소곤거리더니 아까와는 달리 밝아진 표정으로 미라를 뒤따라 왔다.

"마실 거라도 드려요?"

"네. 감사합니다."

"뭐로 드릴까요?"

"따뜻한 커피면 좋겠네요."

"우린 커피를 안 마셔요."

"아무거나, 따뜻한 걸로 주세요."

여자는 잠시만 기다리라는 말을 남기고 계단 옆 부엌으로 들어갔다. 남자는 그제야 우비와 장화를 벗고 돌아와, 미라에게 수건을 건넸다. 미라는 젖은 머리를 닦아내는 동안 남자에게 자꾸만 눈길이 갔다. 평범하지 않은 그의 얼굴이 어쩐지 낯익었다. 얼굴은 좁고 길고, 눈은 가로로 길게 찢어졌고, 인중은 길고, 입술은 얇았다. 앞머리는 두피가 훤히 보일 정도로 머리숱이 적은 반면 옆머리는 턱선을 가릴 정도로 길고 숱도 많았다. 어깨가 심하게 굽은 탓에 정면에서 보면 가슴팍에 얼굴이 달린 사람처럼 섬뜩해 보였다.

남자는 미라를 소파로 안내한 뒤 누군가를 기다리기라도 하듯 거실을 서성이다가 흔들의자로 가서 앉았다. 그가 등을 쭉 기댔다. 끼이익. 신경을 긁는 날카로운 쇳소리가 잠잠한 공기 속에 메아리쳤다. 끼이익. 흔들의자가 앞으로 기울었다. 끼익. 뒤로. 끼이익. 고문이 따로 없었다.

여자가 싱글거리며 부엌문을 열고 나왔다. 하얀 머그잔을 탁자에 놓고 미라의 옆에 앉았다.

"드세요."

머그잔을 들었다. 따뜻한 차를 기대했는데 미지근한 맹물이었다. 갈증이 났지만 수돗물 특유의 금속성 냄새가 풍겨와 입술만 축이고 탁자에 내려놓았다. 비를 맞은 탓인지 한기가 들고 피곤이 몰려왔다. 미라는 부부의 눈치를 살피며 지갑에서 만 원짜리 석 장을 꺼내 여자의 손에 쥐어주며 말했다.

"잠시 눈 좀 붙여도 될까요?"

여자는 조금의 망설임도 없이 지폐 석 장을 도로 밀어내며 더할 나위 없이 사근사근하게 말했다.

"돈이 모든 걸 해결해 주는 세상은 지옥이에요. 여긴 지옥이 아니랍니다."

미라는 어리둥절했다. 이번에는 남자가 끼어들었다.

"종교가 있으십니까?"

미라는 3년 전 개척교회 목사에게 삽화의뢰를 받은 후부터 종교 얘기라면 딱 질색이었다.

"아직…… 없어요."

"우리는 손님 같은 분들을 위해 매일 기도를 올리죠. 그거 아십니까? 신이 지금 이 자리에 계시다는 거? 처음엔 어리석게도 이방인의 방문이 무척 불쾌했는데 이게 다, 신의 뜻이 아니겠습니까?"

남자가 희미하게 웃으며 천장을 응시했다. 미라는 멍청한 얼굴로 부부를 번갈아 쳐다보았다가 지폐 석 장을 도로 지갑에 쑤셔 넣었다.

새벽 1시 43분.

잠시 눈을 붙이고 싶은데 이들은 눈치도 없이 꿋꿋이 자리를 지켰다. 효주와 전화연결을 시도했다. 통화권 이탈. 여자는 호기심 가득한 눈으로 스마트폰을 훔쳐보았다. 미라는 여자의 관심이 부담스러워 커튼 아래 바닥에 놓인 꽃바구니로 시선을 돌렸다. 샛노란 국화꽃과 보랏빛 해국, 하얀 꽃잎의 구절초가 누리끼리한 강아지풀과 한데 섞여 플라스틱 양동이에 담겨 있었다. 기괴하기 짝이 없는 이들만큼이나 형편없는 조합이었다. 시선을 옮기려던 그때, 꽃다발 뒤로 커튼자락이 나풀거렸다. 커튼 뒤에 뭔가가 있었다. 문득 창문에 비해 커튼이 지나치게 크다는 생각이 들었다. 밖에서 보았을 때 두 개의 창문은 커튼 크기의 절반도 되지 않는데 두터운 공단커튼은 대문 오른쪽 벽면을 모두 가리고 있었다. 커튼 뒤로 보이는 그것은 분명 손이었다. 뭔가를 잡으려는 듯 오그라든 손가락은 하늘을 향해 있었고 그 아래로 길게 늘어뜨린 십자가목걸이가 보였다. 교회나 절실한 기독교인의 집에서 흔히 볼 수 있는 그림의 일부 같았다.

시간은 더디게 흘렀다. 가만히 앉아 있자니 계속 하품이 났다. 세수라도 해야 할 것 같았다. 화장실을 쓰겠다는 말을 꺼내기 전에 부부의 눈치를 살폈다. 남자의 시선은 대문을 향해 있고 여자의 시선은 남편에게로 향해 있었다. 마치 눈을 뜨고 자는 사람들 같았다. 그러나 미라가 조금만 몸을 움직이면 한곳을 응시하던 그들의 눈길이 동시에 흐트러졌다. 비밀을 감춘 사람들처럼 수상하기 이를 데 없었다.

"화장실 좀 써도 될까요?"

여자는 말없이 자리에서 일어나 계단 입구에 둔 랜턴을 가지고 2층으로 올라갔다. 미라도 곧장 여자의 뒤를 따라갔다. 화장실은 조금 전에 여자가 나왔던 방, 바로 옆이었다. 여자는 랜턴을 미라에게 건넸다. 미라는 가볍게 목례를 하고 화장실로 들어갔다. 문을 잠그려고 보니 손잡이에 잠금장치가 없었다. 용변을 본 뒤, 세수를 마쳤을 때쯤, 문밖에서 희미하게 피리소리가 들려왔다. 수도꼭지를 잠갔다. 가만히 듣고 있자니 문밖이 아닌 벽 너머로 들려오는 갓난아기의 울음소리였다. 손에 물기를 털어내고 랜턴을 집어 들었다. 문을 열자 화장실 문에 바짝 붙어 있던 여자가 깜짝 놀라며 한걸음 뒤로 물러섰다. 미라는 랜턴을 건넸다. 여자는 랜턴을 받아들자마자 등을 보인 채 유유히 계단을 내려갔다. 미라는 여자의 뒤를 따르며 조심스럽게 말했다.

"아기 울음소리가 나는데요?"

계단을 반쯤 내려간 여자가 걸음을 멈추고 뒤돌아서서 미라를 빤히 쳐다보았다. 미라는 화장실 옆을 가리키며 말했다.

"안 들리세요? 저기서 나는 거 같은데요."

"우리 아기는 지금 자요."

여자가 대답했다.

"깬 거 같은데요."

"그럴 리가 없어요."

이상한 대답이었다. 그럴 리가 없다니. 마치 깨어날 수 없는 상태라는 말처럼 들렸다.

여자는 계단을 다 내려간 뒤 랜턴을 바닥에 두고 자리로 가서 앉았다. 미라는 천천히 계단을 내려오면서 방문을 열고 안을 들여다보고 싶은 충동을 느꼈다. 그러다가 이내, 마음을 접었다.

'아기가 울든, 말든 나랑 무슨 상관이람.'

계단을 터벅터벅 내려와 소파에 앉자, 여자는 기다렸다는 듯이 미라에게 말을 걸었다.

"신을 믿어야 구원 받습니다. 신을 믿으셔야 해요. 회개하고 기도하세요. 아멘."

끼익— 끽— 끼익— 잠자코 있던 남자가 의자를 앞뒤로 흔들어댔다. 뭔가에 쫓기듯 불안해 보였다. 이마는 식은땀으로 번들거렸고 숱이 없는 머리카락은 헝클어져 있었다. 그는 천장을 바라보며 뭐라고 중얼거렸다. 미라는 무심코 천장을 올려다보았다가 등골이 오싹해졌다. 거기에는 대형십자가가 그려져 있었다. 정확히 말하자면 그런 게 아니라 주기도문이나 성경구절을 십자가 형태로 깨알같이 쓴 것이었다. 가로세로 3미터나 되는 십자가그림에 미라는 벌어진 입을 다물 수 없었다.

'그거 아십니까? 신이 지금 이 자리에 계시다는 거?'

남자의 말대로 보이지 않는 누군가가 곁에 있는 것처럼 으스스 기분이 들었다. 손으로 어깨를 감싼 채 주변을 둘러보다가 깜짝 놀랐다. 사내아이 둘이 2층 복도난간에 턱을 괴고 거실을 내려다 보고 있었다.

'도대체 이 집에는 아이가 몇 명이지?'

미라는 아이들을 향해 웃어주었다. 눈이 마주친 작은 아이가 수줍은 듯 몸을 배배꼬면서 따라 웃었다. 아이들의 천진한 눈빛은 이 집에 발을 들인 후 처음으로 편안함을 느끼게 해 주었다. 잠시 한 눈을 판 사이, 남자가 어떤 질문을 했는데 겨우 끝자락만 알아들을 수 있었다.

"뭐라고 하셨죠?"

미라가 되묻자 남자는 그의 아내와 은밀한 시선을 주고받더니 떨떠름하게 다시 질문을 던졌다.

"무슨 일을 하시나요?"

"아, 저는…… 직업이 없어요."

직업을 밝힐 필요가 없고 알려주기도 싫었다. 남자는 얇은 입술을 삐죽거리더니 또 질문을 했다.

"전에는 무슨 일을 하셨나요?"

"그냥, 여기저기……"

미라가 말꼬리를 흐리자 남자가 등을 쭉 기댔다. 흔들의자가 삐거덕거렸다.

"이 집에 왜 오셨습니까?"

황당한 질문이었다. 미라는 대답을 머뭇거렸다. 남자가 갑자기 등을 세웠다. 신경을 긁던 소리가 뚝 멈췄다. 미라를 빤히 쳐다보는 그의 눈빛이 예사롭지 않았다. 어떤 할 말이 있는데 꾹 참고 있는 것 같았다. 그가 의자 뒤에서 뭔가를 꺼내 탁자로 던졌다. '천국과 지옥'이라고 적힌 원고뭉치였다.

천국과 지옥……?

미라는 조심스레 원고를 가져와 첫 장을 넘겼다. 첫 페이지를 보는 순간, 숨이 칵 막혔다. 3년 전 개척교회 목사가 의뢰했던 삽화였다. 미라는 믿을 수 없다는 듯, 두 눈을 깜빡거렸다.

"이게 뭐죠?"

미라는 고개를 들고 남자를 보았다.

"끝까지 시치미를 뗄 작정입니까?"

남자가 성난 목소리로 말했다.

"도대체 무슨 말을 하시는 건지……"

"싫다고 거절해 놓고 연락도 없이 왜 이제야 오셨습니까?"

그는 괴상한 성경동화책을 출판하겠다던 개척교회 목사였다. 미라는 이 상황이 꿈만 같았다. 기괴하다는 말로는 부족할 만큼 끔찍한 우연이었다. 강원도 어느 작은 마을이란 건 기억나지만 효주의 별장 부근인 줄은 꿈에도 몰랐고 설사 알았다 해도 그의 집 근처에는 얼씬하지 않았을 것이다.

"제가 여길 일부러 찾아왔다고요?"

"그러면 내가 보낸 원고가 왜 당신 가방에 들어가 있는 거야?"

그럴 리가 없었다. 목사라는 작자가 뻔뻔하게 거짓말을 하고 있었다. 미라는 새파랗게 질린 얼굴로 반문했다.

"이게 내 가방에 들어 있었다고요?"

남자가 의자에서 벌떡 일어나 아내에게 소리쳤다.

"여보, 당신이 틀렸어. 신이 보낸 게 아니야. 사탄이 우리 계획을 염탐하려고 저 여잘 보낸 거야. 우리 계획을 방해하려고!"

괴상망측한 소란은 예고도 없어 갑작스럽게 벌어졌다. 목사의 아내는 바닥에 무릎을 꿇고 찬송가를 부르기 시작하더니 하늘을 향해 두 손을 활짝 펼쳐 목 놓아 울었다. 남자는 주변을 불안하게 서성거리며 알아들을 수 없는 말들을 지껄였다. 자지러지는 아기울음소리가 2층에서 들려왔을 때, 미라는 정신이 쏙 빠질 지경이었다.

"이제 가야겠어요."

미라가 가방을 챙겨 자리에서 일어났다. 남자가 성큼 다가와 앞을 가로막았다.

"얘기 안 끝났는데."

그의 눈빛은 살기로 차 있었다. 미라는 더럭 겁이 났다. 말도 안 되는 이 상황을 어떻게든 빠져 나가야겠다는 생각뿐이었다.

"원하시면 지금이라도 그려 드릴게요."

"늦었어. 해 주려면 그때 해 줬어야지. 하루만 더 일찍 찾아 왔어도……"

"다시 말하지만, 전 여길 찾아온 게 아니에요. 삽화는 다른 사람한테 맡기면 되고, 이미 3년이나 지났는데 하루 일찍 찾아온다고 뭐가 달라져요?"

"3년 전이 아니라, 석 달 전이야!"

미라는 자신의 귀를 의심했다. 석 달 전이라고? 미쳤어. 저 자가 미쳐도 단단히 미쳤어.

동료삽화가였던 지태와 3년간의 결혼생활을 청산한 게 반년 전이었다. 갈등이 시작된 지난해 가을부터 삽화의뢰를 받지 않았다. 아니, 의뢰 자체가 없었다. 어쩌면 그가 삽화가를 착각했는지도 모른다고 생각했다.

"혹시 삽화가를 혼돈하시는 건 아닌가요? 그쪽이 저한테 부탁한 건 3년 전이라고요."

"천사 깨몽이, 천사 마을……. 작년, 지호 생일 때 선물로 사준 동화책이야. 송 미라, 당신 책 맞지? 내가 삽화를 의뢰한 게 3년 전이라면 그 책들은 출판되지도 않았고 내가 당신을 알지도 못했어!"

"무슨 소릴 하는 거예요? 그 책은 2010년에 출간된 거라고요."

"그래, 네 말대로 2010년에 출판됐지. 바로 1년 전에."

"올해가 2011년이라고요? 지금 장난해요?"

황당한 나머지 웃음만 나왔다.

"내가 장난하는 걸로 보이나?"

미라의 입가에 웃음기가 사라졌다.

"지금은 2014년이라고요. 2014년!"

틀린 말을 한 것도 아닌데 괜히 심장이 두근거렸다.

"완전히 돌았군."

남자가 코웃음을 쳤다. 미라는 답답한 마음에 가방을 뒤적거려 스마트 폰을 꺼내 보여주었다.

"이건 2012에 봄에 출시된 스마트 폰이에요."

남자는 거들떠보지도 않았다. 미라는 갑자기 생각난 듯 다시 가방을 뒤져, 대형마트에서 받은 영수증을 보여주었다. 2014년 7월 27일. 20: 28분. 구매날짜는 물론 시간까지 선명하게 찍혀 있었다.

남자는 확인해 보지도 않고 영수증을 구겼다.

"이 종이쪼가리로 우릴 속이려고? 이미 다 끝났어. 우린 천국으로 간다고. 네가 방해해도 소용없다고."

남자가 대문을 잠갔다. 자물쇠도 걸었다. 대문 옆에 걸어둔 팔뚝만 한 십자가를 뽑아, 뒤돌아섰다. 그는 이죽거리며 십자가 아랫부분을 잡고 한 방향으로 쓱쓱 돌렸다. 끝이 뽀족한 단도가 광채를 뿜으며 모습을 드러냈다. 미라는 소스라치며 한걸음 뒤로 물러났다.

"나한테 왜 이러는 거예요?"

"너야 말로 우리한테 왜 온 거야?"

"아까 말했잖아요!"

"넌 우릴 방해하려고 찾아온 거야. 이 지옥에서 타락한 인간들과 평생 어울려 살아가게 하려고 찾아온 거라고. 더 이상은 그렇게 못 해. 우린 오늘 천국으로 간다고."

"천국으로 가다니, 지금…… 동반자살이라도 하겠다는 건가요?"

"동반자살? 자살은 죄악이야. 용서받지 못할 죄악!"

자살은 스스로를 살인한 후이기에 회개의 기회조차 없지만 목사 자신은 신으로부터 가족들을 천국의 길로 인도하는 임무가 주어졌기에 온가족이 함께 구원을 받을 수 있다는 어처구니없는 논리를 펼쳤다. 더 끔찍한 건 미치광이 목사는 이미 두 아들을 살해한 뒤였다. 미라는 몇 달 전 귓전으로 흘려들은 선배의 말이 스치듯 떠올랐다.

"오늘 그 별장 들렀다가 근처 식당에서 밥을 먹는데 식당주인이 이상한 얘기를 하더라. 전에 살던 가족이 동반자살을 했단 소문이 돌았데. 동하 씨가 그 얘길 듣고 기겁을 하지 뭐야. 터무니없이 싼 게 이유가 있었다고 어찌나 난리를 치던지. 소문일 뿐인데 그게 그리 신경 쓰이는 일이니?"

혼란스러웠다. 혼란은 의심으로, 의심은 곧 공포로 변해갔다.
'여기서 벗어나야 해.'
미라는 뒤돌아서서 2층 끝 방으로 내달렸다. 집을 빠져나갈 큰 창문이 있을 거란 생각 때문이었다. 어깨너머로 계단을 밟는 발소리가 어수선하게 들려왔다. 문을 열고 방으로 뛰어들었다. 방문을 잠그려고 보니 잠금장치가 없었다. 재빨리 주변을 둘러보았다. 방 안은 도둑이 든 것처럼 난장판이었다. 장롱서랍을 모두 열려 있었고 옷가지와 장난감들이 바닥과 침대 위에 널려 있었다. 장롱 옆에 접이식 철제의자 두 개가 세워져 있었다. 방문 손잡이 아래에 의자를 끼우고 창가로 갔다. 창문을 열고 내려다보니 뛰어내리기엔 너무 높았다. 다리가 부러지기라도 하면 목사에게 잡히는 건 시간문제였다.
쾅쾅

손잡이가 덜그럭거렸다.

"문 열어!"

미라는 서둘러 무기가 될 만한 걸 찾기 시작했다. 장롱 안을 살피고 서랍을 뒤지고 옷가지를 헤쳤다. 놈을 제압할 만한 것은 없었다.

쾅쾅쾅

침대 옆, 탁자 위에 팔뚝만 한 예수 석상이 눈에 들어왔다. 그것을 집어 들고 살금살금 방문 뒤에 숨어 철제의자를 조심스럽게 뺐다. 덜거덕거리던 문이 활짝 열렸다. 목사는 헐레벌떡 뛰어 들어와 주변을 살핀 뒤 창문이 열린 것을 보고 창가로 성큼성큼 걸어갔다. 미라가 발소리를 죽이고 뒤따라갔다. 목사가 창밖을 내다볼 때 석상을 치켜들고 내리찍었다. 목사는 외마디 비명을 지르며 뒤돌아서서 본능적으로 십자가 단도를 치켜들었다. 미라는 예수 석상으로 그의 얼굴을 가격했다. 픽. 목사는 손으로 얼굴을 감싼 채 허리를 활처럼 뒤로 꺾었다. 미라는 이때를 놓치지 않고 창문 밖으로 그를 힘껏 밀쳤다.

방을 빠져나오려는데 뒤쪽 어딘가에서 아기울음소리가 들렸다. 미라는 애써 그 소리를 무시하고 방을 나왔다. 그러다가 몇 걸음 가지 못하고 방으로 되돌아왔다. 침대 위, 흐트러진 옷 무더기 파헤쳐보니 갓난아기가 포대기에 싸인 채 칭얼대고 있었다. 포대기를 감싸 안고 방을 나오자, 목사의 아내가 석유 랜턴을 들고 느린 걸음으로 계단을 오르고 있었다. 미라는 걸음을 멈추고 포대기를 살며시 내려놓았다. 석상을 가지러 방으로 들어가려다가 조금 더 지켜보기로 했다. 도움을 줄지 모른다고 생각했다. 여자가 복도에 올라서서 방향을 틀었다. 제 정신이 아닌 듯 표정이 멍했다. 미라가 먼저 말을 꺼냈다.

"여기서 나가게 해 주세요."

여자가 걸음을 멈췄다. 퀭한 시선이 포대기에 싸인 아기에게로 옮겨졌다가 천천히 입을 열었다.

"천국에 보내주세요."

또, 천국타령이었다.

"제발, 정신 차리세요!"

목사의 아내가 다가왔다. 손에 쥔 랜턴이 불안하게 움직였다. 미라는 뒷걸음질 치며 방안을 훑었다. 예수석상은 창문 아래에 떨어져 있었다. 여자가 들소처럼 사납게 달려와 미라를 덮쳤다. 두 사람은 한 몸이 되어 쓰러졌다. 여자는 미라를 깔고 앉아 살기를 쏴내는 눈으로 머리채를 잡아 바닥에 쿵쿵 찧었다. 순식간에 눈앞이 캄캄해졌고 두개골이 조각조각 박살난 것처럼 정신이 없었다. 맥을 못 추고 끙끙거리고 있을 때 여자의 어깨너머로 시뻘건 불길이 치솟았다. 미라는 묵사발이 되도록 얻어터지고도 고개를 번쩍 세웠다. 여자도 주먹질을 멈추고 뒤돌아보았다. 불길은 복도중간에서부터 계단 쪽으로 옮겨 붙고 있었다. 여자는 세차게 타오르는 불꽃을 하염없이 바라보았다. 미라는 그 틈을 타 여자의 오른쪽 다리를 그러잡고 잽싸게 몸을 일으켰다. 여자의 몸뚱이가 뒤로 나동그라졌다. 미라는 널브러진 여자의 오른쪽 관자놀이를 연거푸 두 번, 걷어찼다. 그걸로는 부족했지만 시간이 없었다.

대문으로 탈출하는 것은 불가능했다. 포대기를 챙겨 방으로 들어가 문을 닫고 곧장 창문으로 달려갔다. 아기를 탈출시키는 게 문제였는데 함께 뛰어내리는 수밖에 없었다. 옷 무더기에서 긴팔 스웨터를 골라 아이를 끌어안은 채로 묶은 뒤 허리벨트로 단단히 조였다. 추락 시 충격을 완화할 목적으로 옷가지와 이불을 전부 끌어 모았다. 창밖으로 옷가지를 던지려고 아래를 보았다가 심장이 덜컥 내려앉았다. 죽었다고 생각한 목사가 흔적도 없이 사라져버렸다. 시커먼 연기가 문틈을 비집고 기어들어왔다. 망설일 시간이 없었다. 이불과 베개, 손에 잡히는 대로 모두 끌어다 창밖으로 던졌다. 심호흡을 한 뒤 창틀을 붙잡고 창문 아래로 몸을 길게 늘어뜨렸다. 매달린 채 버둥거리다가 빗물에 손이 미끄러져 예고도 없이 떨어졌다. 미라와 아이, 모두 무사했다.

빗줄기는 어느새 미세한 먼지가 되어 새벽어름의 정적 속을 흩날리고 있었다. 달은 여전히 구름 뒤에 가려져 있었지만 앞을 볼 수 있을 정도였다. 미라는 아기의 얼굴을 들여다보았다. 졸린 듯 커다란 두 눈을 끔뻑거리며 작은 손으로 귀를 만지작거렸다. 왼쪽 귀가 발갰다. 불에 덴 흔적이었다. 아기를 꼭 끌어안고 검은 연기가 피어오르는 목조건물을 뒤로 한 채 달리기 시작했다.

언덕을 내려올 때쯤, 어깨너머로 수풀이 버석거리는 소리가 희미하게 들려왔다. 목사가 쫓아오는 것 같았다. 아니길 바라며 힐끗 뒤돌아보았다가 몸서리치며 다시 앞을 보고 달렸다. 어디에서 나타났는지, 얼굴에 피범벅을 한 목사가 뒤뚱뒤뚱 불편한 걸음으로 미라의 뒤를 쫓아오고 있었다. 분이 풀리지 않는지 목청이 찢어져라 고함을 질렀다. 플라타너스 숲을 지났을 때쯤, 괴성은 울부짖음으로 변했고 그 소리는 점차 어렴풋해졌다. 좁고 음침한 도로를 정신없이 달렸다. 문득 정신을 차려보니 때 아닌 뿌연 안개가 미라를 둥글게 에워싸고 있었다.

"이건 꿈이야……."

몇 걸음 가지 못하고 자리에 푹 주저앉았다. 환각이거나, 악몽이거나 무엇이든 상관없으니 부디 깨어나길 바랐다. 그때, 희미한 불빛에 시선이 닿았다. 포대기를 내려놓고 한손으로 뿌연 안개를 헤치며 앞을 응시했다. 익숙한 소리가 다가오고 있었다. 서서히 모습을 드러낸 것은 빗길을 가르며 돌진하는 크림색 푸조였다. 미라는 자리에서 벌떡 일어나 손을 흔들었다.

"여기요, 살려주세요!"

차는 멈추지 않고 달렸다.

쿵!

미라는 눈을 부릅뜬 채 하늘을 향해 뻗었다. 귀를 막은 것처럼 아무것도 들리지 않았고 보이는 거라곤 번갯불 같았던 섬광의 잔상뿐이었다.

* * *

'누가 울고 있는 거지?'

미라는 살며시 눈을 떴다. 높고 하얀 천장에는 백열등이 밝게 켜져 있었다. 부신 눈을 끔뻑이며 소리가 나는 쪽을 보았다. 누군가 등을 보인 채 창가에 서 있었다. 코를 훌쩍거리는 소리만 들어도 누군지 알 것 같았다.

"선배……"

효주는 울음을 뚝 그치고 천천히 뒤돌아보았다가 깜짝 놀라 한걸음에 달려왔다.

"이틀이나 지났는데 못 깨어나서 이대로 영영……."

미라는 하, 하고 길게 숨을 내뱉었다. 사흘이든 열흘이든, 효주를 다시 볼 수 있는 것만으로도 감격스러웠다. 기쁨도 잠시, 확인하고 싶은 게 있었다.

"올해가…… 2014년 맞지?"

효주가 빙그레 웃으며 대답했다.

"멀쩡하시네. 의사 선생이 사고 충격으로 부분기억상실도 일어날 수 있다고 했는데 다 기억나는 거지?"

"내가 무슨 사고 당했는데?"

"급정거사고라는데. 짙은 안개 때문이었겠지. 곧장 신고가 들어와서 천만다행이었지 뭐야."

"푸조 운전자는?"

"푸조 운전자? 네 차가 푸조야. 넌 차 안에서 발견됐고. 신고자는 남자애라던데."

"내 차가 푸조라고?"

미라는 두 눈을 동그랗게 떴다.

"작년에 힙합천사 캐릭터가 대박 나서 1억 보너스 받은 걸로 샀잖아."

미라는 말도 안 된다는 듯 피식 웃었다.

아직도 꿈속인가.

효주의 말이 사실이라면 차라리 깨어나지 않기를 바랐다. 별볼일 없는 삽화가인 자신에게 그런 횡재가 일어난 적도, 일어날 기회도 없었기 때문이다.

"근데 너 거긴, 왜 간 거야?"

효주가 물었다.

"어딜?"

"횡성, 그 집."

"생일 파티 한다고 선배가 초대했잖아."

효주가 고개를 저었다. 생일 파티는커녕, 별장 같은 것은 애초에 없었다고. 뜬금없이 그곳에 찾아간 이유가 뭐냐고 재차 물었다. 미라는 파리한 얼굴로 효주를 올려다볼 뿐 대답하지 못했다. 도무지 뭐가 뭔지, 정신을 차릴수록 현실감은 멀어져가는 것만 같았다.

전화벨이 울렸고 효주는 얼른 전화를 받았다.

"네, 지금 데리러 갈게요."

효주는 전화를 끊자마자 급히 자리를 떴다가 분홍색 헤어밴드를 한 서너 살 된 여자아이를 데리고 돌아왔다. 아이는 병실 안으로 들어오자마자 미라의 품에 안겼다.

"엄마!"

미라는 얼떨떨한 표정으로 자신에게 달라붙은 아이를 바라보다가 효주에게로 눈을 돌렸다. 쟤 누구야? 효주가 입을 벙긋거렸다. '수진이잖아.' 미라의 시선이 여자아이의 얼굴을 손으로 더듬듯 옮겨 다니다가, 살짝 오그라든 왼쪽 귀에 붙박였다. 불에 덴 상처였다. 스치듯, 사라진 돌배기 아기가 떠올랐다.

"설마…… 네가?"

미라는 목멘 소리로 중얼거렸다. 효주는 수진이를 미라에게서 떼어내 병실 밖으로 데리고 나갔다가 어두운 얼굴로 다시 돌아왔다.

"수진이도 몰라보고. 너, 아무래도 정밀검진을 다시 받아야겠다."

효주는 침대에 걸터앉아 미라의 야위고 창백한 손을 살며시 잡아주었다. 그러고는 아득히 먼 일을 떠올리듯 허공을 응시했다.

"3년 전에 목사에게 삽화의뢰 받았는데 네가 싫다고 거절했다가 결국 거길 갔잖아. 그때 끔찍한 사건이 있었는데…… 기억나니? 휴, 차라리 기억을 못했으면 좋겠어."

미라는 눈을 감았다. 똑똑히 기억하는 그날의 일들이 주마등처럼 뇌리에 스쳐갔다.

고양이를 찾습니다

황태환

「옥상으로 가는 길」로 제2회 황금가지 'ZA문학공모전'에 당선되었다.
「한국공포문학단편선 시리즈」와 《네이버 오늘의 문학》, 웹진 《크로스로드》에 단편을 발표했다.
장르작가모임 '매드클럽' 회원으로 활동하고 있으며 현재 새로운 작품을 준비 중이다.

편의점 창고 뒤편의 작은 창문 너머로 고양이 울음이 들렸다. 휴대폰으로 시간을 확인하니 언제나처럼 오후 여섯 시였다. 쿠키는 고양이 주제에 시간관념이 확실했다. 나는 창고에 들어가 미리 준비한 소시지의 포장을 벗겨 바닥에 내려놓았다. 휘파람을 불자 쿠키가 창문을 타 넘어 창고 안으로 들어왔다. 으레 그렇듯 녀석은 내 발치에 놓인 소시지부터 야금야금 깨물어 먹었다. 고개를 움직일 때마다 쿠키의 엉덩이에 난 검은 점박이 무늬가 리드미컬하게 씰룩거렸다. 마지막 한 조각까지 남김없이 삼킨 쿠키는 만족스러운 듯 혀로 앞발을 적셔 입과 콧등을 닦았다. 일련의 절차를 마친 뒤에야 동그란 눈으로 나를 쳐다보더니 '야옹' 하고 알은체했다.

미소를 지으며 쿠키의 머리를 쓰다듬고 새로 전달된 쪽지가 없나 녀석의 목덜미를 살폈다. 아니나 다를까 동그란 구슬이 달린 목걸이에 작게 접힌 메모지가 끼워져 있었다. 찢기지 않도록 조심하며 메모지를 꺼내 펼쳤다.

　-이번 주 토요일 오후 두 시에 보라매공원 분수대 앞에서 만나요. [지니]
　-토요일 좋습니다. 드디어 만나게 되는 건가요? [나마스테]
　-저도 콜이요~ [풍운아]
　-와! 저도 좋아요. 진짜 설렌다^^ [아이린]

　가슴이 두근거렸다. 지난 한 달간 쿠키를 통해 쪽지로만 연락을 주고받던 사람들과 만나게 된 것이다. 우리는 각자 닉네임을 사용했는데, 지니라는 사람이 처음으로 만나자는 제안을 했다. 모두 동의하자 오늘은 아예 만날 날짜와 장소까지 정해 버렸다. 나는 메모지에 '저도 찬성이요. [선우]'라고 마지막 댓글을 달았다. 메모지에 적힌 사람들의 닉네임으로 미루어보아 쿠키를 돌보는 사람은 나까지 모두 다섯이었다. 하지만 우리는 서로에 대해 아는 게 하나도 없었다. 나는 편의점에서 아르바이트를 하다가 우연히 쿠키를 만나 돌보게 되었고, 다른 사람들도 비슷한 사정이지 않을까 짐작만 할 뿐이다.
　쿠키를 처음 만난 건 지난 10월이었다. 나는 학교 수업이 끝나면 오후 5시부터 12시까지 편의점에서 아르바이트를 했다. 그날은 시험기간이라 손님들을 상대하는 틈틈이 노트에 적어간 전공 수업 요약본을 보고 있었다. 중고등학생 손님들이 우르르 몰려왔다가 빠져나간 뒤 한숨 돌리고 있는데 어디선가 부스럭거리는 소리가 들렸다. 깜짝 놀라 주변을 두리번거렸다.

여섯 평 남짓한 편의점은 판매대를 기준으로 오른쪽에 출입문이 있고, 왼쪽은 음료수 코너였다. 그리고 가운데 11자 모양의 진열대가 늘어섰다. 음료수 코너의 끝에 창고로 통하는 문이 있는데, 소리는 그곳에서 들렸다.

혹시 도둑?

순간 긴장으로 목덜미가 뻣뻣하게 굳었다. 창고에는 작은 창문이 하나 있지만 무척 비좁아서 사람이 드나들 만한 공간은 아니었다. 어쩌면 내가 다른 손님에게 정신이 팔린 사이 누군가 몰래 창고 문을 열고 그 안에 들어갔을지도 모를 일이었다. 창고엔 새로 들여온 상품이 가득 쌓여 있었다. 바보가 아닌 이상 뻔히 지키고 있는 사람이 있는데 그렇게 대담한 짓을 저지를 리 없었지만, 그땐 당황해서 불길한 쪽으로만 상상력이 작동했다.

휴대폰을 꺼내 112번을 눌렀다. 신호음이 한 차례 울렸을 때 창고에서 '야옹'하고 고양이 울음이 들렸다.

전화를 끊고 천천히 창고에 다가가 문을 열었다. 안쪽에 붙은 스위치를 눌러 전등을 켜자 먼지가 켜켜이 쌓인 창고 내부가 보였다. 사람은 없었다. 대신 창문 아래로 젖소처럼 흰 바탕에 검은 점이 박힌 고양이 한 마리가 주저앉아 그르렁대는 중이었다.

"너였냐?"

그제야 안도하며 한숨을 내쉬었다. 고양이는 날 보더니 달아나기는커녕 애교 있는 몸짓으로 다가와 내 다리에 얼굴을 비볐다. 내가 머리를 쓰다듬자 사람의 손길에 익숙한 듯 얌전하게 받아들였다. 고양이의 목에는 '쿠키'라는 글자가 각인된 구슬 목걸이가 걸려 있었다. 녀석의 이름인 것 같았다. 나는 진열대에서 소시지를 꺼내 쿠키에게 가져다주었다. 배가 고팠는지 녀석은 단숨에 소시지를 먹어치우고, 이내 창문 밖으로 빠져나갔다. 그날 이후로 녀석은 오후 6시가 되면 어김없이 편의점을 찾아와 한두 시간 정도 머물다가 다시 어디론가 훌쩍 떠났다.

쿠키에게선 늘 은은한 샴푸냄새가 났다. 단정하게 깎인 발톱으로 보아 나 이외에도 누군가 쿠키를 돌봐주고 있는 게 틀림없다고 생각했다. 호기심이 생겨 메모지에 '저는 매일 오후 6시에 쿠키를 만나는 사람입니다. 혹시 다른 분들이 계신다면 답장을 해주세요.'라고 적어서 쿠키의 구슬 목걸이에 끼워 두었다. 그랬더니 놀랍게도 다음날 내가 넣었던 메모지에 줄줄이 댓글 형식으로 글이 적혀 있었다.

-저는 오후 5시에 쿠키를 만나요. ㅋㅋㅋ
-오후 8시에 만납니다.
-반가워요. 밤 10시입니다~!
-전 오후 3시예요^^

쿠키는 생각보다 마당발이었다. 첫 소통 이후로 우리는 편의상 닉네임을 지어 서로를 불렀다. 3시 타임은 지니, 5시는 아이린, 6시인 나는 선우, 8시는 풍운아. 그리고 10시에 쿠키를 만나 잠자리를 제공해 준다는 고양이의 실질적 주인인 나마스테까지. 그렇게 시작된 쪽지 릴레이가 근 한 달간 계속되었다. 그러는 사이 쿠키를 통해 연결된 우리들은 서로의 존재가 몹시 궁금해졌다. 쿠키가 메신저 역할을 톡톡히 해 준 덕분에 만나기로 의견을 모으기는 어렵지 않았다. 나마스테가 쿠키를 데리고 나올 테니 그것을 표시로 서로를 알아보자고 했다. 휴대폰 번호를 교환하면 더 쉽게 연락할 수 있겠지만, 그러면 쿠키의 존재 의미가 희석된다고 생각했는지 누구도 그런 말은 꺼내지 않았다.

쿠키가 자취를 감춘 건 그날부터였다. 사람들과 만나기로 한 수요일 이후로 쿠키는 더 이상 편의점에 나타나지 않았다. 무슨 일이 생긴 건 아닌지 걱정이 됐지만, 알아볼 방법이 없었다. 목요일도, 금요일도 마찬가지였다. 토요일이 되자 나는 기대 반 걱정 반의 심정으로 집을 나섰다. 사정이 어찌됐든 보라매공원에 가볼 생각이었다. 늦을까 봐 서두른 바람에 약속 시간보다 삼십 분이나 일찍 도착했다. 누군가 쿠키를 데리고 나오길 바라면서 공원 분수대 근처를 서성였다.

2시가 되기 십 분쯤 전에 중년 여성이 나타났다. 주름진 외모에 어울리지 않게 길고 찰랑거리는 생머리와 숱이 없는지 유난히 눈썹 위로 도드라진 아이펜슬 자국이 시선을 끌었다. 그녀의 손에는 고양이 사진이 프린트 된 전단지가 들려 있었다. 사진 아래로 '쿠키를 찾습니다.'라고 적힌 글귀가 보였다.

나는 그녀에게 다가가 알은체를 했다.

"혹시 쿠키 주인 되시나요?"

내 말에 그녀는 눈동자를 빛내며 말했다.

"우리 쿠키 아세요?"

"그게……. 전 6시에 쿠키를 돌보던 김선우라고 합니다. 요즘 쿠키가 통 찾아오질 않아서요. 무슨 일이 있나요?"

여자는 굳은 표정으로 한숨을 내쉬었다.

"이렇게 젊은 총각일 줄은 몰랐네요. 저는 정순임, 아니지…….. 나마스테라고 해요. 실은 저도 며칠 전부터 쿠키를 보지 못했어요."

그녀와 통성명을 하는 사이 중년 남자가 다가와 말을 걸었다.

"여기가 쿠키 모임 맞습니까?"

스포츠머리에 가죽 재킷을 걸친 남자는 덩치가 무척 컸다. 우리가 동시에 그렇다고 대답하자 중년 남자가 사람 좋은 미소를 지었다.

"먼저 와 계셨군요. 반갑습니다. 난 8시에 쿠키를 돌보는 한광필이라고 합니다. 닉네임은 풍운아고요."

광필은 우락부락한 외모와 달리 나긋한 목소리를 가지고 있었다. 그는 자신도 수요일 이후로 쿠키를 보지 못했다며 뒷머리를 긁적였다. 뒤이어 이십대 후반으로 보이는 세미 정장 차림의 여자가 도착했다. 오후 3시에 쿠키를 만난다는 여자는 자신을 최유경이라고 소개했다. 그녀의 닉네임은 지니였다. 유경은 상당한 미인이어서 인사를 나누는데 괜히 가슴이 떨렸다.

"여기 오면 쿠키를 볼 수 있을 줄 알았는데."

그녀의 목소리에는 아쉬움이 진하게 묻어났다. 이제 남은 건 5시에 쿠키를 돌보는 '아이린'뿐이었다. 이미 약속 시간인 두 시가 넘었지만 우리는 혹시라도 아이린이 쿠키를 데려올지도 모른다는 생각에 인내심을 가지고 기다렸다. 하지만 삼십 분이 지나도

록 아이린은 나타나지 않았다. 날이 추워 무한정 기다리기는 어려웠다. 일단 우리는 가까운 커피숍으로 가서 몸을 좀 녹이기로 했다. 막 걸음을 옮기려는데 공원 입구에서 앳된 여자아이의 목소리가 들렸다.

"잠깐만요!"

돌아보니 멀리서 뛰어오는 단발머리 여중생이 보였다. 허겁지겁 달려 우리 앞에 도착한 그녀는 양손을 무릎에 집고 허리를 숙인 채 숨을 몰아쉬었다. 그녀가 어느 정도 진정되기를 기다렸다가 최유경이 물었다.

"네가 아이린이니?"

"네, 맞아요. 수업이 늦게 끝나는 바람에 다들 가버린 줄 알고 얼마나 가슴을 졸였다고요."

그녀는 빙긋 웃으며 말을 이었다.

"저는 L여중에 다니고요. 이름은 김상미예요."

아쉽게도 그녀 역시 쿠키의 소식을 궁금해 하고 있었다.

커피숍으로 이동한 우리는 널따란 사각 테이블을 차지하고 앉아 차를 시켰다. 쿠키 덕분에 모이게 되었는데 정작 주인공이 없어 아쉬웠다. 혹시 차도에 나갔다가 교통사고라도 당한 건 아닐까, 하는 불길한 예감이 들었지만 굳이 그런 생각을 입 밖에 내진 않았다.

먼저 입을 연 건 나마스테, 정순임이었다.

"나는 쿠키가 아기냥일 때부터 키웠어요."

그녀의 말에 따르면 쿠키에겐 함께 다니던 어미 고양이가 있었는데, 찻길을 건너다 마주 오는 승용차에 치어 객사했다고 한다. 죽은 어미의 시체 앞에서 떠나지 못하고 울던 쿠키를 우연히 발견한 순임은 녀석을 집에 데려와 키우기 시작했다. 근 5년여를 키우는 동안 남편도 자식도 없는 그녀는 쿠키가 인생의 동반자가 되었다며 눈시울을 붉혔다. 옆자리에 앉은 유경이 가방에서 손수건을 꺼내 순임에게 건넸다.

"기운 내세요. 쿠키는 영리하니까 틀림없이 잘 있을 거예요."

"고마워요."

순임은 손수건을 받아 눈가를 닦아낸 뒤 숨을 깊게 내쉬었다. 마음을 다소 가라앉혔는지 한결 안정된 표정을 지었다.

"너무 내 얘기만 했네요. 다른 분들은 어떻게 쿠키를 만나셨는지 듣고 싶은데, 괜찮을까요?"

그녀의 말에 눈치를 살피던 상미가 먼저 입을 열었다.

"저한테도 쿠키는 특별해요."

상미는 식당을 하는 할머니와 단둘이 산다고 했다. 부모님은 그녀가 태어난 지 5년 만에 교통사고로 돌아가셨다고 한다. 할머니가 부족함 없이 키워주려 애를 쓰셨지만, 그래도 상미는 늘 부모님이 있는 친구들이 부러웠단다. 밝고 명랑해 보이는 상미에게 그런 뜻밖의 아픔이 있다니 안쓰러웠다.

그녀는 담담한 목소리로 말을 이었다.

"그날은 학교가 끝날 무렵에 갑자기 비가 내리기 시작했어요. 다른 친구들은 모두 부모님이 우산을 가지고 마중을 나왔더라고요. 친한 친구가 함께 가자고 했지만 저는 할머니가 오실지도 모른다고 생각해서 먼저 가라고 했죠. 하지만 친구들이 모두 집에 돌아간 후에도 할머니는 오시지 않았어요. 식당 일이 바쁘셨던 거죠. 전 결국 비를 맞으면서 집에 왔지요. 빗물에 흠뻑 젖어서 마당에 들어서는데 괜히 눈물이 나는 거예요."

상미는 그때 일이 생각났는지 말을 멈췄다. 잠시 커피숍에 정적이 흘렀다. 그녀는 얼마간 감정을 추스른 뒤 목을 가다듬고 다시 입을 열었다.

"서럽게 울고 있는데 다리에 부드러운 감촉이 느껴졌어요. 깜짝 놀라서 봤더니 어디서 나타났는지 고양이 한 마리가 있었어요. 그게 쿠키였죠. 쿠키는 마치 제가 슬퍼하는 걸 알기라도 하는 것처럼 가만히 제 옆에 웅크리고 앉아 절 쳐다봤어요. 이상하게 쿠키를 보고 있으니 마음이 안정되더라고요. 저는 틀림없이 쿠키와 제가 교감했다고 생각해요. 그날 이후로 쿠키는 매일 저를 찾아왔으니까요."

상미의 말을 듣던 유경이 동조하듯 고개를 끄덕였다.

"쿠키는 묘하게 마음을 따뜻하게 만드는 구석이 있죠. 저 같은 경우엔 직업상 하루 종일 컴퓨터 앞에서 프로그램 작업을 하다보면 스트레스가 많이 쌓이는데요, 쿠키가 찾아오는 시간이 잠정적인 휴식시간이었어요. 뭐랄까……. 옆에 있는 것만으로도 위로가 된다고 할까요?"

그러면서 유경은 직장 동료와 트러블이 있어 기분이 좋지 않았는데 쿠키가 힘을 내라는 듯 지네를 물어다 준 이야기를 했다. 상미가 그건 징그럽다며 미간을 찌푸렸다.

"그게 쿠키 나름의 애정 표현인 거죠."

순임은 그렇게 말을 덧붙였다. 그러곤 과묵하게 앉아 이야기를 경청하던 광필을 쳐다봤다.

"풍운아 님은 어떻게 쿠키를 만나셨나요?"

왠지 경계심이 묻어나는 목소리였다. 광필은 왜 나한테만 그러냐는 듯 머쓱한 표정으로 입을 열었다.

"저도 다른 분들과 비슷해요. 제가 권투체육관을 운영하는데 쿠키가 거기로 찾아왔죠. 저는 사실 고양이를 별로 좋아하지 않았는데 쿠키를 만나고 생각이 좀 달라졌어요."

광필은 손가방에서 사진 묶음을 꺼냈다.

"쿠키는 운동하는 사람들한테도 아주 인기가 좋았어요."

광필이 보여준 사진에는 땀에 젖은 사람들이 환하게 웃으며 쿠키와 함께 포즈를 취하고 있었다. 쿠키가 두 발로 선 채 잽을 날리는 것처럼 앞발을 휘두르는 사진을 보자 모두가 웃음을 터트렸다. 쿠키의 모습이 담긴 여러 장의 사진을 보는 동안 순임도 굳은 표정을 풀었다.

나를 포함해서 모두 이야기를 마치자 순임이 들고 온 쇼핑백을 테이블 위에 올려놓았다. 그 안에는 전단지 수십 장과 쿠키가 하고 다니던 고양이 목걸이가 들어 있었다.

"쿠키가 워낙 돌아다니길 좋아하는 성격이라 만일을 대비해서 목걸이에 특수 제작한 위치추적 장치를 설치했어요. 요 구슬에요."

순임은 쿠키라고 각인된 구슬을 손가락으로 가리켰다.

"이틀이나 쿠키가 들어오지 않아서 찾아봤는데 삼성동 커맨드 PC방 근처 쓰레기봉투에 이게 들어 있었어요. 쿠키는 없었고요. 혹시나 싶어 쓰레기를 뒤져보니까 PC방에서 나온 것 같더라고요.

그쪽 아르바이트생한테 점박이 무늬 고양이를 못 봤냐고 물어봤더니, 확실하진 않지만 어떤 고양이를 안은 손님이 쓰레기통에 이 줄을 버리고 나간 것 같다고 했어요."

순임은 울 것 같은 표정으로 쿠키의 목걸이를 손에 꼭 쥐었다. 그녀는 쿠키 얘기를 꺼낼 때마다 눈시울이 젖어들었다. 그 모습만으로도 순임에게 쿠키가 얼마나 소중한 존재였는지 짐작할 수 있었다. 가만히 순임을 바라보던 광필은 이내 특유의 힘 있는 목소리로 모두에게 말했다.

"이렇게 된 거 우리가 쿠키를 찾아봅시다. 고양이를 데려간 사람도 나쁜 의도가 있었던 건 아닐 거예요. 주인이 애타게 찾는다는 걸 알면 돌려보내 줄 겁니다."

광필의 제안에 모두 고개를 끄덕였다.

"근데 어떻게요?"

상미가 순진한 눈망울을 빛내며 물었다. 광필은 '흠' 하고 마른 숨을 뱉어내더니 쇼핑백에서 전단지를 한 장 꺼내 들었다.

"그러니까 우선 이것부터 시작해야겠지?"

거리에 나가 순임이 만든 전단지를 행인들에게 돌리다 보면 누군가 봤다는 사람이 나오지 않겠냐는 생각이었다. 어떻게 보면 무식한 방법일 수도 있지만 현재로선 그게 최선이었다. 고양이를 찾아주는 사람에겐 소정의 사례금을 지급하겠다는 문구도 추가했다. 우리는 새로 만든 전단지를 근처 인쇄소에서 각각 백장씩 복사했다. 그 사이 유경은 스마트폰으로 대전 지역 고양이 커뮤니티에 접속해 전단지에 적힌 내용을 올렸다. 준비를 마치자마자 거리로 나가 사람들에게 전단지를 돌리기 시작했다. 초겨울 바람이 매서웠지만 추운 줄도 몰랐다. 순임뿐만 아니라 다들 쿠키를 생각하는 마음이 대단했다. 날이 저물어 글자를 읽기 힘들어진 후에야 우린 서로 연락처를 교환하고 내일을 기약하며 헤어졌다.

나는 집에 돌아와 따뜻한 물로 샤워를 하며 하루의 피로를 씻어냈다. 수건으로 몸을 닦고 욕실에서 나오는데 휴대폰이 울렸다. 발신번호를 확인하니 유경이었다. 전화를 받자 그녀가 흥분한 목소리로 외쳤다.

"선우 씨 지금 빨리 인터넷 들어가 봐요."

유경의 재촉에 나는 머리를 말리지도 못하고 컴퓨터를 부팅시켰다. 그녀가 알려준 고양이 커뮤니티 사이트 야옹닷컴에 접속했다. 그곳에서 '그라인더맨'이라는 유저가 쓴 '반갑습니다. 야옹닷컴님들'이라는 제목의 글을 클릭했다. 사진과 함께 몇 줄의 글이 보였다.

반갑습니다. 야옹닷컴 님들. 저는 그동안 도를 넘을 정도로 고양이를 사랑하는 사람들에게 의문을 품어왔습니다. 정확히 말하자면 고양이가 사람인 줄 착각하는 위인들에게 말입니다. 물론 인간인 이상 자신이 키우는 애완동물을 사랑하는 것은 당연합니다. 하지만 그것이 인간의 존엄성을 뛰어넘을 정도는 아니라고 생각합니다. 그런데 며칠 전, 저는 정말 어이없는 경험을 했습니다.

N포털 사이트에 고양이를 학대한 사람에 대한 기사가 뜨자, 자칭 고양이 애호가라는 사람들이 벌떼같이 달려들어 그 새끼도 똑같이 해 주어야 한다느니, 저런 놈은 차라리 죽는 게 낫다느니 하는 댓글을 달더군요. 저는 고양이 한 마리 때문에 너무 민감한 게 아니냐고 말했죠. 그랬더니 그들의 공격이 이번에는 저를 향하더군요. 어떤 사람은

너 같은 놈은 신상을 털어서 사회에서 매장을 시켜야 한다고 하고, 또 어떤 사람은 칼로 저를 찌르고 싶다는 말까지 했습니다. 그래서 저는 결심했죠. 당신들에게 고양이가 인간보다 쓸모없는 존재라는 사실을 알려주기로.

여기 한때 쿠키라고 불리던 고양이가 있습니다. 보시다시피 지금은 아래턱을 잘려 고통을 당하고 있지만, 여러분들이 저와 간단한 게임을 하나만 하면 이 고양이는 상처를 치료받고 다시 원래의 집으로 돌아갈 수 있습니다. 게임의 룰은 간단합니다. 저에게 욕설이나 모욕감을 주지 않으면서 제가 고양이를 죽이지 않도록 설득시키면 됩니다. 4일 드리겠습니다. 만약 위 룰을 어기거나 시간 안에 저를 설득하지 못할 경우 쿠키는 차가운 주검으로 돌아갈 것입니다.

혹시 저보고 숨어서 일을 처리하는 비겁한 인간이라고 욕하는 분이 있을지도 모르겠네요. 저는 그런 사람이 아닙니다. 공평한 게임을 하기 위해 저에 대한 힌트를 조금 드리겠습니다.

첫째 O2, 둘째 CMD, 셋째 R

자, 그럼 게임을 시작해 볼까요?

사진 속의 고양이는 실종되었던 쿠키였다. 아래턱을 잘려 피를 쏟는 사진과 물에 젖은 채로 욕실 바닥에 널브러져 있는 사진이 보였다. 죽은 것처럼 축 늘어진 쿠키의 모습을 보자 전화기를 쥔 손이 부들부들 떨렸다. 그라인더맨이라는 놈은 정신병자가 틀림 없었다. 수화기 너머로 유경의 목소리가 들렸다.

"일단 제가 경찰서에 고소장을 제출했어요. 내일 사람들하고 만나서 대책을 논의하기로 했으니 오전 11시까지 오늘 만났던 커피숍으로 나와 주세요."

"그럴게요."

전화를 끊고 난 후에도 나는 정신이 멍했다. 그라인더맨의 정체를 밝히려고 밤을 꼬박 새우다시피 컴퓨터 앞에 달라붙어 있었지만, 별 다른 소득이 없었다. 날이 밝자마자 커피숍으로 출발했다.

내가 도착했을 땐 이미 사람들이 전부 모여 있었다. 순임은 밤새 울었는지 눈가가 통통 부었고, 유경이 그녀의 옆에서 어깨를 다독이고 있었다. 광필과 상미도 안색이 어두웠다. 모두가 침묵한 가운데 한참 만에 유경이 입을 열었다.

"제가 개인적으로 그라인더맨의 아이피를 추적했는데, 그는 로그인을 하지 않고 유동닉으로 글을 남긴 데다 프록시 서버를 사용했어요. 알아본 결과 중국 서버라 당장 접근하긴 어렵고요. 경찰이 중국 쪽에 협조 공문을 보냈다는데 확인하려면 시간이 좀 걸릴 거라고 해요. 4일 안에 찾는다는 보장도 없고요. 게다가 만약 PC방에서 글을 남긴 거라면 아이피 주소를 확인한다고 해도 범인을 잡을 가능성은 거의 없어요."

순임이 울상을 지었다.

"그럼 쿠키는 어떡해요."

"일단 그가 원하는 게 자신을 설득하는 거니 그쪽으로 풀어보면 어떨까요?"

내 말에 유경이 고개를 저었다.

"이미 사이트에선 해당 게시물을 삭제했어요. 게다가 사람들은 그에게 온갖 욕설을 퍼붓고 있는 상황이고요. 그라인더맨이 제시한 룰은 깨졌어요."

억지로 눈물을 참고 있던 순임이 흐느꼈다. 광필이 인상을 구기며 주먹을 말아 쥐었다.

"어휴, 어떤 자식인지 정말……."

그때 갑자기 순임이 헛구역질을 하기 시작했다. 다들 깜짝 놀라서 그녀를 쳐다봤다. 순임은 손으로 입을 가리고 급하게 화장실 쪽으로 달려갔다. 유경이 걱정스러운 표정으로 그녀의 뒤를 따랐다. 한참이 지나서야 창백한 안색의 순임이 유경의 부축을 받으며 돌아왔다. 순임은 가방에서 알약을 꺼내 삼킨 후 간신히 입을 열었다.

"미안해요. 지병이 좀 있어서."

"쿠키 때문에 마음을 써서 더 그러실 거예요."

유경이 순임의 등을 쓸어주며 말했다. 순임은 핏기 없는 손으로 쿠키의 목걸이를 꽉 그러쥐었다.

"만약 쿠키가 잘못되면 그라인더맨이란 사람은 절대로 용서 못 해요."

그녀의 싸늘한 목소리에 순간 카페 안의 공기가 무거워졌다. 늘 상냥하던 순임이 보인 뜻밖의 모습에 모두 당황한 기색이었다. 어색한 분위기를 전환하려는 듯 상미가 조심스레 말을 꺼냈다.

"저, 근데 그라인더맨이 말한 힌트는 뭘 의미하는 걸까요?"

다들 묵묵부답이었다. 내가 상미의 말을 이어받았다.

"그건 제가 좀 생각을 해봤는데요. 어디까지나 제 추측입니다만……."

내게 쏠리는 사람들의 시선에 부담감을 느끼며 말을 이었다.

"일단 첫 번째 힌트인 O2는 원소기호로 산소죠. 원소 주기율

표에 해당하는 번호는 8이고요. 인터넷에서는 주기율표에 중요한 의미가 있다고 말하지만, 제가 생각하기에 그의 힌트는 그것과는 아무런 상관이 없어요. 그건 바로 학번을 의미하는 겁니다."

"학번이라뇨?"

유경의 질문에 나는 목을 가다듬고 다시 말했다.

"예전에 02학번을 가리켜 산소학번이라고 불렀거든요. 같은 맥락에서 03학번은 오존학번이 되었고요. 따라서 제 추측이 맞는다면 그의 나이는 83년생이거나 빠른 84년생이 됩니다."

내 말을 듣던 광필이 손가락으로 관자놀이를 문질렀다.

"무슨 말인지 당최 모르겠네."

"그럼 두 번째는 뭐죠?"

유경이 다시 물었다.

"두 번째는 아마 그라인더맨 본명의 이니셜이 아닐까 하는데……. 확실하진 않고요."

"그럼 세 번째는요."

다그치는 듯한 유경의 태도에 나는 기어들어가는 목소리로 대답했다.

"저도 세 번째 힌트인 R은……. 아직 잘 모르겠어요."

내가 말꼬리를 흐리자 골똘히 생각에 잠겨 있던 상미가 의견을 제시했다.

"혹시 CMD는 범인의 이메일 아이디나 홈페이지 도메인 주소가 아닐까요?"

유경의 얼굴에 화색이 돌았다.

"어쩌면 그럴 수도 있겠네. 제가 한 번 찾아볼게요."

그녀는 스마트 폰을 꺼내들고 모바일 검색창에 내용을 입력했다. 하지만 사이트 별로 검색 결과가 너무 많았다. 이래서야 서울에서 김 서방 찾기였다. 만약 일치하는 아이디를 찾는다고 해도 그게 그라인더맨이라고 단정하기는 어려웠다. 가능성만 가지고 일일이 역학조사를 벌이기엔 시간도 인력도 부족했다. 진지한 표정으로 게시물을 하나씩 클릭하던 유경은 이내 고개를 저었다. 기대에 부풀었던 사람들의 얼굴에 아쉬움이 서렸다.

세 번째 힌트인 R 역시 여러모로 고민해 봤지만 도무지 의미를 알 수가 없었다. 아무런 성과 없이 시간만 흐르자 순임이 혼잣말처럼 중얼거렸다.

"어쩌면 그라인더맨이 남긴 힌트가 모두 가짜일지도 모르죠."

그녀의 말에 안 그래도 침체된 분위기가 싸늘하게 식었다. 유경이 소파에 등을 기대며 한숨을 내쉬었다.

"이렇게 된 이상 범인과 직접 부딪치는 수밖에 없어요."

"어떻게요?"

내가 고개를 갸웃거리자 유경이 말을 이었다.

"그라인더맨이 제시한 기간이 4일이니 그 동안은 놈이 쿠키를 해치지 않도록 어떻게든 주의를 끌어야 한다는 말이에요. 그 안에 제가 반드시 놈의 아이피 주소를 알아낼게요."

"가능하겠어요?"

"그쪽 분야에서 알아주는 실력자가 대학 선배예요. 오늘 아침에 연락을 했더니 도와주겠다고 하더라고요."

순간 나는 그녀가 불법적인 수단을 동원하려 한다는 걸 깨달았다.

"괘, 괜찮을까요?"

내가 더듬거리며 묻자 그녀가 내게 윙크를 했다.

"걱정 말아요. 이걸로 밥 먹고 산 지 10년이니까. 할 수 있는 건 다 해봐야죠."

어쩌면 유경은 곱상한 외모와 달리 굴곡진 인생을 살아왔는지 도 모르겠다는 생각이 들었다. 나는 마른침을 삼키고 고개를 끄 덕였다.

"좋아요. 그럼 일이 마무리되는 대로 연락 주세요. 나머지 분들 은 저와 함께 녀석을 설득하도록 하죠."

결정을 내리고 우리는 카페에서 나왔다. 순임의 상태가 영 좋 지 않아 보여서 광필이 차로 그녀를 바래다주기로 했다. 유경과 상미는 집이 같은 방향이라 함께 택시를 탔다. 사람들을 모두 배 웅한 뒤 나 역시 집으로 돌아왔다. 계획한 대로 컴퓨터를 켜고 야 옹닷컴에 접속해 그라인더맨에게 전하는 공개 메시지를 띄웠다.

그라인더맨 보아라. 너는 게임을 제안하고 있다. 아주 비도덕적이 고 잔인한 게임이지. 나 포지티브가 너의 도전을 받아주마. 참고로 말 하자면 나는 너를 설득할 수 있는 비장의 무기를 가지고 있다. 네가 제시한 4일 후, 반드시 너는 나에게 설득 당할 수밖에 없을 것이다. 한 번 해보자.

이렇게 도발을 해놓은 이상 놈은 내가 어떤 말로 자신을 설득 할지 궁금해서라도 약속을 지킬 것이다. 아니, 그렇게 믿는 수밖 에 없다. 하지만 녀석이 어떤 반응을 보일지는 미지수였다. 한 시간 후 그가 내 글에 댓글을 달았다.

흥미롭군요. 룰이 깨져서 무척 실망하던 중이었는데. 좋습니다. 그 제안을 받아들이죠.

걸려들었다.

유경이 아이피 주소를 추적하는 동안, 나는 그라인더맨의 관심을 끌기 위해 지속적으로 놈을 도발했다. 놈이 4일이 지나기 전에 이 게임에 흥미를 잃는다면 쿠키의 생명도 위험해질 게 뻔했다. 야옹닷컴에서 활동하는 누리꾼들도 내가 과연 어떤 말로 그라인더맨을 압도할 것인지 관심이 대단했다.

퇴근 후엔 다 같이 모여 전단지를 들고 거리로 나갔다. 목격자가 나올지도 모른다는 기대감에 주기적으로 전단지를 돌렸다. 모두의 얼굴에 고단한 기색이 역력했지만 아무도 불평하지 않고 제일처럼 발 벗고 나섰다.

유경에게 연락이 온 것은 약속 일자를 하루 남긴 저녁이었다. 그녀는 몹시 풀죽은 목소리로 그라인더맨의 아이피 주소를 알아냈다고 말했다. 나는 흥분해서 외쳤다.

"그럼 이제 녀석을 잡아야죠."

"문제가 있어요. 아이피 주소가 삼성동 커맨드 PC방으로 나왔어요. 나마스테 님이 위치추적으로 찾아갔다던 곳이죠. 결국 우려가 현실이 된 거예요."

그것으로 한 줄기 희망이 사라졌다. 안타까운 마음에 기운이 쭉 빠졌다. 제 잘못도 아닌데 미안하다고 사과하는 유경을 달래 통화를 마쳤다. '야옹닷컴' 사이트가 떠오른 모니터 앞에 멍하니 앉아 있자니 속이 부글거렸다. 하지만 다른 방법이 있는 것도 아니어서 나는 일단 모두에게 전화를 걸어 사정을 설명했다. 순임은 한동안 말을 잇지 못하고 흐느끼다 애써줘서 고맙다는 말을 남기고 전화를 끊었다. 광필은 노발대발하며 그라인더맨 욕을 했다. 모두 실망한 가운데 해법은 의외로 여중생인 상미에게서 나왔다. 내 설명을 듣던 그녀가 이상하다는 듯한 목소리로 말했다.

"오빠, 근데요. 커맨드 PC방이면 그라인더맨이 제시했던 두 번째 힌트인 CMD하고 연결되지 않나요? 커맨드의 이니셜이 CMD 잖아요."

"아!"

그랬다. 상미의 말을 듣자 정신이 번쩍 들었다. 그라인더맨이 제시한 힌트는 속임수가 아니었다. 그는 상미의 말대로 자신이 이용한 PC방의 이니셜을 힌트로 남긴 것이다. 쿠키의 목걸이가 그 근처 쓰레기봉투에서 발견된 것도 우연이 아니었다. 그렇다면 세 번째 힌트인 R은 뭐지? PC방의 로얄석을 의미하는 걸까? 거기까지 생각이 미치자 온몸에 소름이 돋았다. 어쩌면 정말로 놈을 잡을 수 있을지 모른다. 즉시 야옹닷컴에 들어가 그라인더맨에게 전하는 메시지를 띄웠다.

그라인더맨! 드디어 내일이다. 정확히 오후 2시에 불판을 깔도록 하지. 너는 절대로 내 글에 반박할 수 없을 걸? 잘 기억해 둬라. 내가 일단 글을 올리면 넌 10분 안에 댓글을 달아라. 그것이 신호다. 오래

걸리진 않을 거야. 정확히 30분 안에 설득시켜주마. 만약 댓글이 달리지 않는다면 나는 네가 패배를 인정한 것으로 알겠다. 너는 약속대로 쿠키를 치료하고 집으로 돌려보내야 한다.

P.S : 뭐 하나만 묻자. 네가 제시한 힌트는 여전히 유효한 거냐?

그리고 저녁 무렵 댓글이 달렸다.

좋습니다. 받아들이지요. (힌트는 내일까지 유효합니다.)

나는 즉시 모든 정황을 사람들에게 알렸다. 내 추측이 맞는다면 그라인더맨은 내일 오후 2시에 커맨드 PC방에 나타날 가능성이 높았다. 그렇게 확신할 수 있는 이유는 이 게임의 동기에 있었다. 애초에 그라인더맨은 거창한 것을 얻으려고 쿠키를 납치한 게 아니었다. 며칠간 지켜본 결과 그는 엽기적인 방법이긴 하지만 어쨌든 자신의 행위에 대해서 사람들의 공감을 얻으려 하고 있었다. 잔인한 정신병자이면서 동시에 명분을 중요시하는 일종의 소신파랄까?

만약 내일 커맨드 PC방이 아닌 다른 곳에서 컴퓨터를 사용한다면 그것은 놈이 제시한 두 번째 힌트를 스스로 부정하는 꼴이 된다. 게임의 룰이 깨지는 순간 승리하는 것은 이쪽이다. 그건 녀석이 원하는 게 아니었다. 그라인더맨이 원하는 건 반박의 여지가 없는 완전한 승리. 그는 유동닉과 프록시 서버라는 그림자 속에 완벽하게 숨었다고 생각할 것이다. 공개된 장소에서 힌트가 유효하다고 증언한 것도 그 때문이다. 그 방심이 허점을 만들었다. 정체를 숨기려고 찾은 PC방이 맹수의 아가리였다는 걸 알면 녀석은 어떤 표정을 지을까?

그라인더맨을 잡는 것은 나와 광필의 몫이었다. 경찰은 부를 수가 없었다. 대놓고 말하진 않았지만, 유경은 그라인더맨의 아이피 주소를 추적하려고 해킹이라는 불법적인 수단을 사용했다. 그녀는 꼬투리를 잡힐 가능성이 없다고 했지만, 만에 하나라도 피해를 줄 수는 없었다. 그리고 경찰에 넘기는 건 그라인더맨을 잡은 후에도 늦지 않는다.

다음 날 나는 커피숍에서 광필을 만났다. 마음의 준비를 한다고 했는데도 긴장이 됐다. 우리는 약속시간 보다 한 시간 먼저 커맨드 PC방에 가 있기로 했다. 출발하기 직전, 파리한 안색의 순임이 커피숍으로 들어섰다. 자신도 함께 데려가 달라는 순임의 말에 광필이 난감한 표정을 지었다.

"너무 위험해요. 다치면 어쩌시려고요."

"괜찮으니까 같이 좀 가요. 나는 그냥 구석에서 모른 척 하고 있을게요."

무작정 앞장서는 그녀를 말릴 수가 없었다. 우리는 하는 수없이 순임을 대동하고 목적지로 향했다. PC방은 도시 변두리의 허름한 건물 2층에 위치해 있었다. 내부구조는 가운데 통로를 따라 좌우로 다섯 개씩 뻗은 자리가 칸칸이 마주보는 형태였다. 순임은 알아서 구석진 자리에 앉더니 초조한 표정으로 컴퓨터를 켰다. PC방에는 군데군데 빈자리가 보였지만 따로 로얄석이 있지는 않았다. 때문에 나는 세 번째 힌트인 R의 정체가 거슬렸다. 사정이 어찌됐든 부디 2시에 그라인더맨이 나타나길 바랐다.

광필은 출입구 쪽에 자리를 잡았다. 나는 PC방 전체를 조망할 수 있는 17번 자리에서 컴퓨터를 시작했다. 1시 50분이 되었지만 아직까지 별 다른 움직임은 없었다. 슬슬 초조해졌다.

2시 정각이 되었다. 나는 약속한 대로 야옹닷컴에 그라인더맨에게 보내는 게시글을 올렸다. 얼마 지나지 않아 놈이 댓글을 달았다.

왔습니다. 시작할까요?

글을 확인하자마자 손을 들어 신호를 보냈다. 광필이 은밀하게 PC방을 돌며 야옹닷컴에 접속한 유저를 찾기 시작했다. 그러나 모든 컴퓨터를 샅샅이 살폈지만, 용의자는 나오지 않았다. 머릿속이 복잡해졌다. 결국 소신파니 힌트니 하는 것은 나만의 추측일 뿐이고, 놈은 다른 곳에서 우리를 비웃고 있는 걸까?

지끈거리는 관자놀이를 문지르며 PC방을 둘러보다 아직 확인하지 않은 컴퓨터가 눈에 들어왔다. PC방 아르바이트생이 카운터에서 사용하고 있는 컴퓨터였다. 동시에 머릿속에 떠오르는 세 번째 힌트. 알파벳 R. 그건 혹시 PC방 '알바생'을 가리키는 머리글이 아니었을까? 그는 나이대도 얼추 이십대 후반 정도로 보였다. 자리에서 일어나 화장실을 가는 척하며 몰래 카운터 쪽의 컴퓨터를 들여다봤다. 관리자용 PC 옆에 있는 또 다른 컴퓨터가 보였다. 그 순간 반사적으로 외쳤다.

"이놈이에요."

내가 외치자 광필이 어리둥절한 표정으로 서 있다가 금세 상황을 깨닫고 이쪽으로 달려왔다. 컴퓨터 자판에 타이핑 중이던 아르바이트생은 당황한 표정으로 광필에게 붙잡혔다. 그는 키가 작고 안경을 쓴 왜소한 체격의 남자였다. 생김새도 온화해 보이는 타입이라 그렇게 잔인한 짓을 저지를 거라고는 생각되지 않았다. 하지만 그것이 바로 그라인더맨의 정체였다.

"이 나쁜 놈. 쿠키는 어디에 있어!"

광필이 위협적인 목소리로 으름장을 놓았지만, 녀석은 반항할 생각도 하지 않고 멍한 표정으로 우리를 쳐다봤다.

"뭐야 니들?"

"발뺌해도 소용없어. 네가 그라인더맨이라는 건 이 컴퓨터가 증명해 주니까 말이야."

나는 최대한 험악한 표정을 지으며 놈을 윽박질렀다. 하지만 그는 범행이 들통 났음에도 너무나 태연했다. 미간에 주름을 잡고 모니터와 우리를 번갈아 쳐다보다가 이내 낡은 의자 등받이에 몸을 기대며 한숨을 내쉬었다.

"아아. 들킨 건가?"

혹시라도 도망칠까 싶어 출구를 막아선 나는 그의 태도에 다소 맥이 빠졌다. 궁지에 몰린 상황에서 이 정도의 침착성을 유지한다는 게 내 상식으로는 이해가 되지 않았다. 그때 가만히 앉아서 상황을 주시하던 정순임이 달려와 떨리는 목소리로 외쳤다.

"우리 쿠키는 어디 있어요!"

모두의 시선이 그라인더맨에게 쏠렸다. 하지만 놈은 자기만의 세계에 빠진 게임 중독자처럼 주변은 거들떠보지도 않고 혼잣말을 중얼댔다.

"우리나라 네티즌 수사대가 이 정도였다니 놀랍군."

놈은 '어떻게 찾았지?' 하며 연신 고개를 갸웃거리다 곧 무표정으로 돌아왔다. 겉모습만으로는 도저히 속내를 짐작할 수가 없는 인물이었다. 놈은 입맛을 쩝쩝 다시며 말했다.

"뭐 상관없지. 좋아, 내가 졌어. 상으로 쿠키가 있는 곳을 알려줄게."

그는 손나발을 만들어 입에 대고 PC방에 있는 손님들에게 외쳤다.

"오늘 영업 끝났습니다. 모두 나가 주세요."

그의 말에 한창 게임에 빠져 있던 사람들이 불쾌한 표정으로 항의했다. 하지만 녀석은 아랑곳 하지 않고 손님들을 모두 내보냈다. 그런 다음 경찰서에 전화를 걸어 신고할 게 있으니 와달라며 주소를 불러주었다. 그의 돌발 행동에 우린 모두 당황할 수밖에 없었다.

이 녀석 도대체 뭘 어쩔 셈이지?

"자, 그럼 따라와."

그는 우리를 PC방 건물 3층의 가정집으로 안내했다. 문을 열고 들어가자 각종 쓰레기로 난장판이 된 거실이 보였다. 더러운 옷가지가 잔뜩 쌓인 소파며, 당장 깨져도 이상하지 않을 정도로 심하게 금이 간 베란다 창문, 먹다 남은 일회용 도시락이 제멋대로 널린 식탁까지 전부 엉망이었다. 이런 곳에서 사람이 산다는 게 믿기지 않았다. 그러나 집주인에겐 익숙한 풍경인지 놈은 별다른 동요 없이 화장실 앞으로 갔다. 문을 열자 그곳에 고양이가 있었다.

"쿠키야."

순임이 비명처럼 외치며 달려갔다. 쿠키는 이미 죽어 있었다. 악취가 코를 찔렀고, 몸에는 구더기가 들끓었다. 우려하던 상황이 눈앞에 닥치자 다들 참담한 표정을 지었다. 광필이 원망스럽다는 목소리로 외쳤다.

"너 이 자식. 4일 동안은 살려주기로 했잖아!"

"아, 나도 그러려고 했는데 고양이가 저 혼자 죽어버렸어."

마치 감정을 거세당한 인간처럼 놈은 표정변화 없이 말을 이었다.

"근데 너희들 정말 나를 이겼다고 생각하는 건 아니지?"

"또 무슨 개소리야."

"생각해 봐. 나는 애초에 고양이보다 인간이 우월하다는 것을 보여주려고 이런 행동을 한 거야. 난 고양이를 죽였고, 이렇게 잡히기까지 했지. 그런데 그게 뭐? 너희들은 내가 어떤 처벌을 받을 거라고 생각하는 거지?"

아무도 대답하지 않는 가운데 녀석이 코웃음을 치며 말했다.

"기껏해야 벌금형일 뿐이야. 그 정도가 고양이를 죽인 사람에게 내려질 처벌이라고. 여태까지 법원의 판례가 그래. 왜냐하면 나는 인간이고 쿠키는 고양이잖아. 그리고 난 언제든 또 고양이를 죽일 수가 있지. 다시 말해서 잡히든 잡히지 않든 이 게임은 내가 이길 수밖에 없는 거였어. 단 내가 어떤 식으로 이길까, 나는 그게 궁금했지."

나는 흥분을 억누르며 반박했다.

"지금은 그렇게 의기양양하지만 사람들이 이 사실을 알면 가만히 있지 않을 거다. 넌 아마 지금처럼 정상적인 사회생활을 할 수 없을 걸?"

내 말에 그라인더맨은 비아냥거리듯 어깨를 으쓱해 보였다.

"물론 처음엔 가타부타 말이 많겠지. 하지만 그게 얼마나 갈 것 같아? 길어야 서너 달이야. 그 후엔 지금까지 그랬던 것처럼 모두의 기억에서 잊히는 거지."

"우리는 잊지 않을 거야."

"좋을 대로 해. 솔직히 난 사회생활 같은 거 안 해도 상관없어. 우리 부모님한테 다달이 용돈 받아쓰면서 살아도 충분하거든. 뭐 그것도 너희들 한 달 봉급보단 많겠지만. 난 PC방도 취미로 하는 거니까."

그라인더맨이 이렇게 뻔뻔하게 나오자 당황스러웠다. 할 말을 찾느라 머뭇거리는 사이 놈이 웃음기 섞인 목소리로 말을 이었다.

"너희들은 나름대로 머리를 써서 여기까지 온 걸 꽤나 자랑스러워하는 모양인데, 솔직히 말하자면 오히려 난 내가 잡히길 은근히 바랐어. 그편이 너희 같은 인간들을 더 열 받게 만들 수가 있거든. 너희는 내가 으스대기 좋아하는 성격이라 내 신상에 대한 힌트를 줬다고 생각하겠지? 너희들 혹시 바보냐?"

"이 자식이 정말."

광필이 놈의 멱살을 쥐고 위협적으로 주먹을 들었다. 녀석이 비웃으며 말했다.

"왜? 한 대 치려고? 치고 싶으면 쳐도 좋아. 대신 내가 고양이를 죽여서 내는 벌금보다 훨씬 많은 벌금을 내야 할 거야. 내가 합의를 해 주지 않으면 징역을 살게 될지도 모르지. 넌 지금 그걸 감수

하고 날 때리겠다는 거야? 지금쯤 경찰도 거의 다 도착했을 걸?"

광필의 주먹이 부들부들 떨렸다. 옆에서 내가 말리지 않았다면 아마 그라인더맨은 전직 복서에게 뼈도 못 추릴 정도로 얻어 터졌을 것이다.

"놔봐. 저 새끼 죽이고. 나 감옥 간다."

"그러시든지."

그라인더맨은 손으로 머리를 쓸어 넘기며 낡은 소파에 주저앉았다. 나는 그의 태연자약한 모습에 섬뜩함을 느꼈다. 텔레비전에서 보던 사이코패스가 이런 건가 싶었다. 그는 끔찍한 행위를 통해 사람들을 조롱했을 뿐더러 그것이 법률로는 처벌에 한계가 있다는 사실도 알고 있었다. 모두가 힘을 합쳐 녀석을 붙잡았지만 아무것도 해결되지 않을 거라는 사실을 깨닫자 속이 쓰렸다. 우리는 결국 며칠 동안 놈의 손에 놀아난 셈이었다.

그때 반쯤 썩은 쿠키를 품에 안고 눈물을 흘리던 순임이 입을 열었다.

"당신은 고작 그런 이유 때문에 쿠키를 죽였나요?"

"겨우 고양이 한 마리라고. 왜들 이렇게 흥분하는지 모르겠네."

순임이 갑자기 품 안에서 빈 주사기를 꺼냈다. 그러곤 능숙한 솜씨로 팔뚝에 바늘을 꽂았다. 금세 주사기 안에 붉은 피가 가득 찼다. 그녀의 갑작스러운 행동에 우리가 당황한 것은 말할 것도 없고, 그때만큼은 그라인더맨도 놀랐는지 눈이 휘둥그레졌다.

순임이 착 가라앉은 목소리로 말했다.

"나는 병에 걸린 후로 굉장히 외롭게 살았어요. 언제 죽어도 상관없다고 생각하고 있을 즈음 쿠키를 만났죠. 그때부터 쿠키는 내 전부였고, 자식이나 다름없는 존재였어요. 그러니까……. 당신은 내 자식을 죽인 거예요."

눈물을 흘리던 순임은 어느 순간 놀랄 만큼 차분해졌다.

"자식을 잃은 부모는 두려울 게 없답니다. 당신은 쿠키의 턱을 자르고, 무시무시한 폭행을 가해 죽였어요. 그 말 못하는 것이 얼마나 고통스러웠을지……."

순임은 목이 멘 듯 잠시 말을 멈췄다가 다시 입을 열었다.

"만약 쿠키가 살아 있었다면……. 아니, 적어도 당신이 잘못을 인정하고 용서를 빌었다면, 이렇게까지는 하지 않았을 거예요."

순임의 손에 들린 주사기가 크게 흔들렸다. 본능적으로 위험을 감지한 그라인더맨이 피하려했지만 작정하고 달려든 순임이 더 빨랐다. 작고 예리한 주사 바늘은 그의 티셔츠를 뚫고 배에 박혔다. 놈이 재빨리 주사기를 쳐냈지만 순식간에 절반 정도가 몸에 주입된 후였다. 우리는 말릴 생각도 하지 못하고 그 광경을 지켜봤다.

"이, 이게 무슨 짓이야."

당황한 그라인더맨이 소리치자 순임이 침착한 어조로 말했다.

"나는 후천성 면역 결핍증을 앓고 있어요. 에이즈(ADIS)라고 들어봤죠? 이제 당신도 나와 같은 처지가 되었답니다."

그 한마디에 지금까지 그라인더맨의 표정에 맴돌던 여유로움은 사라졌다. 안색이 하얗게 질린 그는 사시나무처럼 떨기 시작했다. 손으로 배를 쥐어짜며 순임의 피를 빼내려고 발버둥쳤지만 소용없는 짓이었다. 그 모습을 지켜보던 순임은 조용히 자리에서 일어났다.

"난 이제 경찰서에 자수를 하러 갑니다. 어떤 처벌을 받아도 괜찮아요. 어차피 쿠키가 없는 삶은 아무런 미련이 없으니까. 당신은 게임을 좋아하죠? 자, 이래도 당신이 이겼나요?"

순임은 이내 쿠키를 품에 안고 방을 빠져나갔다. 나는 뭐라 설명할 수 없는 기분에 휩싸였다. 그라인더맨의 처절한 비명만이 방 안을 가득 채웠다.

구토

김유라

1981년생. 제3회 황금드래곤 문학상에서 「스너프 살인」으로 중편 부문에 수상했다. 판타지소설 『다크스톤』, 『자하드』를 출간했으며, 「한국공포문학단편선 시리즈」에 「배심원」을 수록했다. 영화 「기생령」 각본과 「아빠를 빌려드립니다」의 각색에 참여했다. 현재 소설과 영화 시나리오 집필에 매진하고 있다.

인간은 먹는 기계다. 먹기 위해 존재하는 거대한 입이다. 인간이 한평생 먹는 음식의 양은 평균 6만 4000킬로그램이며 위장을 채우고 비우는 일을 죽을 때까지 반복한다. 요컨대 4시간마다 다양한 종류의 음식이 36도가 넘는 체내에서 똥이 되는 과정을 거치는 것이다.

그날 난 다니던 헬스클럽을 3개월 연장했다. 카드 단말기가 16만 원의 명세표를 토해내는 동안 후회와 오기가 고막을 쉴 새 없이 때려댔다. 이번엔 제발 제대로 운동하자. 빠지지 말자. 돈지랄도 정도껏 해야지. 병신! 병신! 나의 애타는 울분이 전파라도 탄 것일까? 소파에서 신문을 뒤적거리던 관장이 카운터 여자에게 한 마디를 던진다.

"우리 회원님, 15일 더 추가해 드려."

운동복으로 갈아입고 나오는데 코치가 인사를 했다. 눈빛으로 보아 무슨 말이 나올지는 뻔했다. 나는 그가 계획한 프로그램의 첫 단계를 벗어나지 못한 채 미적대고 있었는데 게으름 때문이었다. 3개월을 끊어봤자 일주일에 두어 번이나 나오고 마니 도무지 진전이 없는 것이다. 천성이 운동을 싫어하는데다 불규칙한 퇴근도 영향을 끼쳐 야근이다 뭐다 시달리다 보면 운동이고 뭐고 삶 자체가 귀찮아졌다. 그래도 나는 악착같이 헬스를 끊었다. 그런 위안이라도 없으면 정신적인 스트레스를 감당할 수 없기 때문이다.

그렇게 러닝머신만 간신히 30분을 채우고 나왔을 때다. 헬스장 앞에 있는 던킨 도넛을 보니 커피가 당겼다. 아이스카페모카는 내가 가장 좋아하는 거였고 휘핑크림이 듬뿍 얹어져 나오는 그 달콤한 맛만은 다이어트라는 중차대한 목적에도 포기할 수가 없었다.

결국 커피를 사서 빨대로 휘젓고 있는데 반대쪽에서 바뀐 신호를 따라 한 여자가 건너오고 있었다. 짧은 핫팬츠 아래로 쭉 뻗은 다리, 가느다란 팔뚝을 그대로 드러낸 나시티와 허리 등 군살이라곤 찾아볼 수 없는 여자였다. 때마침 불어오는 바람이 웨이브 진 머리카락을 흩날리자 몸만큼이나 아름다운 얼굴이 햇살에 빛을 발했다. 입 안을 채우고 있던 달콤함은 끈적끈적한 불쾌함으로 변했다. 손에 든 게 커피가 아니라 구정물 같고 녹아내린 크림은 뱃살이 터진 구더기의 잔해로 느껴졌다. 나는 더러운 물건 버리듯 커피 잔을 쓰레기통으로 집어던졌다.

다시 고개를 들고 여자를 보는데 이상했다. 분명 처음 보는 여자인데 묘하게 낯이 익다는 느낌이 든 것이다. 눈이 마주쳤고 그녀가 내게 다가왔다. 까닭 없이 심장이 뛰었다. 난 위축되지 않으려고 배에 힘을 주었다.

"너, 나 모르겠니?"

"누구?"

"나 미선이야. 홍미선."

홍미선이라는 이름 석 자를 듣는 순간 눈앞 여자의 모습과 불완전한 머릿속의 정보가 합쳐지며 선명한 기억이 떠올랐다.

"세상에, 미선이? 너 정말 많이 변했다!"

난 그야말로 입을 딱 벌리고 비명처럼 소리쳤다.

고등학교 시절 미선이는 뚱뚱했다. 줄을 서면 양옆으로 살덩어리가 삐져나왔고 의자는 그 큰 엉덩이를 감당키 어려워 부러질 것처럼 비명을 지르곤 했다. 책상도 사물함도 미선이에겐 너무 작았고 혼자만 소인국에 온 걸리버 같았다. 그랬던 미선이 '미녀는 괴로워'에 나오는 주인공처럼 변신에 성공한 것이다.

동창을 만났다는 반가움은 잠시였다. 난 미선을 이렇게 만든 게 무엇일지 미치도록 궁금했고 시기와 질투심이 부글부글 끓어올랐다.

"너 살 엄청 빠졌구나. 어떻게 한 거니?"

"남들처럼 다이어트 했지 뭘."

"다이어트 어쩌구 해도 빼는 게 좀 쉽니. 무슨 마법을 부린 거야?"

그렇다. 이건 마법이다. 마법이 아니면 절대 불가능하다. 미선은 대답이 없었다. 그녀의 시선이 다른 곳에 가 있었다. 얼굴은 내 쪽에 고정돼 있지만 곁눈질로 바닥을 계속 힐끔거리는 것이다. 마치 그곳에 신경을 거슬리는 뭔가가 있는 것처럼.

"왜 그래?"

"아, 아냐."

"얘는, 살 빼는 비법 좀 알려달라니까! 그래, 얌체같이 혼자만 알아라."

"그런 게 아니라니까. 우리 어디라도 들어갈까?"

우린 커피숍으로 자리를 옮겼다. 미선이는 오렌지주스를 시키고 나는 밀크티를 시켰지만 둘 다 한 모금도 입에 대지 않았다. 나야 살을 빼겠다는 투지 때문이라지만 미선이 저러는 것은 정말 눈꼴셨다. 이래서 마른 년들이 더 독하다니깐.

"우리 졸업하고 처음이네. 그치?"

"졸업하고가 아니라 졸업 전부터였지. 너 졸업식 앞두고 계속 학교 안 나왔잖아. 애들이 걱정 많이 했었어. 그 뒤로 연락도 전혀 안 되고, 무슨 일이 있었던 거니?"

"할머니 장례식이 있었어. 갑작스레 돌아가시는 바람에."

"그럼 그것 때문에 졸업식도 제꼈던 거야?"

장례식 때문에 한 달씩이나 학교에 안 나온다는 건 납득이 되지 않았다. 미선은 잔을 어루만지며 그 속에 든 액체를 한동안 바라보았다.

'먹어라. 좀 먹어!'

"나 참 많이 변했지? 너도 알잖아. 나 엄청 뚱뚱했던 거. 고등학교 때 별명 잊히지도 않아."

"그때야 별명 같은 거 부르고 놀 때니까."

홍드럼. 미선의 별명이었다.

"그땐 참 많이 먹었어. 돌아서면 배고프다는 말이 있지만 내

308

경우엔 먹어도 먹어도 배가 고팠거든."

사실이다. 미선이는 정말 잘 먹는 소녀였다. 도시락을 미리 까 먹고 점심시간에 제일 먼저 매점으로 달려가는 것도, 쉬는 시간 내내 온갖 군것질을 달고 사는 것도, 야간 자율학습이 시작되기 전에 교문을 빠져나가 떡볶이를 사먹고 들어오는 것도 역시 미선 이었다.

"초등학교까지만 해도 너무 마르고 밥을 하도 안 먹어서 엄마 가 입맛 돌아오는 한약도 먹이고 그랬거든. 그런데 고등학교 올라 오자마자 갑자기 먹는 게 좋아지더라고. 밥이고 라면이고 케이크 고 예전 그 맛이 아니었어. 혀에 착착 감기는 음식들이 얼마나 달 던지. 전엔 한 끼를 먹으면 다음 끼니까진 생각이 없거나 아예 거 르곤 했는데 소화가 잘되는지 먹고 나면 금방 꺼지고 또 금방 꺼 지고 그러는 거야."

"지금은 조절을 잘하는 것 같은데?"

"일이 있었지. 아주 대단한 일이."

미선이는 말을 끊고는 피식 웃었다.

"할머니가 계단에서 굴렀을 때 다들 돌아가실 거라고 했어. 팔 십이 먹은 노인네가 허리뼈가 부러졌으니 붙이고자시고 해봤자 끝났단 거지. 하지만 할머니는 일찍 죽기를 바란 큰집의 소원과 달리 넉 달을 더 버텼어. 병문안을 가면 할머니는 늘 혼자였지. 괴팍하신 분이라 식구들이 다 싫어했지만 나만은 할머니를 찾아 가 전래동화 책을 읽어주거나 팔다리를 주물러드렸어. 돌아가시 기 얼마 전이었을 거야. 여느 때처럼 할머니를 안아드렸는데 화를 내시더라고. 살 때문에 숨 막히니 치우라면서. 나름대로 위해드린 할머니가 그런 말을 하니 어린 맘에 충격이 컸지. 얼마 후 할머니가 돌아가시고 장례식장에서 친척들이 날보고 저마다 잔소리를 하는 거야. 쟤 살이 왜 저렇게 쪘느냐. 무슨 병이 있는 게 아니냐. 장례에는 관심이 없고 변한 나만 그저 신기한 모양이었어. 웃기지 않아? 바쁘단 이유로 코앞인 병원도 찾아오지 않던 것들이 내 욕할 주제나 되냐고?"

"오랜만에 봐서 그랬겠지. 원래 친척이란……"

"내가 자기들한테 해를 끼치기라도 했어? 피해라도 준 거 있냐고! 왜 뚱뚱하다는 이유만으로 그런 비난을 받아야 해?"

미선의 목소리는 높아졌다 낮아지길 반복하며 꾸준히 이어졌다. 마치 이제껏 당한 고통의 대변자라도 만난 듯 그 속에는 악의와 분노가 가득했다.

"그래서 학교에 안 나온 거니?"

"모든 게 지긋지긋했어. 난 방안에만 틀어박혔고 대학도 포기했어. 대신 등록금으로 지방흡입을 받았지."

세상에 계집애, 역시 그런 거군. 저런 변화가 노력이 아니라 돈지랄의 결과였다니. 내 표정에서 무엇을 읽었는지 미선이 고개를 저었다.

"지방흡입을 한다 해도 큰 효과는 없어. 몇 차례에 걸쳐 빼줘야 하고 시술 중에 혈관이라도 막히면 죽을 수 있거든. 못 믿겠지만 난 운동도 정말 열심히 했어. 먹지도 않고 하루에 여섯 시간 이상을 체육관에서 살았으니까. 덕분에 지금의 몸매를 만든 거야."

난 어느새 컵을 쥐고 식은 밀크티를 들이키고 있었다. 갑자기 목이 미치게 탔고 가공할 다이어트 체험기는 의욕을 꺾어놓기 충분했다. 역시 살을 빼려면 그런 독한 마음이 있어야 한다. 나 같은 의지박약아가 어떻게 이런 독종들을 따라갈 수 있겠는가.

"어쨌든 축하한다. 얘. 다들 놀라 자빠질 거야. 네가 이렇게 변한 걸 알면."

"그래. 놀랄 거야. 놀라겠지."

미선은 그렇게 말하며 벽을 봤다. 바닥을 흘낏거릴 때와 비슷한 눈길이었다. 불쾌하면서도 꺼림칙한 뭔가를 보는 것 같은. 고갤 돌렸지만 거기엔 흥미를 끌 만한 그 무엇도 없었고 대신 건너편에 앉아 있던 남자가 미선을 향해 웃음을 지었다. 이전의 미선이라면 결코 기대할 수 없는 시선에 나는 기분이 상했다. 학창시절만 하더라도 단연 미선이 보다는 내가 한 수 위였고 남자들의 관심 역시 나의 차지였다.

한번은 이런 일이 있었다. 소위 좀 논다는 아이 하나가 도시락을 싸오지 않았다. 그 애는 대범하게도 중국집에 전화를 걸었고 잠시 후 3학년 4반에는 자장면과 군만두가 배달됐다. 매콤한 춘장 냄새가 교실 안을 휘감았을 때 문이 열리며 담임이 뛰어들었다.

"이것들이, 여기가 너희 집 안방인 줄 알아? 어느 놈이 시켰어!"

아이들은 긴장했지만 리더인 애가 지목한 것은 미선이었다. 가져온 도시락을 1교시에 까먹고 매점 갈 준비를 하는 미선에게 덮어씌운 것이다. 담임은 미선을 윽박질렀다. 미선이 그러지 않았다고 해도 소용없었다. 입보다는 몸이 증명을 해 주었으니까. 솔직히 그땐 미선을 진심으로 동정했다. 제발 살을 빼서 사람답게 살기를, 여자로서의 매력을 발산하길 바랐던 것도 사실이다. 하지만 지금은? 정작 그렇게 바뀐 미선을 보니 그때 그렇게 바랐던 나 자신을 죽이고 싶었다. 친구의 행복? 개가 웃는다. 동정과 행복도 자기보다 못한 상태에서지 자길 뛰어넘으면 뭐 같아지는 법이다.

갑자기 미선과의 만남이 참을 수 없을 정도로 짜증이 났다. 게다가 어디서 역겨운 냄새까지 풍겨와 속이 울렁거리는 느낌이었다. 나는 인상을 찡그리고 주위를 둘러보았다. 며칠 안 빤 속옷을 코앞에서 흔들어대는 느낌이랄까. 반찬을 말라비틀어질 때까지 냉장고에서 썩히면 비슷한 냄새가 날것이다. 아까부터 콧속을 찔러오는 그러나 얘기에 팔려 애써 무시하던 그 냄새에 나는 신경을 집중했다. 도대체 어디서 나는 거야?

그 순간 미선이 자리에서 일어났다.

"우리 나가자."

미선이 내가 사는 오피스텔 근처로 이사 왔다는 얘긴 나중에 들었다. 우린 종종 만나 영화를 보고 쇼핑을 하거나 잡담을 즐겼다. 계절이 계절이니만치 노출이 강조되는 시기였다. 나는 더워도 청바지를 선호했지만 미선은 몸매를 드러내지 못해 안달이었다. 짧은 치마가 간신히 허리 밑을 가려줬고 손바닥만 한 천 쪼가리가 가슴에 위태롭게 걸려 있었다.

밖에 나가면 남자들의 시선은 전부 미선에게 쏠렸다. 교복을 입은 고등학생들이 휘파람을 불기도 하고 번호를 묻는 대학생도 있었다. 겉으론 웃고 있었지만 그때마다 나는 참을 수 없는 질투와 절망감에 시달려야 했다.

미선이 뭔가를 숨기고 있다는 생각이 들기 시작한 건 그녀가 음식을 전혀 먹지 않는다는 의심을 하면서부터였다. 많은 시간을 함께 보냈지만 난 미선이 먹는 모습을 한 번도 본 적이 없었다.

"이것 봐. 칼로리가 제로래. 음, 맛도 괜찮은걸."

"난 됐어."

일부러 칼로리가 없는 음료를 찾아 미선의 눈앞에 흔들어댔지만 그녀는 관심이 없었다.

김밥천국 아줌마는 먹지도 않을 돈가스를 시켰다면서 투덜거렸다. 미선이 먹지도 않을 음식을 시키는 짓은 이번이 처음이 아니었다. 커피숍에서 오렌지주스를 시킬 때처럼 말이다. 오렌지주스뿐만이 아니다. 미선은 물 한 모금 안 마셨다.

"너 소화 장애 같은 거라도 시달리니?"

"내가? 왜?"

"전혀 안 먹는 거 같아서. 너무 다이어트에 매달리는 거 아냐? 그러다 몸 상할라. 적당히 해."

미선의 눈빛이 날카로워졌다. 안 그래도 눈초리가 치켜 올라간 고양이상인데 눈썹을 일그러뜨리며 노려보는 모습이 살벌하기 그지없다. 거짓말 보태서 살의까지 느껴지는 싸늘함에 난 나도 모르게 목을 움츠렸다.

"무슨 의도야?"

"뭐가?"

"왜 그렇게 못 먹여서 안달이냐고! 내가 너한테 그런 거 걱정해 달라고 했니? 칼로리가 없는 음료니 뭐니 하며 자꾸 먹이려고 하는데 꿍꿍이가 뭐야?"

"기막혀. 꿍꿍이는 무슨 꿍꿍이? 걱정도 못 하니?"

미선은 그것이 세상에서 가장 웃긴 농담이라도 되는 것처럼 웃음을 터트렸다.

"걱정? 진짜 걱정해서 그러는 거야? 속으론 비웃고 있을 텐데? 예전의 홍드럼이 이런 모습으로 변했으니 얼마나 배 아프겠어. 하나라도 더 먹여서 이전처럼 되길 바라는 마음이 있는 거 아냐?"

예리한 년. 사실이다. 하지만 지금은 틀렸다. 난 궁금할 뿐이다. 네가 숨기는 게 뭔지. 네 다이어트의 진짜 비결이 뭔지.

"너 나하고 만나고 지금까지 한 번도 안 먹은 거 알아? 점심도 안 먹고 왔다면서? 오늘만 그런 것도 아냐. 저번에도 그렇고 지지난번 극장 갔을 때도 그랬잖아."

"내 몸은 내가 알아서 해! 살아 있잖아! 이렇게 건강하게. 그거면 충분한 거 아냐?"

내가 궁금한 게 바로 그거지만 더는 말하지 않기로 했다. 잠시 후 미선은 지나치게 예민하게 굴었던 자신의 행동이 후회스러웠는지 가는 길에 맥주를 사겠다고 했다. 난 실소를 금치 못했다. 결국 나 혼자 먹고 마실 게 뻔했기 때문이다.

아니나 다를까. 내가 맥주를 들이켜고 안주에 포크질을 하는 동안 미선은 음식엔 손도 대지 않고 떠들어대기만 했다. 펜팔 하던 남자애에게 몸무게를 속여 약속장소까지 갔다가 만나지 못하고 되돌아온 일, 장례식장에서 잡친 기분을 풀러 백화점에 갔다가 옷을 못 입게 한 점원과 싸운 일, 변신에 성공하고 처음 사회에 나갔는데 사장이 변태라 일주일 만에 그만둔 이야기가 지루하게 이어졌다.

나는 고개만 주억거렸다. 대화가 멈췄다. 고개를 들자 미선의 표정이 달라져 있었다. 은밀하고도 날카로운 눈초리로 그녀는 주위를 살피고 있었다.

"잠시만."

"어디 가는데?"

"화장실."

혹시 내가 자기 얘길 건성으로 들어 화난 게 아닌가 했지만 그건 아닌 듯했다. 나는 계속해서 돈가스 조각을 목구멍에 쑤셔 넣었다. 벨을 누르자 아르바이트생이 빈 500CC 컵에 맥주를 가득 채워왔다. 벌써 3잔째였고 적당히 취기도 올랐다. 내 위는 크리스마스를 준비하는 산타의 자루처럼 끝도 없이 부풀어 갔다. 맥주는 금세 반이 비워졌다.

그때까지도 미선은 돌아오지 않았다. 그녀의 가방이 소파 귀퉁이에 그대로 놓여 있었다. 5분쯤 뭉그적거리던 나는 화장실로 갔다. 여자화장실에는 변기가 3개였고 앞의 두 칸이 모두 비워져 있었다. 잠긴 셋째 칸으로부터 신음 비슷한 소리가 흘러나왔다.

"……으 …… 우읍 ……으."

순간 맹렬한 호기심이 발동했다. 도대체 무슨 짓을 하는 거야. 신음소리는 우는 것 같기도 하고 웃는 것 같기도 하고 화를 내는 거 같기도 하며 넋이 나가 흐느끼는 거 같기도 했다. 게다가 이 냄새! 용변 칸에서 흘러나오는 냄새는 단순한 암모니아 가스하고는 비교도 할 수가 없었다. 그건 한 번도 맡아보지 못한 가공할 만큼 역겨운 냄새였다. 어찌나 지독한지 숨을 들이쉴 때마다 오장육부가 뒤틀리는 느낌이었다. 나는 코를 막고 다른 손으로 문을 두드렸다.

"누구얏!"

"나야, 그 안에서 뭐해?"

"가! 가 있어!"

"토하니? 어디 아픈 건 아니지?"

"가! 가란…… 으읍…… 우우우…… 으어억."

나는 몇 걸음 물러섰다. 꺼림칙한 감각이 혈관을 타고 온몸으로 퍼져나갔다. 나는 몇 분간, 실제로는 몇 초였을지도 모르지만 냄새와 싸우며 필사적으로 그 자리를 지켰다. 저 문을 열고 미선의 등을 두드려줘야 하는 것인지 아니면 나가서 약이라도 사와야 하는 것인지 판단이 서지 않았다.

"아씨, 이거 무슨 냄새야?"

등 뒤에서 인기척이 났다. 입술에 뚫은 피어싱 만큼이나 성깔 있어 보이는 여자가 인상을 찡그리며 나를 노려봤다. 그러고는 출처가 내가 아니라고 판단했던지 잠겨 있던 문을 발로 찼다.

"야! 안주를 뭘 처먹었기에 냄새가 이래? 너 혼자 쓰는 화장실이냐?"

"으…… 우우…… 으읍…… 으."

"씹할 년아, 술 처먹으려면 곱게 처먹어. 난 너같이 주량 무시하고 주는 족족 다 받아 처먹다가 오바이트 쏟는 것들만 보면 귀싸대기를 갈기고 싶어. 야! 안 들려?"

나는 더 버티지 못하고 화장실을 나왔다. 위장이 들썩거리며 금방이라도 음식물이 역류할 것 같은 느낌을 간신히 억눌렀다. 아름다운 미선의 속에 뭐가 있기에 그런 끔찍한 냄새를 게워내는 것일까. 남자들이 그 냄새를 한 번이라도 맡게 된다면 이전처럼 미선을 사랑할 수 있을까.

난 얼음물을 시켜 속을 달랬다. 찬 기운이 알코올을 몰아내자 조금 전의 목격이 얼마나 어이없는 것인지 인식할 수 있었다. 위장이 텅 빈 애가 쏟아낼게 뭐가 있다고.

여전히 먹지 않는 것을 제외하면 미선은 별 탈이 없어 보였다. 언제 그랬냐는 듯 웃으며 다시 자기 몸을 과시했다. 그때마다 난 체육관에 다니겠다고 열을 냈지만 작심삼일이었다.

그러던 어느 날이었다.

"자기야, 이쪽은 내 고등학교 친구."

미선이 소개하는 동안 나는 멍하게 남자를 바라봤다. 180? 아니 185는 되지 않을까? 남자는 모델처럼 늘씬한 키에 근육질의 몸매를 자랑했다. 벤치프레스를 하루에 수백 번은 드는 것 같았다. 얼굴도 잘생겼는데 마치 내가 침을 흘리며 감상하던 영화 속에서 갑작스레 현실로 튀어나온 주인공 같은 느낌이었다.

"처음 뵙겠습니다. 전성호라고 합니다."

"아, 네."

뒤늦게 나는 그가 손을 내밀고 있다는 걸 알아채곤 얼른 손을 내밀었다.

"미선이 친구라 기대했는데 인상이 참 귀여우시네요. 그런 말 많이 듣죠?"

손가락은 부드러우면서 힘이 있었다. 적당히 차가운 기운이 도는 게 딱 내가 원하던 감촉이었다. 이런 남자가 미선의 남자친구라는데 충격을 받았다.

그는 디자인 관련 프리랜서였다. 각종 로고, 홈페이지, 앨범 재킷, 공연 포스터를 제작하는데 가장 좋아하는 것은 티셔츠 디자인으로 자신이 만든 티가 돌아다니는 것을 보면 기분이 좋아진다고 했다. 마침 들고 온 쇼핑백에는 미선의 얼굴이 새겨진 셔츠 한 장이 들어 있었다. 특별히 제작했다는 그 말에 나는 아랫배가 칼날에 베이는 것 같은 기분을 느꼈다.

그는 깍듯이 매너를 지켰고 애인친구라고 이것저것 신경써 주었다. 돌아오는 길의 기분은 한 마디로 똥 같았다. 나보다 못한 년이 어느새 훨씬 잘난 남자를 꿰차고 있다는 시기와 그 남자를 갖고 싶다는 욕망. 미선이 그런 남자를 만날 수 있었던 건 순전히 다이어트로 만들어낸 말라비틀어진 몸 때문이다.

예전에 본 「환상특급 시리즈」에서 그런 내용이 나왔다. 제목은 기억나지 않지만 미의 정의를 풍자했던 것 같다. 한 여자가 붕대로 얼굴을 칭칭 감은 채 입원해 있다. 여자는 자신의 추한 얼굴을 드러낼 수 없어 붕대를 풀 시기가 왔음에도 미룬다. 의사와 간호사들은 그녀를 안타깝게 생각하지만 한편으론 끔찍한 얼굴을 뒤에서 조롱한다.

결국 여자는 다른 곳으로(아마 그녀같이 저주받은 괴물이 모여 사는) 보내져서 붕대를 풀게 되는데 놀랍게도 매우 아름다웠다. 정작 그녀를 비웃던 의사와 간호사야말로 흉측하게 일그러진 괴물들이었던 것이다.

대체 이 시대의 남자들은 왜 미선이처럼 말라비틀어진 년만 좋아하는 것일까. 그날 나는 기어코 피곤한 몸을 이끌고 체육관에 갔다. 덤벨을 들어 올리던 코치가 신기하단 표정으로 말을 걸어왔다.

"이 시간에 웬일이세요?"

"운동하려고 왔죠."

"술 드셨어요? 어후. 음주운동은 원래 하면 안 되는데……."

나는 날벌레를 쫓듯 코치를 쫓아냈다. 그러곤 러닝머신에 기어올랐다. 새벽이라 갈지자걸음으로 달리는 내 꼴을 보는 이는 아무도 없었다. 어느새 뒤에 온 코치는 비웃기보다는 진지하게 한 마디를 던졌다.

"평소에도 그렇게 열심히 해보세요."

내가 제 애인을 넘볼 주제가 못 된다고 생각해선지 미선은 성호와 만날 때마다 날 불러냈고 우린 셋이 어울리는 날이 많아졌다. 질투에 몸부림치며 난 둘 사이가 깨지길 간절히 빌며 교묘하게 장난을 치기 시작했다.

"우리 미선이 학교 때 얘기 좀 해봐요. 어땠어요?"

화제가 나오자마자 나는 기다렸다는 듯 떠들어댔다. 반에선 어땠고 선생들 사이에서는 어땠으며 성적은 어느 정도였는지. 처음엔 당황하던 미선도 내가 좋은 쪽으로만 얘기해 주자 안도하는 투였다. 히죽히죽 웃는 입술 사이로 미백한 이빨이 드러났다. 나는 과연 언제까지 웃을 수 있을까 생각하며 가방을 뒤졌다.

"안 그래도 내가 사진을 하나 찾았거든. 다 없어지고 이거 한 장 남았더라고. 이게요, 우리 수학여행 때 찍은 거거든요."

미선이 막으려 했지만 내 동작이 더 빨랐다. 성호 또한 미선의 과거가 궁금했는지 얼른 사진을 낚아챘다.

"와, 자기 고등학교 때란 말이지."

"미선이가 어디 있는지 찾아보세요."

성호는 시험지를 받아든 꼬마처럼 진지한 표정을 지었다. 하지만 아무리 들여다봐도 찾을 수 없을 것이다. 당최 사이즈가 비슷하기라도 해야 말이지. 미선이 스스로 학창시절 얘기를 했을 리도 없고. 성호가 엉뚱한 아이들을 찍을 때마다 미선의 표정은 초조하게 붉어졌다.

"찾았다! 얘가 미선이죠?"

"아닌데."

"어, 이상하네. 그럼 여기!"

"땡."

성호의 난감해하는 표정과 미선의 불안해하는 표정을 번갈아 보는 맛은 정말 짜릿했다. 가관은 이럴 때 두고 하는 말이 아닐까. 나는 사악한 속마음을 숨긴 채 그저 학창시절의 여흥을 돋우려는 순수한 의도처럼 깔깔거리다 미선의 옆구리를 찔렀다.

"네가 알려줘. 자꾸 헤매잖니."

"말하지 마. 내가 맞출 거야."

답은 계속 빗겨갔고 나는 사진 맨 구석에 웅크리고 있는 거대한 살덩이를 가리켰다.

"참내, 여기 있잖아요. 애인 얼굴도 몰라요?"

"에? 정말요? ……뭐야, 자기 학창 땐 복스러웠구나. 나도 얼굴은 비슷하다고 느꼈는데 지금이 너무 말라서 저런 때가 있을 거라곤 생각을 못했지. 이때도 매력 있는데 너무 뺀 거 아냐?"

저런 것을 보면 인간의 간사함이 놀라울 정도다. 이때도 매력 있어? 너무 빼? 웃기고 있네. 솔직히 당황스러울 거다! 역겨울 거다! 나는 사진을 받아들고 말했다.

"지방흡입을 엄청 하긴 했죠. 지금처럼 만들려고 미선이 정말 독했어요. 돈도 얼마나 들었는지. 얼마나 들었니? 오백? 천?"

"지방흡입? 그런 것도 했어?"

"살 빼는 게 쉬운 줄 알아요? 연예인들 그거 다 지방흡입 한 거예요. 요가니 헬스니 떠들어대지만 지방흡입으로 어느 정도 빼주고 그 다음부터 운동을 하는 거죠."

성호는 말이 없었다. 미선이 원망어린 눈빛을 보냈지만 나는 어깨를 으쓱이며 입 모양으로만 중얼댔다.

'내가 뭘?'

그때 누군가의 생일인지 조명이 꺼지며 생일 축하곡이 경쾌하게 울렸고 우리도 어색한 분위기에서 벗어났다. 나는 맥주를 들이켰다. 힐끔 보니 미선은 어스름한 틈을 타 재빨리 향수를 뿌리고 있었다. 놀랄 일도 아니었다. 나도 이젠 미선을 만날 때마다 풍겨오던 역한 냄새의 정체를 알게 되었으니까. 끔찍한 악취는 바로 미선 자신으로부터 풍겨 나오는 것이었다. 그녀는 자신의 냄새를 그보다 더 독한 향수로 지우고 있었던 것이다. 악취의 원인이 무엇인지는 모른다. 다이어트의 부작용인지 아니면 진짜 병이라도 있는 건지.

'미친년, 향수로 그 끔찍한 악취를 지울 수 있을 것 같아? 언제까지 그런 추악한 가면을 쓰고 살 수 있을 것 같아? 주제에 무슨 다이어트를 한다고. 애초부터 넌 홍드럼으로 머물렀어야 해.'

이제 성호는 완전히 풀어져 미선의 어깨에 팔을 두르고 맞장구를 치고 있었다. 테스토스테론(고환에서 추출되는 남성 호르몬)의 분비로 후각이 마비되기라도 한 모양이었다. 눈에 보이는 근사한 몸매와 성적 욕망으로 그는 미선의 진짜 모습을 보지 못하고 있었다. 바보 같으니! 당신이 고른 꽃은 썩었다고!

나의 바람은 생각보다 빨리 이루어졌다. 이유가 뭔지는 알 수 없었지만 둘 중 하나일 거라고 생각했다. 돼지처럼 살찐 고등학교 때 사진을 잊을 수 없거나 독한 향수 뒤에 숨어 있던 악취의 정체를 알아차렸거나.

"성호 씨 일이 잘 안 풀리나 봐. 마음이 복잡해서 마음 편히 연애에만 매달릴 수가 없대."

"그럼 헤어지재?"

"당분간은 일에만 전념하고 싶다고…… 알다시피 나이도 있고 한참 중요할 때잖아. 그 사람 꿈도 크고…… 어떡해야 좋을지 모르겠어."

둔하게도 미선은 성호의 변명을 곧이곧대로 믿는 눈치였다. 나는 쐐기를 박았다.

"남자 마음 한 번 떠나면 끝이야! 잊어버려!"

성호가 내게 연락을 해온 건 예상 외였다. 우린 미선이 몰래 만나기 시작했다. 꿈꾸던 일이 이루어진 것이다. 죄책감이나 미안함 따위는 없었다. 오히려 진작부터 이렇게 됐어야 했다는 생각이 훨씬 강하게 들었다.

성호와 헤어진 충격 탓인지 한동안 미선은 외출도 하지 않고 연락도 해오지 않았다. 집에만 틀어박혀 지내는 것 같았다. 어차 피 직장을 다니는 것도 아니니 상관은 없지만 싸돌아다니면서 과 시하기 좋아하던 애가 갑자기 변하니 이상했다.

나는 궁금증을 참지 못하고 전화를 걸었다. 한참 신호가 간 다 음에 수화기 드는 소리가 들려왔다.

"……여보세요?"

"나야, 살아 있기는 한 거니? 얼굴 좀 보자."

"싫어."

"칙칙한 집구석이 뭐 좋다고 그래. 영화 보자. 내가 쏠게."

"집에 있어야 해. 나가면 안 돼."

"얘 좀 봐, 왜 갑자기 세상에 환멸이라도 느낀 거니? 나가면 안 되게."

미선이 웅얼거리듯이 말했다.

"그…… 들이…… 싫…… 해."

전화는 끊어졌다.

'그것들이 싫어해'라고 말하는 듯했다. 워낙 작게 중얼거려 확 신할 수는 없었다. 그것들? 그것들이 누군데? 무리하게 추측해 보 려 애썼으나 허사였다. 단순히 의미 없이 내뱉었을지도 모를 말이 었다.

며칠 뒤 미선의 집을 찾았다. 무슨 일이 있는 건지 호기심이 동 하기도 했지만 혹시라도 나와 성호의 관계를 눈치 챈 게 아닐까 불안했기 때문이었다. 미선의 집주변은 이상하리만치 조용했다. 그렇잖아도 칙칙한 회색 건물이 혼자만 뚝 떨어져 있으니 더 그런 것 같았다. 초인종을 누르려다 현관문이 살짝 열려 있는 게 보였다. 난 알 수 없는 호기심에 이끌려 소리 없이 문을 밀었다.

안으로 들어선 순간 호흡을 멈출 수밖에 없었다. 빛이 들지 않아 어두컴컴한 실내에 농익은 은행열매가 독소를 뿜어내는 것 같은 지독한 악취가 코를 찔렀던 것이다. 잠깐의 순간에도 뒷골이 지끈거리고 구토가 치밀었다. 언젠가 술집 화장실에서 맡았던 그 악취와 비슷했다. 당장이라도 밖으로 뛰쳐나가고 싶은 충동을 간신히 억누르며 거실로 들어섰다.

"미선아, 나야. 걱정돼서 와봤어."

어쩌면 요 앞 편의점에 나갔을지도 모른다. DVD를 빌리거나 세탁소에 옷을 찾으러 갔을지도.

"얘, 미선……?"

"……으읍 ……우우우 ……으그 ……억."

나는 홱 몸을 틀었다. 언젠가 들었던 불쾌한 그러나 귀에 익은 소리가 들려오고 있었다. 잠재의식 깊숙이 가라앉아 있던 육감이란 놈이 꿈틀거리며 가지 말라는 경고를 보냈지만 두 다리는 비적비적 화장실로 다가갔다. 문은 닫혀 있고 안에선 미선이 열심히 제 할 일에 빠져 있었다. 이름을 부르고 싶었지만 시도는 목구멍에서만 간질간질 맴돌았다. 아직 미선이는 내가 온 걸 모르고 있다.

"우…… 그으…… 우우윽…… 으거어어."

떨리는 손으로 문을 밀었다. 바닥에 쭈그리고 앉아 변기를 부여잡은 미선이 입을 가린 채 껙껙대고 있었다. 팔에는 온통 토사물이 묻어 있었다.

"미선아, 왜 그래?"

난 미선이 악이라도 쓸 줄 알았다. 아니면 당황해 하거나. 그러나 나를 돌아보는 미선의 동작은 건전지가 떨어진 로봇처럼 느릿느릿하기만 했다. 며칠간 날밤이라도 샌 것처럼 퀭한 눈에는 홍채만 있을 뿐 동공은 보이지 않는다. 나는 화장실 안으로 들어서며 미선의 등을 젖혔다.

"정신 좀 차려! 대체 왜 그래?"

나는 봤다. 변기 속의 토사물 덩어리가 살아있는 것처럼 끓어오르는 것을. 부패하고 썩고 변질돼 버린 알갱이들은 저마다 숨을 내쉬는 것 같았다. 미선은 오바이트를 하는 게 아니었다. 그때도 지금도 그녀는 오바이트 따위를 한 게 아니었다. 마치 사이다 기포가 올라오는 것처럼 그것들은 밖을 향해 기어오르고 있었다.

"너…… 너, 지금 너…… 너, 너……."

내가 듣기에도 어색한 목소리였다. 머릿속에 캐스터네츠 하나가 박혀 있는 것처럼 번잡한 소음이 짝짝 울려왔다. 몇 초간 나를 응시하던 미선이 고갤 돌리더니 다시금 행위에 열중하기 시작했다. 가느다란 손가락이 변기 속으로 쑥 들어갔다가 토사물 덩어리를 건져 올렸다. 그러고는 입으로…….

"우욱!"

나는 그 자리에서 허리를 숙이고 격격대기 시작했다. 속이 뒤집혔다. 악취는 더욱 심해지고 온 사방이 빙빙 도는 것 같았다. 누군가가 식도를 잡고 뿌리째 밖으로 뽑아내려는 것 같은 끔찍한 구토가 솟구쳐 올랐다. 나는 더 이상 참지 못하고 그대로 몸을 돌려 미친 듯이 밖으로 뛰쳐나갔다.

집으로 돌아온 다음에도 충격은 가시지 않았다. 세상엔 별별 엽기적이고 은밀하고 변태적인 취미를 지닌 인간들이 다 있다는 걸 알고는 있었지만 자기 토사물을 먹는 년이라니!

오래전에 인터넷에서 비슷한 영상을 본 기억이 났다. 노란국물 이라는 제목의 영상이었던 것 같은데 어떤 여자애가 자기가 게워 낸 걸쭉한 토사물을 즉석에서 다시 주워 먹는 그야말로 구역질 나고 위를 울렁거리게 만들었던 영상이었다. 그 영상 위에 미선의 집에서 봤던 장면이 겹쳐지며 나는 다시 올라오려는 구역질을 간신히 억눌러야만 했다.

핸드폰이 울렸다. 흠칫거렸으나 성호였다. 그는 근처에 온 길이라며 잠깐 보자고 했다.

"얼굴이 왜 그래?"

"속이 안 좋아서."

"약 먹어야 되는 거 아냐?"

"아냐, 그런 거."

그가 걱정스럽게 보더니 들고 있던 쇼핑백을 건넸다.

"뭐야?"

"선물."

열어보니 미선이에게 준 것과 똑같은 옷이 들어 있었다. 단지 옷 한가운데 있던 캐릭터가 미선 대신 내 캐리커처로 바뀌어 있다는 사실만 달랐다.

"예쁜데."

"좋아?"

"응."

좋았다. 아니, 안 좋다. 좋다. 젠장! 자꾸만 그 생각이 났다.

"아무래도 불편해 보이네. 들어가서 쉬어."

"그럴까."

집 앞에 도착해서 성호는 나를 꼭 안아주었다. 그 사이에도 내 머릿속엔 온통 미선에 대한 생각뿐이었다. 도대체 그것들이 뭐였지? 분명히 살아서 꿈틀거렸는데. 맙소사, 살아있다고? 미쳐버릴 것 같았다. 다시는 미선의 얼굴을 보고 싶지 않았다.

다음날 회사에 갈 때 성호가 선물한 옷을 입었다. 다들 예쁘다고 난리였고 나는 당당하게 애인에게 받은 거라고 자랑을 했다. 집으로 돌아오는 길이었다. 어스름한 가로등 불빛 아래 누군가 앉아 있었다. 성호인 줄 알았는데 미선이었다. 미선은 이전처럼 몸을 노출하지 않았다. 오히려 부자연스러울 정도로 이상한 복장을 하고 있었다. 이런 삼복더위에 미선은 두꺼운 코트를 껴입은 채 이상한 광기에 사로잡힌 눈으로 날 올려다보고 있었다.

"전화도 없이 웬일이야."

"널 보러왔어. 부탁할 게 있어서."

"부탁?"

미선이 묘한 시선으로 나를 아래위로 훑어보았다. 뒤늦게 선물 받은 셔츠를 가리려 했지만 허사였다.

"들어가자."

미선은 내 자취방이 자기 집인 양 명령조로 말했다. 기분이 상했지만 나는 묵묵히 문을 열었다. 그녀의 몸에선 알 수 없는 귀기가 흘렀고 가까이 닿으면 살갗이 허물어져 버릴 것 같은 공포가 들었다. 먼저 현관에 발을 디딘 미선이 내 행동을 관찰하는 것처럼 눈동자를 굴렸다. 분위기도 표정도 평소의 미선이 아니었다. 그 비정상적인 전류가 나를 두렵게 만들었다.

"너 성호와 사겨?"

"그, 그런 거 아냐. 이 옷은…… 저기 왜 저번에 너 옷보고 엄청 부러워했잖아. 네 일 때문에 만났다가 겸사겸사 부탁한 거지. 진짜 아무것도 아냐."

미선의 표정은 싸늘했다. 나 역시 그런 변명이 통하지 않으리란 건 잘 알고 있었다. 미선은 이글거리는 눈으로 날 노려보았고 난 고개를 떨어트렸다. 숨이 막힐 것 같은 공포와 긴장 끝에 미선이 입술을 뗐다.

"내 부탁만 들어준다면 용서해 줄게."

"어떤……?"

나는 미선이 온몸을 가리고 있는 게 자꾸 신경이 쓰였고 무슨 말을 할지 불안했다. 무엇보다 두려운 건 점점 진해지는 악취의 농도였다. 마치 거대한 쓰레기매립장 앞에 서 있는 기분이었다.

"나…… 한계거든."

"뭐?"

"그것들이 더 이상 봐주지 않아. ……틀렸어."

미선이 코트로 감싼 자신의 몸을 보며 말했다.

"내가 이 몸을 유지하느라 얼마나 고생한지 아니? 마침내 체중이 50킬로 밑으로 떨어졌을 때의 기쁨, 그리고 밥 한 끼 먹었다고 1킬로가 불어버리는 두려움. 도저히 먹을 수가 없었어. 먹을 수가 없었다고."

"미선아 저기……"

"하지만 어느 순간…… 진짜 참을 수 없을 때가 와. 이러면 안 된다는 걸 알지만 그런 때 이성은 전혀 힘을 발휘하지 못하지. 그 기분은 마치…… 마치 잠깐 홀리는 것 같아. 뭣에 씌운 것처럼…… 정신을 차렸을 때 내가 본 것은 무수히 쌓인 음식 포장지였어. 겁이 났어. 이제껏 노력한 것이 수포로 될까봐 무서웠지. 그래서 화장실로 달려갔어. 다행히 죄다 나오는 거야, 근데 그 후로도 충동이 가시지 않았어. 그래서 계속 반복했어. 어쩔 수 없잖아? 몸을 유지하려면 그것들이 위에 남아 있어선 안 되니까."

'거식증에 걸린 거구나.'

난 생각을 입 밖으로 끄집어내진 않았다.

"토하고 계속 토했어. 체중은 불지 않았지. 난 기뻤어. 이렇게 하면 먹고 싶은 것도 마음대로 먹으면서 다이어트를 할 수 있으니까. 근데 언제부터인가 그것들이 오기 시작한 거야. 처음엔 변기 밖으로 올라오더군. 싱크대에서도 하수도에서도 기어왔어."

"그게 뭔데."

그녀는 좌우로 눈알을 굴리더니 누가 들을 새라 불안한 듯 속삭였다.

"내가 버린 것, 내가 먹고 토한 것들. 살아있는 듯이 와서는 나를 비난하는 거야. 왜 받아들이지 않느냐고 묻더군. 똥이 돼야 하는데 망쳤다는 거야. 음식의 기본 소임을 해야 하는데 씹고 뭉개만 놓고 버렸다는 거지. 난 그것들로부터 도저히 자유로울 수가 없었어. 어딜 가든 따라왔지. 그 모든 배수관과 통로를 통해서. 나는 먹었어. 나는 그들을 완전하게 해 줄 의무가 있으니까."

혈관 속에서 솟구치는 아드레날린으로 팔 다리가 떨려왔다. 귀를 통해 들려오는 언어는 한국어지만 전혀 다른 세계의 언어처럼 들렸다. 도망치고 싶지만 붙어버린 목구멍처럼 두 다리도 바닥에 뿌리박힌 듯이 움직일 수 없었다.

"하지만 소용없어. 내 위는 고장 났거든. 먹어도 먹어도 토해버려. 그들이 용서 안 할 거야. 복수한댔어. 결국은 그것들이 나를 먹어치우게 될 거라고! 제발 도와줘!"

"나한테 뭘 바라는 거야?"

"날 완전하게 해 줘."

미선이 처음 무대에 선 연극배우처럼 어설프게 팔을 뺐었다. 눈앞으로 다가온 것은 손의 형상을 하고 있었지만 손은 아니었다. 손가락 마디마다 노란색 막이 붙어 있고 유동성 기름이 번들거렸다. 미선이 코트를 벗어던졌다. 내가 그토록 질투하고 부러워하던 알몸은 해부용 시체처럼 기이하게 변해 있었다. 끈적거리는 물질이 살결을 따라 벌꿀처럼 흘러내렸다.

"이것들은 말하고 있어. 완전하게 해달라고, 다시…… 소화시켜 달래. 넌 내 친구지? 그렇지?"

전율이 온몸을 휘감았다.

"다, 다가오지 마."

"내 애인도 가로챘으면서 이 정도는 해 줄 수 있는 거 아냐?"

"웃기지 마! 성호는 네가 싫어서 떠난 거야. 내가 뺏은 게 아니라고!" 가까이 오던 미선의 발걸음이 멈추었다. "몰랐어? 네 년이 뿜어대는 구역질나는 악취가 문제였단 말이야!"

"너, 너어……."

"네 몸뚱어리가 역겨운 걸 왜 내 탓을 하고 지랄이야? 넌 미쳤어! 제정신이 아니라고!"

"나쁜 년! 아악!"

미선이 눈을 흡뜨고 덤벼들었다. 우린 한데 엉겨 붙어 바닥을 굴렀다. 올챙이 알 같은 토사물이 얼굴과 옷 속으로 흘러들었다. 내 허리 위에 올라탄 미선이 낄낄거리며 제 몸에 붙어 있는 토사물 덩어리들을 내 입속으로 쑤셔 넣기 시작했다.

"먹어! 먹어!"

"읍…… 으그…… 욱!"

혀에 닿은 덩어리들이 환호하며 요동치는 게 느껴졌다. 놈들은 먼 우주를 돌아다니다 이제서 안주할 보금자리를 찾은 것처럼 발광하고 흥분하고 날뛰어댔다. 놈들이 골인 지점을 앞둔 마라톤 선수들처럼 내 식도를 향해 미끄러졌다. 나는 필사적으로 그것들을 내뱉었다.

"안 돼! 먹으란 말이야!"

"저리 꺼져!"

"먹어! 먹어! 먹…… 끄아악!"

손가락을 물어뜯긴 미선이 비명을 질렀다. 그 틈을 타서 난 미선을 떠민 다음 쓰러진 미선의 옆구리를 걷어찼다. 발에 차인 미선이 온 몸을 동그랗게 말며 바닥을 굴렀다. 난 하이힐을 집어 들고 미친 듯이 휘둘러댔다.

"미친년! 죽어! 죽어! 죽어어!"

무엇이 나를 그렇게 만들었는지 모르겠다. 행동을 멈출 수 없었다. 앞에 있는 것은 더 이상 친구가 아니었다. 사람이 아니었다.

세상에서 가장 불결한 바이러스를 갖고 있는 효모체일 뿐이었다.

나는 온몸이 피로 물드는 것도 잊은 채 때리고 또 때렸다. 나중에는 뾰족한 하이힐이 고무장갑 같은 피부에 푹푹 꽂혔다 빠지는 게 느껴질 정도였다. 얼마나 때렸는지 모른다. 정신을 차리고 보니 미선은 자신의 피가 만든 웅덩이에 고개를 반쯤 파묻고 있었다. 나는 발로 그녀를 툭툭 건드렸다.

아무런 반응이 없었다. 이번엔 붉은 물감을 머금은 듯 한 머리채를 잡아 얼굴을 돌렸다. 희멀겋게 치켜뜨는 눈을 보는 순간 그제야 난 미선을 죽였다는 사실을 깨닫고 뒤로 나자빠졌다.

맙소사.

죄책감이나 슬픔 따위는 없었다. 그저 살인을 저질렀다는 막연한 공포와 미래에 대한 두려움이 전신을 휘감았다. 경찰은 사실을 믿어주지 않을 것이다. 토사물들이 날뛰었다는 얘기를 어디가서 하겠는가.

일단 미선을 욕실로 끌고 가 집어넣었다. 토막을 내면 시체를 처리할 수도 있겠다는 생각이 반사적으로 떠올랐던 것이다. 도구가 필요했다. 나는 피 묻은 옷을 세탁기에 던져놓고 밖으로 나왔다. 공구점에 가는데 휴대폰이 울렸다.

"뭐해?"

"어? 집에서 그냥……."

성호는 무슨 일인지 집으로 오겠다며 일방적으로 전화를 끊었다. 오지 말라는 말을 하려고 다시 전화를 걸었지만 받지 않았다. 마음이 급해진 나는 필요하겠다 싶은 공구들을 사서 집으로 내달렸다. 어떻게든 시체부터 처리해야 했다.

허겁지겁 대문을 열고 집안으로 뛰어 들어간 나는 눈을 의심했다. 욕조 속에 처박혀 있어야 할 미선이 없는 게 아닌가. 집안 어디에도 흔적을 찾을 수 없었다. 이럴 수가. 그럼 미선이 살아있었단 말인가. 하긴 엄청나게 흥분한 상태였으니 어쩌면 기절한 것을 죽은 거라 착각했을 수도 있다. 그렇다면 이년이 어디로 간 거지?

더 이상 생각을 진행시킬 수가 없었다. 우선은 거실의 핏자국부터 치워야 했다. 그저 닦는 것만으로는 냄새가 가시지 않아 왁스를 뿌렸다. 끝나갈 때쯤 현관문이 열렸다.

"청소하는 거야? 부지런하네."

성호가 아무것도 모르고 말했고 나는 웃기만 했다.

시체가 사라진 건지 미선이 살아서 혼자 걸어 나간 것인지는 알 수 없었지만 걱정거리는 사라졌다. 우린 와인을 마시며 영화를 관람했고 나는 이전과 달리 옷 속으로 파고드는 그의 손길을 거부하지 않았다. 어쩌면 긴장이 풀린 탓일지도 모른다. 성호의 품은 따듯했다. 그가 누운 채 담배를 피웠다. 가슴에 올려놓은 재떨이도 사랑스러웠다. 그는 그 상태로 내 목덜미를 어루만졌다.

"오늘 참 이상하네."

"왜?"

"평소랑 다른 것 같아. 분위기가. 무슨 일 있었어?"

나는 미선의 일을 말하려다 참았다. 그 다이어트 중독자가 완전히 맛이 가버렸다고 날 살아있는 정화조로 만들려다 실패했다고 말하고 싶은 걸 간신히 참았다. 그는 그런 내 모습을 더 여성스럽게 보았는지 위로만 해 주었다. 그가 화장실에 간다고 일어섰다. 움직일 때마다 우아한 근육이 물결치듯 넘실거렸다. 저 남자는 이제 내 것이다. 숨길 것은 전혀 없다. 미선의 일은 생각하지 않기로 했다. 지금쯤 집에서 이를 갈고 있겠지. 앞으로 그 망할 년이 방해하지 못하도록 철저하게 거리를 둘 것이다. 우선은 이사부터 해야지. 성호의 동네로 갈까? 직장을 옮기는 것도 생각해 봐야겠다. 문득 성호가 화장실에 간 지 너무 오래되었단 생각이 들었다.

"성호 씨?"

아무 대답도 들려오지 않는다. 나는 그의 셔츠에 팔을 꿰고 일어섰다. 화장실 문 사이로 흐릿한 빛이 새어나왔다. 세수를 하거나 혹은 변기에 걸터앉아 담배라도 한 대 피우는 모습을 상상했지만 안은 텅 비어 있었다.

"성호 씨, 장난치지 마."

어딘가에서 그가 뛰어나오며 '놀랐지?'라고 말하는 것을, 어쩌면 등 뒤로 살금살금 다가와 껴안지 않을까를 기대하기도 했으나 집안을 샅샅이 뒤져도 그의 모습은 보이지 않았다.

"뭐야? 장난하지 말라니까."

현관은 여전히 잠겨 있고 신발도 그대로다. 그렇다면 이 야심한 시각에 어디로 가버렸단 말인가. 사람이 그대로 증발해 버릴 수도 있나? 갑자기 두려워진 나는 거실 불을 켰다. 얼마 전 갈은 전구인데도 실내는 몹시 어두웠다. 핸드폰을 뒤지는데 어디선가 소리가 났다.

"……줘 ……지야."

오래된 레코드판이 돌아가는 것처럼 탁하면서도 아득하게 느껴지는 소리였다.

"……잖아…… 우리는."

"누구얏!"

내 목소리가 깨진 유리처럼 날카로워진 것은 그 목소리가 미선의 것이라는 걸 알았기 때문이었다. 난 방향감각을 잃은 조난자처럼 집안을 빙글빙글 돌았다. 대체 소리가 어디서 나는지 종잡을 수가 없었다.

툭.

축축한 뭔가가 얼굴에 떨어졌다. 나는 얼굴을 훔치며 고갤 들었다. 눈에 보이는 게 무엇인지 인지할 수 없었다. 아니, 뇌는 알고 있었다. 단지 믿기를 거부했을 뿐이다. 거대한 토사물 덩어리가 하나의 유기체가 되어 천장을 둥지삼아 꿈틀거리고 있었다. 중앙엔 돌기처럼 튀어나온 부분이 있었는데 그 속에 성호의 얼굴이 박혀 있었다.

"서, 성호 씨이!"

난 그 자리에 주저앉으며 신음했다. 토사물이 꿈틀거리자 성호의 머리가 안으로 쑥 들어가며 사라졌고 이내 토사물 전체가 꿈틀거리며 무언가를 우적거리며 씹는 소리가 들려왔다. 오래된 배수관이 울부짖는 듯한 황폐하면서도 끔찍한 소리였다.

바보같이, 왜 눈치 채지 못했을까. 이곳이 지나치게 침침했던 이유를. 현실과 비현실의 경계에서 뇌는 터질 것처럼 부풀어 올랐다. 피부가 움찔움찔 거리고 온 몸의 털이 곤두서는 것을 느낄 수 있었다.

"……해 줘."

"하지 마! 제발 그만 하란 말이야!"

"이제…… 없어…… 네가…… 해…… 줘."

투툭. 툭.

구멍이 점점 벌어지며 덩어리가 빗발치기 시작했다. 뒤로 물러서던 난 중심을 잃고 엉덩방아를 찧었다. 순간 천장이 한꺼번에 쏟아져 내리기 시작했다.

"으아아악!"

나는 미끄러지고 구르고 부딪혀가며 필사적으로 다릴 휘저었다. 문턱을 막 벗어나는데 형광등이 퍽 소릴 내며 나가버렸다. 주변은 삽시간에 칠흑 같은 어둠으로 뒤덮였다.

거실바닥을 미친 듯이 기었다. 몸에 묻은 토사물 때문에 속도를 낼 수 없었다. 손톱으로 바닥을 당기며 필사적으로 나아갔다. 비명은 나오지 않았다. 목구멍이 막혔는지 입에선 가래가 끓는 듯한 가르릉 소리만이 들려올 뿐이었다.

"……네가 ……해 ……줘."

배란다로 도망치려 했지만 소용없었다. 놈들은 죽이 부글부글 끓어 넘치는 것 같은 소릴 내며 사방에서 날 에워싸기 시작했다.

나는 토사물이 되었다. 내가 토사물을 삼킨 건지 토사물이 날 삼킨 건지는 알 수가 없다. 미선이 그 얄미운 년은 결국 나를 이긴 것이다. 인정하긴 싫지만 우린 이제 하나가 되었다. 물론 성호도 함께 있다.

인간은 먹는 기계다. 먹기 위해 존재하는 거대한 입이다. 인간이 한평생 먹는 음식의 양은 평균 6만 4000킬로그램이며 위장을 채우고 비우는 일을 죽을 때까지 반복한다. 요컨대 4시간마다 다양한 종류의 음식이 36도가 넘는 체내에서 똥이 되는 과정을 거치는 것이다.

똥이 되지 못한 토사물의 반란이라니 우습기 짝이 없지만 결국 놈들은 본능대로 행동한 것뿐이다. 어떤 책에서 본 구절처럼 모든 동물적 생명의 기본은 그 흉포한, 무엇이든 잘 먹고 잘 삼키는 큰 입이니 말이다. 이제 나는 어떻게 되는 걸까. 알 수가 없다. 다만 다이어트를 하는 사람이 있다면 음식섭취에 있어 주의하라고 당부하고 싶다. 어느 날, 당신이 버린 토사물이 찾아올지도 모르니까.

파리지옥

엄길윤

1981년생. 『한국공포문학단편선』 5권에 「벗어버리다」를 수록했고 온라인상에서
「자동차」, 「멸종」, 「광고」, 「불타는 세상 속에서」 등의 단편을 발표했다.
현재도 다양한 단편을 집필 중이며 장편을 쓰기 위한 기술과 아이디어를 연마하고 있다.
이야기를 통해 주변에서 흔히 보는 것들이 실은 이렇게 무서울 수 있으며,
누구도 생각지 못한 소재를 활용해 놀라움과 기시감을 동시에 주고 싶다.
오래오래 글을 쓰고 싶다.

여기가 어딘지 모르겠다. 고교 동창회에서 술을 마시던 것까지는 기억이 나는데 그 후로는 머릿속이 온통 깜깜하다. 말 그대로 블랙아웃. 벌써 새벽 2시가 넘었다. 그때가 밤 11시쯤이었으니 그리 오랜 시간이 지난 건 아니다. 서울 어디쯤이겠지. 주변은 토요일 밤인데도 사람 하나 없이 한산하다. 보이는 거라고는 불이 꺼진 주택과 문이 닫힌 상가들뿐이다. 곳곳에 깔린 어둠은 뭔가가 튀어나올 것 같은 을씨년스러운 분위기를 자아냈다.

　모처럼 만의 동창회가 가시방석에 앉은 것처럼 불편한 자리가 되고 말았다. 사업으로 크게 성공한 영식이 새끼가 자꾸 나를 걸고 넘어졌기 때문이었다. 학교 다닐 때는 내가 제일 잘 나갔다는 둥 몇 번이나 나한테 이유 없이 맞았다는 둥 쓸데없는 소리를 지껄여댔다. 미친 새끼! 어찌 보면 치욕스러운 이야기일 텐데도 놈의 얼굴은 우월감으로 가득했다.

고등학교 시절 영식이 놈은 일명 내 '꼬붕'이었다. 이제는 상황이 완전히 바뀌었지만 말이다. 난 벌이도 시원찮았고 번듯한 대기업에 다니는 것도 아니었다. 친구들에게는 크지도 작지도 않은 회사라고 말하고 다녔지만 실은 직원이 열 명인 중소기업에 불과했다. 내가 이렇게 될 줄 몰랐다는 놈의 빈정거림에 아무런 대꾸도 할 수 없었다. 모멸감에 쓴 소주만 연거푸 들이켰다. 나 자신이 한없이 초라했다. 그게 술자리에서의 마지막 기억이다. 한심하게도 이제 와서야 분통이 터졌다.

졸다가 깨서 그런지 온몸으로 한기가 돌았다. 목도 타고 속은 부글부글 끓어 괴로웠다. 너무 마셨나 보다. 머리가 지끈지끈 아프고 헛구역질도 계속 나왔다. 차라리 게워내면 속이라도 편하겠는데 아무리 입속에 손가락을 넣어도 토악질은 나오지 않았다.

이렇게 기분만 잡치는 동창회에는 나가지 말걸. 후회하는 와중에 문득 불안한 생각이 들었다. 이러다 혹시 강도나 살인범이라도 만나는 것 아냐? 몸이 약해지니 저절로 신경이 곤두섰다. 이 빌어먹을 동네는 왜 이리 조용한 거야? 얼마 전 뉴스에서 봤던 연쇄 살인 사건도 떠올라 불안감이 더욱 커졌다. 피해자들도 이렇게 어두운 골목에서 변을 당했다.

한시라도 빨리 이곳을 벗어나야 한다. 두통과 복통으로 끙끙대며 걸음을 재촉했다. 찬바람이 불어와 몸을 움츠렸다. 냉기는 온몸을 훑은 후 뼛속까지 스며들었다. 빨리 어떻게든 하자. 너무 춥다. 덜덜 떨며 어둠 속에서 헤매다 밝은 빛을 발견했다. 24시간 내내 문이 열린 개인 편의점이었다. 간판에서 흘러나온 불빛이 주변을 포근히 감싸 안았다. 반가운 마음에 뛰다시피 편의점으로 향했다. 저기에서 몸도 녹이고 숙취 해소 음료라도 사서 마셔야겠다.

막상 들어와 보니 계산대에 아무도 없다. 안을 기웃기웃거려 봐도 누구 하나 나오지 않는다. 나를 무시하는 것 같아 화가 났다. 이제는 편의점까지 날 깔봐? 여기 아무도 없느냐고 큰 소리로 물었다. 반응이 없다. 짜증이 나 여기 장사 안 하느냐고 소리를 쳤다. 사무실로 보이는 곳에서 누군가 허겁지겁 튀어나왔다. 당당하지 못한 태도로 보아 일개 점원인 모양이었다. 얼굴도 앳되고 체격도 왜소한 편이라 더 괘씸했다.

"지금 뭐하는 거예요?"

얼굴을 구기며 점원을 노려봤다. 그는 눈도 제대로 마주치지 못하고 어색한 표정으로 죄송하다며 굽실거렸다. 왠지 그런 행동이 침을 뱉고 싶을 만큼 혐오스러웠다. 점원은 과할 정도로 용서를 구했다.

가만히 지켜보니 그 이유를 알 것도 같았다. 겁을 먹은 게 틀림없었다. 어떻게든 비위를 맞춰 빨리 보내려는 것이다. 그걸 깨닫자 온몸이 짜릿했다. 나는 손님이고 녀석은 편의점 직원이다. 정규직도 아닌 하찮은 아르바이트생. 즉, 나는 강자고 녀석은 약자인 것이다. 더군다나 이 야밤에 혼자 근무하고 있다. 무섭기도 하겠지. 술도 한잔 걸쳤겠다, 녀석에게 몇 마디 해 주고 싶었다. 내가 우위에 서 있다는 걸 확인시킨 후 깔아뭉개고 싶다. 물론 옳지 않은 행동이라는 것은 안다. 하지만 욕망을 억누를 수 없었다. 이 순간만큼은 세상 누구보다 우월한 사람이 된 것 같은 기분이었다.

"아니, 이보쇼. 손님이 왔으면 바로 나와야 하는 거 아뇨? 왜 사람을 기다리게 해?"

점원은 얼굴이 빨개진 채 죄송하다는 말을 더듬으며 거듭 고개를 숙였다. 아까보다 더 비굴한 모습이 나를 자극했다. 확실했다. 녀석은 손쉬운 먹잇감이었다.

"이 가게 사장한테 이렇게 일하라고 배웠어? 사장 어딨어? 사장 나오라고 해!"

주먹을 들어 올려 때릴 것처럼 위협하자 그가 움찔 놀라더니 주머니를 뒤지며 안절부절못했다. 피식 비웃음이 나왔다. 기분이 좋다. 좀 더 우월감을 만끽하고 싶다.

"사장 어딨어? 사장 나오라고 해. 내가 직접 따져야겠어. 대체 직원 교육을 어떻게 하는 거야? 아, 사장 불러오라고!"

고래고래 소리를 지르자 사무실 문이 열리면서 40대 남자가 나왔다. 점원 혼자가 아니었다. 혹시 처음부터 끝까지 CCTV로 지켜본 거 아닐까? 그제야 내 행동이 조금 심했다는 생각이 들어 움츠러들었다. 어떤 사람인지 몰라 긴장의 끈을 놓을 수 없었다. 그는 사무실 문을 활짝 열어놓고 걸어오며 말했다.

"죄송합니다, 손님. 제가 사장입니다. 앞으로 교육 똑바로 할 테니 노여움 푸세요. 일 시작한 지 얼마 안 된 직원이거든요."

내 앞으로 온 사장은 싹싹하게 허리를 굽히며 연신 사과를 했다. 뭐야? 별거 아니었잖아? 이 사람도 만만해 보이기는 마찬가지였다. 멀대 같이 큰 키와 유재석을 연상시키는 안경이 그런 인상을 더욱 부채질했다. 겨우 편의점이나 운영하는 그렇고 그런 인생인 것이다.

"뭐, 그렇게까지 말하니 이번은 내가 참지. 앞으로 조심해."

몸도 충분히 녹이고 그 사이 속도 가라앉았다. 우쭐대며 편의점을 나서다가 이대로 가기는 아쉽다는 생각이 들었다. 다른 사람의 우위에 선다는 건 얼마나 기분 좋은 일인가? 흔치 않은 기회다. 참지 못하고 계산대 앞으로 와 사장에게 말했다.

"가기 전에 충고 한마디 할까? 나, 이 동네 유지야. 시내 편의점은 어떨지 모르겠는데, 동네 편의점은 이런 식으로 장사하면 안 되지. 왜 시골 가면 텃세라는 게 있잖아? 동네 편의점도 그 부분을 무시 못 한다니까. 나에게 밉보이면 여기서 장사 못 한다고. 알아?"

이만하면 충분하다고 만족하며 등을 돌렸다. 이제는 집으로 돌아가야 할 시간이다. 또 마누라가 한바탕 바가지를 긁어대겠구먼. 택시는 어디서 잡는담?

"그런데 선생님, 혹시 편의점 CCTV에 대해 아세요?"

뜬금없이 무슨 소리를 하나 싶어 가다 말고 뒤를 돌아봤다. 사장은 능글능글한 웃음을 지으며 말을 이었다.

"실제로는 말이에요. 개인 편의점은 CCTV 잘 안 돌려요. 또 돌린다 해도 용량 때문에 금방금방 지우고요. 선생님 바로 위에 설치된 감시 카메라 보이시죠? 저거 가짜에요. 그저 구색일 뿐이죠."

그래서 뭐 어쩌라고? 계산대 위의 모형 감시 카메라를 살피다가 천장 구석에 설치된 다른 카메라로 눈길을 돌렸다. 이상했다. 모두 모형 감시 카메라였다.

"우리 편의점은 CCTV가 작동되지 않아요."

말을 마친 사장이 나를 빤히 쳐다봤다. 물기를 머금은 두 눈이 반짝거렸다. 슬쩍 입꼬리를 올려 웃는다. 이 위화감은 대체 뭘까? 그러고 보니 이곳은 보통의 편의점과 달랐다. 상품이 진열되지 않은 텅 빈 매대가 군데군데 눈에 띄었다. 가격표나 행사 알림판도 붙어 있지 않다. 매출에 별 관심 없는 내부와는 달리 출입문과 유리창에는 광고지가 빼곡히 부착되어 밖이 하나도 보이지 않았다. 광고지를 붙일수록 지원금을 많이 준다는 이야기를 들었다. 그래도 이건 너무 심하지 않은가?

사장이 내 앞으로 걸어왔다. 이유를 알 수 없어 긴장했다. 눈길도 주지 않고 나를 지나쳐 출입문으로 향했다. 위로 손을 뻗어 문의 잠금장치를 돌리고는 계산대에 들어간다. 일이 이상하게 돌아가고 있다. 왜 출입문을 잠근 거지? 불길한 예감에 심장이 두근두근 뛰었다. 뭔가 잘못됐다. 계산대에 선 사장이 웃으며 말했다.

"왜일까, 이 씨발 놈아?"

갑자기 사장 입에서 욕설이 튀어나오자 당황했다. 속된 말로 똥줄 탄다고 하지 않는가. 습한 기운이 항문에서 시작해 엉덩이 골을 뜨겁게 훑으며 위로 올라왔다. 저렇게 욕을 내뱉는 건 후에 어떤 일이 일어나도 감당할 자신이 있다는 거였다. 빨리 이 자리를 피해야 한다. 아무 거리낌 없는 저 당당함이 두려웠다. 내가 모르는 뭔가가 있다.

사장이 계산대 밑으로 허리를 숙이더니 안을 더듬었다. 덜그럭거리는 소리에 날카로운 소음이 묻어난다. 천천히 얼굴을 들어 나를 노려봤다. 그리고 쇠몽둥이를 꺼내 들었다.

숨이 멎는 것 같았다. 출입문으로 무작정 뛰었다. 처음부터 이상하다는 걸 알아차렸어야 했다. 여기가 어딘지 알 수 없다는 게 공포심을 더욱 자극했다. 출입문에 달라붙어 잠금장치로 손을 뻗었다. 어서 달아나야 해! 둔탁한 쇳소리가 뒤통수를 흔들었다. 지글지글 들끓는 듯한 통증이 삽시간에 머릿속으로 밀려들었다. 입안에서는 말로 형용할 수 없는 독특한 맛이 났고 뜨거운 불길이 머리 전체로 번졌다. 다리가 풀려 휘청거리다가 버티지 못하고 무릎을 꿇었다. 손잡이를 잡으려고 허우적거렸지만 두 팔은 무거운 추를 매단 것처럼 밑으로 처졌다. 온몸에 힘이 들어가지 않아 그대로 주저앉았다. 너무 아파 정신을 차릴 수가 없었다.

출입문이 덜컹거리며 흔들렸다. 광고지 너머로 사람의 그림자가 얼씬거렸다. 손님이다! 몇 번이나 문을 잡아당겨도 열리지 않자 안을 기웃거리는 기척이 느껴졌다. 저 사람이 경찰에 신고하면 된다. 도움을 받을 수 있다. 하지만 문에 덕지덕지 붙은 광고지가 시야를 가렸다. 그는 안의 상황이 어떤지 깨닫지 못하고 애꿎은 문만 두드리다 발길을 돌렸다. 뒤에서 낄낄대는 웃음이 터졌다. 소리쳐 부르고 싶어도 목소리가 나오지 않았다. 마음속으로 가지 말라고 애타게 부르짖었지만 소용없는 일이었다.

사장이 내 머리채를 잡아챘다. 뒤로 우악스럽게 당기자 툭툭 소리를 내며 머리카락이 한 움큼 뜯겨나갔다. 놈은 내 머리를 쥐고 이리저리 흔들어대며 사무실로 향했다. 몸이 중심을 못 잡고 휘청휘청했다. 이대로 끌려가면 돌이킬 수 없을지도 모른다. 필사적으로 몸을 뒤틀며 손아귀를 뿌리치려고 애썼다. 손가락을 까닥대는 것도 힘들 정도로 몸에 힘이 돌지 않았다. 별다른 저항도 하지 못하고 사무실까지 질질 끌려왔다. 절망감이 밀어닥쳤다.

사무실 안에는 식탁과 의자가 놓여 있었고 옆면에는 냉장고까지 자리 잡았다. 먹다 만 밥이 놓인 식탁을 지나 뒷문으로 끌려갔다. 다른 곳으로 데려가려는 걸까? 그럼 시간을 벌 수 있다는 이야기다. 기회다. 몸이 회복되면 놈을 뿌리칠 것이다. 이를 악물었다.

사장이 내 머리를 놓고 뒷문을 열었다. 땀에 전 체취와 비린내가 얼굴로 훅 끼쳤다. 문밖에는 시커먼 구멍이 아가리를 벌리고 있었다. 코를 찌르는 악취가 떠나지 않고 주변을 맴돌았다. 이 냄새는 뭐지? 정황이 맞지 않았다. 바깥 공기가 너무 뜨겁고 탁하다. 어둠이 깜빡깜빡 빛을 내더니 별안간 환해졌다. 눈앞에 새하얀 실내 공간이 펼쳐졌다. 뒷문이 아니었다. 방 한가운데에 나이를 가늠할 수 없는 남자가 의자에 묶여 신음했다. 얼마나 고문을 당했는지 옷이 갈가리 찢기고 살이 마른 논바닥처럼 수없이 벌어지고 갈라져 있었다. 몸에서 흐른 피가 의자를 타고 바닥으로 뚝뚝 떨어졌다. 심장이 덜컥 멈췄다. 사, 사, 사람 살려!

비명을 지르며 문 반대쪽으로 엉금엉금 기었다. 사장이 다시 내 머리채를 휘어잡고 안으로 들어섰다. 바닥에 나를 내동댕이치더니 문을 잠그고 남자의 뒤쪽으로 향했다. 허겁지겁 고개를 들어 방 안을 살폈다. 가까운 쪽에 긴 고무호스를 끼운 수도꼭지와 하수구가 보였다. 여러 종류의 청소도구와 전기톱, 굵은 밧줄도 벽에 걸려 있었다. 구석에는 회를 뜰 때 쓰는 날이 긴 칼이 숫돌 위에 올려져 빛을 반사했다. 사장이 그 칼을 집어 들고 내 쪽을 바라봤다. 아직 몸을 제대로 움직일 수 없었다. 어떻게 하지? 놈은 뒷걸음질 치는 나를 비웃으며 남자에게 걸어갔다. 일단은 나를 죽이려는 게 아닌가 보다. 안심도 잠깐, 일말의 주저도 없었다. 사장은 남자의 목을 칼로 슥 베며 말했다.

"이제 필요 없어."

남자의 목이 검붉은 속을 드러내며 피를 뿜었다. 뒤로 홀쩍 뛰어 핏줄기를 피한 사장이 옹알이하듯 입술을 들썩이며 부르르 떨었다. 고통스럽게 꿈틀거리는 남자를 지켜보며 희열을 느끼는 듯했다. 콸콸 쏟아진 피가 바닥으로 흐르는 소리가 방안에 가득 찼다. 어찌할지 몰라 남자와 사장을 번갈아 바라봤다. 피가 이렇게 수도꼭지처럼 쏟아지리라고는 상상조차 하지 못했다. 시뻘겋게 물드는 바닥을 보며 온몸을 바들바들 떨었다. 처음 느껴보는 죽음에 대한 공포. 영화 속에서 생과 사에 의연한 등장인물의 행동은 현실이 아니다. 어떻게 이렇게 무서울 수가 있지? 다른 사람들은 이럴 때 어떻게 대처하고 행동할까? 공포가 내 마음속을 마구 헤집어놓았다. 저항할 의지 따윈 금세 사라졌다. 사장은 차갑게 식어가는 남자를 꼼꼼히 살피며 기뻐했다. 누가 봐도 정상이 아니었다. 무슨 짓을 저지를지 모르는 놈이다. 그래도 이곳에서 허무하게 죽고 싶지는 않았다. 살고자 하는 의지는 전보다 더 강해졌다. 어떻게든 살고 싶다. 살아야 한다!

뒤에서 문이 열리며 누군가 들어왔다. 겁을 먹은 점원이 커다란 검정 비닐봉지를 들고 조심스레 문을 닫았다. 더듬더듬 열쇠로 문을 잠근 후 하수구로 향했다. 손에 들린 봉지에서 눈을 뗄 수 없었다. 사장은 축 처진 채 목에서 꼬르륵꼬르륵 소리를 내는 남자를 의자에서 끌어냈다. 이제 아무런 반응을 보이지 않자 흥미가 사라진 모양이었다. 피가 덜 묻은 발목을 잡고 행여 옷이 더러워질까 조심조심 하수구 쪽으로 끌고 갔다. 아무렇게나 남자를 던져 놓고 벽에 세워진 전기톱을 들었다. 스위치를 켠다. 미처 고개를 돌릴 틈도 없었다. 사장이 전기톱을 휘둘러 아직도 피를 내뿜는 남자의 목을 내리쳤다. 찍소리도 못하고 몸과 머리가 분리됐다. 그 와중에 피가 튀자 욕설을 퍼붓고 팔과 다리를 차례차례 썰기 시작했다.

눈물을 흘리며 눈을 질끈 감았다. 눈앞에서 벌어지는 일을 감당할 수 없어 흐느꼈다. 차라리 미쳐버리면 마음이라도 편해질 수 있을까? 이런 일을 겪으리라고는 상상조차 하지 않았다. 너무나 무서웠고 한편으로는 억울했다. 설움에 복받쳐 울음을 터뜨렸다. 아늑한 집으로 돌아가고 싶다는 생각뿐이었다. 그나마 저 자리에 있는 게 내가 아니라는 것이 다행이었다. 적어도 아직 살 기회는 남아 있었다. 하지만 눈을 감으니 청각과 후각이 예민해졌다. 시체를 토막 내는 시끄러운 기계음이 귓가에 선명히 파고들었다. 이제껏 한 번도 맡아보지 못한 이상한 악취도 풍겼다. 달걀이 썩는 것 같기도 했고 비린내와 쓰레기 냄새가 진동하는 하수도에 온 것 같기도 했다. 사람의 내장에서 흘러나오는 냄새일까? 온몸에 소름이 돋았다. 황급히 코를 쥐고 귀를 틀어막으려다 멈칫했다. 조금이라도 움직였다간 바로 목이 날아갈 거라는 불안감에 휩싸였다. 그대로 돌덩이처럼 굳어 옴짝달싹하지 못했다. 살고 싶다면 모든 게 끝날 때까지 이를 악물고 견뎌야 했다. 작은 소리 하나에도 움찔움찔 놀라며 울었다. 차마 눈을 뜰 수가 없었다.

얼마 후 고무호스에서 물이 쏟아졌다. 누군가 부스럭거리며 토막 난 시체를 봉지에 담았다. 한쪽에 쿵 내려놓고 여기저기에 물을 뿌리고 주변을 솔로 박박 닦았다. 끙끙대며 봉지를 들고 뚜벅뚜벅 발걸음을 옮겼다. 열쇠를 집어넣어 딸깍 문손잡이를 돌리더니 문이 끼익 열렸다가 닫혔다. 사방에서 락스 냄새가 진동했다. 끔찍했던 시체 처리가 모두 끝난 모양이었다. 긴장이 풀려 몸이 축 늘어졌다. 어쨌든 견딜 수 없던 시간이 지나갔다.

"눈 떠."

사장의 말에 화들짝 눈을 떴다. 나도 모르게 곁눈질로 하수구를 살피다가 황급히 눈을 돌렸다. 지금 놈에게 밉보여서는 안 된다. 남자의 흔적은 이미 말끔히 치워지고 없었다. 잘못하면 나도 저렇게 된다.

회칼을 든 사장이 밧줄을 들고 다가왔다. 바닥에 주저앉아 조마조마한 마음으로 지켜보다 놈이 바로 앞에 서자 시선을 피했다. 얼굴을 마주할 용기가 나지 않았다. 놈은 손가락을 위로 까딱거리며 자기를 쳐다보라는 몸짓을 했다. 용기를 쥐어짜 올려다봤다. 히죽 웃고 있는 입술 위로 콧구멍에서 털이 삐져나와 있었다. 더 위로 올라가니 동공이 작은 검은 눈이 나를 내려봤다. 빛을 받아 번들거리는 안경알과 겹쳐져 마치 사마귀의 눈 같았다. 먹이 앞에선 피도 눈물도 없는 완벽한 포식자의 모습이었다. 손가락을 까딱이며 다시 아래를 가리켰다. 뭐지? 고개를 숙여 밑을 보았다. 사장의 구둣발이 바닥을 짚은 내 손을 사정없이 짓밟았다.

"끄아아아악!"

손등이 짓이겨지는 고통을 참지 못하고 비명을 질렀다. 발목을 붙들고 치우려 하자 놈이 왼쪽 눈을 주먹으로 때렸다. 별이 번쩍하면서 눈앞이 캄캄해졌다. 그 와중에 혀라도 깨물었는지 비린 맛이 났다. 왼쪽 눈알이 뿌리째 뽑히는 것 같았다. 두통을 동반한 구역질이 올라와 숨을 쉴 수가 없었다. 제발 때리지 말라고 울먹이며 손을 휘저었다. 이제는 내가 약자였다. 사장은 한 손으로 내 입을 억지로 벌리고 다른 손으로 회칼을 목에 댄 후 이죽거렸다.

"좀 더 크게 안 울래?"

놈의 말대로 울음이 터져 나왔다. 도저히 이 상황을 감당할 수 없었다. 목에서 피를 내뿜는 남자의 모습이 떠올랐다. 그런 식으로는 죽고 싶지 않았다. 바짓단을 붙잡고 눈물을 흘리며 애원했다. 이제껏 누구에게도 이렇게 간절히 빌어본 적이 없었다. 손을 뿌리친 사장이 낮은 목소리로 또박또박 말했다.

"이 새끼가 돌았나. 내가 울라고 했지, 살려 달라고 빌랬어? 지금 당장 뒤지기 싫으면 아가리 닥쳐라. 너도 아까 그놈처럼 만들어 주랴?"

한 마디 한 마디에 심장이 얼어붙었다. 헐떡이며 입을 다물었지만, 울음은 딸꾹질로 이어졌다. 사장이 밧줄을 들어 보이며 명령했다.

"의자에 앉아서 팔걸이에 두 팔을 붙여."

이미 몸도 마음도 제압을 당한 뒤였다. 의자에 묶이면 죽는다는 걸 뻔히 알면서도 공포에 짓눌려 놈이 하라는 대로 할 수밖에 없었다. 딸꾹대며 의자에 앉았다. 죽은 남자의 피가 의자 위에 남아 미끄덩거렸다. 불쾌하고 찝찝해 몸서리쳤다. 당장에라도 의자에서 뛰쳐나오고 싶어 엉덩이를 들썩였다. 내가 안절부절못하자 사장이 어깨를 짓눌렀다. 가만히 앉으라는 경고였다. 가슴이 바싹 오그라들어 서둘러 팔걸이에 두 팔을 올리고 눈치를 살폈다. 손발이 가느다랗게 떨렸다. 놈은 오른팔과 팔걸이를 밧줄로 한데 묶었다. 이제 왼쪽 팔을 묶을 차례였다. 이렇게 묶이는 것 말고는 다른 방법이 없는 걸까? 고개를 숙이고 일에 열중하는 사장을 보니 빈틈투성이라는 생각이 들었다. 다 묶이기 전에 어디든 공격하고 칼을 빼앗아야 한다. 그렇게만 된다면 탈출하는 건 식은 죽 먹기가 될 터였다. 망설일 필요 없다. 눈 딱 감고 그냥 하면 된다!

하지만 실패하면? 아까 그 남자처럼 될 것이다. 아니, 그보다 더 심한 짓을 당할 게 틀림없었다. 실패할까 봐 두려웠고 놈에게 대항해야 한다는 것도 두려웠다. 상황에 따라서는 놈을 칼로 찔러야 할지도 몰랐다. 그럴 수 있을 것 같지 않았다. 칼날이 몸속으로 들어가는 걸 상상하니 덜컥 겁이 났다.

입술을 깨물며 망설이는 사이에 팔과 다리가 의자에 꽁꽁 묶였다. 혹시나 해서 힘을 줘 봤지만 팔다리를 휘감은 밧줄은 꿈쩍도 하지 않았다. 때늦은 후회가 물밀듯 밀려왔다. 실낱같은 가능성이 한순간에 사라진 거였다. 이제 내 목숨은 놈의 손에 달렸다. 피…… 폭력…… 그다음엔 무엇이 기다리고 있을까……? 어금니를 앙다물고 아무것도 떠올리지 않으려고 애썼다. 그렇게라도 하지 않으면 버틸 수 없을 것만 같았다.

"너, 가족이 몇이냐?"

사장의 질문에 반사적으로 대답했다. 긴장으로 온몸이 떨렸다.

"아, 아내와 아들 하나 딸 하나 있어요."

놈이 반가운 목소리로 자기도 자식이 있다고 말했다. 한층 태도가 부드러워졌다. 혹시 이걸로 공감대를 얻을 수 있을까?

"나는 말이지. 자식들이 너무나 사랑스러워 미치겠어. 얼마나 애지중지하며 키웠는지 모를 거야."

황급히 맞장구를 쳤다.

"그럼요! 세상에 가족보다 더 중요한 게 어디 있겠어요. 제 아이가 먹는 걸 바라보고만 있어도 그렇게 흐뭇할 수가 없다니까요."

사장이 내 반응에 웃었다.

"그래, 그 말이 맞아. 그래서 난 자식들을 고문하고 죽였지."

말을 마친 사장의 얼굴에 환희가 가득 차올랐다. 미쳤어! 미쳐도 보통 미친 게 아니었다. 차라리 실언이길 바랐다. 내 목숨을 쥔 게 사람이 아니라 괴물이라고 생각하니 다시는 집으로 돌아갈 수 없을 것만 같았다.

놈이 내 주머니를 뒤져 휴대전화와 지갑을 꺼냈다.

"이 새끼, 이거 돈 많네?"

지갑을 뒤적이며 중얼거리더니 안쪽에서 주민등록증을 끄집어냈다. 그리고 나에게 들으라는 듯 큰 소리로 말했다.

"이름 박인규. 741123 다시 1497121. 주소는 서울시 관악구 봉천동 865번지 1호."

놈이 나의 이름과 주민번호는 물론이고 사는 곳까지 알게 됐다. 일이 걷잡을 수 없이 커지고 있다. 사장이 불안에 떠는 내 얼굴 앞으로 휴대전화를 내밀었다. 화면에 잠금 패턴이 떠 있는 걸로 보아 잠금을 해제하라는 거였다. 허둥지둥 잠금을 풀자 휴대전화에 저장된 전화번호들을 훑고는 '민수엄마'라고 표시된 번호를 보며 물었다.

"이거 네 마누라지?"

그렇다고 대답하자 오른팔에 묶인 줄을 풀어주고 휴대전화를 건네줬다.

"당장 연락해서 며칠 간 어디 갔다 온다고 말해. 놀러 가는 건지 일하러 가는 건지 그딴 건 알아서 하고."

며칠? 며칠이라니? 그럼 내가 이곳에 있을 수 있는 시간이 그 것밖에 안 된다는 거야? 그 후에는 나도 남자처럼 되는 거고? 손이 떨려 휴대전화를 제대로 쥘 수 없었다. 바닥에 툭 떨어뜨리자 사장이 친절히 손에 쥐여 줬다. 마누라의 전화번호가 뜬 화면을 멍하니 바라보기만 했다. 아무런 행동도 취할 수 없었다. 목에 차가운 감촉이 느껴져 놈을 돌아봤다.

"빨리 안 할래?"

회칼이 목에 닿자마자 소리 없이 움직였다. 따가운 느낌과 함께 뜨끈한 액체가 밑으로 주르륵 흘렀다. 붉은 피가 옷깃을 적셨다. 살짝 그었는데도 생각보다 양이 많아 소스라치게 놀랐다. 안 하면 지금 죽는다. 다급한 마음에 허겁지겁 머리를 굴렸다. 평소와 다른 말투로 문자를 보내면 마누라도 뭔가 이상하다는 걸 눈치챌 것이다. 우선 상황부터가 이상하지 않은가? 동창회를 나간다고 해놓고 난데없이 며칠간 어딜 다녀온다니…… 일단 신고만 들어가면 휴대전화 위치 추적으로 이곳을 찾을 수 있다. 아내를 믿는 수밖에 없었다. 심호흡을 하고 전화번호 옆의 문자 버튼을 눌렀다.

"누가 문자 보내래?"

가슴이 불에 데인 것처럼 뜨끔했다. 놈이 내 앞으로 얼굴을 들이밀더니 실실 웃으며 말을 이었다. 입을 벌릴 때마다 역한 구취가 풍겨왔다.

"문자란 건 말이야. 얼마든지 평소와 다르게 보일 수 있거든. 네 마누라가 의심하면 안 되잖아? 하지만 통화는 다르지. 사람의 말투는 한순간에 바뀌지 않아. 또 의도적으로 했다가는 쉽게 티가 나기도 하고."

놈이 문자 보내는 걸 취소하고 회칼을 내 목에 갖다 댔다.

"살고 싶으면 제대로 처신해라. 조금이라도 말을 더듬거나 헛짓거리 한다 싶으면 바로 모가지를 따버릴 테니까. 여기는 사람 구하기가 쉬워. 무슨 말인지 알겠지? 내 신경을 거슬리면 너도 아까 그놈처럼 처리하고 다른 놈을 끌고 온다는 거야. 그러니 마누라에게 잘 말하라고. 네 목에 구멍이 나는 게 빠를지 경찰이 오는 게 빠를지 한 번 해볼까?"

놈이라면 그렇게 하고도 남았다. 더욱 두려운 건 문자 보내는 걸 저지당했다는 사실이었다. 혹시 내 의도를 눈치 챈 게 아닐까? 굳이 내 손에 휴대전화를 쥐어준 건 어떻게 반응하나 보기 위함인지도 몰랐다. 새삼 놈의 음흉함에 치가 떨렸다. 결코, 만만한 상대가 아니다. 조금이라도 딴 짓을 했다가는 그대로 끝이다.

시키는 대로 마누라에게 전화를 걸었다. 마음속으로는 어떻게 해야 할지 몰라 안절부절못하며 울부짖었다. 통화 연결음이 들리더니 곧 아내가 화난 목소리로 전화를 받았다. 상황이야 어찌 됐든 일단 반가웠다.

"당신, 지금이 몇 신데 아직까지 안 들어와요? 또 저번처럼 이상한 데 간 거 아니에요?"

"어…… 집에 별일 없었어? 애들은 자고? 나 며, 며칠 동안 어디 다녀올게. 회사 일 때문에 그래……"

"뜬금없이 오밤중에 무슨 소리예요? 당신 이상해요. 무슨 일 있어요?"

사장이 목에 댄 회칼에 힘을 줬다. 심장이 벌렁벌렁 뛰었다. 아내가 알아차려 줬으면 하는 바람도 있었지만, 만약 뭔가를 눈치챘다는 낌새를 보이면 그걸로 끝이었다. 이럴 수도 없었고 저럴 수도 없었다.

"왜 말이 없어요? 무슨 일 있죠? 그런 거죠?"

순간 짜증이 났다. 잘못하면 당신 남편이 죽을지 모른다고!

"무슨 일 있으면 내가 이렇게 전화를 하고 앉았겠어? 가뜩이나 회사 일 때문에 심란한데 무슨 헛소릴 하는 거야!"

"알았어요. 왜 짜증은 내고 그래요? 어디 당신 맘대로 해봐요. 일을 다녀오든지, 바람을 피우러 다녀오든지."

아내는 화를 버럭 내며 전화를 끊었다. 통화가 종료된 휴대전화 화면을 망연히 바라봤다. 속으로 그렇게 비명을 질렀건만 아내는 듣지 못했나 보다. 사장이 휴대전화를 빼앗아 전원을 껐다. 배터리를 분리하고 다시 내 오른팔을 팔걸이에 묶었다. 헤어나지 못할 수렁 속으로 빠져들고 있었다. 이제 며칠 동안 날 찾으러 올 사람은 아무도 없다.

휴대전화와 배터리를 주머니에 넣은 사장이 나를 버려둔 채 불을 끄고 나갔다. 문 잠그는 소리에 이어 어둠이 밀어닥쳤다. 놈이 사라지자 안심이 되는 것도 잠깐뿐이었다. 긴장이 풀리니 미처 의식하지 못했던 뒤통수의 통증이 온몸으로 번졌다. 상처가 콕콕 쑤시고 아팠다. 이대로 놔두면 곪아서 썩어들어 갈지도 모른다. 더구나 몸은 의자에 묶여 꼼짝도 할 수 없었다. 지독한 어둠 앞에서 아무런 대처도 할 수 없다는 사실이 두려웠다. 나도 모르게 소리를 질렀다. 뭐라도 하지 않으면 어둠에 먹혀 버릴 것만 같았다.

'딸까닥'

열쇠 돌리는 소리가 들리더니 누군가 문을 열고 안으로 들어섰다. 황급히 입을 닫았다. 열린 문틈으로 형광등 불빛과 경쾌한 음악이 따라 들어왔다. 문이 닫히자 불빛과 음악은 금세 사라져 버렸다. 다시 사방에 어둠이 내려앉았다. 방 안의 형광등이 끔뻑끔뻑 켜져 두 눈을 찔렀다. 반가운 마음이 들었지만 사장일지 모른다는 생각에 고개를 숙였다. 발걸음 소리가 내 앞으로 와 멈췄다. 누군가 쌔근쌔근 숨소리를 내며 서 있다. 눈앞의 새하얀 운동화만 내려다보다가 용기를 내 고개를 들었다. 사장이 아니었다. 앞에 선 건 몸집이 왜소하고 어려 보이는 만만한 점원이었다. 일단 마음을 놓고 숨을 가다듬었다. 가만히 올려다보자 점원의 눈이 흔들리더니 슬쩍 눈길을 피했다. 녀석은 눈 둘 곳을 찾지 못해 시선을 내리깐 비굴한 얼굴로 발을 동동 구르며 말했다.

"미안해요. 정말, 미안해요. 이럴 생각은 아니었는데 어쩌다 보니 이렇게 되어 버렸어요. 다 나 때문인 거죠? 어떻게 하죠?"

점원은 계속 미안하다는 말만 되풀이하며 어쩔 줄 몰라 했다. 그 한심한 꼴을 보니 녀석을 윽박지르고 때리고 싶다. 받은 것보다 훨씬 많이 돌려주고 싶었다. 하지만, 참아야 한다. 우선 녀석을 살살 달래 여기에서 나가는 게 급선무였다.

"알았어요. 난 괜찮아요. 알았으니까, 이 줄부터 풀어 달라고."

눈짓으로 줄을 가리키자 녀석이 울상을 지으며 손을 내저었다.

"그건 안 돼요. 사장님한테 혼난단 말이에요. 걸리면 죽을지도 몰라요."

모기처럼 앵앵거리는 녀석의 행태에 짜증이 났다. 눈살을 찌푸리며 노려보자 겁을 먹은 점원이 슬금슬금 물러나며 미안하다고 중얼댔다. 어쩌면 빠져나갈 수 있을지도 모른다. 마음을 단단히 먹고 다짜고짜 쏘아붙였다.

"야 이 개새끼야. 내 말 안 들려? 좆만 한 게 어디서 깝죽거려? 처맞기 전에 빨리 안 풀래?"

효과가 있었다. 녀석은 금방이라도 눈물을 쏟을 것처럼 울먹이며 비척비척 다가왔다. 빨갛게 달아오른 녀석의 얼굴은 겁에 질렸다는 걸 여실히 보여주고 있었다. 내 앞에 무릎을 꿇은 점원이 다리에 묶인 줄로 손을 뻗었다. 다시는 술 먹고 혼자 돌아다니지 않을 것이다. 이제 집으로 돌아갈 일만 남았다.

점원이 다리에 묶인 줄을 푸는가 싶더니 손의 움직임을 멈췄다. 표정 없는 얼굴로 나를 빤히 올려다봤다. 녀석의 행동이 어딘가 낯설었다. 아까와는 다른 분위기인데다가 이제는 웃는지 우는지 알 수 없는 괴이한 표정을 짓고 있다. 그 얼굴이 사장과 닮았다는 사실을 깨닫고 당황했다. 점원이 긴 한숨을 내쉬며 일어났다.

"하아…… 난 이때가 제일 좋더라. 나를 깔보던 놈을 굴복시키는 순간이."

점원이 주머니에서 칼을 꺼내 내 얼굴에 갖다 댔다. 뾰족한 칼 끝으로 내 이마를 찌른 뒤 눈썹 밑을 향해 천천히 내리그었다. 눈썹을 반으로 가른 칼날이 오른쪽 눈두덩에 닿았다. 눈을 질끈 감았다. 온몸의 피가 얼어붙는 것 같았다. 차가운 칼날은 감은 눈을 지나 볼까지 와서야 멈췄다. 쓰라린 통증과 뜨거운 피가 얼굴에 흐르는 게 느껴졌다. 내 의지와는 상관없이 몸이 떨리기 시작했다. 얼이 빠진 상태로 점원을 바라봤다. 놈이 조용히 말했다.

"상황 파악이 안 되지? 눈 깔아라."

살벌한 분위기에 짓눌려 바닥으로 시선을 내리꽂았다. 놈이 다시 말했다.

"나한테 할 말 없냐?"

반사적으로 고개를 들어 점원을 쳐다봤다.

"그게 무슨 말인지……"

말이 채 끝나기도 전에 놈이 내 배를 걷어찼다. 까마득한 통증과 함께 신물이 올라왔다. 뱃속이 무언가로 가득 들어차 숨도 제대로 쉴 수 없었다. 이 고통이 앞으로도 계속된다면 미쳐버릴지도 모른다. 마음 깊숙한 곳으로부터 공포가 치솟았다.

"아주 죽으려고 발광을 하는구나? 내가 눈 깔라고 했지?"

칼을 치켜든 점원이 상처가 난 얼굴 반대쪽으로 칼끝을 들이밀며 말했다.

"마지막 기회다. 네가 뭘 해야 할까?"

차가운 칼날의 감촉에 온몸의 털이 곤두섰다. 생각하고 말 것도 없었다. 반쯤 정신이 나간 상태로 머리를 조아리며 울부짖었다. 이 상황을 벗어나기 위해서는 무슨 짓이든 할 수 있었다.

"죄송합니다! 죄송합니다! 제가 너무 멍청해서 그랬어요. 죄송합니다! 다시는 안 그럴게요!"

처음 놈을 봤을 때 왜 그리 불쾌했는지 알 것 같았다. 일부러 비굴한 척하는 행태가 무의식적으로 거슬렸던 것이다. 속으로는 이때가 오기를 학수고대하며 음흉한 속내를 감추고 있었다. 이제와 돌이켜 보니 앳되어 보이는 얼굴도 위장 중의 하나였다.

놈이 내 머리채를 쥐고 겁에 질린 얼굴을 들여다봤다. 이를 딱 딱 부딪치며 눈도 마주치지 못하자 흥분으로 몸을 바들바들 떨었다. 급기야 입을 벌려 히죽히죽 웃기까지 했다. 그러나 흥분은 얼마 안 있어 가라앉고 웃음도 사라졌다. 점원은 불쾌한 표정으로 내 머리를 놓더니 얼굴에 침을 뱉은 후 불을 끄고 밖으로 나갔다. 신경질적으로 문 잠그는 소리가 들렸다.

또다시 어둠 속에 혼자 남겨졌다. 그나마 이 정도로 끝난 게 다행이었다. 주변은 섬뜩할 정도로 고요했다. 힘없이 내쉰 한숨만이 벽에 부딪혀 되돌아올 뿐이었다. 이렇게 방음이 잘 된 건 사람을 가두고 고문하기 위함인가. 아무런 소리도 들리지 않는 건 편안함과는 거리가 멀었다. 오히려 사람을 불안에 떨게 했다. 어둠에 대한 공포가 도지기 시작했다. 새삼 죽고 싶지 않다는 절박함에 몸 둘 바를 몰랐다.

방 안 어딘가에서 정체 모를 소리가 들렸다. 수돗가 쪽이다. 귀를 기울이니 소리는 점차 선명해졌다. 마치 도마 위에서 칼로 고기를 손질하는 것처럼 들리던 소리가 어느새 사람을 토막 내는 걸로 바뀌었다. 머리털이 쭈뼛 곤두섰다. 이건 나의 착각이다. 아까의 일이 다시 벌어질 리 없었다. 조용한 곳에 오래 있으면 으레 들리는 삐 — 소리와 같은 것이다. 하지만, 공포심은 그 사실을 인정한다고 해서 수그러들지 않았다. 이제는 코앞에서 비린내와 악취가 풍겨오는 것 같았다. 온몸을 비틀어 봐도 의자에 얽매인 몸은 떨어져 나올 생각을 하지 않았다. 실체를 확인할 길이 없어 더 두려웠다. 사람이 미쳐 간다는 게 이걸 두고 하는 말일까?

문의 잠금장치가 신경을 긁는 소리를 내며 돌아갔다. 또 누군가 들어온다. 뇌가 자극을 받자 소름 끼치는 소리가 사라졌다. 안심이 되기는커녕 가슴이 철렁 내려앉았다. 이건 더 큰 고통의 시작이었다. 사장이든 점원이든 하나같이 미친 새끼였다. 환청을 동반한 어둠은 놈들에 비할 바가 아니었다. 목이 바짝 타들어갔다. 마른 침을 삼켰다.

문이 열리고 불이 켜졌다. 문을 닫은 사장이 친근한 미소를 지으며 손을 흔들었다. 놈의 이중적인 모습에 겁부터 났다. 무슨 짓을 할지 모르는 사이코라는 걸 다시금 상기시켰다. 내 앞으로 걸어온 사장이 대뜸 말했다.

"너, 편의점이 존나 만만하지?"

정곡을 찌르는 질문에 당황했다. 나도 모르게 말을 더듬었다.

"아, 아, 아니에요."

놈의 얼굴에서 웃음기가 싹 사라졌다.

"뭐가 아니야, 씨발아. 만만하잖아? 만만하니까 네가 그런 거 아니냐고?"

얻어맞을까 두려워 고개를 숙였다. 사장이 다시 부드러운 목소리로 말했다.

"뭐, 널 다그치려는 건 아니고. 나도 네가 만만하거든. 하여튼, 난 오래전부터 사람들이 많이 다니고 시체 처리까지 할 수 있는 곳을 찾아다녔다 이거야. 근데 찾기가 어디 쉽나? 그렇게 몇 년을 삽질만 하다가 보니 편의점이 딱 맞아떨어지더라는 거지. 만만하잖아? 누구나 쉽게 들어오고. 시체를 처리할 작업장은 없었지만 그거야 만들면 되니까."

놈이 코를 벌름거리며 피식 웃었다.

"누가 편의점에서 사람을 잡아 죽인다고 생각하겠냐? 더 웃긴

게 뭔지 아냐? 어제도 형사 하나가 왔다 갔어. 며칠 전에 동네 사람이 실종됐다면서 나에게 수상한 사람을 보면 연락해 달라더라. 실종됐다던 놈은 여기에 갇혀 온갖 고문을 당하고 있었는데 말이야."

웃음을 주체하지 못해 목을 뒤로 꺾어 한바탕 웃고는 내 눈을 들여다보며 말했다.

"혹시나 해서 하는 말인데, 괜한 기대 품지 마라. 누군가 구해 줄 것 같아? 네가 여기 있는 거 아무도 몰라. 위치 추적? 네 핸드폰은 이미 이곳에 없어. 어떤 식으로든 손님에게 도움을 청해도 상관없어. 그 사람이 도움이 될까? 여차하면 붙잡으면 되는데. 우린 한 명만 있으면 돼. 다른 놈이 여기로 들어오면 넌 아까 그 남자처럼 되는 거고, 너 때문에 잡힌 놈 인생도 끝장나는 거야. 그럼 넌 뭘 해야 할까?"

사장이 말을 마치고 대답을 기다렸다. 가슴이 터져 버릴 듯 쿵쾅거리고 숨이 턱 막혔다. 놈의 말대로라면 여기에서 빠져나갈 길은 없었다. 헤어날 수 없는 절망으로 온몸을 떨었다. 어쩌다가 일이 이 지경까지 왔는지 몰라 흐느꼈다. 내가 아무 말도 못 하고 괴로워하자 놈이 손뼉을 치며 즐거워했다.

"그렇지, 바로 그거야! 너는 고통에 몸부림치다 죽으면 돼."

사장이 내 왼손 검지를 잡고 경고도 없이 뒤로 뚝 꺾었다. 동시에 내 고개도 뒤로 홱 젖혀졌다. 괴성을 지르며 상체를 뒤틀었다. 손가락이 부러지는 고통은 살을 에는 전기 충격으로 바뀌어 온몸으로 흘렀다. 아픔이 채 가시기도 전에 놈이 무릎을 휘둘러 코를 짓뭉갰다. 머릿속에서 우지끈 부서지는 소리가 나며 찝찔한 피가 목구멍으로 쏟아졌다. 사방에서 폭죽이 펑펑 터지는 것 같았다. 고통으로 눈이 뒤집혔다. 놈이 관자놀이를 여러 차례 후려갈기고 발을 들어 힘껏 옆구리를 찼다. 너무 아파 소리도 내지를 수 없었다. 놈은 내 얼굴을 살피며 한껏 기쁨에 취했다. 정신을 차리지 못하는 와중에도 온 힘을 다해 살려달라고 빌었다. 무엇을 원하느냐고, 시키는 건 다하겠다고, 그러니 제발 때리지만 말아 달라고 애원했다. 피거품 섞인 침이 입가에 줄줄 흘렀다. 이 아픔을 멈추게 할 유일한 방법은 놈의 호의뿐이다. 지금은 놈이 나의 신이었다.

울먹이며 간절히 바라보자 놈이 고문하는 걸 중단했다. 다행이다. 고맙다는 말이 입 밖으로 튀어나왔다. 사랑스러워 미칠 것만 같았다. 주인한테 발로 차이면서도 꼬리를 흔드는 개새끼 꼴이다. 이런 씨발! 굴욕감으로 얼굴이 확 달아올랐다. 벌게진 얼굴을 숨기기 위해 고개를 숙였다. 그 모습에 피식 웃은 사장이 불을 끄고 밖으로 나갔다. 왜인지는 모르지만, 어쨌든 또 한 차례 위기를 넘겼다. 사장이 나갈 때까지 연신 머리를 조아렸다. 다행이다. 정말 다행이야.

사장이 나가자 처연히 고개를 들었다. 간신히 이 순간은 모면했지만 마음 놓고 있을 수 있는 시간은 잠시였다. 곧 사장이든 점원이든 누군가는 들이닥칠 것이다. 예외 없이 가해질 고문을 떠올리니 다시 다리가 후들거렸다. 무서웠다. 그 상황만은 피하고 싶었다. 하지만 어떻게? 몸은 의자에 꽁꽁 묶이고 머리와 온몸은 심하게 다쳐 피까지 흐른다. 방 안은 바로 앞도 보이지 않을 정도로 어두워 선뜻 행동을 취할 수가 없었다. 어둠에 대한 공포가 다시 고개를 쳐들었다. 이런 상태로는 빠져나가는 게 불가능할뿐더러, 그런 시도를 하다 발각되면 어떤 일을 당하게 될지 두려웠다. 지금의 나는 놈들이 어떤 짓을 하든 고스란히 당하는 수밖에 없었다. 그러지 않기를 바라야 한다. 그렇게 되려면 놈들에게 잘 보여야 했다. 반항이나 탈출은 상대방을 실망 시키는 행위였다. 내 잘못인 거다. 처음부터 끝까지 모든 것이 다.

거기까지 생각이 미치자 감짝 놀랐다. 나도 모르게 마음속으로부터 굴종하고 있었던 것이다. 불이라도 난 것처럼 온몸이 따끔거렸다. 너무 창피해 쥐구멍이라도 있으면 숨고 싶었다. 제기랄!

문밖에서 급하게 문을 따는 소리가 났다. 혹시나 하는 기대감에 들떠 문 쪽을 주시했다. 얼마 후 문이 벌컥 열리고 한 사람이 들어왔다. 불이 켜진 문 앞에 피 묻은 몽둥이를 들고 선 점원이 보였다. 내 뒤통수를 강타했던 그 쇠몽둥이였다. 실망할 겨를도 없이 놈이 씩씩거리며 뛰어와 몽둥이로 나를 두들겨 팼다. 너무 아파 정신이 나가버릴 것만 같았다. 울고불고 살려달라며 빌었다. 눈도 제대로 뜨지 못하고 굽실거리는 모습이 내가 봐도 비참했다. 놈은 몽둥이를 휘두르며 고함을 질러댔다.

"씨발 새끼들! 존나 열 받게 하네! 확 죽여 버릴까 보다! 내가 만만해? 어?"

대꾸할 정신조차 없었다. 어디선가 본 비굴한 표정을 있는 힘껏 흉내 내며 애원했다. 놈이 내 머리칼을 잡아 강제로 얼굴을 들었다. 몽둥이로 내 이마를 툭툭 건드리더니 귓가에 소곤소곤 말했다.

"정말 짜릿하지 않냐? 내 기분에 따라 넌 살 수도, 죽을 수도 있어. 이건 섹스 따위와는 비교도 안 될 쾌락이야. 내가 완전히 지배하는 거라고."

놈이 벌겋게 상기된 얼굴로 몽둥이를 힘껏 들어 올리며 소리쳤다.

"그러니 좀 더 빌고 좀 더 애원해 봐! 개처럼 꼬리를 흔들어 보이라고, 이 개 같은 새끼야!"

놈이 다시 몽둥이찜질을 가했다. 그 잔인한 폭력과 광기에 숨이 막혔다. 결국 빠져나갈 수 없을 거라는 생각이 들었다. 마치 수렁에 빠져 허우적대다 힘이 다해 가라앉는 느낌이었다. 이렇게 죽는 걸까. 해보지 못한 게 너무 많다. 허무하다. 하지만 사람의 마음은 생각보다 유연했다. 얼마 전 TV에서 본 생존 다큐멘터리의 한 장면이 떠올랐다. 모래 늪에 빠졌을 때 어떻게 대처하느냐는 거였다. 흔히 생각하는 것과는 달리 늪은 혼자서도 빠져나올 수 있다. 대신 절대 발버둥 쳐서는 안 되고 당황해서도 안 된다. 먼저 진득한 모래진흙에 붙잡힌 손과 발을 끌어 올린 후, 지면을 향해 꾸준히 기어가야 한다. 여기에서도 분명히 빠져나올 방법이 있다. 일단, 공포를 가라앉히고 마음을 차분히 가지자. 지금의 나는 괜찮다. 계속 되뇌자. 아무렇지도 않다. 아무렇지도 않아.

"어라, 이 것 좀 보게? 아직 여유가 있다. 이거지?"

점원이 놀란 얼굴로 빈정거렸다. 심장이 쿵쾅쿵쾅 뛰었다. 놈이 표정 없이 가만히 나를 바라봤다. 아무 짓도 안 할수록 더 긴장되기 시작했다. 지금보다 더 심한 짓을 하려는 걸까? 고통으로 몸부림칠 생각을 하니 아무리 침착하려 해도 손발의 떨림을 멈출 수 없었다.

몽둥이를 든 손이 밑으로 내려갔다. 놈은 별다른 말도 하지 않고 그대로 밖으로 나갔다.

나름의 결론을 내리기도 전에 다시 문이 열리고 사장과 점원이 함께 들어왔다. 점원의 두 팔에 물건이 가득 담긴 노란 바구니가 들려 있다. 머리에서 발끝까지 소름이 쫙 끼쳤다. 두 놈이 같이 들어온다는 건 그동안 당했던 고통이 두 배가 됨을 의미했다. 어쩌지? 눈앞이 빙글빙글 돌았다. 여기에서 더 큰 고문을 당하면 정신이 나가버릴 터였다. 놈들에게 맞아 생긴 상처가 욱신욱신 쑤셨다.

내 앞으로 걸어온 놈들이 바짝 붙어 섰다. 오한으로 몸을 떨며 발끝만 내려다봤다. 점원이 바구니를 밑으로 내려놓고는 발로 툭 찼다. 바구니 안에는 샴푸, 칫솔, 파스, 빗, 양말등과 같은 생활용품이 쌓여 있었다. 왜 이러는지 몰라 바구니만 멀뚱멀뚱 바라봤다. 사장이 입을 열었다.

"골라."

왠지 불길했다. 좋은 일이 아닐 게 틀림없었다. 머뭇거리자 점원이 느닷없이 뺨을 후려갈겼다. 불시에 얻어맞아 어안이 벙벙했다. 놈은 의자와 함께 나를 넘어뜨리고는 발로 무지막지하게 머리를 밟았다. 눈앞에서 별이 왔다 갔다 했다. 입이 뭉개져 앞니가 부러지고 피가 터졌다. 놈이 발길질할 때마다 깨진 이 조각이 입천장과 혀를 굴러다녔다. 너무 가혹했다.

"고를게요! 제발 때리지 말아요! 고를게요!"

고통에 못 이겨 다급히 빌었다. 점원이 까불지 말라는 듯 내 뺨을 몇 차례 두드리고는 일으켜 세웠다. 뭘 골라야 하지? 주저하다가 또 맞을까 겁이 났다. 바구니 안을 허겁지겁 훑다가 그나마 별 위험이 없어 보이는 물건을 찾았다.

"저 샴푸를 선택할게요. 하얀색 비듬 샴푸요."

가만히 서 있던 사장이 허리를 숙여 내가 고른 샴푸를 집었다. 손 안에 쥐고 이리저리 살피더니 내 코앞으로 들이밀며 키득키득 웃었다.

"그거 아니? 세상 모든 물건들은 말이야. 얼마든지 고통을 주는 도구가 된다는 거. 즉, 누가 그것을 드느냐가 제일 중요한 거야. 그렇지 않아?"

찬바람이 부는 것처럼 등골이 서늘해졌다. 이렇게 악의로 똘똘 뭉칠 수 있단 말인가? 이놈은 사람이 아니었다. 악마 그 자체다.

"머리를 뒤로 젖혀."

사장의 명령에 점원이 내 뒤로 와 머리끄덩이를 잡아당겼다. 머리털이 뽑히는 아픔과 함께 내 얼굴이 하늘을 바라보는 형국이 됐다. 여기에서 몇 마디라도 하면 더 심한 짓을 당할까 두려워 아무 소리도 낼 수 없었다. 그저 마음속으로 비명을 지를 뿐이었다.

사장이 샴푸 뚜껑을 열었다. 코에 가져가 향기를 맡더니 내 콧구멍 안으로 내용물을 흘려보냈다. 샴푸의 떫고 쓴맛이 코에 물이 들어갔을 때의 아릿한 느낌과 뒤섞여 얼굴 전체로 퍼졌다. 곧 두개골 안이 불같이 타오르고 숨이 턱 막혔다. 식도로 넘어간 샴푸 용액을 속에서 받아주지 않아 구토가 치밀었다. 참지 못하고 컥컥 대며 살려달라고 울었다. 숨을 쉴 수 없다는 게 본능적으로 죽음을 연상시켰다. 사장이 불같이 화를 냈다.

"또, 또! 너 또 그런다?"

점원이 발버둥치지 못하게 몸을 붙들었다. 사장은 나의 고통에는 아랑곳하지 않고 샴푸를 콧속으로 마구 퍼부었다. 온몸을 꿈틀대며 비명을 지르다가 대체 왜 그러냐고, 아까의 일 때문이라면 죽을죄를 지었다고 눈물을 쏟으며 용서를 구했다. 어쩌면 편의점에 들어와 처음 한 행동 때문에 나한테 이러는 것일지도 몰랐다. 사장이 기울이던 샴푸 통을 바로 들어 콧속에 용액을 들이붓는 걸 멈췄다.

"내가 재미있는 이야기 하나 해 줄까?"

사장이 눈짓하자 점원이 머리카락을 놓아주었다. 고개를 숙이며 콜록콜록 기침했다. 고통이 사라지니 살 것 같았다. 용서해 주려는 걸까? 내 생각을 눈치 챘는지 사장이 피식 웃으며 말했다.

"한 사람이 있었다고 치자. 보기에는 그냥 평범한 사람. 근데 하루가 멀다 하고 자기 집 마당에서 인형들을 갈기갈기 찢고 부수는 거야. 그래서 보다 못한 이웃 하나가 대체 왜 그러는 거냐고 물어봤어. 그게 무슨 이득이 되냐고. 그러니까 뭐라고 답했는지 알아? 자기가 인형이니까 인형을 죽이는 거래. 그 말을 듣고 자세히 살펴보니까 정말 그 사람도 똑같은 인형이었던 거야. 무섭기도 하고 황당하기도 했던 이웃은 서둘러 그 자리를 떴어. 저 사람이 인형이라는 것도 소름 끼쳤지만, 한편으로는 같은 인형이라는 것만으로는 왜 그러는지 설명이 안 되는 거야. 이웃은 결국 끝까지 그 이유를 알지 못했어. 이게 끝. 뭔가 앞뒤가 안 맞지? 그래. 그럴 거야. 하지만 난 그 사람, 아니 인형을 충분히 이해해. 왜 그랬을까? 인형으로서는 말이야. 사람보다 자신과 같은 인형을 해치는 게 더 즐겁거든. 생각해 봐. 너에게 가장 의미 있고 또 네가 갈구

하는 게 뭘까? 바로 사람이고 사람과의 관계 아냐? 내가 너한테 이러는 것도 같은 맥락이라고. 사람은 같은 사람에게서 가장 큰 만족감을 얻게 되어 있어. 그게 어떤 종류의 것이든 상관없이 말이야. 이제 이해가 좀 돼?"

가슴이 먹먹했다. 긴 이야기와는 달리 요점은 그리 거창한 게 아니었다. 그냥 즐거움 때문이라는 거잖아? 사장이 샴푸 통을 들어 올렸다. 그 행동이 의미하는 바를 깨달은 점원이 내 머리를 뒤로 젖혔다. 안 돼! 이제 제발 그만 해! 사장은 혀를 차며 내 콧속으로 샴푸를 퍼부었다. 다시 고통이 온몸을 지배했다. 어서 이 상황이 끝났으면 하고 마음속으로 바라고 또 바랐다.

그렇게 영원과도 같은 시간이 흘렀다. 콧속으로 샴푸를 모두 흘려 넣은 사장이 빈 샴푸 통을 바닥에 버렸다. 구역질하며 샴푸를 토해내는 와중에도 이제 끝이라고 안도했다. 사장은 내가 다 토해낼 때까지 가만히 지켜보다가 겨우 숨을 다 돌리자 노란 바구니를 가리키며 말했다.

"골라."

두 눈에서 눈물이 주르륵 흘렀다. 또다시 그 지옥 같은 시간을 견뎌야 한다. 아무 말도 없이 울기만 하자 사장이 내 머리채를 휘어잡고 말했다.

"더 큰 고통을 당하고 싶니? 열 손가락을 다 부러뜨릴까? 아니면 아킬레스건이라도 잘라줘?"

다른 방법은 없었다. 질질 짜며 바구니 안의 물건을 골랐다. 그 후부터는 중간 중간이 필름이 끊긴 것처럼 기억나지 않았다. 단지 너무 고통스러웠다는 것과 미친 듯이 빌었다는 것만 떠오를 뿐이었다.

드디어 심드렁한 얼굴의 사장이 바구니를 한쪽으로 치웠다. 끝이다. 정말 끝이지? 사장이 점원을 돌아보며 말했다.

"야! 안 되겠다. 이 새끼, 쫑알쫑알 시끄럽다. 그만 치워라."

점원도 반색하며 반겼다.

"마침 질리던 참인데 잘 됐네요."

그 말을 듣는 순간 정신이 멍해지면서 온몸에 힘이 쭉 빠졌다. 그 와중에 괄약근의 힘도 풀려 똥을 지리고 말았다. 놈들이 코를 막으며 더럽다고 욕을 퍼부었지만, 어떤 말도 귀에 들어오지 않았다. 이 세상에서 내가 사라진다. 무엇과도 비교할 수 없는 공포가 나를 뒤흔들었다. 어떻게 하지? 어떻게 해야 하지? 사장이 얼굴을 찌푸리고 밖으로 나가며 말했다.

"에이, 지저분한 새끼. 쓸데없는 짓 말고 빨리 처리해."

점원이 시원스레 대답하고 구석에서 전기톱을 들고 왔다. 그 사이 사장이 밖으로 나가며 문을 잠갔다. 겨우 이렇게 되려고 죽을힘을 다해 버틴 거야? 이대로 끝낼 수는 없었다. 눈물 콧물을 쏟으며 미친 듯이 점원에게 매달렸다. 무엇을 원하느냐고, 할 수 있는 건 다 하겠다고, 내가 다른 사람을 잡아들이는 역할도 할 테니 제발 살려달라고 침을 튀기며 소리치고 맹세했다.

점원이 콧방귀를 끼며 전기톱의 시동을 켜자, 원한다면 가족도 기꺼이 끌어들이겠다고 울부짖었다. 아내의 이름과 아이들의 이름까지 줄줄 외웠다. 죄책감으로 입술을 잘근잘근 씹었다. 그래도 나 자신의 안위가 제일 중요하다는 사실에 몸서리쳤다. 그런 내 모습에 놈이 흥분으로 몸을 떨었다. 전기톱을 만지작거리며 망설이

다가 스위치를 껐다. 밑으로 천천히 내려놓는다. 이대로 보내주려는 걸까? 놈은 간절한 바람을 비웃듯 내 가슴을 걷어차며 말했다.

"좀 더 지금 같은 모습을 보여 봐. 그럼 살려줄지도 모르지."

썩은 동아줄이라고 해도 붙잡을 수밖에 없었다. 가족은 물론이고 친척과 지인까지 거론하며 손이 발이 되도록 빌었다. 그들을 직접 잡아다 바치겠다는 말도 서슴지 않았다. 평소에도 죽이고 싶었다고 소리쳤다. 개 쓰레기들! 내 피를 빨아먹는 기생충! 진즉에 죽였어야 할 짐승들이라고 정신없이 외쳤다. 어떻게든 줄을 잡고 땅으로 기어 올라와야 했다. 내게 주어진 마지막 기회다. 놈은 눈을 동그랗게 뜨고 내 절박한 몸짓과 표정을 살폈다. 아무 말도 하지 않았다. 그저 보기만 할 뿐이었다. 하지만 이마저도 곧 질린 듯 놈의 얼굴에서 웃음기가 사라졌다. 놈은 하품을 하며 머리를 긁적였다. 전기톱을 들어 스위치를 만지작거린다.

"다른 건 없냐? 없으면 그만 죽던가."

그제야 깨달았다. 놈에겐 살려줄 마음 따윈 없었다. 놈이 원하는 건 나의 비참한 모습뿐이었고 내게 허락된 건 그저 놈에게 굴복하다 죽는 것 하나였다. 다 부질없는 짓이었다. 처음부터 다른 길은 없었다.

나를 지탱해 주던 미약한 정신줄이 뚝 끊어졌다. 모든 게 끝이었다. 사장과 점원의 얼굴이 머릿속에서 흐릿해졌다. 의식이 가물가물하다. 나는 어디에 있지? 여기에 없었다. 이미 땅속 깊은 곳으로 꺼져버린 후였다. 똥을 지린 추악한 껍데기만 남았다. 멍하니 천장만 바라보자 놈이 아쉬움으로 입맛을 다시더니 전기톱의 시동을 켰다. 그래, 차라리 이렇게 끝나는 게 나을지도 모른다.

적어도 죽고 나면 고통은 없을 테니까. 이제 곧 이 상황에서 벗어난다.

놈이 전기톱을 내 목에 갖다 대다 말고 주머니에서 칼을 꺼냈다. 전기톱을 내려놓고 칼로 양 무릎을 그었다. 벌어진 상처에서 피가 콸콸 쏟아졌다. 쓰라림에 정신이 번뜩 들었다. 놈은 쉽게 끝내주지 않았다. 묶여 있는 줄도 모르고 몸을 꿈틀거리며 어떻게든 해보려 했다. 왜 자꾸 괴롭히지?

그때 점원이 의자 팔걸이에 묶인 두 손을 풀어줬다. 자유로워진 두 팔을 내려 보다가 이해할 수 없어 놈을 쳐다봤다. 놈이 음흉하게 웃으며 말했다.

"자, 어떻게 할래? 그 손으로 출혈을 막을래? 아니면 묶인 발을 풀고 여기를 나갈래? 참고로 말하는데 밧줄은 꽉 조여 있어 맨손으로는 풀기 어려워. 그전에 과다 출혈로 죽을 걸? 그렇다고 두 손만 가지고는 출혈을 완전히 막을 수도 없지. 결국, 시간이 걸리기는 해도 언젠가는 피가 다 빠져나갈 거라고. 그래도 혹시 모르는 일이잖아? 가만히 앉아서 죽을 거야? 잘 생각해 봐, 뭐가 더 가능성이 높을까?"

멀거니 점원을 바라봤다. 놈은 시동이 걸린 전기톱을 두 손으로 꽉 쥐고 뭐든지 해야 하지 않겠냐고 재촉했다. 얼굴에 호기심이 가득했다. 너무 큰 고통과 공포를 겪은 후였다. 눈앞에서 벌어지는 일이 아무것도 아닌 사소한 일처럼 느껴졌다. 무릎의 상처도 생각만큼 아프지 않았다. 놈을 멍하니 바라봤다.

"야 이 한심한 새끼야! 가만히 있지 말고 뭐든 하라고! 최후의 발악 몰라?"

기다리다 지루해진 놈이 고래고래 소리를 질렀다. 모든 게 나와는 상관없는 다른 사람에게 벌어지는 일 같았다. 멀뚱히 있자 점원이 내 배를 걷어차며 분통을 터뜨렸다.

"내가 하라고 했어? 안 했어?"

참을 수 없는 고통이 물밀 듯 밀려오자 머릿속이 새하얗게 변했다가 곧 시뻘건 불길이 치솟았다. 나도 모르게 이를 빠드득빠드득 갈았다. 놈에 대한 공포가 활활 타오르는 적의로 바뀌었다. 놈은 이 상황을 너무 오래 끌었다.

"재미 좀 보자는데 왜 지랄이냐고!"

놈이 재차 발로 차는 순간, 놈의 다리를 두 손으로 붙잡았다. 놈이 당황한 나머지 끙끙대며 발을 빼내려 했다. 다시 보는 약한 모습에 그동안 억눌렸던 울분이 폭발했다. 고함을 지르며 놈의 다리를 끌어당김과 동시에 의자에 묶인 상태에서 앞으로 몸을 힘껏 기울였다. 서로 뒤엉키며 바닥으로 우당탕 넘어졌다. 들고 있던 칼이 저만치 나가떨어졌다. 이 좆만 한 새끼! 죽여버린다! 엎어진 상태 그대로 의자의 다리가 놈에게 향하도록 빙그르르 돌았다. 어디에서 이런 힘이 나는지 몰랐다. 두 팔로 바닥을 미친 듯이 밀어내며 4개의 의자 다리로 놈의 몸을 짓눌렀다. 놈이 고통에 찬 비명을 지르며 사장에게 도움을 청했다. 바락바락 내지른 구조 요청은 방안을 공허하게 맴돌았다. 온몸으로 짜릿한 전율이 흘렀다. 다시 내가 우위였다. 정신없이 밀어붙이자 놈이 급소라도 맞았는지 허벅지 안쪽을 쥐고 데굴데굴 뒹굴었다. 얼굴에 피를 가득 흘리며 꿈틀대는 점원을 보다가 이러고 있을 시간이 없다는 걸 깨달았다. 우왕좌왕하다가 의자를 매단 상태로 엉금엉금 기어가 바로 앞의 전기톱을 집었다. 울퉁불퉁한 날로 다리의 줄을 자르고는 간신히 의자를 떨치며 일어났다. 무릎에서 피가 철철 흘렀다. 전기톱을 바닥에 질질 끌며 다가가 놈의 주머니를 뒤졌다. 열쇠를 손에 쥐는 순간, 놈이 눈을 희번덕거리며 전기톱을 잡고 늘어졌다. 가슴이 덜컥 내려앉았다. 전기톱을 두고 다투느라 부러진 검지가 끊어질 듯 아팠다. 온몸이 만신창이라 힘을 제대로 쓸 수가 없었다. 이대로 가다가는 당하고 만다! 두려움에 전기톱을 내팽개치고 문으로 절뚝절뚝 뛰었다. 열쇠로 문을 열자 뒤에서 놈이 소리 지르며 쫓아왔다. 전기톱의 시동이 부르릉 켜졌다. 문을 박차고 밖으로 뛰쳐나갔다. 드디어 이 지옥 같은 곳에서 빠져나왔다.

이게 끝이 아니다. 더 큰 난관이 있었다. 매장을 가로질러야 하는데 사장이 계산대에 있을 터였다. 그럼 나오자마자 출입문을 잠그고 나를 붙잡을 것이다. 이번에 잡히면 무조건 살해당한다. 그렇다고 몸을 숨기며 기회를 엿볼 수도 없었다. 점원이 사장을 부르며 뛰어왔다. 멈출 수는 없었다. 불에 뛰어드는 날벌레라고 해도 어쩔 수 없이 달려야 한다. 하늘에 비는 수밖에 없었다. 제발 누가 나 좀 살려줘!

사무실에서 뛰어나와 매장으로 들어섰다. 마침 두 명의 손님이 출입문을 열고 밖으로 나가는 게 보였다. 왈칵 감격의 눈물이 쏟아졌다. 살았다! 너무 큰 기쁨에 괴성을 질러댔다. 오직 눈에 보이는 건 열린 문과 아직 어두운 바깥 풍경뿐이었다.

늦은 밤. 도시의 거리는 어둡고 쌀쌀하다. 주변은 토요일 밤인데도 사람 하나 없이 한산하다. 보이는 거라고는 불이 꺼진 주택과 문이 닫힌 상가들뿐이다. 곳곳에 깔린 어둠은 뭔가가 튀어나올 것 같은 을씨년스러운 분위기를 자아냈다.

작은 날벌레 한 마리가 먹이를 찾으러 도시를 날아다닌다. 생전 처음 보는 풍경과 냄새다. 모든 것이 건조하다. 끝 모를 어둠과 건물 사이를 벌써 몇 번이나 지났다. 아무리 이곳저곳을 헤매 봐도 신선한 풀이나 과일 같은 먹이는 보이지 않는다. 지친 날벌레가 전봇대에 붙어 숨을 가다듬는다.

날개를 어루만지는 날벌레의 시야에 저 멀리 이글거리는 빛이 들어왔다. 본능적인 이끌림으로 빛을 향해 날아간다. 저기는 뭔가 다르다. 가까이 와보니 불을 환하게 밝힌 편의점이었다. 박인규가 사장에게 잡힌 그 편의점이다. 불과 몇 시간 전의 일이었다.

출입문을 향해 힘차게 날갯짓을 하던 날벌레는 곧 유리로 된 문에 부딪히고 말았다. 보이지 않는 뭔가가 가로막고 있어 안으로 들어갈 수 없다. 영문을 알 리 없는 날벌레는 들어가기 위해 몇 번이고 유리문을 들이받았다. 부딪칠 때마다 온몸에 충격이 쌓인다. 얇디얇은 날개가 조금씩 찢기고 부서진다. 상관없다. 들어가야 살 수 있다. 마침 두 사람이 출입문을 열고 편의점 밖으로 나온다. 그 틈에 날벌레가 열린 문 안으로 날아드는 데 성공한다. 뒤에서 피투성이가 된 채 뛰쳐나오는 박인규와 부딪칠 뻔했다. 그가 일으키는 바람에 휩쓸렸다가 간신히 균형을 잡는다. 편의점에 쌓인 온갖 상품들 사이를 헤매던 날벌레는 먹이를 발견하고 그곳으로 날아갔다. 삼각 김밥과 샌드위치, 과일 등이 진열된 식품 매대였다. 날벌레가 닿고자 하는 과일과 점점 가까워진다. 이제 곧 배고픔을 잊을 터였다.

며칠이 지났다. 음식 진열대의 포장된 과일에 날벌레가 붙어 있다. 사람의 손이 불쑥 나타나 날벌레를 향하나 싶더니 과일을 집어 들었다. 날벌레는 과일이 요동치며 위로 솟자 맥없이 바닥으로 추락한다.

과일로 날아왔던 날벌레는 아무리 입을 들이밀어도 과일을 먹을 수 없었다. 이상한 일이다. 분명히 눈앞에 먹이가 있건만 포장 비닐에 막혀 입도 대지 못했다. 난생 처음 겪는 일이었다. 모든 과일이 다 마찬가지다. 다른 먹이를 찾기 위해 편의점 안을 돌아다녔지만, 먹을 수 있는 건 어디에도 없었다. 하나같이 알 수 없는 무언가가 자신을 가로막았다. 거대한 문이다. 모든 힘을 소진한 날벌레는 마지막 힘을 쥐어짜 다시 과일로 돌아왔다. 그리고 과일에 꼭 들러붙은 채 굶어 죽었다.

차가운 바닥에 버려진 날벌레는 아무런 미동이 없다. 사람들이 물건을 고르며 그 옆을 무심히 지나쳤다. 그들은 자기 자신 말고는 아무것도 관심이 없다. 그들에게 이 편의점은 소비의 배출구일 뿐이었다. 어느 누구에게도 내어줄 수 없는 욕망의 발현지였다.

한국 공포 문학 단편선 — 돼지가면 놀이

1판 1쇄 펴냄 2014년 8월 18일
1판 3쇄 펴냄 2022년 6월 28일

지은이 | 장은호 외 9인
발행인 | 박근섭
편집인 | 김준혁
펴낸곳 | 황금가지

출판등록 | 2009. 10. 8 (제2009-000273호)
주소 | 06027 서울 강남구 도산대로 1길 62 강남출판문화센터 5층
전화 | 영업부 515-2000 편집부 3446-8774 **팩시밀리** 515-2007
홈페이지 | www.goldenbough.co.kr

도서 파본 등의 이유로 반송이 필요할 경우에는 구매처에서 교환하시고
출판사 교환이 필요할 경우에는 아래 주소로 반송 사유를 적어 도서와 함께 보내주세요.
06027 서울 강남구 도산대로 1길 62 강남출판문화센터 6층 민음인 마케팅부

ISBN 978-89-6017-880-9 03810

㈜민음인은 민음사 출판 그룹의 자회사입니다.
황금가지는 ㈜민음인의 픽션 전문 출간 브랜드입니다.

추리 · 호러 · 스릴러
밀리언셀러 클럽